中国民间故事史

卷下

祁连休 ⊙ 著

河北出版传媒集团
河北教育出版社

第 六 编

清代时期的民间故事

清代是中国封建社会的最后一个朝代，历时近300年。清代前期，兴利除弊，重视农业生产，社会经济有了显著发展，文化进一步繁荣，百姓生活得到较大改善，出现了封建社会的又一个高峰，史称“康乾盛世”。然而，清代中期以后，吏治腐败，政治黑暗，内忧外患不断加深，清政权日渐衰落。自1840年鸦片战争后，竟沦为半封建半殖民地社会，使这个封建王朝最终被推翻。

清代的社会现实生活以及广大民众的感受和愿望，在民间故事里而得到了比较充分的反映。这个时期的民间故事，在明代民间故事的基础上有了较大的发展，呈现出全面繁荣的景象。这个时期，幻想故事、写实故事、民间笑话、民间寓言四大民间故事门类都有了较为充分的发展，其中，幻想故事、写实故事的发展尤其突出。

清代记载民间故事的书籍繁多，其丰富程度超过以往的任何一个朝代，重要和比较重要的书籍有屈大均撰《广东新语》，佟世思撰《耳书》，阮葵生撰《茶馀客话》，张贵胜纂辑《遣愁集》，东轩主人撰《述异记》，钮锈撰《觚剩》，王士禛撰《池北偶谈》、《香祖笔记》、《华皇纪闻》，褚人穫纂辑《坚瓠集》，陆次云撰《湖壖杂记》，张潮辑录《虞初新志》，刘献廷撰《广阳杂记》，赵吉士辑《寄园寄所寄》，徐庆撰《信征录》，王逋撰《蚓庵琐语》，吴陈琰撰《旷园杂志》，佚名撰《客窗涉笔》，蒲松龄撰《聊斋志异》，徐岳撰《见闻录》，徐芳撰《诺皋广志》，董潮撰《东皋杂钞》，陈皋谟纂辑《笑倒》，赵恬养撰《增订解人颐新集》，施闰章撰《矩斋杂记》，赵翼撰《簷曝杂记》，石成金撰《笑得好》，黄图珌撰《看山阁闲笔》，陈尚古撰《簪云楼杂说》，王械撰《秋灯丛话》，徐昆撰《遁斋偶笔》，袁枚撰《子不语》，游戏主人辑《新镌笑林广记》，吴雷发撰《天香谈薮》，长白浩歌子撰《萤窗异草》，和邦额撰《夜谭随录》，沈起凤撰《谐铎》，清凉道人撰《听雨轩笔记》，乐钧撰《耳食录》，曾衍东撰《小豆棚》，金捧阊撰《客窗笔记》、《守一斋笔记》，赵彪诏撰《谈虎》，纪昀撰《阅微草堂笔记》，方元鹍撰《凉棚夜话》，方飞鸿撰《广谈助》，管世灏撰《影谭》，胡承谱撰《只麈谭》，俞蛟撰《梦厂杂著》，娄东羽衣客撰《镜花水月》，胡式钰撰《窦存》，慵讷居士撰《咫闻录》，青城子撰《志异续编》，焦循撰《忆书》，许仲元撰《二异笔谈》，吴雷发撰《天香谈薮》，朱象贤撰《闻见偶录》，张元赓撰《张氏卮言》，景星杓撰《山斋客谭》，缪艮撰《涂说》，高承勋撰《松筠阁钞异》，俞梦蕉撰《蕉轩摭录》，杨复吉撰《梦阑琐笔》，钱泳撰《履园丛话》，余金辑《熙朝新语》，顾公燮撰《丹午笔记》、《消夏闲记摘抄》，李调元撰《蔗尾丛谈》，梁章钜撰《浪迹丛谈》，潘纶恩撰《道听途说》，姚元之撰《竹叶亭杂记》，诸联撰《明斋小识》，俞超撰《见闻近录》，朱梅叔撰《埋忧集》、汤用中撰《翼駉稗编》，潘纶恩撰《道听途说》，梁恭辰辑《北东园笔录》，吴芗厈撰《客窗闲话》，张培仁辑《妙香室丛话》，许秋垞撰《闻见异辞》，朱克敬编《雨窗消意录》，朱克敬撰《暝庵杂识》，王韬撰《瀛壖杂志》，高继衍撰《蝶阶外史》，齐学裘撰《见闻随笔》，毛祥麟撰《墨余录》，黄钧宰撰《金壶七墨》，金宗楚撰《豁意轩录闻》，陈元其撰《庸闲斋笔记》，许奉恩撰《里乘》，陆长春撰《香饮楼宾谈》，无名氏辑《记闻类编》，采蘅子撰《虫鸣漫录》，刘世馨撰《粤屑》，宣鼎撰《夜雨秋灯录》，施山撰《姜露庵杂记》，邹弢撰《三借庐笔谈》、《浇愁集》，方飞鸿撰《广谈助》，独逸窝退士辑《笑笑录》，小石道人辑《嘻谈录》，金捧阊撰《守一斋笔记》，退一步居散人撰《祇可自怡》，薛福成撰《庸庵笔记》，李光庭撰《乡言解颐》，程世爵辑《笑林广记》，黄协埙撰《锄经书舍零墨》，俞樾撰《右台仙馆笔记》、《耳邮》、《俞楼杂纂》、《荟蕞编》，百一居士撰《壶天录》，程趾祥撰《此中人语》，李元伯撰《南亭笔记》，李庆辰撰《醉茶志怪》，欧阳昱撰《见闻琐录》，无名氏编《后聊斋志异》，泖滨野客撰《野客谰语》，老人南山撰《香草谈荟》，戴莲芬撰《鹂砭轩质言》，夏芝庭撰《雪窗新语》，管同撰《七经纪闻》，程畹撰《惊喜集》，玉册道人撰《珊海余谈》，丁治棠撰《仕隐斋涉笔》，刘铁云撰《铁云丛谈》，雷瑨撰《清代官场百怪录》，吴沃尧撰《我佛山人笔记》、《趼廛笔记》、《趼廛剩墨》、《中国侦探案》、《札记小说》、《新笑史》，施山撰《姜露庵杂记》，孙静庵撰《栖霞阁野乘》，王浩撰《拍案惊异》，星珊撰《慧因室杂缀》，杨凤辉撰《南皋笔记》，雷瑨撰《骗术奇谈》，小横晓室主人编《清朝野史大观》以及近人，徐珂编《清稗类钞》，梁溪坐观老人编述《清代野记》，李铎撰《破涕录》，杨汝泉编纂《滑稽故事类编》，憨斋士纂辑《笑林博记》等。

第一章　清代的鬼魂故事（上）

清代的幻想故事艺术成就甚高，无论鬼魅故事、神异故事，还是精怪故事，都得到了很大的发展，内容十分丰富，异彩纷呈。

清代的鬼魅故事是中国故事史上鬼魅故事发展的高峰。这个时期的鬼魅故事，能够充分展示清代幻想故事空前繁荣的态势和特征。概括起来讲，主要体现在如下几个方面：一、这个时期的鬼魅故事作品数量大，门类多，涉及面广，超过以往任何一个时期的同类故事；二、这个时期收录、记载鬼魅故事的书籍数量之多，远超过以往任何一个时期，并且有蒙古族、藏族以及某些西南少数民族的鬼魅故事被录写下来；三、这个时期的鬼魅故事，故事性强，艺术质量较高，优秀作品屡见不鲜，而且还出现一些反映晚清社会生活的鬼魅故事，值得珍视；四、这个时期不但原有与鬼魅故事相关的古代民间故事类型增加了许多新的作品，在很大程度上拓展了这一批民间故事类型的容量，而且新出现不少有关鬼魅题材的民间故事类型，使中国古代的民间故事类型更为充实，更加光彩夺目。

清代的鬼魅故事，丰富多彩，包括人鬼婚恋、人鬼友情、人鬼亲情、鬼魂惩恶警世、鬼魂申冤复仇、还阳再生、鬼魅为祟、不怕鬼、驱鬼斗鬼以及其他鬼魅故事。

第一节　清代的人鬼婚恋故事

清代的人鬼婚恋故事，包含人鬼恋情故事与人鬼婚姻故事两个部分，作品甚多，其内容比以往的同类故事更为充实，而且更加具有人情味和生活气息。譬如：

会稽姜铁夫梗说：其乡近岁有渔人，独居无家室，所居有梨花数十树，人呼为“梨花渔人”。一夜月明，放舟湖中，闻岸上有人呼渡，移船近之，未抵岸，其人已在舟中矣。视之尼也，年可十七八，衣缟而姿首甚丽。诘所从来，不应。将及家，登岸，穿林冉冉而去。渔人心知非人。明日晚归，灯火荧然，则尼已先在室中矣。渔人稍疑惧，尼曰：“我非人也，居湖边某村，父母自幼送我为尼。今年月日死，以与君有夙缘，故来相从。且君当得佳妇，亦须我为作合，幸勿讶也。”自此鸡鸣而去，夜即复来，如是将一载。邻里皆闻渔人室有异香。

里中某氏，有女及笄。一日忽有鬼物凭之，言祸福，多奇中，且云：“汝女病，惟某渔善医；且夙缘当为某妇，否者死矣。”其父母惧，邀渔人至其家，渔人不知所以，固辞归。迨暮，尼复告曰：“我與君夙缘已尽，当从此辞。此女当为君妇，祟即我所为，君何辞耶？”渔人谊不负心，因与盟誓。尼感动泣下，亦不复强。明日，渔人以告女之父母，鬼遂不至。不数月，渔人竟卒。

——《池北偶谈》卷二十《梨花渔人》

杭州袁观澜，年四十，未婚。邻人女有色，袁慕之，两情属矣。女之父嫌袁贫，拒之。女思慕成瘵，卒。袁愈悲悼，月夜无以自解，持酒尊独酌。见墙角有蓬首人，手持绳，若有所牵，睨而微笑。袁疑为邻之差役，招曰：“公欲饮乎？”其人点头。斟一杯与之，嗅而不饮。曰：“嫌寒乎？”其人再点头。热一杯奉之，亦嗅而不饮。然屡嗅则面渐赤，口大张不能复合。袁以酒浇入其口，每酒一滴，则面一缩。尽一壶，而身面俱小，若婴儿然，痴迷不动。牵其绳，所缚者邻氏女也。袁大喜，具酒罂，取蓬首人投而封之，画八卦镇压之。解女子缚，与入室为夫妇。夜有形交接，昼则闻声而已。

逾年，女于喜，告曰：“吾可以生矣，且为君作美矣。明日，吾借其尸可活。君以为功，兼可得资财作奁费。”袁翌日往访某村，果有女气绝方殓，父母号哭。袁呼曰："许为吾妻，吾有药能使还魂。"其家大喜，许之。袁附女耳低语片时，女即跃起。合村惊以为神，遂为合卺。女所记忆，皆非本家之事。逾年，渐能晓悉，貌较美于前女。

——《子不语》卷七《鬼差贪酒》

以上两则有关穷汉与女鬼相恋的故事，各有情致。前一则故事情节比较单纯，写单身渔人与年轻尼鬼的恋情，感人至深。渔人明知对方非人，仍和其寝处，夜聚朝散，历时一载，感情与日俱增。他们都深深爱着对方，时时替对方着想：尼为渔人寻觅佳偶，让对方日后有一个美满家庭；渔人不做负心汉，因与盟誓，毅然踏上黄泉路，永不分离。后一则是个复合故事，前半部分为人鬼恋与斗鬼差两个母题组成，后半部分为人鬼恋与借尸还魂两个母题组成。这则多母题的复合故事，使最初带有悲剧性的爱情故事，随着情节的推进，逐渐发生变化，竟然美梦成真，让恋爱双方最终在人间结成眷属。这种变化，在一定程度上展示出封建社会后期青年男女力图冲破封建束缚、追求婚姻自主的思想意识的觉醒。又如：

金陵沈某，慕吴下山水之秀，买舟往游。一日，至元墓幽僻绝胜处，流连忘倦，而燥渴思饮。见道旁茅舍数椽，门庭雅洁，花木交映。有老妪倚门立，沈前揖求饮。妪询姓名居址，延入饷以果茗。觉竹屏帘幕间，仿佛有丽人行走。沈问室中何人，妪曰："一小娘子，为老身所乳养，性厌城嚣，故伴居此耳。"沈欲一见，老妪颔之。未几，环佩琤琤，香风习习，女郎盛服而出。沈瞻拜神驰，罔知所措。

妪询知沈未授室，谓女曰："老身阅人多矣，无如此郎，小娘子亦有意乎？"女含羞不语。妪曰："好姻缘岂宜错过？"乃置酒成礼，指心誓日，期以永偕。沈遂移寓元墓小庵，每夕往女家就宿。

后沈以应试归，荏苒将度岁。忽一人自姑苏来，投书于沈。拆视之，绫帕一方，绣诗其上曰：

细刺交绫记别言，殷勤留寄白门轩。

残针点点传愁绪，线笔行行隔泪痕。

除却赠人桃叶渡，任凭贯酒杏花村。

他年崔护如相忆，青冢持来招怨魂。

沈览诗，悲疑交集，往苏州访故处，仅见荒坟二冢。询之，乃吴中十七岁才女死葬于此，傍一冢，乳娘也。

——《秋灯丛话·吴中才女》

平湖董生，年二十余，颇俊逸，从其舅习幕山阳。偶出游，途遇一美，睨之微笑，招以目。生尾之出城。至僻静处，有小屋一间。女邀生进，一床外无长物。入以游词，笑不拒，遂与为欢。有菜佣过其地，见生伏一棺，作云雨状，知为鬼迷。救醒，送归县署。大病月余乃安。

一日薄暮，方据案作书，忽耳中奇痒，似有物钻入者，探之则无。从此左耳作种种鸣声，不复能听。以为气闭，治之半月不瘥。一夕，枕上忽闻悄语曰："前次野合，为人惊散。寻君月余，今幸入耳，有安身处，可终身相守乎？"细辨其音，则前遇妇人也。惊问曰："既欲相叙，何不出共谈笑，匿耳何为？"女曰："缘未至。"问何时？曰："四十八月。"不解其意语。由是每夜纵谈，虽聋不觉其困。

越三年余，女谓生曰："君可娶矣。"生曰："家贫，聘尚未能，娶于何望？"女曰："固知之。山阳某绅，家巨富。止一女，年十七，貌极美。昨夜暴病卒。君往言，如肯以女妻汝，我能生之。渠必允。君但以耳就女口鼻间，妾即借躯复生，与君图永好也。"生如言，果得妻，耳聋亦愈。

——《妙香室丛话》卷十三《董生》

以上两则有关人鬼婚恋的故事，流布于江浙一带。故事主人公均为客居他乡的书生，而所遇的都是年轻佳丽的幽魂。前一则故事情节较简单，沈生别离后，吴中才女亡灵陷入离愁别恨的痛苦之中，却无力改变不幸的命运，结局悲凉、凄惋。后一则故事情节较为曲折，颇有情趣，其结局与前一则大相径庭。关键是女主人公积极主动，敢于追求爱情，不失时机地改变命运，并且最终得到了幸福。

这个时期的人鬼婚恋故事，尚有写筠弱冠时已亡故之未婚妻前来与其交合，逾岁乃绝的《觚剩·筠湄幽婚》；写缪生聪敏韶秀，已聘妻尚未来完婚，与一绝色女鬼燕好而受阴，竟气绝身亡的《蚓庵琐语·缪俊明》；写农家子邢某和一女鬼同居，俨然伉俪，以邢妻如若正嫡的《旷园杂志·湖滨冥缘》；写僮仆深夜入室与一美女交合欢好，绸缪备至，得知其为鬼后即击之而灭的《夜谭随录·萤火》；写女鬼与喜爱之男仆交好，虽仆母反对仍每夜必至，终于结为伉俪，使其家小康的《小豆棚·鬼妻》；写蒋生负约让与其私定终身之女抑郁身亡后，该女仍不忘情，常来相会的《闻见偶录·蒋氏妖鬼》；写陈生郊外踏青归家时，中途与一绿衣女鬼发生一夜情的《右台仙馆笔记》“陈生遇鬼”；写张生性佻达，夜行与所遇女鬼挑逗，因有一夜情的《南皋笔记·徐十一姐》等。

第二节　清代的人鬼亲情故事

清代的人鬼亲情故事，内容十分丰富，涉及夫妻、母子、父女、祖孙等关系，表现亡灵对配偶、双亲、子孙等家人的思念、关怀、疼爱、帮助、保护，从亲属的视角来揭示世人的感情世界，大都感情真挚，颇为动人。譬如：

康熙年间，嘉兴十八里柳道人港皆姓甘，聚族所居，以田庄为业。偶一异姓来居，止夫妻、父子数人。其父小业营生，至苏州病故，贫不能敛。甘姓共醵助其子，载丧还家。其鬼亦随之而归。言语饮食，处分家事，与生无异。夜半即往田，助其子种耨。未明，辄呼其子力作，但不见其形。其子偶私语疑之。父即大骂，空中与杖曰：“汝父子不认，非人类矣！吾在苏州寓某人家，尚有虎丘席几条，包袱一个，内有衣物几件，汝可往取之。”子如其言往，果得之。田主吴尚南平，遣仆计姓者，往物色之，且谯责其子，以妖言惑众将治之。官甫至门，砖石如雨。临舟大骂，尽数计姓之隐恶。计不敢犯，仓皇窜去。后年余寂然，不知何怪。

——《述异记》卷中《客死鬼还家》

江浦南乡有女张氏，嫁陈某七年而寡。日食不周，改适张姓。张亦丧妻七年，作媒者以为天缘巧合。婚甫半月，张之前夫附魂妻身曰："汝太无良，竟不替我守节，转嫁庸奴。"以手自批其颊。张家人为烧纸钱，再三劝慰，作厉如故。未几，张之前妻，又附魂于其夫之身骂曰："汝太薄情，但知有新人，不知有旧人。"亦以手自击撞，举家惊惶。

适其时原作媒者秦某在旁，戏曰："我从前既替活人作媒，我今日何妨替死鬼作媒。陈某既在此索妻，汝又在此索夫，何不彼此交配而退？则阴间不寂寞，而两家活夫妻亦平安矣！何必在此吵闹耶？"张面作羞缩状，曰："我亦有此意，但我貌丑，未知陈某肯要我否？我不便自言。先生既有此好意，即求先生一说何如？"

秦乃向两处通陈，俱唯唯。忽又笑曰："此事极好，但我辈虽鬼，不可野合，为群鬼所轻，必须媒人替我剪纸人作舆从。具锣鼓音乐，摆酒席，送合欢杯，使男女二人成礼而退，我辈才去。"张家如其言。从此两人之身，安然无恙。乡邻哄传某村替鬼做媒，替鬼做亲。

——《子不语》卷四《替鬼做媒》

以上两则故事题材各不相同，但都生活味浓郁，饶有风趣。前一则描写亡灵回来料理家事引起的两场风波，表现了关爱家人，尤其是关爱儿子的真挚感情。后一则通过两个已婚的亡灵结为夫妻，折射出人世间丧偶者重新组建家庭、过上和谐美满生活的曲折与艰辛。又如：

句容乡妇有以产死者，厝棺荒墟。其邻近卖糕店，每日见一妇人来买糕两枚。及晚穿钱，必有纸钱灰，适如妇人买糕之钱数，店主怪之。明日复来，乃以盆水受其钱，妇遽泣曰："实告君，我非人也。我以产死，既入棺，而子生。每日买糕哺之，当佑店中多获生意。凡买客夜来者，皆我所为也。”因复哀吁曰：“吾家现已无人，此子久在棺中，终难得活，且与店主同姓，如蒙救出，抚育为子，则生生世世铭此大德矣。”店主恻然许之，因曰：“恐以开棺获罪，奈何?”妇人曰：“方感大恩，开棺何害?”因告以地址方向，呜咽拜谢，瞥然而没。

店主依言觅之，果得一棺。启之，尸尚未朽，即买糕妇也。一儿微有温气，灌以姜汤，始能啼能动。店主遂抚为子，而葬妇棺。及儿已长，颇以贸易致富，店主告以其母墓所在，使往祭焉。夜梦其母告曰：“吾昔为汝买糕，每过某溪，浮水而渡，甚觉苦楚。汝今宜建一桥，以便行人。”其子乃建桥溪上，名之曰“买糕桥”。句容人至今能道其事。

——《庸庵笔记》卷六《鬼买糕哺子》

江夏朱云舫敏中，元配早死，有一子四女，继室以龙氏。龙氏女在室时，梦有妇人至其前，呼之为妹，意若甚昵。龙固不识也，私计此人何以妹我。妇人已若觉之，笑曰：“妹不知欤？吾侪姊妹也。今有事相托，请从我一行。”乃与偕往，房栊曲折，且经由爨室，始至一处。有婴儿卧床上，妇抚之而谓女曰：“此妹之子也，宜善视之。”觉而异之焉，不以告人。梦之次日，而朱氏之媒至，竟归于朱。成礼逾月，始履行其屋，由爨室至最后一屋，宛如梦中所历。入之，则前妻所生子及乳媪在焉。盖正屋方娶新妇，故移此耳。女憬然悟梦中所见，此则女也。命移儿至己所卧室，抚爱之无异所生。后女竟无出，而其子亦善事之。

——《右台仙馆笔记》卷六“龙氏”

以上两则故事均以称颂母爱为题旨。前一则描写产妇亡灵哺育新生儿的动人事迹，笔致平实、细腻，感人至深，在同一类型的故事中亦较为突出。后一则借助生母给后母托梦的情节，展现了两位母亲，尤其是后母的爱子深情，乃是一曲感人肺腑的母爱赞歌。再如：

明正统间，金陵指挥王某，无子。运粮过济宁，买一妾，美而贤，宗姻咸敬爱之。生一子，而夫与正室相继死。妾治家教子，极有法。既而子袭官，部运北上，问外家所在，但言嫁时年幼，都忘之矣。妾之归王氏者三十余年，晨起必梳沐帏中，子妇立户外，俟其出，乃敢前拜，近侍二婢，亦未尝见梳洗也。一日晨兴颇迟，二婢立榻前，风动帐开，乃见一无头人，持髑髅置膝上，妆饰犹未竟，仓皇加颈不及，身首俱仆。婢惊呼子妇入视，则固一具枯骨也。人围呼其子为鬼头王。

——《蔗尾丛谈·鬼头王》

这一则作品，情节诡诞，构思奇异，不同于一般的鬼母育儿型故事。其中，生下儿子并且将其养大成人的金陵其官员之妾，竟是一个亡灵。三十多年后，当其完成育子的使命时，才暴露其真面目，化为一具枯骨。正因为如此，更能展现出一种特殊的母爱精神，具有极大的感染力和震撼力。

这个时期的人鬼亲情故事，尚有写年轻寡妇坚不改嫁，家中所供亡夫土偶竟变为真人与其交合，待其生子后方才永诀的《聊斋志异·土偶》；写亡妻与丈夫幽会年余，后来宗党为其夫续弦，亡妻百般刁难，以桃木钉墓四隅乃绝的《聊斋志异·鬼妻》；写亡灵附人身以担负家庭主妇之责的《子不语·鬼买儿》；写煞神贪吃酒馔，所牵李某魂被妻儿夺走，放于棺中遂复苏，煞神因此受罚的《子不语·煞神受枷》；写汪某亡灵返家后及时搭救儿被庸医误杀之堂兄与荡舟儿为石柱碰毙之胞兄的《子不语·灵鬼两救兄弟》；写祖母亡灵出来保护子孙全家人免受盗贼侵害的《续子不语·僵尸拒贼》；写某甲死而不愿离去，其妻改嫁后竟随至后夫家，让人心碎的《续子不语·痴鬼恋妻》；写后妻虐待前妻儿女被捉身亡，前妻亡灵借其尸体还阳持家，待儿女成人方离去的《谐铎·鬼妇持家》；写母思念被虎所食村儿病笃，儿凭母作语以慰亲人，接着又作村中五十余人语，并与其家人一一相会，其后母病遂愈的《谈虎·某家村儿》；写某甲死后仍然爱子恋妻，妻因贫困而改嫁后，其亡灵始终护佑儿子，直至成立的《阅微草堂笔记》"某甲"；写章生死后为判官，章妻往庙中祭奠时，其亡夫之判官泥塑竟流下眼泪的《咫闻录·章生》；写亡夫帮助其妻某氏在赌场获胜，使欲强娶某氏之屠夫不能得逞的《咫闻录·姚家妇》；写周某五十无子，娶妾生一男后乏乳，周父亡灵在冥中为其买乳，使其双乳涌出的《履园丛话·买乳》；写渔人蒋某丧妻后与丧夫渔妇吴氏结为夫妻，吴氏亡夫不悦，蒋某以其亡妻与其婚配，鬼大喜而去的《履园丛话·鬼婚》；写某孝子亡故后犹能以自身之力供养老母的《[illegible]新语》“鬼老子”；写吴某越千山万水寻找亡妻，在阴界与亡妻相会的《此中人语·吴某》；写亡妇为生在棺中小儿成衣，其夫发觉后将小儿抱回抚养成人的《此中人语·黄老虎》；写王某亡故后挂念妻女，托人捎银回家并为闺女择婿的《醉茶志怪·鬼结婚》；写客死他乡之老少孤魂托人寄信给家眷，嘱其前来迎回来故乡安葬的《醉茶志怪·山左布商》；写一寡妇再醮他家，其前夫鬼魂在窗外窥视时受到新夫呵叱，倏忽不见的《醉茶志怪·鬼恋妻》；写在天津病死者附身于上海家中佣媪向妻儿报丧的《庸庵笔记·新鬼回家》；写亡故的祖父祖母挺身搭救被群鬼挟持之孙子的《庸庵笔记·村童夜陪鬼饮》；写亡妻附于女婢之身以探望其夫，相互问候和劝勉的《庸庵笔记·亡妻探夫》、写何某生平无善状，惟以一孝掩百恶的《仕隐斋涉笔·鬼孝》等。

第三节　清代的人鬼友情故事

清代的人鬼友情故事，数量亦很多，主要涉及鬼魂助人、鬼魂求助、人鬼亲善等各种题材，从不同的方面展示人世间彼此关心、彼此照应、彼此帮助的不同于亲情和恋情的友好情息，无论他们以往是否相识。其中，不少作品颇为感人。有关鬼魂助人的作品，譬如：

康熙廿八年间，武林清河坊有赵姓者，往西山索逋归，日已暮。行至集庆寺之东，骤雨昏黑，又无雨具，不能前进。彷徨间，见有厝棺之室，檐底可以避雨，乃向棺致揖曰：“暮夜不及入城，暂借尊檐憩息。”遂坐其下假寐。夜将半，忽闻有呼者云：“某地演戏，吾与若盍往观乎！”室内应曰：“汝自去，吾今夜有客，不及奉陪。”呼者邀之数四，而室中坚却如初。五更雨止，天亦渐明，急趋入城，而遗其枣木戮，乃假诸人者，虑其来索，复寻至昨宿处。戮在檐下，见其旁虎迹甚多，始悟夜间之鬼所以不去者。感其人之有礼而护其虎厄也。呜呼！鬼尚知爱礼，而人可弗鬼若哉！

——《述异记》卷上《鬼救虎害》

莆田林生霈言：闽一县令，罢官居馆舍。夜有群盗破扉入。一媪惊呼，刃中脑仆地。僮仆莫敢出。巷有逻者，素弗善所为，亦坐视。盗遂肆意搜掠。其幼子年十四五，以锦衾蒙首卧。盗掣取衾，见姣丽如好女，嘻笑抚摩，似欲为无礼。中刃媪突然跃起，夺取盗刀，径负是子夺门出。追者皆被伤，乃仅捆载所劫去。县令怪媪已六旬，素不闻其能技击，何勇鸷乃尔。急往寻视，则媪挺立大言曰："我某都某甲也，曾蒙公再生恩。殁后执役土神祠，闻公被劫，特来视。官资是公刑求所得，冥判饱盗橐，我不敢救。至侵及公子，则盗罪当诛。故附此媪与之战。公努力为善。我去矣。"遂昏昏如醉卧。救苏问之，懵然不忆。盖此令遇贫人与贫人讼，剖断亦颇公明，故卒食其报云。

——《阅微草堂笔记》卷七"鬼魂击盗"

以上两则描写鬼魂助人的故事，都具有出乎意料之外，又在情理之中的特点。前一则棺木中的鬼魂对素不相识的避雨求宿者尽力照应，甚至放弃外出娱乐的机会，使来客免遭虎厄，充分体现出好客知礼的传统美德。后一则写在土地庙中执役的鬼魂附于老媪之身，猛力击盗，救助致仕县令，不但彰显了知恩图报的传统美德，而且说明为善人者终得好报的道理。又如：

杭城艮山门外，俞家桥杨元龙，在湖墅米行中管理账目。湖墅距俞家桥五里，元龙朝往夕返，日以为常。偶一日因米行生理热闹，迟至更余方归。至得胜坝桥，遇素识李孝先偕二人急奔。元龙呼之，李答云："不知二人何事要紧，拉我往苏州去。"杨询二人，皆笑而不答。元龙拱手别李。李嘱云："汝过潮王庙里许小石桥边，有问汝姓名者，须告以他姓，不可言姓杨。若言姓杨，须并以名告之。切记切记！”元龙欲问故，孝先匆匆行矣。

元龙前行至桥，果有二人坐草中。问其姓名，元龙方答姓杨，二人即直前扭结云：“久候多时，今日不能放你了。”元龙以手拒之，奈彼伙渐众，为其扯入水中。始悟为鬼，并记前语，即大呼曰：“我杨元龙，并未与各位有仇。”中有一鬼曰：“误矣！放还可也。”方叫唤间，适有卖汤圆者过桥，闻人叫声，持灯来照。见元龙在水中，急救之。元龙起视，即邻人张老，告以故。张老送元龙归家。

次早，元龙往视孝先，见孝先方殓。询之其家，云：“昨晚中风死矣。”盖遇李时，即李死时也。但不知往苏州何事。

——《子不语》卷十九《冤鬼错认》

天津镇标千总张某，从军徽省。是处新遭兵燹，人烟绝稀。张奉上命传递公文，与一营卒乘马驰行。天色昏黑，无所投止，远见半里外一星灯火，奔赴之。有破屋二楹，殊无院落。推扉入，土灶前一竹筒，承以灯碗，碗中残火犹明。有二叟面目枯瘦，神色凄其，疑张为贼，伏地乞命，言词悲楚。张告以故，且求寄宿。二叟惊定始起，伛偻甚恭。张索饮食，二人唯唯应命。一人为张秣马于阶前，一人持数饼至。张更求汤饮，叟应命而出，久待不返。张与卒俱疲倦，乃倚装酣睡。及醒，已晓，视其马啮草于庭间。砌下横一尸，白发苍苍，类六十许人。转视屋后，卧一尸，身首异处，年亦如之。瞻其面貌，即夜间之二叟也。浩叹而去。

——《醉茶志怪》卷三《张千总》

在这两则故事中乐于助人的鬼魂，有的和故事主人公相识，有的和故事主人公不相识，但是都与人为善，尽可能奉献爱心。前一则写李某踏上黄泉路时，匆忙之中尚不忘提醒好友，希望好友免遭不测。其对友人的一片深情，在“切记切记”声中表现得淋漓尽致。后来的遭遇，完全显示出其人的叮嘱何等重要，何等及时！后一则写惨死于兵燹的二老亡魂，强忍悲怆与苦痛，为素不相识的远方来客秣马、送食，尽可能照顾好客人，令人感佩。从中不但可以窥见战乱对社会的巨大危害性和给民众带来的厄运，而且可以窥见淳朴的民风和真诚的人际关系。

这个时期的鬼魂助人故事，尚有写名医刘某鬼魂现身治病救人的《池北偶谈·刘云山》；写科考时胞弟亡灵为兄代笔，使其是秋闱得售的《述异记·场中鬼代笔》；写伥鬼提醒在山中砍柴之好友，让其速归因而免被虎食的《述异记·伥鬼救友》；写王生坚拒入室女鬼勾引，受到其折磨而病颠，城隍庙中泥鬼将女鬼赶走，王生始得平复的《聊斋志异·庙鬼》；写勾差长鬼因同情张某而为其出谋划策，使之得以延寿，却因泄冥事被责打革职的《子不语·长鬼被缚》；写张某诚朴无私，鬼友设法让人帮忙搬走其家门前缢尸，以免其人吃官司的《续子不语·张稿公》；写王二哥亡灵让家人往招堕马昏绝之多某魂魄，使其得以复苏，以后多某每逢节令均祭奠王二哥的《夜谭随录·多前锋》；写某举子租小庵度夏，一幽魂闻其讽诵，遂入室攀谈，阅其所录之书乃去的《阅微草堂笔记》“小庵幽魂”；写一商人在新疆夜行遇鬼，当得知他冒严寒去给病友还钱时，鬼不但不作祟，反而为其引路使之免受险阻的《阅微草堂笔记》“呼图壁”；写二人进京途中投宿鬼宅，因触怒少主将罹祸时，为苍头搭救得免的《履园丛谈·滕县遇鬼》；写某人夜晚醉归时被恶鬼迷惑，困于河中，后来被好心鬼差救起的《履园丛话·鬼差救人》；写马某亡灵为一庙中买办，好友章生病殁后，马某推荐其在庙中当判官的《咫闻录·章生》；写因有布客求宿于墓旁，墓主人乃留下与其作伴，而未前去参加盂兰盛会的《镜花水月·鬼作伴》；写汪某漏夜为重伤老父觅医，得到一老者鬼魂所赠仙桃草，其父竟起死回生的《妙香室丛话·仙桃草》；写一小偷隔窗探物，为鬼手捉住，惊吓晕绝的《醉茶志怪·鬼驱贼》；写夜晚幕客申某与鬼友玩牌时，鬼友让其受惊奔出衙门，因此免遭群贼杀戮的《醉茶志怪·申某》；写李某夜行被群鬼纠缠，幸得一少女亡灵帮助，乃安然无事的《右台仙馆笔记》“女鬼救人”等。

有关鬼魂求助的作品，譬如：

徐滨溪言：其祖母盛氏，余杭右族也。祖母尝言在室时，见收生妇王老娘者，自言十月初十，夜半有扣门声音甚急。启视，则唤收生者也。有淡青色灯一对，引之上船，其行如飞。至其家，坐蓐者乃一红衣妇人，称曰大娘，其姑称太太者，与收生妇共食，但酒肴俱冷，不甚可口。食毕，临盆产一子。其姑与银半锭，大娘又私赠银五钱，复以原舟送之归，天尚未明也。少寐，觉腹痛异常，呕吐狼藉，皆树叶也。因惊疑昨晚产子者非人。检其所赠，乃冥镪半锭也。唯大娘之银则未假焉。疑为殓时焚化衣物耳。

——《述异记》卷下《鬼产收生》

杭州清波门稳婆姓徐，老于收生，凡有难产，或濒殆者，能转危为安，应手立效，故巨室临蓐，必迎致之。一日薄暮，有人坌息而至，问此是收生徐媪否？曰："然。"其人曰："家小主母坐草两日，而胎未下，势甚急。知媪好手，特令相迎，肩舆在门，请速去。"徐不暇详诘，仓猝登舆。

出城已昏黑，途径莫辨。约数里，其人曰："至矣。"见一巨宅，从角门入。有翁徬徨室中，见其人问曰："收生来乎？"曰："来矣。"翁有喜色，谓徐曰："黄夜相招，累媪蒙犯霜露，心殊不安。"徐笑曰："我辈衣食在是，岂敢惮劳。十二时中生育不绝，谁家娘子能自主白日诞麟耶！"即有婢妪自内出，炳巨烛导入卧室，雕奁绣榻，锦幔金钩，光艳夺目。妇女数辈，衣饰俱华美，见徐入，共相迎劳。一紫衣妇年四十余，低与之曰："吾家娘子临盆久，犹未免身，腹痛不可忍，将就殆，媪视之，得无妨乎？"披帷，见少妇拥红绣衾，叠枕而卧，眉黛紧蹙，娇喘欲绝。两美婢内外夹侍。徐以手入衾探之，曰："恭喜，男胎也，交手时即分娩矣。"因于腰间出红纸裹曰："此催生良药，服之当奇验。"紫衣妇即令煎饮。少顷，闻床上少妇宛转呼号，颦楚尤甚。徐曰："在此时矣。"解衣登床，为之收接。呱呱一声，而儿已堕地，举室相庆。紫衣归取绣褓令徐绷裹讫，曰："媪大劳苦，扰攘半宵，而勺水未咽。将无馁耶！"因与俱出，翁亦称谢者再。即令进馔肉一碟、面一盘，别无他肴。徐窃怪其简，而味又恶劣不堪食，勉尽半器。

翁酬以大银两锭，仍以肩舆送归。比至，天将晓而城闉未辟。舆曰："我等奔走已倦，欲速归。此去姥家不远，请少憩，待城启而入，可乎?"徐许之，下舆坐城阙以俟，舁舆者疾驰去。

既至家，子妇咸来问讯。徐盛称其家居室、器服之美，并获厚赠。得出视之，乃纸镪，骇异失色。喉中咽咽作声，所食物一呕而出，面则蚯蚓，肉则癞蛤蟆也。始悟遇鬼，病累月而瘥。后有昏夜邀其收生者，非素习之家，悉辞不往，盖有鉴于此云。

——《香饮楼宾谈》卷一《徐稳婆》

以上两则替鬼接生的故事，对稳婆的一次特殊经历均作了全面交待，情节大体相似，然而详略却各不相同。与前一则相比，后一则颇为详细，从登门迎接、入室收生到抬轿送还，一一作了叙述，不仅注意居室、器服的展示和各种细节的描写，而且注意通过言谈举止来刻画人物，包括稳婆、产妇、老翁、紫衣妇、舆夫等，无不生动传神。又如：

布商某，山左人，客于完满之界。夜行遇雨，晚无息止，远望有草房在半里外，急趋之。至屋前，有老叟迎之，情极殷洽，而四壁萧然，似久缺烟火者。商出囊中糇粮，与叟共啖。叟自言："济南人，流落于此，苦不能归。今幸遇乡人，万生有福，烦寄语家人，遣人来迓，则感德无穷矣。"言次，泪落如雨。商亦恻然，扪金相赠，叟固辞不受。俄一少年冒雨入，衣如悬鹑，容颜枯瘦，向客一揖，侧立垂手。商云："何谦逊如此?"叟云："此予之敝邻，亦有求于君，焉敢倨傲?"少年云："仆亦落魄于此地，归里时亦烦寄信，没齿不忘。敝庐去此不远，愧无肴酒敬客，故不敢奉屈贵趾。请与丈人谈，仆去也。"言毕，拱手而去。商询二人姓名、里居，叟并详告，乞商书于簿而志之。叟语毕，面墙卧，沈沈酣睡。商坐以待旦。

天明雨止，呼叟辞行，不应。撼之，珊珊作响，应手而颓，则一堆骨而已。出门回顾，乃一败棺。数步外，复有一冢，始悟为少年之墓。后到济南，访其两家之人，而各告以故。

——《醉茶志怪》卷三《山左布商》

客有贸于草地之拉布郎寺者，途中见一髑髅，戏以海椒塞其口。问之曰：“克梗莫克梗？”即闻有人应声曰：“克梗克梗。”“克梗莫克梗”者，盖番语，犹华语所谓“辣不辣”也。“克梗克梗”者，犹华语所谓“辣”也。自是尝闻有人随之作“克梗克梗”声。客乃大骇，因而空语曰：“克梗克梗，子岂将为我祟耶？前言戏之耳，常随我作“克梗克梗”声胡为者！”其闻有人応之曰：“[illegible]，……子乃见而戏之乎，吾将以克梗克梗长随子矣。”客惧甚，乃寻其骨而封之。是夜梦其人来谢，以后不复闻“克梗克梗”声矣。

——《南皋笔记》卷二《克梗克梗》

以上两则故事，均以掩埋遗骨为题材，然而内容与风格迥异。前一则流传于北方汉族地区。写客死他乡的一老一少两个孤魂野鬼向同乡的布商求助，拜托其还乡让家人来迎回他们的遗骨，言辞恳切，彬彬有礼。而托人之举，是建立在彼此投缘，相互友好的感情基础上的。整篇作品笼罩着一种悲凉的氛围。当布商辞行发现枯骨、败棺、荒冢时，使人不胜唏嘘。后一则流传于西南藏族地区。故事从写客商戏弄骷髅的恶作剧开始，引出一位藏胞遗骨长期暴露荒野的心酸事来。结尾处，我们读到当客商将藏胞遗骨安葬以后，其亡魂托梦致谢时，方才感到一丝宽慰。

这个时期的鬼魂求助故事，尚有写一称为“林四娘”之故衡王宫嫔与青州观察陈某友善，常借其亭馆延客的《池北偶谈·林四娘》；写一女鬼求陈某设法将其遗骨送回姑苏安埋，事成即来致谢的《客窗笔记·书总戎女归葬事》；写某相士被邀去郊外为亡灵一家看相的《耳食录·青青》；写一女子夜宿六盘山麓时被群盗害死，其亡灵求杜某市棺移骨平原，后令杜得善报的《阅微草堂笔记》“杜奎”；写某人之亡灵托旧友给家人捎信，友人至其家方知道此人已亡故三载的《三借庐笔谈》“鬼寄书”；写李县令亡灵派鬼差送书信，托刘师爷为其处置身后亟待处理之事的《咫闻录·鬼书》；写幕友某病故，其亡灵久客思归，求友人为其办理路票并焚纸锭得以还乡的《庸庵笔记·旅鬼索路凭归费》等。

有关人鬼亲善的作品，譬如：

崇明李明经杜诗，年七十余，率其徒数人应科试，自崇抵崑，已薄暮矣，遍觅寓所，已无下榻处。惟东南门柏家厅有楼五楹，李遂偕其徒居之。

时方六月下旬，盛暑郁蒸，诸徒舟车劳顿，已就榻酣睡矣。李独卧不成寐，见残月渐明，楼下如有人声窃窃私语。闻一人曰："如此炎天，楼上诸公得毋太热乎？我辈夜凉无事，胡不上楼代为驱暑？"于是渐闻梯上有声，如连步而上者。李素称胆壮，亦不畏之。少顷，渐至榻前，各执蕉扇一柄。有无头者，则以扇插颈，答答若摇状；无臂者以扇插肩，盘旋于帏前。见数十鬼中，肢体无一全者，或驰于东，或趋而西。一人曰："厢间进士公下榻，我辈盍先送凉？"既而曰："某某虽秀才，尔辈何薄待之？我为之拂暑。"而独不至李。迨诸徒榻前摇扇几遍，将作下楼状，忽齐声曰："扬仁风而不及老贡生，非情也。"遂各举扇一摇，呼啸而去。

李徐呼其徒曰："今夜得毋太凉乎？"皆答曰："凉甚。"李曰："汝不知其故乎？"因徐为道之，诸徒愕然惊起，不敢复卧。次早，询之土人，有老者曰："明季被兵时，有民人百余，皆潜伏此楼下。既而兵入，悉被屠戮，无一存者。今百余年，此楼尚多祟也。"是日亟迁寓而去。

——《履园丛话》卷十五《送凉》

吴江有渔者李正，所居一港甚僻。一夕得鱼沽酒独酌，一人立门外。李曰："子何来？"曰："予鬼也，溺此港中数年矣。见翁独酌，欲分一杯可乎？"李曰："子既欲饮，可入坐。"鬼遂对酌，后因常至。

越半月，鬼谓曰："明日代我者至，我将去矣。"问何人，曰："驾船者。"明日伺之，果一人驾船来，并无他故而去。及夜，鬼至，李曰："何以不汝代？"曰："此人少年丧父，养一幼弟。吾害之，彼弟亦不能生矣，故释之。"

又半月，鬼又曰："明日代我者至。"次日，果一人到岸边，徘徊数次而去。其夕鬼至，复问何以不代？鬼曰："此人家有老母，死则无依，故释之。"李曰："汝如此存心，岂久堕泉下者哉！"

又数日，鬼曰："明日有一妇人代我，我特来告别。"次日伺之，傍晚有妇人临岸意欲下水，复循岸去。鬼又至，李曰："何以又舍此妇？"曰："此妇怀孕在身，若不阻之，是丧二命也。予为男子没水滨数年，尚无生路，妇何日超生。故又舍之，任予魂消魄散于水中，誓不敢丧人二命也。"潸然泪下。

别数日，鬼忽绯袍乌帽侍从甚众来辞李，曰："上帝以吾仁德好生，敕为本方土地。"言讫不见。

——《北东园笔录》续编卷二《溺鬼自拔》

以上两则故事中的鬼魂，尽管自身非常不幸，却都时时与人为善，处处乐于助人，无不具有仁爱之心。前一则为一群应科试读书人送凉的，是众多受害者的鬼魂。他们尽管自身肢体不全，长期得不到超度，却还要替他人着想，为他人操劳。在那群想方设法为别人摇扇送凉的鬼魂中，竟有无头者、无臂者，实在难能可贵。后一则主要表现该溺鬼的恻隐之心。他自愿放弃投生的机会，使他人得以生存，一而再，再而三，可谓仁厚待人，襟怀博大。他所同情、怜悯、帮助的，无一不是值得同情、值得怜悯、值得帮助的属于弱势群体的人们，令人钦佩。

这个时期的人鬼亲善故事，尚有写乡民沈某亡灵前往友人处叙旧，忽然隐入壁中，友人始知他已作古的《述异记·沈耀先现形》；写一女鬼月夜常全影映于某画士阔纸窗幔上，某知其求写照，待其画成后鬼即隐去的《阅微草堂笔记》"为鬼写照"；写遣犯彭某弃女为杨某养育，亡故后在梦中与杨某相聚的《阅微草堂笔记》"遣犯彭杞女"；写某生应试后自郡城回家时偶遇鬼卒，彼此相谈颇为投缘的《道听途说·鬼伴》等。

第四节　清代的鬼魂申冤报仇故事

清代的鬼魂申冤报仇故事，作品数量颇多。故事主人公大都是受迫害、受欺凌的下层民众。他们虽然遭遇各种不幸，含冤蒙羞而死，却至死不屈。其亡灵四处申诉冤情，矢志报仇雪恨，极富反抗精神。此类故事历来都相当引人注目，到了清代又涌现不少思想内容较为深刻，艺术性较高的佳作，譬如：

乾隆年间，广东三水县前搭台演戏。一日，演包孝肃断乌盆。净方扮孝肃上台坐，见有披发带伤人跪台间，作申冤状。净惊起，避之。台下人相与哗然，其声达于县署。县令某着役查问，净以所见对。县令传净至，嘱净仍如前装上台，如再有所见，可引至县堂。

净领命行事，其鬼果又现。净云："我系伪作龙图，不若我带汝赴县堂，求官申冤?"鬼首肯之。净起，鬼随之。至堂，令询净："鬼何在?"净答："鬼已跪墀下。"令大声唤之，毫无见闻。令怒，欲责净。净见鬼起立外走，以手作招势。净禀令，令即着净同皂役二名尾之，视往何处灭，即志其处。

净随鬼野行数里，见入一冢中，冢乃邑中富室王监生葬母处。净与皂将竹杖插地志之，回县复令。令乘舆往观，传王监生严讯。监生不认，请开墓以明己冤。令从之。至墓，开未二三尺，即见一尸，颜色如生。令大喜，问监生。监生呼冤，云："其时送葬人数百共观，下土并无此尸。即有此尸，必不能尽掩众口。数年来，何默默无闻，必待此净方白耶?"令韪其言，复问："汝视封土毕归家否?"监生曰："视母棺下土后，即返家。以后事皆土工为之。"令笑曰："得之矣。"速唤众土工来，见其状貌凶恶，喝曰："汝等杀人事发觉矣，毋庸再隐。"众土工大骇，叩头曰："王监生归家后，某等皆歇茅蓬下，有孤客负囊来乞火。一伙伴觉其囊中有银，与众共谋杀而瓜分之。即举铁锄碎其首，埋王母棺上，加土填之，竟夜而成冢。王监生喜其速成，复厚赏之，并无知者。"令乃尽致之法。

相传众工埋尸时，自夸云："此事难明白，如要得申冤，除非龙图再世。"鬼闻此言，故借净扮龙图时，便来申冤云。

——《子不语》卷十一《冤鬼戏台告状》

泗州某生，薄游粤之琼州府，寓僧舍中。先有一客在焉，询知为江西刘某，与新太守有旧，因新太守未至，暂寓以俟，偶题诗壁上，牢骚惋恻。泗州生颇有怜才之意，邀之小酌，相见恨晚。因与晨夕晤对，唱和甚欢。未已，新太守已下车，促刘往谒，踟蹰不去。疑其衣敝履穿，羞颜干谒，即假衣冠仆从，怂恿其行。

至午后去而复返。诘其故，惨然曰：“旬日来深感知遇之厚，屡欲诚告，恐骇听闻，而事难克济，尚须鼎力成全，不敢不陈心腹：余之仇太守，实欲雪仇耳。太守前因诖误亏帑，余为之借贷弥缝，负罄产为之捐复。既得官零陵令，余往理索，则顿遭白眼，不但不承前欠，且以恶言相逐，使我进退无路，瘠死他乡。数年来屡欲得而甘心，奈渠出则吏胥为之排护，入则门丞户尉为之呵禁。君若肯伪作抽丰客试往一拜，余当藏身扇匣中，但得进宅门，即无阻矣。”泗州生大为不平，既而惊曰：“然则君其鬼矣。”刘曰：“然。试于灯前月下验之。”时已薄暮，即秉烛相照，果无影。泗州生大惧，枯坐神丧，默无一言。刘慰之曰：“勿怖，日来蒙惠垂青，孤魂藉以不馁，顷复求仗鼎力，岂敢祟君。”良久，神稍定，许以所求。明日，如其语进谒，片刻即出。

次日，忽喧传太守暴疾终矣。泗州生恐泄前事构祸，亟他去，而刘亦不知所之。

——《北东园笔录》卷四《藉人雪仇》

以上两则鬼魂申冤报仇故事的发生地均为南粤，情节较为曲折，引人入胜。它们都让世人看到，“冤有头，债有主”。一切为非作歹，置人于死地者，不论其隐蔽如何巧妙，地位如何显赫，终归难逃罪责，绝无好下场。但其描写的重点各不相同：前一则写受害人借包龙图的扮演者申冤，得以使一桩多年的土工杀人案告破，着重描述鬼魂引导县吏开墓破案的过程。后一则写受害人借友人帮助得以进入衙门复报仇雪恨，着重描述结新交友与诉说冤情。又如：

甘肃某令，精明干练，能伺长官喜怒。尝有剧盗多名，历久屣缉不得，檄某令往捕。乃与长官幕友谋，出资另购七人，申报塞责。长官听幕友言，遂将七人付诸大辟。某令一日从外归，忽心如刀割，痛不可忍。俄顷，大叫一声而卒。某令素嗜饮茶，其鬼忽附妾身曰："快烹好茶我饮。我近为七人所诉，受刑甚苦，尔曹速焚纸钱，以济我用，多多益善。"又嘱妻妾等应如何奉养老母，如何教育诸子，所遗官资应如何经营生活。一一处分毕，便以手拊胸叹曰："我今日悔之晚矣！"众审其声音、言笑、举止，固宛然某令也。少选鬼去，妾苏，问之茫然。

后有扶鸾者降坛，系已故谢明府。谢固忠厚长者，沙书："阴曹以我生前为人正直，命作此方土地。近为某令七人一案，日在城隍庙讯办，颇甚劳形。"人问："公素与某令同寅，能赐袒护否？"曰："阴律不比阳世，丝毫不敢徇情。不但某令，恐将来某幕友亦要到案对质也。"

——《里乘》卷八《某令》

某生历就大幕，固刑席中铮铮有声者。某廉访署四川按察使，延之幕中，事无巨细，悉听裁决。生因得以其私，颠倒刑狱，不数月而致富焉。有张某者素与生善，一日入署访之。生适过藩署某幕友处小饮未归，张候之夜深，因止宿焉。至半夜忽闻有人启户入。张初疑其为盗也，搴帷窥之，瞥见一无头鬼手提一人头直扑床榻。张骇极，掩被俯卧，不敢喘息。闻有声惴惴然，语曰："不是得。"遂转身向外而去，灯亦复明。徐起视之，绝无踪影。于是不敢就寝，坐而待旦。天甫明，张将去，忽其家人自藩署踉跄而归，云某生已暴死矣。张亟问状，其家人云：昨夜四更时生腹痛起如厕，瞥见一无头鬼一手提人头，一手执铁锤，击生仆地，七孔流血而逝。临死时惟闻大呼求饶命云。

——《南皋笔记》卷一《无头鬼》

以上两则鬼魂申冤报仇的故事，旨在揭发官吏滥杀无辜的罪行，但是各有特点。前一则采用对比手法，叙写买人顶罪、颠倒刑狱的县令被惩罚身亡，在阴曹地府受刑；为人正直的县令则受褒奖，在阴曹地府为官。两相比较，可谓泾渭分明。后一则写无头冤鬼向颠倒刑狱、中饱私囊的幕友索命，让其暴死。其中穿插友人借宿受惊的描写，增加了作品的层次感和生动性。其文笔生动，善于营造恐怖氛围，描摩人物心境、情状，运用四川方言记录对话，亦颇为传神。

这个时期的鬼魂申冤报仇故事，尚有写被乱贼凌逼丧命之女子冤魂，请求作佛事为其超度的《池北偶谈·博罗韩氏女》；写某人掘地夺走棺中女尸护心镜，使之数百年修炼毁于一旦，后其人得报，瘐死狱中的《池北偶谈·荆州冤镜》；写一屈死小妾鬼魂向旅客诉苦申冤的《坚瓠集·天津旅舍鬼》；写三优伶扮关羽、关平、周仓夜宿鬼楼，有无头女鬼前来鸣冤，在其帮助下图财害命者终于得到惩罚的《遁斋偶笔·陈某》；写孙某让骷髅吃屎，骷髅滚地追赶孙某，令其生病三日而亡的《子不语·骷髅报仇》；写被害人鬼魂附女巫之身诉冤，终使凶手得报的《子不语·山西王二》；写被一奸妇毒死之人尸行至寺庙中，请求借宿者与众僧人报告有司，因而得以申冤的《子不语·尸行诉冤》；写冤鬼以发掘白银方式揭开床下石坑无头尸体之谜，从而使凶手落入法网的《子不语·长乐奇冤》；写一被诬屈死之鬼魂揭露隐情而得以申冤雪恨的《续子不语·缢鬼申冤》；写一佃户妻被某乙强奸致死，其冤魂现身于梨园掌班居室，终使其冤得伸的《夜谭随录·某掌班》；写某人被淫妇与豪右害死，其冤魂使县尹忽有悟而破案，遂将二凶手法办的《夜谭随录·邓县尹》；写一牛医被其医死之众鬼引导至冥府受到挞打的《谐铎·病鬼延医》；写李某欲诓骗亡友之母以霸占亡友之妻，亡友显灵救妻，惩罚李某及其帮凶的《听雨轩笔记·李生》；写被杀负磨投入枯井者之亡灵若干年后托梦，让儿子为其雪冤，终使淫妇奸夫受到严惩的《凉棚夜话·负磨雪冤》；写一冤死鬼化作黑旋风前往申冤的《咫闻录·黑旋风》；写被推下水淹死者附身诉冤，让图财害命者伏法的《咫闻录·水鬼报冤》；写含冤蒙羞剖腹而亡寡妇之冤魂向受贿赃官复仇的《履园丛话·女鬼报冤》；写何某诱骗一寡妇得五六百金，其人气死后到城隍庙告状，让何某得报惨死的《履园丛话·鬼物凭临》；写县令谭某之妻被虐待而死，其冤魂赶到谭某调任官署索命的《北东园笔录·鬼妻索命》；写塾师徐某诱周子为恶以谋利，气死周妻，周某亡魂显灵将徐除掉的《北东园笔录·顽师显报》；写一冤鬼向致仕还乡之贪官索命，使其不得好死，头落若枭首者的《北东园笔录·头脱》；写被逼投缳而死之某甲夫妇亡灵，元旦上门谴责害人者，令其相继病殁的《里乘·邑人某甲》；写某宠妾逼死离弃正妻，正妻冤魂使其人及帮手一一遭到报应的《庸庵笔记·离婚酷报》；写被杀冤魂深夜鸣冤于县署，令诸盗不缉自获的《庸庵笔记·冤鬼鸣冤》；写一年轻窃妇当众蒙羞后自经身亡，其冤魂让使其受尽羞辱者立即毙命的《右台仙馆笔记》"窃妇复仇"；写被烧杀奸淫致死之众多妇女鬼魂前来向沈某索命，使其溺死于厕中，臭不可闻的《右台仙馆笔记》"众妇人索命"；写某令前世所冤死妇人之鬼魂来复仇雪恨，使之狼狈不堪，城隍让其禀辞归里方得解脱的《醉茶志怪·冤妇》；写一瓜农为谋财将布客砍死埋于瓜田内，布客冤魂借助怪异西瓜使瓜农落入法网的《醉茶志怪·瓜异》；写一被逼致死寡妇之冤魂让受贿贪官仆地而亡的《南皋笔记·覃鹤滩》；写审案时被害人尸体忽然立起，抓住凶手，因而使凶案得破的《南皋笔记·尸异》等。

第二章　清代的鬼魂故事（下）

第五节　清代的鬼魅作祟故事

清代的鬼魅作祟故事，作品数量非常多，大部分叙写形形色色的鬼魅捉弄世人，危害无辜民众，给人世间带来各种痛苦、祸害与灾难。出现在作品中的鬼魅包括缢鬼、疫鬼、疟鬼、水鬼、产鬼、伥鬼、淫鬼、烟鬼、恶鬼、厉鬼、僵尸鬼、无头鬼、绿毛鬼、竹叶鬼、白骨精，等等。不少作品通过生动的故事情节，表现了对为患一方之鬼魅的愤慨和谴责。譬如：

> 桐乡医生赵某者，住居附郭。康熙戊寅正月间，偶赴病家，请归，已昏黑，天又降雨。未至家数里，有人自后呼曰：“赵某！前路有鬼甚多，汝无往，回转至我家暂宿可也。”医心疑其为异物，不应，且前。其后呼之甚急。医愈惧，疾走至一桥，桥下又有人呼曰：“赵某！过桥鬼甚多，汝不可往。”医视桥下，二人方裸而浴。时初春极寒，益骇其怪，遂不过桥，从小径还家。行未半里，见一矮屋，荧荧有灯，或明或灭。时已下雨，遂叩门求宿。内有妇人应曰：“男子不在，不便相留。”医恳栖檐下，许之。将更余，妇开门延之入，医谢不敢。妇人引之甚力，且求合焉。医视其灯青暗，且手冷如冰，知又遇鬼，亟欲奔避。妇双手挽其颈，以口就医之口。既而大唠曰：“此人食烧酒生蒜，臭秽何可近也！”遂入。医复冒雨而走。遥认一亲戚之宅，极力叩击。内惊出视，遂登其堂，即时昏仆。其家以姜汤灌苏，问之，始细述其故。次日，送归家，病十余日而瘳，还过前宿之矮屋，则一孤冢也。
>
> ——《述异记》卷中《医生遇鬼》

江南梅孝廉耦长，言其乡孙公，为德州宰，鞫一奇案。初，村人有为子娶妇者，新人入门，戚里毕贺。饮至更余，新郎出，见新妇炫装，趋转舍后，疑而尾之。宅后有长溪，小桥通之。见新妇渡桥径去，益疑。呼之不应，遥以手招婿，婿急趁之。相去盈尺，而卒不可及。行数里，入村落。妇止，谓婿曰："君家寂寞，我不惯住。请与郎暂居妾家数日，便同归省。"言已，抽簪叩扉轧然，有女童出应门。妇先入，不得已，从之。既入，则岳父母俱在堂上。谓婿曰："我女少娇惯，未尝一刻离膝下，一旦去故里，心辄戚戚。今同郎来，甚慰系念。居数日，当送两人归。"乃为除室，床褥备具，遂居之。家中客见新郎久不至，共索之。室中惟新妇在，不知婿之何往。由是遐迩访问，并无耗息。翁媪零涕，谓其必死。

将半载，妇家悼女无偶，遂请于村人父，欲别醮女。村人父益悲，曰："骸骨衣裳，无所验证，何知吾儿遂为异物！纵其奄丧，周岁而嫁，当亦未晚，胡为如是急耶！"妇父益衔之，讼于庭。孙公怪疑，无所惜力，断令待以三年，存案遣去。

村人子居女家，家人亦大相忻待。每与日议归，妇亦诺之，而因循不即行。积半年余，中心徘徊，万虑不安。欲独归，而妇固留之。一日，合家遑遽，似有急难。仓卒谓婿曰："本拟三二日遣夫妇偕归，不意仪装未备，忽遘闵凶。不得已，先送郎还。"于是送出门，旋踵即返，周旋言动，颇甚草草。方欲觅途，回视院宇无存，但见高冢。大惊，寻路急归。至家，历述端末，因与投官陈诉。孙公拘妇父谕之，送女于归，使合卺焉。

——《聊斋志异》卷一《新郎》

以上两则鬼魅作祟的故事，都包含女鬼求欢的母题，但具体内容却大不相同。前一则包含一个三段式结构，叙写医生赵某夜归时的一段恐怖经历：在路上有鬼魅呼赵至其家住宿；在桥下有鬼魅叫赵不可过去；至矮屋暂栖，一女鬼来强迫求合。最后一段着墨较多，是整篇的重点，把故事推向高潮。后一则带有梦幻色彩。其中的女鬼骗走新郎，只为了过上夫妻生活，似乎并无恶意。然而，此却给新郎家庭与新娘两家带来痛苦与纷争，损人利己，客观效果很不好。又如：

山东某县一荒冢，有僵尸鬼，每为人害。康熙某年，有二役解一犯至其地。时值大雨，天暮无所投止。行至初更，远望有微火若灯，趋至，则破屋前后一间，闻几人声。入内视之，一妇人方背灯而哭，遂告以投宿之意。妇云："我夫新死，尸尚在外舍，家无他人，不便留止。"三人以雨夜难行，再四恳之。妇云："外间有夫尸，恐诸君不安适耳。"三人愿留，遂共宿尸旁。

一灯荧荧，二役已鼾睡。此犯心悸，辗转未寝。忽尸蹶然而兴，犯惊栗不能声。尸就灯熏手使黑，往涂役面。两役俱不动。后复熏手，将至犯身，犯大呼狂走出门，尸遽追之。连过二桥，尸犹未舍。犯奔入破庙，逾短垣而出；尸撞墙僵仆，犯亦昏倒墙外。迨明，行者见之，以姜汤灌苏，始述昨夜所见。共往迹之，则二役并死于荒冢之旁矣。

——《述异记》卷中《僵尸鬼》

丰溪吴奉珹作宦闽峤，谢病归里。舟过豫章，天暑热，假空馆于百花洲。屋宇宽敞，颇觉适意。屋内外常有声如鬼啸，家人独行，往往见黑影不一。

一夕，吴设榻乘凉于阑干侧，闻墙角芭蕉丛中窸窣有声，走出无数人。长者、短者、肥者、瘠者，皆不过尺许。最后一人稍大，荷大笠帽，不见其面。旋绕垣中，若数十个不倒翁。吴急呼人至，倏忽不见，化作满地流萤。吴捉之，一萤才入手，戛然有声，余萤悉灭。取火烛之，一竹叶而已。

——《子不语》卷十九《竹叶鬼》

以上两则鬼魅作祟的故事，内容和风格不尽相同：前一则写僵尸鬼为患，既揭示了僵尸鬼的凶残与狠毒，又表现出犯人的警觉与机变，氛围比较紧张。后一则写竹叶鬼扰民，既描绘出竹叶鬼的张狂与虚弱，又刻画了吴某的大胆与沉着，氛围比较轻松。再如：

道光季年，扬州盐商有家婢为魅所扰，设法驱之，皆不应。婢言魅有形质，夜半即至，与之共卧，其冷如冰。商命两媪挟与俱寝，夜半魅至，二媪狂呼奔窜。商无如之何。或献计：召优伶四人，使扮王灵官、温元帅、赵元坛、周将军，环坐婢床，而徙婢于他室，以待之。夜三鼓，有风肃然，窗户自启。王灵官知魅已至，挺鞭将起御之，忽见黑气一团，直奔婢床，王灵官惊而颠仆，闷绝于地，而魅亦不复见。于是，商家男女婢仆皆惊起，煮姜汤以灌王灵官，良久始苏，已折去一齿矣。一仆燃烛于室隅，忽大呼曰："鬼在此！鬼在此！"群趋视之，则见一鬼影嵌在壁间，其黑如墨，亦有面目鼻口，而不甚清晰。盖魅与王灵官相遇之时，王灵官固为所惊，而魅亦骤见以为真神，慌张失措，故嵌于壁间，以致不能遁去也。众以烛火炙之，唧唧有声，愈炙则黑影愈淡。然其后，壁上终仿佛有鬼形，虽常炙不能去也。自是，魅不复至，婢亦无恙云。

——《庸庵笔记》卷六《鬼魅现形》

扬州新城，有芦刮刮巷，僻地也。湖州李姓居焉，贸布于扬，十有数载。家道小康，夫妇齐眉，子早纳妇，女将出阁，针黹之劳，媳盖日夜不遑矣。一夜二更许，姑及嫂皆在房缝纫，忽见一青衣黄裙老妪，笑容满面云："汝二人劳矣，我为若助之，好否？"姑寒噤无语，嫂欲言不能声。妪又云："既不欲我助工，我有一物奉赠，长益精神，食则日夜不倦矣。"以一盒笑付嫂，嫂却之；付姑，姑接之。且教之吞。将吞矣，李偕其子入，促就寝，见女持烟盒欲吞，急夺下。视媳则如木鸡呆立。烟一盒，则某戚寄存者，素藏于匣。知有异，各掌颊，喷以冷水，二人始如梦醒矣。询所由，各戒惧。

明日告诸邻，始知屋内有姚妪，吞烟自尽者。家人日事提防，不月余，媳于晚餐后回卧室，阅二时许不出。惊疑走视，则媳已挺卧于床，奄奄待毙。察其形，知为服烟，急以广东木棉花救治之，乃活。诘其故，媳云："昨晚前妪又至，嘱窃戚存之烟，明晚教汝服法，可以成仙，顷果来教服。我不知何以迷罔至此。今盒尚在灯后。”视之果空。李乃牒求城隍神驱遣，乃安。

——《壶天录·烟鬼讨替》

以上两则鬼魅作祟的故事，都发生在江苏扬州，被害人皆为女性，且带有一定的近代民间故事特色。前一则写恶鬼为祟，婢女不堪其骚扰，后来请人假扮神明镇鬼，虽有损伤，然终将鬼魅消灭。其中有关火鬼的情节，层次分明，想象力丰富，最为精彩。后一则写鸦片烟鬼讨替与抵制讨替的反复较量，以烟鬼惨败告终。其描写亦颇生动，近代民间故事的特色尤为鲜明。

这个时期的鬼魅作祟故事，尚有写王某为买砚台，被变为老叟之恶鬼骗至林墓旁茅舍中，饮浆后发狂奔跑不息，迷不知人的《池北偶谈·鬼粥砚》；写窗上出现鬼面吓人，陈某叱之乃隐，其家婢女月余病死的《述异记·窗现鬼面》；写一少年与女鬼寝处半年而奄奄一息，焚烧女棺祟乃绝的《述异记·女棺为祟》；写某人经荒冢时出一尸如生人，某几被其击毙，众人赶来搭救始免的《述异记·尸起白日》；写丁某夜晚投宿时主人儿媳之僵尸来犯，匿入木桶遂免的《遁斋偶笔·僵尸》；写一野鬼假冒老翁姓名享受其家人祭祀数年之久的《子不语·鬼冒名索祭》；写周某将算命人骨坛触落水中，鬼乃附周妹身上作祟，告于城隍后不复为害的《子不语·算命先生鬼》；写深夜庙中一鬼怪出来抓人，陕西贩羊客爬上树梢方才脱险，官府掘朽棺焚绿毛尸体，怪遂灭的《子不语·绿毛怪》；写一厉鬼作祟，常飞棺盖击人，死者甚众，焚后园停棺乃绝的《子不语·棺盖飞》；写李某刈稻时，夜间被一白骨精穷追不舍，躲入庄房得免的《子不语·白骨精》；写习拳棒之杨二夏夜间击鬼遭到报复，次日竟死于竹榻上的《子不语·杨二》；写一缢鬼被更夫捉住后以酬金收买更夫，因得觅替使某妇上吊身亡的《续子不语·认鬼作妹》；写李父贪财，死后其僵尸欲害晚辈张某以夺其银，李妻救张后将丈夫僵尸焚毁的《续子不语·僵尸贪财》；写某甲暮归见土城下草屋内有一美妇向其招手，甲跨一足即仆地，次日方被人从古冢中救起的《夜谭随录·骷髅》；写某诸生夜归被一红衣女子引入小楼留宿，瞥见少年郎取头置于案上，骇极而逃，次日方知其为奸夫淫妇鬼的《夜谭随录·某诸生》；写邓生被邀至鬼府住宿，遇丽鬼而不为所动，天明人见其在淤泥中的《耳食录·邓生》；写僵尸鬼自某绅柩中出来，祸害一方，其家人请道人带侍者击而焚之的《客窗笔记·僵尸》；写一厉鬼变少女引诱村童登榻，忽现形将其强暴以至晕绝的《阅微草堂笔记》"蹂躏村童"；写耿某勇而悍，受庙中群鬼戏谑，右手竟指断掌裂的《阅微草堂笔记》"耿某"；写少妇入道旁边废屋小解，被厉鬼曳入棺中竟死的《豁意轩录闻·厉鬼作祟》；写某贾在废寺憩息时柩中出来一狞恶鬼将七同伴咬死，独某贾窜出得免的《咫闻录·欧阳贾》；写一披发赤足鬼常至村中小店偷钱，还将店主儿子害死，告官告城隍均搁浅的《咫闻录·鬼贼》；写一面目丑陋之女鬼以舌度津，寒冷如冰，使人卧病不起的《志异续编·鬼津》；写一恶鬼化为美女，使与其淫乐者病惫而亡的《志异续编·女鬼》；写一女吊死鬼自壁上出，授长带引商妇自缢，为偷儿所救的《志异续编·商妇》；写土地庙中一泥皂隶向某女求欢，夜夜如此，女之父母持梃将其打碎，鬼遂不至的《履园丛话·鬼皂隶》；写一女鬼谎称其女践毙而向孙某索命，被孙某亡妻戳穿乃去，孙某大病一月始愈的《北东园笔录·鬼讹诈》；写一夜叉变为老妪登门求宿，竟杀死房主之子的《埋忧集·夜叉》；写数工匠梦中常被四鬼隶奸污，后告诸司官，毁其塑像而祟乃绝的《埋忧集·鬼隶宣淫》；写一鬼预知陈某无禄，现形于隔板上加以羞辱的《客窗闲话·鬼羞陈生》；写赵某饮寿酒归来时被鬼戏弄，以小刀戳破其所借新袍变为百结鹑衣的《客窗闲话·赵三官》；写一女鬼与坐馆姚生寝处多时，姚日渐羸瘦，直至气绝身亡的《香饮楼宾谈·姚生》；写一鬼魅谎称某人之亡母，从而诓骗财帛的《香饮楼宾谈·鬼诈》；写姚甲夫妇夜吸鸦片时见一白面女鬼入其女卧室，其女奔出倒在烟榻上，吞服鸦片身亡的《壶天录·烟鬼讨替》；写胡某赴城途中被庙内一僵尸鬼穷追不舍，逾墙时其足被捉，天明断尸指始脱的《鹂砭轩质言·胡佃》；写某官入住一传闻甚凶之宅，有驼背妪多次来拜夫人，最终使夫人气绝身亡的《鹂砭轩质言·鬼拜人》；写一溺鬼变美妇勾引朱某，几乎让其在温柔乡中丧命，竟免于从桥上落水淹死的《右台仙馆笔记》"朱祥麟"；写某乙被女鬼迷惑，幸亏某甲来相救的《右台仙馆笔记》"某乙脱险"；写二鬼雇某甲驾舟运行，中途忽然不见，某甲归家未一月而亡的《右台仙馆笔记》"舟人某甲”；写瘟疫流行时，宋某夜起遗秽遇数十持叉厉鬼，竟上吐下泻，及晓而亡的《醉茶志怪·疫鬼》；写一神色可怖女鬼入室施疟十人，其人月余遂形骸骨立的《醉茶志怪·疟鬼》；写一水鬼欲害死聋者以求代替，被识破引起大哗，于是离去的《醉茶志怪·水鬼》；写一民妇变为伥鬼后竟引虎来食丈夫、儿子的《耳廛笔记·伥鬼》等。

第六节　清代的鬼魅惩恶故事

值得注意的是，在这个时期的鬼魅故事中，还出现一些鬼魅惩恶的故事。此类故事大多思想倾向较好，富有积极的社会意义。其中，鬼魅播弄、惩治的不是无辜百姓，而是百姓痛恨的贪官污吏、狂徒恶妇。这类作品往往带有一定的劝善警世作用。譬如：

扬州有狂夫，从数人行郭外。道有髑髅甚夥，或侮之，辄被祟，詈骂有声。于是相戒无犯。

狂夫大言曰：“咄，是何敢然！”就一髑髅之口溺焉，且戏曰：“吾酒汝！”溺毕，疾行数步，夸于众曰：“田舍奴，我岂妄哉！”旋闻耳后低呼曰：“拿酒来！”狂夫愕然，诘于众，众未之言也。行数武，又呼如前，众亦未闻。少顷，又呼曰：“顷云酒我，何诳也？”声渐厉。始信为髑髅之祟，漫应之曰：“汝欲酒，第随以来。”髑髅曰：“诺！”于是寂然。

既入城，共登酒家楼，列坐呼酒。虚其一位，设匕箸杯杓，以飨髑髅。众每饮一觞，则以一觞酹之。酒泣楼下，泛滥如泉。叩其“醉乎？”则应曰，“死且不朽，况酒安足辞哉！”髑髅饮既无算，众皆厌之，次第散去；惟狂夫不能自脱，颇为所苦。久之，髑髅且醉，狂夫绐以如厕，急下楼，取金质酒家，不暇论值，悄然而遁。

已闻楼上索酒甚急，酒家保往应，杳不见人，大骇，以为妖。空中喧呶曰：“我何妖？奴辈招我来饮，乃避客而去耶？须为我召来！”意甚怒，酒家谕之曰：“招汝者谁？避汝者谁？酒徒千百，我乌知之？

汝既相识，曷弗自寻？索之于我，汝殊愦愦！”丁是髑髅语塞，忿恨而去。

——《耳食录》卷十《髑髅》

乌程江某，以翰林改官，任直隶青县知县。适发赈，从中节省得七八万金，恐上官督过之，乃告病归。初至家，即见一巨鬼，长数丈，青面高鼻红眼，著白衣，手持铁枪，若欲杀之者。江大惧，急呼家人，忽不见。既而有谣言抄其家，江愈恐，遂将所有尽埋之，人无知者。未几，忽中风疾，不能言语，两手足皆跼，终日卧榻上，如醉如痴而已。自此室中鬼日益多，厥状狰狞，五色俱备，作闹无虚日。江既死，家中亦颠倒，只剩一孙。由是迁居，屋售他姓。

——《履园丛话》卷十五《无常鬼》

以上两则鬼魅惩恶故事，受到报复与惩罚的，一个是狂夫，一个是贪官，力度各有不同，结果大有差异。前一则写狂夫玩世不恭，竟让被其捉弄的髑髅追逐、戏谑，最后狼狈逃遁。后一则写大量侵吞赈银的赃官，被群鬼吓得魂不附体，最终难逃厄运，可谓罪有应得。又如：

奴子魏藻，性佻荡，好窥伺妇女。一日，村外遇少女，似相识而不知其姓名居址。挑与语，女不答而目成，径西去。藻方注视，女回顾若招。即随以往，渐逼近。女面赪[1]，小语曰：“来往人众，恐见疑。君可相隔小半里，俟到家，吾待君墙外车屋中，枣树下系一牛，旁有碌碡者是也。”既而渐行渐远，薄暮将抵李家洼，去家三十里矣。宿雨初晴，泥将没胫，足趾亦肿痛。遥见女已入车屋，方窃喜，趋而赴。女方背立，忽转面乃作罗刹形，锯牙钩爪，面如靛，目睒睒如灯。骇而返走，罗刹急追之。狂奔二十余里，至相国庄，已届亥初。识其妇翁门，急叩不已。门甫启，突然冲入，触一少女仆地，亦随之仆。诸妇怒噪，各持捣衣杵乱捶其股。气结不能言，惟呼“我我”。

① 赪（chēng 称）：赤色。

俄一媪持灯出，方知是婿，共相惊笑。次日以牛车载归，卧床几两月。

——《阅微草堂笔记》卷三“遇罗刹”

都中某官，好狭斜游。偶与友饮于酒楼，席终，乘醉独往。街市弯环非熟路。至一处，门悬白灯，署“冷香堂”，欣然独入。一伛躯人前导，暗中莫辨颜色。及入室，床上灯火荧然，一女子面壁卧。某曰：“有人来，卧榻尚酣睡耶?”女欠呻起，面貌黄瘦，类久病人，谓某曰：“姑少坐，即唤姊妹辈来。”旋听屧响，一女子搴帘入，身高及床，头大如斗，双目炯炯，光焰四射。俄又来一女，身高如竿，头小如盏，向床并立。某惊晕去。方某之离酒楼也，其仆随之，转盼失所在。寻访几遍，不可得。天晓，见某卧丛冢中，气如丝。灌以姜汁始苏，言之历历。

——《醉茶志怪》卷二《冷香堂》

以上两则故事，都涉及惩罚玩弄女性的淫邪之人，可谓大快人心。前一则被惩者是一个生性佻荡的有妇之夫。因其对少女居心不良，鬼魅乃让其吃尽苦头：先使之长时间在泥泞中行走，足趾肿痛难受；接着现出狰狞面目使之惊恐狂奔；再后又使之在妇翁家被乱棒捶打，卧病一两月。后一则被惩者是一个好狭斜游、前去嫖妓的官员。鬼魅让其在妓院中被各种奇形怪状的女鬼吓得失魂落魄，晕倒在丛冢之中，命悬一线，以示警戒。

这个时期的鬼魅惩恶故事，尚有写教一位秉性惨刻之酷吏产生幻觉，夜间举剑击鬼而将妻妾子女砍死的《子不语・平阳令》；写群鬼借膂力绝人者，将任意残害妾婢之悍妇捉至阴间的《子不语・鬼借力制凶人》，写让一个企图勾引美妇之轻薄狂徒陷入古墓，狼狈不堪的《夜谭随录・骷髅》；写某夜一个红衣女鬼现出别无眉目口鼻，面色苍白，将一乘酒醉前来调戏之人吓死，逾时始苏的《夜谭随录・红衣妇人》；写梁氏虐待前妻子女，击刺熨烙，体无完肤，前妻亡灵严惩梁氏，令其病癫自残而死的《夜谭随录・梁氏女》；写一个大量侵吞赈银之赃官被群鬼吓得魂不附体，最终难逃厄运的《履园丛话・无常鬼》；写施生常作狎邪游，流连酒色，一夜四更自妓室归，被无常鬼吓得半死的《庸庵笔记·狎游客遇无常鬼》；写亡妻追赶丈夫，以教训赌徒的《埋忧集·尸擒盗》；写二人装扮鬼怪抢劫行人，后来被真鬼击毙的《客窗闲话·假鬼行劫》；写葛生被林间三四鬼魅奚落、戏弄，从此狂气尽消的《客窗闲话·葛生被辱》；写陈某狎游暮归时在郊外追逐一佳丽，竟至家中与其同床共眠，天明方知所抱乃一具枯骸的《右台仙馆笔记》"陈生遇鬼"；写会饮后某乙在归途中与一女子调情，忽被执火而来之某甲惊走，这才发觉自己坐在桥栏上十分危险的《右台仙馆笔记》"某乙脱险"；写有个盗贼夜入新寡之屋盗窃物品，被一口张血盆大鬼吓晕的《醉茶志怪·鬼驱贼》；写某生夜游，闯入茅屋拥妇共眠，后发现卧于败官板上，狼狈而逃，竟病毙的《醉茶志怪·某生》；写医生申某夜间出诊时挑逗女病人，与其云雨，次早竟卧在荒冢中的《南皋笔记·鬼病》等。

第七节　清代的不怕鬼故事与驱鬼斗鬼故事

清代的不怕鬼故事，数量不少。它们往往以生动有趣的情节来揭示故事主人公大无畏的胆量、诙谐风趣的性格和随机应变的谋略，给人留下很深的印象。譬如：

蔡魏公孝廉常言："鬼有三技：一迷，二遮，三吓。"或问："三技云何?"曰："我表弟吕某，松江廪生，性豪放，自号豁达先生。尝过泖湖西乡，天渐黑，见妇人面施粉黛，贸贸然持绳索而奔，望见吕，走避大树下，而所持绳则遗坠地上。吕取观，乃一条草索，嗅之，有阴霾之气。心知为缢死鬼，取藏怀中，径向前行。其女出树中，往前遮拦，左行则左拦，右行则右拦。吕心知俗所称'鬼打墙'是也，直冲而行。鬼无奈何，长啸一声，变作披发流血状，伸舌尺许，向之跳跃。吕曰：'汝前之涂眉画粉，迷我也；向前阻拒，遮我也；今作此恶状，吓我也。三技毕矣，我总不怕，想无他技可施。尔亦知我素名豁达先生乎?'鬼乃复形跪地曰：'我城中施姓女子，与夫口角，一时短见自缢。今闻泖东某家妇，亦与其夫不睦，故我往取替代。不料半路被先生截住，又将我绳夺去，我实在计穷，只求先生超生。’吕问作何超法。曰：‘替我告知城中施家作道场，请高僧多念往生咒，我便可托生。’吕笑曰：‘我即高僧也，我有往生咒，为汝一诵。’即高唱曰：‘好大世界，无遮无碍。死去生来，有何替代？要走便走，岂不爽快！’鬼听毕，恍然大悟，伏地再拜，奔趋而去。后土人云：‘此处向不宁静，自蒙先生过后，永无为祟者。’”

——《子不语》卷四《鬼有三技过此鬼道乃穷》

罗大林者，上海东乡罗店镇人，身长而色黑，膂力过人，性粗疏无所畏。自幼以负贩为业，欲娶妇，苦无资，谋于其侪辈。时有巨宅一区，多怪异，入之者辄死。有好事者与之约曰：“汝能宿此一夕，当醵钱十万，为作婚费。”罗诺之，而虑其爽约，众乃书券付之。宅主人王姓者，闻之喜曰：“汝果能驱除怪物，吾有市上屋三间，俾汝纳妇，弗责值。”亦书券付之。

其夕，罗捣蒜为泥，和烧酒中，饮微醉，持巨烛数枝，启钥而入。众虑其潜出匿他处，外键其户。罗既入，衰草蔽径，丛篠当门，室中尘积寸许，惟最后一室洁无纤尘。其西偏有床，床有帐，有衾褥，盖先时处此者所遗也。罗即坐帐中，以觇其异。至二更后，忽闻大声发于户外，一黑人闯入，盘旋室内，其面目不甚可辨。俄逼近床前，罗突从帐中跃出抱持之。黑人不得脱，两手为所抱，又不得举，因对罗吹气，其冷如冰。罗侧首避之，久而颈痛，若被刀削者，乃强转其首，亦向鬼吹气，鬼亦侧首避之。已而鬼又吹气，罗又避之。相持极久，闻鸡鸣，鬼顿缩小，弥缩弥小，不复能吹气矣。而其体转益坚硬，罗终挟持不敢释。

时其侪辈皆在近处守候，天明咸集入视。罗则所抱者棺木一段，放手倒地，朴漉有声，聚薪焚之，臭不可近。众壮其胆，予之钱屋，如所署券。此宅之怪遂绝，而罗之颈从此偏侧，不能正矣。其乡人呼之为“捉鬼罗大”。

——《右台仙馆笔记》卷六“罗大捉鬼”

以上两则故事，均着力刻画故事主人公的智慧与胆量，然而侧重点各不相同。前一则以斗智为亮点，写不畏鬼的豁达先生藏绳救人，从不畏缢鬼“三计”到诵往生咒化解矛盾，让缢鬼再拜而去。通篇作品诙谐风趣，令人感到愉悦。后一则以斗力为亮点，写膂力过人的穷汉与恶鬼反复较量，最终将其消灭。此人粗中有细，从事前准备到焚烧棺木的整个过程，都显示出他的精明与机灵。而他为民除害，如约得到钱屋，有了完满结局，亦令人们感到由衷的高兴。又如：

南皮许南金先生，最有胆。在僧寺读书，与一友共榻。夜半，见壁燃双炬，谛视，乃一人面出壁中，大如箕，双炬乃目光也。友股栗欲死。先生披衣徐起，曰：“正欲读书，苦烛尽，君来甚善!”乃携一册，背之坐，诵声琅琅。未数页，目光渐隐，拊壁呼之，不出矣。又一夕如厕，一小童持烛随，此面突自地涌出，对之而笑。童掷烛仆地。先生即拾置怪顶，曰：“烛正无台，君来又甚善。”怪仰视不动。先生曰：“君何处不可往，乃在此间？海上有逐臭之夫，君其是乎？不可辜君来意。”即以秽纸拭其口。怪大呕吐，狂吼数声，灭烛而没，自是不复见。

——《阅微草堂笔记》卷六“许南金不畏鬼”

某处有房一所，盛传有缢死鬼，无人敢居。一生曰：“吾素不畏鬼。”衾宿焉。睡至三更，听飒飒有声，视灯火转碧，灯前立有艳妆绝色妇人。心思“是房久空，妇从何来？此即人云‘缢死鬼’也，吾当瞷其如何迷人自缢。”逾时，妇近帐前。生启帐出，假作哀苦状。鬼即持竹圈一，令由圈中视之，内有楼台殿阁，画栋雕梁，灵池碧沼，真胜地也。鬼令入，生以手进。鬼曰：“乐岂手能取乎？”生挑左足进。鬼曰：“伸颈而入，则乐得矣!”生曰：“子以愚而受害，致有不散之冤；吾不受子之饵，替子消冤也。”忽不见，但闻空中啼哭而去。由是此房竟为洁室。

——《咫闻录》卷十《缢死鬼》

以上两则故事的主人公，在鬼魅面前都显示出无畏的气概，而且具有幽默、风趣的气质。前一则为两段体的结构，先写故事主人公借鬼魅目光夜读，若无其事，鬼魅无可奈何，只得遁去；后写故事主人公如厕时，以鬼魅为烛台，并用秽纸让其大呕，狂吼而没。后一则写故事主人公故意一再装傻，用以对付吊死鬼的引诱，并且因势利导予以点化，令其自悟，啼哭而去。

这个时期的不怕鬼故事，尚有写一布贩夜晚投宿时，群鬼在其身上做搭宝塔游戏，经他嘲笑立即散去的《子不语·鬼宝塔》；写一女鬼引蔡书生上吊，蔡以足就之，鬼以为误，蔡言汝误才有今日，鬼伏地再拜而去的《子不语·蔡书生》；写某僦居一凶宅，夜见一巨鬼来作种种恶状态均无所畏惧，鬼再三请求其说一“畏”字亦不为所动，遂太息而灭的《阅微草堂笔记》“不言‘畏’字”；写曹某夜坐书斋，一女鬼来时而披发吐舌作缢死状，时而摘其首置案上皆不畏，鬼技穷乃灭的《阅微草堂笔记》“鬼技穷乃灭”；写某夕一缢鬼入老儒居室，逼而对立，老儒以墨汁涂其面，缢鬼大叫而遁的《阅微草堂笔记》“老儒遇女鬼”；写谪官江某投店时，夜见两面鬼，拍案大笑令鬼逃遁的《蕉轩摭录·两面客》；写文生携枕衾宿棺旁，夜半出一女鬼，以淫态挑逗不为所动，以鬼脸吓唬也无所畏惧，鸡鸣时女鬼吐血而灭的《此中人语·大胆秀才》等。

清代的驱鬼斗鬼故事，与不怕鬼故事关系最为密切，是不怕鬼故事的进一步强化和提升。其数量相当大，优秀的作品比比皆是，能够比较充分地显示出这个时期鬼魅故事的艺术成就。譬如：

康熙间，扬州乡人俞二，耕种为生。入城取责价，铺户留饮，回时已迟，途径昏黑。行至红桥，有小人数十扯拽之。俞素知此地多鬼，然胆气甚壮，又值酒酣，奋拳殴击。散而复聚者数次。闻鬼语曰：“此人凶勇，非我辈所能制，必请丁大哥来，方能制他。”遂哄然去。俞心揣：丁大哥不知是何恶鬼？但已至此，惟有前进。方过桥，见一鬼长丈许，黑影中仿佛见其面色青紫，狰狞可畏。俞念动手迟则失势难脱，不若乘其未至迎击之。解腰间布裹二千文，迎面打去。其鬼随手倒地，触街石上，铿然有声。俞以足踏之，渐缩渐小。其质甚重，牢握归家。灯下照视，乃古棺上一大铁钉也。其长二尺，粗如巨指。入火熔之，血涔涔出。俞召诸友，笑曰："丁大哥之力量，不如俞二哥也。"

——《子不语》卷二十二《丁大哥》

科尔沁达尔汗王一仆，尝行路拾得二毡囊，其一满贮人牙，其一满贮人指爪。心颇诧异，因掷之水中。旋一老妪仓皇至，左顾右盼，似有所觅，问仆曾见二囊否？仆答以未见。妪知为所毁弃，遽大愤怒，折一木枝奋击仆。仆徒手与搏，觉其衣裳柔脆，如通草之心；肌肉虚松，似莲房之穰。指所抠处辄破裂，然放手即长合如故。又如抽刀之断水。互斗良久，妪不能胜，乃舍去。临去顾仆詈曰："少则三月，多则三年，必褫汝魄！"然至今已逾三年，不能为祟，知特大言相恐而已。

——《阅微草堂笔记》卷二十三"仆与鬼斗"

以上两则短小的驱鬼斗鬼故事，一为汉族故事，一为少数民族故事，故事主人公都是下层劳动者，旨在表现其斗鬼的大无畏精神。然而两则在思想内容、艺术风格方面均有着明显的差异。前一则写胆壮凶勇的农夫俞二，迎头痛击身体高大、面目狰狞的恶鬼，并且善于就地取材，以布裹铜钱为武器将其击倒，取得完胜。后一则是现存较早的一篇用汉文记录的蒙古故事，具有鲜明的民族特色。其中，被蒙古王爷一仆人击退的那个以诡异老妇面貌出现的恶鬼，与蒙古族民间文学中常见的蟒古斯颇为相似，给人留下很深的印象。又如：

有田乙，素不畏鬼，而尤能伏鬼，遂以卖鬼为业。衣食之需，妻孥之供，悉卖鬼所得。人颇识之，呼为"田卖鬼"云。年二十余时，尝夜行野外，见一鬼肩高背曲，头大如轮。田叱之曰："尔何物？"鬼答言："我是鬼，尔是何物？"田欲观其变，因绐之曰："我亦鬼也。"鬼大喜跃，遂来相嬲抱，体冷如冰。鬼惊疑曰："公体太暖，恐非鬼。”田曰：“我鬼中之壮盛者耳。”鬼遂不疑。田问鬼有何能，鬼曰：“善戏，愿呈薄技。”乃取头颅著于腹，复著于尻，已复著于胯，悉如生就，无少裂折。又或取头分而二之，或三四之，或五六之，以至于十数，不等。掷之空，投之水，旋转之于地，已而复置之于项。奇幻之状，靡不毕贡。既复求田作戏，田复绐之曰：“我饥甚，不暇作戏，将觅食绍兴市，尔能从乎？’鬼欣然愿偕往，彳亍而行。

途次，田问曰：“尔为鬼几年矣？”曰：“三十年矣。”问：“住何所？”鬼言：“无常所，或大树下，或人家屋角，或厕旁土中。”亦问田，田曰：“我新鬼也，趋避之道，一切未谙，愿以教我。”盖欲知鬼所喜以诱之，知鬼所忌以制之也。鬼不知其意，乃曰：“鬼者阴属也，喜妇人发，忌男子鼻涕。”田志之。方行间，又逢一鬼，瘴面长，貌类枯木。前鬼揖之曰：“阿兄无恙？”指田示之曰：“此亦我辈也。”瘴鬼乃来，近通款洽焉，亦与俱行。

将至市，天欲晓，二鬼行渐缓。田恐其隐遁，因两手捉二鬼臂，牵之左右行。轻若无物，行甚疾。二鬼大呼：“公不畏晓耶？必非鬼。宜速释手，无相逼也。”田不听，持愈急。二鬼哀叫，渐无声。天明视之，化为两鸭矣。田恐其变形，乃引鼻向鸭喷嚏。持入市卖之，得钱三百。

后每夜挟妇发少许，随行野外索鬼，鬼多来就之，辄为所制。或有化羊豕者，变鱼鸟者，悉于市中卖得钱以市他物。有卖不尽者，亦自烹食之，味殊甘腴。

——《耳食录》卷九《田卖鬼》

乡民毕酉，素有胆识。尝以妻有娠将产，月夜趋墟回家。道逢一女子蹒跚独行，同路数里，略不闻其鼻息，心窃异之。试叩其氏族，当此午夜，独行何之？女子答曰：“妾非人，乃产鬼也。前村毕家妇分娩在即，特往讨替去。”酉大惊，默筹所以制之。佯笑答曰：“此大好事，汝得替投生好人家，可贺也。”曰：“此非所望，然得脱鬼趣，即为万幸。”因问酉姓名，乃诡对之，谈论甚洽。酉又问：“汝为鬼几何年矣？”曰：“于今十有三年矣。”曰：“求替何迟迟也？”曰：“阴曹必计平生善恶以判迟速，孽满方准求替，故迟迟以至于今也。”曰：“求替亦有术乎?”曰：“有。凡产鬼喉间各有红丝一缕，名曰‘血饵’。以此縋入产妇腹中，系其婴胞，不使遽下，又暗中频频抽掣之，令其痛彻心髓，虽健妇，只三五抽掣，则命毕矣。”酉佯笑曰：“此术诚巧，未审有法制之否?”鬼但笑而不言。酉又固诘之，则曰：“制之亦自有法，但君切不可告人。”酉指天申誓，决不泄语。鬼悄谓曰：“产鬼最畏雨伞，以一伞置户后，即不敢入房矣。”酉曰：“然则更无别术乎?”曰：“君必勿泄，乃敢毕其词。”酉曰：“固申誓矣。倘泄语，即与汝等!”鬼喜其诚，又曰：“如不能入房，则伏屋上，以血饵縋入产妇口中即可，倘于床顶再张一伞，使血饵不能下縋，则鬼术穷矣。以君长者，故敢质告，倘泄语，则我无生望矣，愿君谅之。”酉曰：“诺。”

既至家，妻正以难产，势甚危急。酉如鬼言，急以一伞置户后，又张一伞于床顶，不逾时，果呱呱堕地，而妻得无患。少选，闻空中呼酉名而詈之曰：“促狭儿，我不幸为汝所绐，又要迟此一次！汝如再告他人，致我永无生望，则天良丧尽矣!”叹息恨恨而去。酉闻而匿笑，为妻细述之。妻甚恶此苦，嘱遍告于人。凡有娠之家，各如法预防之，果皆无恙。

——《里乘》卷五《产鬼畏伞》

以上两驱鬼斗鬼故事，前一则写故事主人公用卖鬼的方式来斗鬼。其人遇鬼时冒充其同类，并且机智、巧辩应付鬼的提问，进而熟悉鬼的各种技艺，掌握鬼的各种秘密，最后将二鬼制伏。后一则写故事主人公用打听制鬼之法来斗鬼。他首先假意称许产鬼以取得信任，进而探知其讨替秘密和应对办法，不但搭救了临盆的妻子，而且遍告他人，让有娠之家皆保平安。两篇故事均曲折生动，富有幽默感，读来饶有兴味。再如：

钱唐有贝翁者，少有膂力，素以意气自负。一日，自城外被酒夜归，憩于白蜡桥下。瞥见一妇人趋过，觉有异，尾之行。抵一村舍，妇忽不见。叩门入，则其家止妇姑二人，是夜适反唇。因使视其妇，已扃户雉经矣，亟解县救之，得不死。感翁高义，以夜深止之宿。翁以其家无男子，不可，遂携灯独行。俄寒风自后来，林叶皆簌簌落。翁知为鬼，不之顾，鬼忽作声若相詈者。翁怒，返击之，鬼乃退。及翁行，又詈如切。翁益怒，穷追不已，复至于桥下，而鸡声四起，东方白矣。

——《右台仙馆笔记》卷七“贝翁击鬼”

农家某甲，胆素壮。偶赴市，乘月夜归。至中途，闻后有步履声，回视之，一人尾之行。询之，其人曰：“我，鬼也，胡不畏？”甲曰：“活人且不畏，何畏死鬼？”鬼曰：“尔可再视我！”甲睨之，见其发蓬松覆额，面青黄色，两目荧荧若饿殍。甲曰：“此乞儿像也，何足畏。”又行半里许，鬼复曰：“可再视我。”甲又睨之，见其身高数丈，妥长舌，如悬幡，目出于眦，焰焰有精光。甲曰：“此庙内鸡脚神像也，亦见惯，无可畏。”鬼技已穷。

随行至山凹，凹下多义冢地。鬼复曰：“尔胆真如斗，能在此候时许，我约一人来，尔不畏，乃好汉子也。”甲曰：“是不难，我憩此，任尔为之。”鬼遂前行，行数十步，回顾曰：“勿遁！”甲应之，又行数十步，呼如前，甲又应之，鬼渐不知所之矣。甲念深宵孤寂，彼若引一夜叉罗刹来，吾命休矣。不如暂避为得。顾凹旁有大黄柳，缘升其巅，坐桠杈上；又虑假寐而堕，解裹头布，束腰于树，俯窥其变。俄见鬼从义冢来，荷一物至，白恍恍如芦席，月下不甚明了。大呼某甲，甲故不应，鬼作激厉语，诮其无信。旋作温柔语，诱其无他，俱不应之。鬼寻觅有时，鸡声四唱，乃长啸去。

甲亦昏腾睡，不知东方之既白。有早行者，过其地，见曰：“何处死尸？谁移此？若盗墓者，何盗此席裹之贫尸也？”正惊惶间，仰见树上有人，呼之下。甲道其详，乃知此鬼甚狡，吓之不得，又欲假僵尸害之。幸甲机变，不然殆矣。乃共呼地邻，合掩其尸。以后甲遂不敢夜行。

——《仕隐斋涉笔》卷四《鬼雄》“某甲夜归”

以上两则驱鬼斗鬼故事，一则采录自浙江，一则采录自四川，描述的均为夜行遇鬼的趣闻。故事主人公与鬼斗勇斗智，无不显示出其过人的胆量和应变能力。前一则写故事主人公贝翁夜归时，尾随讨替缢鬼入村而救了悬梁妇一命。当缢鬼喋喋不休地责骂他时，他立即反击，穷追不舍。后一则写一缢鬼遇见故事主人公某甲，三试其人均无所畏。缢鬼技穷后又扛僵尸来加害某甲，某甲藏身树上静观其变，鸡鸣，缢鬼乃长啸而退。其故事情节曲折，相当生动有趣。

这个时期的驱鬼斗鬼故事，尚有写某年秋天文登海滨有一蓝面长鬼扰民，百姓惊恐无比，县宰仆高某跨马持枪将鬼赶跑的《觚剩·雁翎刀》；写陈某少时夜读，窗上现出一鬼面，目口皆动，大叱之忽然不见的《述异记·窗现鬼面》；写某翁夏月昼寝，一着孝服女鬼登床压腹上令翁不能动弹，待鬼嗅其面时，翁龁鬼颧使之负痛逃遁的《聊斋志异·咬鬼》；写叶某投宿入住闹鬼之室，深夜将群鬼慑服，无不跪地求饶的《子不语·叶老脱》；写陈某藏下缢鬼之绳，并且将缢鬼如轻烟一般吹散，从而搭救了上吊妇人的《子不语·陈清恪公吹气退鬼》；写一鬼前来吓唬阿真，阿真拔鬼舌令其大号而去的《续子不语·拔鬼舌》；写千总张某二更后提灯如厕时见一阔面鬼裸卧角门下，力蹴之化为黑鸡，捉得烹以佐酒的《夜谭随录·张老嘴》；写管某偷伺时赶走觅替女鬼，救下邻妇，后来竟不再对其存非分之想的《夜谭随录·青衣女鬼》；写某甲骑驴夜行时为鬼抱腰，牢不可破，甲反缚之，竟化为朽榰一片的《夜谭随录·清和民》；写某日因拌嘴而丈夫出走，其妻独寝时一鬼物乘隙上床寝息，惊呼始得免难的《耳食录·上床鬼》；写一鬼自丛薄中出，形状可怖，饮一罂酒而醉倒，屠夫趁机举扁担将其消灭的《阅微草堂笔记》“举担灭鬼”；写仆人杨某素暴戾，随主人归家投宿寺中时，将前来作祟之女鬼拥抱狎戏，女鬼乃大号逃逸的《阅微草堂笔记》“杨横虎”；写杨四夜宿荒芜古庙，挥刀砍杀在大殿上盘踞之女鬼的《志异续编·杨四》；写一溺鬼变女子立于桥侧，骗人堕河，某知其为鬼，乃负之急走，鬼竟化为棺板，被某烧掉的《明斋小识·斗溺鬼》；写俞某假哭擒拿缢鬼，将鬼所变鸭子烹而食之的《客窗闲话·谈鬼》“赛钟馗捉鬼”；写某孝廉入住一凶宅，漏夜有女鬼辟门而入，竟被其体大声宏之仆人吓跑的《客窗闲话·谈鬼》“吓鬼”；写士兵陆某雨夜鼓气三吹让一缢鬼灰飞烟灭，从而使被其迷惑之少妇复苏的《客窗闲话·谈鬼》“吹灭缢鬼”；写衙役刘某惊扰一求代缢鬼，使受翁姑虐而欲自经少妇得救的《客窗闲话·谈鬼》“捣鬼手”；写叶某所救之投环妇乃是鬼魅，当其追来时叶某挥刀还击，使鬼化为清烟的《金壶七墨·杀鬼》；写戴公在贵州某大僚署中，夜半有女鬼捧头置于案上梳理，公默诵金刚经而却之的《鹂砭轩质言·鬼梳头》；写邹某月夜与变为青衣女子之僵尸鬼斗，最台将其击倒并焚化的《三借庐笔谈》“晓屏相国”；写金陵击柝者某夜间救下一缢妇，披发鬼誓言报复却无可奈何的《虫鸣漫录·金陵击柝者》；写黄某夜醉，归遇一矮鬼将其曳入水中，后得亡友帮助，遂共擒之的《醉茶志怪·捉鬼》；写某乙勇敢好武，其亲戚回煞时，痛打押亡者鬼物，使之如烟而没的《醉茶志怪·武清乙》；写某公请一智勇过人之孝廉，设计捉拿潜入其家为患之鬼魅的《右台仙馆笔记》“孝廉捉鬼”；写一鬼诋毁陆父以求食，陆兄批颊再三，将鬼赶走的《右台仙馆笔记》“孝廉批鬼”；写一长工勇斗欲觅替缢鬼，因而使主人得救的《右台仙馆笔记》“长工救主”；写老僧画符治难产，让产妇顺利生子，除夕夜群鬼偷袭使其身亡的《仕隐斋涉笔》“丰都山老僧”；写寡妇厉声呵斥捧绳长跪缢鬼，令其落荒而逃的《南皋笔记·缢鬼》等。

第八节　清代的鬼魂还阳再生故事

清代的鬼魂还阳再生故事，数量虽不如以往各个时期多，但作品风格各异，或沉郁，或火爆，或诙谐，各具特色，不少作品着重表现人们的思想意愿和抗争精神。譬如：

宁津苏子庚言：丁卯夏，张氏姑妇同刈麦。甫收拾成聚，有大旋风从西来，吹之四散。妇怒，以镰掷之，洒血数滴渍地上。方共检寻所失，妇倚树忽似昏醉，魂为人缚至一神祠。神怒叱曰：“悍妇乃敢伤我吏！速受杖。”妇性素刚，抗声曰：“贫家种麦数亩，资以活命。烈日中妇姑辛苦，刈甫毕，乃为怪风吹散。谓是邪祟，故以镰掷之，不虞伤大王使者。且使者来往，自有官路，何以横经民田，败人麦？以此受杖，实所不甘。”神俯首曰：“其词直，可遣去。”妇苏而旋风复至，仍卷其麦为一处。

——《阅微草堂笔记》卷五“张氏妇诉冤”

余大儿妇樊氏言：其二伯母体弱多病，恒在床褥，年四十九时，大病已死矣。众人欲为具含敛，而其子坐床头，手持其帐，不使人得近之，有言已死者，辄大怒。众人始以孝子哀痛，不忍夺之。继以死且竟夕，而绞约衾冒一事未具，惧不成礼，力劝其子，卒不可夺。迁延至于旦，而死者竟苏。既苏，命亟焚纸钱以犒舆丁。

众共骇异，环而问故，曰：“舅姑送吾回也。”时其舅姑死久矣。问其详，乃曰：“吾顷如梦中，至一处，舅姑皆在焉。栋宇高峻，僮奴甚众。舅姑见吾至，皆诧曰：‘汝安得遽来此？宜速归！’吾曰：‘新妇既来此，当奉侍舅姑，尚何归乎？’舅姑皆不许，舅言犹和婉，姑色甚厉，并操杖逐之曰：‘不去且杖尔！’舅曰：‘且勿，且勿。’与姑不知作何语，姑乃入房，携药一丸出，命吾吞之，曰：‘今可去矣。’吾徘徊未知所从，出闻舅呼陈荣。陈荣者，故樊氏奴也。及至，与生前无异。舅命陈荣以轿送吾归。吾从陈荣出，果有轿，乘之而行。甫望见家门，而舁者遽释肩，启簾幕，呼吾出曰：‘至矣！至矣！’吾自门外行至此，甚疲惫。今舁者尚在门外，故宜以纸钱犒之也。”闻其口中尚有药香。数日后其病竟愈。

众人因问其子何所见而知尔母不死，其子亦不能言也。众曰：“大病不死，其寿殆未可量。”然至明年又病，未几竟死，死而其子亦不复力持之矣。乃知往岁实鬼神使之也。然死而复生，生一年而复死，亦似无谓。

——《右台仙馆笔记》卷六“死者复苏”

以上两则鬼魂还阳再生故事，故事主人公一贫一富，内容不同，思想境界甚为悬殊。前一则写村妇因砍伤冥吏而被捉去受审，她不畏神明，敢于在阴曹地府抗争，言之成理，使得冥王不得不让其返还，真可谓“有理走遍天下”。后一则写富家妇人死后，在阴间得到公公、婆婆亡灵的关照、护佑下得以还阳，然而次年又病，仍然不免一死。其人的结局，亦发人深省。

这个时期的鬼魂还阳再生故事，尚有写济宁一妇人死后不久，复见于他处，与其同归，则棺木空空如也的《池北偶谈·济宁妇人》；写某地农夫患伤寒病死，但阳寿未尽，因尸体已被火化，乃借苏州一张生痨病死之独子尸身还阳的《述异记·农夫附尸》；写嘉兴北外一少女病殁后，借松江东乡一村民之妇尸体还魂，遂与村民为夫妇的《述异记·托体复生》；写王姑娘未婚而殁，借某村新死之农妇李氏尸身还阳的《子不语·灵璧女借尸还魂》；写杨某被二冤鬼扯入水中淹死，后知有误方放其生还的《子不语·冤鬼认错》；写某翁常年积德行善，在修建石桥时死去，随即托生于富家的《夜谭随录·再生》；写张妻借尸还阳后诉说被妾害死经过，阖家悲喜，仍以主母事之的《阅微草堂笔记》“选人张某妻”；写女佣陈媪不辞自污以救婢女性命，因使其子农夫陈四得以延寿的《阅微草堂笔记》“陈四延寿”；写女鬼借富家女身躯复活，与相恋的书生结为伉俪的《妙香室丛话·董生》；写某翁螟蛉子成婚时死去，其乱中亡故之亲子借尸还阳，与新妇婚配的《右台仙馆笔记》“某翁子”；写高邮某君被招至冥府，指证太守受贿杀人后还魂，次年无疾而终，去某地为城隍的《右台仙馆笔记》“高邮某君”；写其家兄弟同时病死，兄附弟身还阳，妯娌俩均拒之，只好出家为僧的《右台仙馆笔记》“兄附弟身”；写张某被误捉至阴曹地府，遇邻僧得救，翻墙逃跑，终于还阳的《醉茶志怪·张七十》；写下殓子妇命不合死，被阎王放还，托梦请求开棺始得复苏的《醉茶志怪·返鬼》等。

第九节　清代的其他鬼魂故事

清代的其他鬼魂故事，内容较为繁杂而分散，广泛触及不同的社会层面和形形色色的人物、事件，其中有一些作品奇特、新颖，颇为引人入胜。譬如：

仁和临平镇某生，贫而无馆。除夕，至小港闲步，忽见一舟来，系树下。有一役持柬疾走，访某名。某云："何事?"役云："我主人欲延某为师。"某云："即我也。"接其大字柬，姓吴名奎文，兼出聘金二十两。诣其家，某约于明春赴馆。役云："主人迫欲请，不能待。"随登舟。

至其家，恍惚间门第巍焕，堂皇宏敞，但不设坐。俄而主人冕服出迎。至书馆，即入内，命其徒出拜。间翻架上书，皆非人世所有。问徒所从学，乃诗、古文也。一日，其徒他出赴宴，嘱其师云："堂侧廊房有门，封固不宜窥伺。"某心疑惧，至更余，步至其所，启门一缝，窥见主人端坐中堂，两廊皆胥役，门外有悲戚声，俱缧绁待审者，已而次第拷讯。某惊怖欲绝。

次日，其徒至馆，云："昨嘱师勿往观，不意夜间潜窥，今缘尽不能复留矣。"某问故，卒不言，即赠半载脩金十两，送之归。师弟亦流涕不忍别。至河干，乘舟仍在，其送者亦即前役也。比登岸，舟与役俱不在。

——《旷园杂志·冥府延师》

康熙十二年冬，有楚客贸易山东，由徐州至符离。约二鼓，北风劲甚，见道旁酒肆灯火方盛，入饮，即假宿焉。店中人似有难色。有老者怜其仓迫，谓曰："方设馔以待远归之士，无余酒饮君。右有耳房，可以暂宿。"引客进。

客饥渴甚，不能成寐。闻外间人马喧声，心疑之，起。从门隙窥店中匝地皆军士据地饮食，谈说兵间事，皆不甚晓。少顷，众相呼曰："主将来矣。"远远有呵殿声，咸趋出迎候。见纸灯数十，错落而来。一雄壮长髯者下马入店，上坐，众人伺立门外。店主人具酒食上，餔啜有声。毕，呼军士入曰："尔辈远出久矣，各且归队，吾亦少憩，俟文书至，再行未迟。"众诺而退。随呼曰："阿七来!"有少年军士从店左门出，店中人闭门避去。阿七引长髯者入左门，门隙有灯射出。

客从右耳房潜至左门隙窥之，见门内有竹床，无睡具，灯置地上。髯者引手撼其头，头即坠下，放置床上。阿七代捉其左右臂，亦皆坠下，分置床内外，然后倒身卧于床。阿七摇其身，自腰下对裂作两段，倒于地，灯亦旋灭。

客悸甚。飞趋耳房，以袖掩面卧，辗转不能寐。遥闻鸡鸣一二次，渐觉身冷。启袖，见天色微明，身乃卧乱树中，旷野无屋，亦无坟堆。

冒寒行三里许，始有店。店主人方开门，讶客，问："客来何早？"客告以所遇，并问所宿为何地，曰："此间皆旧战场也。"

——《子不语》卷四《符离楚客》

以上两则故事，内容各不相同，无不弥漫着可怖的氛围，后者尤其浓郁。前一则写某贫而无馆的寒士被冥王接去做家庭教师，无意中窥见阴司审案，惊怖欲绝。因犯禁遭到辞退，立即被送还故里，从而揭示出阴曹地府的恐怖与阴司长官的严厉。后一则写一客商夜宿时，窥见符离集旧战场各类鬼魂的活动，惊心动魄，栩栩如生地刻画出往昔战事之惨烈和将士之忠诚，令人感慨系之。又如：

教谕展先生，洒脱有名士风，然酒狂，不持仪节。每醉归，辄驰马殿阶。阶上多古柏。一日，纵马入，触树头裂，自言："子路怒我无礼，击脑破矣！"中夜遂卒。

邑中某乙者，负贩其乡，夜宿古刹。更静人稀，忽见四五人携酒入饮，展亦在焉。酒数行，或以字为令曰："田字不透风，十字在当中；十字推上去，古字赢一钟。"一人曰："回字不透风，口字在当中；口字推上去，吕字赢一钟。"一人曰："囹字不透风，令字在当中；令字推上去，含字赢一钟。"又一人曰："困字不透风，木字在当中；木字推上去，杏字赢一钟。"末至展，凝思不得。众笑曰："既不能令，须当受命。"飞一觥来。展即云："我得之矣：日字不透风，一字在当中；……"众又笑曰："推作何物？"展吸尽曰："一字推上去，一口一大钟！"相与大笑，未几出门去。

某不知展死，窃疑其罢官归也。及归问之，则展死已久，始悟所遇者鬼耳。

——《聊斋志异》卷七《鬼令》

康熙中，常熟有包振玉者，系梨园中吹笛手。一日，忽有人来定戏，云在北门一姓，以银十锭，期于某日。至期而往，则巍然大第，堂中设宴。主人出，谓振玉曰："今日系周岁，不可大闹，以官人幼不任惊吓也。"遂点《西厢记》，减去《惠明寄书》及《杀退孙飞虎》两出，乃定席开场。

众方演唱，振玉独执笛旁坐，暗窥坐中宾客，凡饮酒，俱呷入鼻中，其往来男妇侍从人等，俱足不帖地而行。心甚异之，以私语其众，众曰："彼不欲闹，岂所畏在此乎？"于是忽将大锣鼓一响，倏无所睹，乃在昏黑中，则一古墓，惟听松风谡谡而已。通班大惊，振玉遂得疾，不数日死。

——《履园丛话》卷十五《鬼戏》

以上两则故事，一则描述数位亡灵行酒令消遣，一则描述鬼魂请梨园弟子去其府上演戏取乐，都曲折地反映出人们日常生活的各种爱好和情趣。与此同时，也表现了世人对于幽冥世界的某种好奇与恐惧。再如：

浙江某科，有温州某生在号舍中遇女鬼索命甚急。邻舍生颇负胆略，往诘其故。某生噤弗能语，鬼附某生代应曰："我本无邪念，彼百般挑我。正与目成，为夫所见，大遭诟辱。实未受污也，彼不但不为剖辩，反以风流自命，故作得意之状，使我无以自明，遂成短计。"邻生曰："此人诚可恶，但能容我一言否？"鬼曰："我自索命，彼自抵命，与君何干。"邻生曰："我平生专喜解冤释恨。凡事总求有益于人，鬼之情状与人当不悬殊，徒以抵命为快，又何益乎？"鬼曰："然则君将何以处我？"邻生曰："汝有子否？"鬼曰："我有一子，今年十八。"又问："彼有子否？"则曰："彼有一女，已及笄矣。"邻生曰："今我令彼将女许汝为媳，汝愿从否？"则曰："此固所愿，但此人无良，难保其不翻悔。此次若放他去，则再遇又不知何时耳。"邻生慨然曰："我愿以一家保此事，如有翻悔，汝即向我索命可也。"鬼沉吟良久曰："姑从君命，切勿食言。"郑重而去，某生顿苏。邻生告之故，遂满口应承，惟恐鬼之复至也。

是夜，邻生甫就寝，即梦前鬼来谢曰："蒙君为妾调停。此事已达神听，彼生本应此科中式[1]，今已移与君，我特来贺。但一出闱，即当急忘了此事，勿因循也。"三场甫毕，邻生即奔至其家，备述颠末。数日之间，即成吉礼。未几榜发，而邻生已高标矣。盖邻生素在温州各属办理刑幕，亦微闻有此事，而未得其端倪。今既力为担承，如果翻悔，不难以访案竟其狱耳。此事为郭莲渚比部所述，时比部方随任浙中也。

——《北东园笔录》初编卷四《与鬼说情》

安徽焦某，从军驻扎于津。一日，自城西营中醉归，将往海光寺机器局。时已三鼓，路经城西南野，见道旁一烟馆，其中灯火荧然。入视，矮几短榻，亦颇雅洁。乃向主人买芙蓉膏少许。见主人年三十许，短衣青背心，足着双靴，色亮殆如乌纸，未暇细审，卧榻上对灯烧吸。灯光青黯，烟筒塞如无隙，因出已囊中烟盒置盘中，挑烟烧试，灯火亦然。某口中喃喃怒詈。俄一无首人推扉入，呼曰："买烟！"主人挑烟与之。焦醉眼模糊，不知其为鬼，乃喝曰："何故着衣盖顶，作此恶态，骇煞人也！"其人不答而去。主人曰："尔以彼为丑，视我何如？"因对灯嗔视，口眼砰砰作响，舌出于口，目出于眶，累累然如铃下垂，血淋漓满面。

焦大惊奔避，至南关外，蹶然而倒，大号。及有人出救，某已昏不知人矣。灌以姜汁始苏，自言颠末。次日，遣人往视其处，并无屋宇。丛冢中，地上有泥塑小圈，方圆数寸，中置烟盒。及持归，即焦之物也。众为诧异。癸未十一月事。

——《醉茶志怪》卷三《焦某》

[1] 中式：科举考试被取录叫"中式"。

以上两则故事，产生的年代不尽相同。前一则流传的时间比较久远，写某生善于在人鬼之间进行斡旋、调停，很有效地化解了矛盾，既平息怨恨，救人一命，又成人之美，撮合一桩亲事，真可谓功德圆满。后一则出现在近代，写某吏在天津去鬼烟馆吸鸦片时的遭遇，令人毛骨悚然。对于一切烟民而言，当引为鉴戒。这两则故事在艺术上也各有特点，前一则善于运用对话来推进故事情节，刻画人物性格，后一则善于通过具有典型性的鬼魅形象来营造阴森恐怖氛围，揭示主题思想，有较强的艺术感染力。

这个时期的其他鬼魂故事，尚有写一被盗贼杀死之野寺僧人亡灵入殿，抱佛头而笑，待其去后，在佛头缝隙中发现三十余金，遂用以葬僧的《聊斋志异·死僧》；写杨医能役鬼，一次与友人外出，有长脚王、大头李二鬼为其捉骡操鞭，无异于奴仆的《聊斋志异·役鬼》；写明季某太守死后，其鬼魂每日仍乌纱束带上堂向南坐的《子不语·官癖》；写一寡妇和一鳏夫再婚不久，各自之亡夫与亡妻都来斥责未亡人薄情，而当原做媒者撮合这一对亡灵后，即安然无事的《子不语·替鬼做媒》；写唐妻素悍妒，害死妾婢无数，群鬼奉命捉拿而不能制伏，乃借一力大无比者缚之的《子不语·鬼借力制凶人》；写一鬼在冥界嫁女时，登门求某秀才为其书写同姓人家官衔字样以增光彩的《子不语·鬼借官衔嫁女》；写黑面水鬼与吐舌持绳鬼争夺替身互不相让，裁缝王二因此得以逃脱的《子不语·鬼争替身人因得脱》；写某赌徒溺于赌博，死后其亡灵仍不忘赌，还请人划过河去赌场押宝的《听雨轩笔记·赌鬼》；写同舍诸客请一状绝丑恶者往试王某胆量，谁知其为真鬼，竟夺走王某性命的《耳食录·王大胆》；写某皂隶生前多行善事，死后素著灵异，受人敬重的《咫闻录·泥皂隶破案》；写延安府署廊庑常常有一无头女鬼出现，太守命人将在楼上发现一具无头裸妇干尸埋葬后，遂安然无事的《咫闻录·延安府署楼》；写会试时披发女鬼入汤某号舍，撕考卷后知有误而退，须臾乃闻邻舍某人甲毙命的《阅微草堂笔记》"鬼误"；写巡检韩某奉命将阵亡兵丁解回老家埋葬，途中鬼魂因韩某另住他店而作闹，韩某与解差同宿方得安静的《履园丛话·阵亡鬼》；写某人因为逃避官场排挤倾轧而弃职归田，死后为阴官见冥界亦攘轧不断，只得躲进空山的《雨窗消意录·鬼隐》；写徐某二更后归家时在古墓旁让友人找来之假无常戏弄，谁知假无常却被真无常吓跑的《香饮楼宾谈·假无常》；写某人吹嘘胆大，与友人打赌前去会鬼，鬼披发吐舌，哑然而笑，将其吓晕的《庸庵笔记·鬼笑可畏》；写故县令鬼魂一再现身旅舍，后上某旅客烟榻三吸鸦片乃去的《鹂砭轩质言·扬州旅邸鬼》；写某甲夜行途中偶遇鬼魅表演和观看皮影戏、傀儡戏的《醉茶志怪·鬼戏》；写阎王派舟接周生去课其子，半载思家，阎王乃厚赠送归的《此中人语·阎王》等。

第三章　清代的精怪故事（上）

清代是精怪故事发展的一个高峰。清代的精怪故事题材广泛，涉及的方面非常多，包括人精恋情与亲情、精人友情、精怪作祟、精怪惩恶、精怪报恩、精怪复仇、斗精除怪等内容，其丰富程度与艺术成就，为以往各个时期的同类故事所不及。这个时期精怪故事中的精怪，既有动物类的虎、狐、蛇、犬、豕、牛、羊、马、鸡、猫、鼠、燕、蟒、獾、獭、猬、蜂、蝎、田螺、野鸡、蜘蛛、蝴蝶、青蛙、蜒蚰、土鳖、黑鱼、黄鳝、黄鼬、罗刹鸟等，又有非动物类的桃、柳、杏、橘、梅、槐、柏、椴、莲花、杏花、夜来香、虹、钟、鼓、甑、杵、礅、鹤膝、笎帚、奡屃、刍灵、白石、石人、石马、石龟、石狮、玉猴、铁人、泥人、土偶、草偶、图画、头发、枯树、棺板、羊骨、不倒翁、瓦溺器等。其中以动物精怪较为常见，经常出现的为狐精与虎精。

第一节　清代的人精婚恋故事与亲情故事

清代人精婚恋故事与亲情故事，作品数量甚多，从不同的角度来揭示人世间的各种各样的恋情与亲情。其中有不少佳作，思想境界、艺术造诣都达到了较高的水准，往往能够给人留下较深的印象。故事中的精怪，既有动物精怪，也有植物精怪，大部分是雌性动物精怪，而以化为美女的狐狸精最为常见。清代的人精婚恋故事，譬如：

浙江塘西镇丁水桥篙工马南箴，撑小船夜行。有老妇携女呼渡，舟中客拒之。篙工曰："黑夜妇女无归，渡之亦阴德事。"老妇携女应声上坐，舱中默无言。

时当孟秋，斗柄西指。老妇指而顾其女笑曰："猪郎又手指西方矣，好趋风气若是乎？"女曰："非也，七郎君有所不得已也。若不随时为转移，虑世间人不识春秋耳。"舟客怪其语，瞪愕相顾。妇与女夷然，绝不介意。舟近北天门，天已明。老妇出囊中黄豆升许谢篙工，并解麻布一方与之包豆，曰："我姓白，住西天门。汝他日欲见我，但以足踏麻布上，便升天而行，至我家矣。"言讫不见。

篙工以为妖，撒豆于野。归至家，卷其袖，犹存数豆，皆黄金也。悔曰："得毋仙乎？"急奔至弃豆处迹之，豆不见而麻布犹存。以足蹑之，冉冉云生，便觉轻举。见人民村郭，历历从脚下经过。至一处，琼宫绛宇，小青衣侍户外，曰："郎果至矣。"入扶老妇人出曰："吾与汝有夙缘，小女欲侍君子。"篙工谦让非耦，妇人曰："耦亦何常之有？缘之所在即耦也。我呼渡时，缘从我生；汝肯渡时，缘从汝起。"言未毕，笙歌酒肴，婚礼已备。

篙工居月余，虽恩好甚隆，而未免思家，谋之女。女教仍以足蹑布，可乘云归。篙工如其言，竟归丁水桥。乡里聚观，不信其从天而下也。嗣后屡往屡还，俱以一布为车马。篙工之父母恶之，始焚其布，异香屡月不散，然往来从此绝矣。或曰：姓白者，白虹精也。

——《子不语》卷六《白虹精》

卫福者本旧家子，遭兵燹之乱，全家俱没，惟福尚存。所居屋四椽只门户，度日维艰，聊作小本经纪。黎明即起，每出必反键其户，至日中始返，浣衣煮饭，俱躬自操作，盖勤而俭者也。一日，福归家，见饭已熟，甚异之。不暇询诸邻，食讫遽出。次日又如之。一连十数日，毫不费力，不知谁人为之执爨也。

又一日，福出门，将门虚掩，自隙中细窥，以待其异。逾一时许，忽见庭中水缸摇动。有一女郎自缸中姗姗而出，明眸皓齿，丰韵绝佳，钗影徘徊，莲钩声碎，往厨下而去。福惊且喜，疑为天仙下降，忽忆缸中有一田螺，蓄已数年，此必田螺妖无疑矣。遂启门轻进，规缸中田螺仅为一壳，藏壳于机密之处。转至厨下，则见女郎撩衣卷袖，方司中馈，殊形忙碌。福出其不意上搂之。女郎微笑欲逃脱，福抱持益力，女两颊俱赤，若不自持。福乃抱女于卧室间遽作巫山梦矣。两人遂为夫妇。女貌既端好性亦敦厚，闺帏伉俪，无异常人。福不胜暗喜，以为相如之得文君，未有此妙境也。年余，女忽产一子，眉目之间，与女极似。每于凄风楚雨之时，常思归去。福以其无家可归，听之。又年余，又产一子，而女自此亦不复思归矣。

流光如驶，二子皆十余岁，而女花容如旧，仍若二十许人。一日夫有口角，福微有所诋，女姣啼惨哭，泪落如珠。福转为劝慰之，终不能止。但曰："还我窠巢，终当乐我故耳！"福且怜且怒，即取旧所藏壳掷地下，曰："此尔本来面目，岂和氏连城耶？"孰意一声响处，女与壳俱失所在。福骇绝，四处搜寻不着，又向空陪罪，二子亦跪地哀呼，百般惨祷，卒亦无有心痛而来者。福懊丧欲绝，遂不复娶。后二子均举进士，为母请封。福乃备空棺，置女前次所衣之衣而葬之，并立其石曰："田夫人之墓。"

——《此中人语》卷二《田螺妖》

以上两则人精婚恋故事，内容多有差异，但描述的都是平民的爱情和婚姻生活，并且无不都有一个带有悲剧性的结局，读后不免让人怅然若失。第一则写篙工马某因富有同情心而与仙女般的白虹精结为伉俪，常常往还于天上、人间，恩恩爱爱，十分美满；后来却被父母拆散，永远分离。第二则写勤俭劳作、艰难度日的卫某，得到田螺女的眷顾，过上惬意的家庭生活，还生有二子；十多年后因夫妻口角而导致破裂，无可挽回。二者悲剧性结局的生成各不相同，前者是封建家长专断造成的，后者则是夫妻口角引起的，在当时都带有一定的普遍性。又如：

涿州某生，传者忘其姓氏，年弱冠，美丰仪，见者以为安仁复生也。未娶，宿斋中读书。夜有女子搴帘入，海棠睡足，梨花妆成，绝代姝也。诘所从来，女自言为狐，与有夙分。某昵其美，纳之。女嘱某谨言。

某素文弱，自与女遇，益健壮，以故往来三年，人莫有知者。某所欲，虽滇海鸡踪，枫亭鲜荔，举念，女悉为致之。会元旦，贻以雪莲二柄。花产雪山，隆冬始开，不常得。生供斋中，同学来贺者，苦诘所从得。某不能隐，吐其实。女已知之，客去，曰："屡嘱秘密，今乃漏言，缘尽矣！"泣留之不可，遂去。

临别曰："为若物色一佳偶，某处某人女，可聘也。"某嫌其貌不扬，女曰："老蚌生明珠，君毋以貌取人。"某以女言，卒聘之。后果生三子，以科名亢其宗。

——《蝶阶外史》卷三《涿州狐》

有妪居蜀中，其夫为酷吏所毙，膝下惟一女，年已及笄，虽小家碧玉，而丰致嫣然，尤非寻常闺阁可比。妪每念丈夫枉死，沉冤莫洩，终日潸然。女多方劝慰之，妪欷歔曰："汝生不逢辰，幼年失父，家虽困苦，亦不得妄为择配。如有人为汝父伸不白之冤，我将以汝许之，则两愿俱毕矣。"女低头不语，撚裙带而已。嗣后虽行止坐卧，每以此言诵之于口。

一日，以女偕行林薄间，又语及此。忽闻虎啸声而至，惊声回家，然亦不以为意也。先是蜀中县令某，残虐不仁，贪心特甚。民虽切齿而莫敢谁何。女父亦遭其害。一日令乘舆公出，路过山城，有虎自洞中跃出，直奔舆前。舆夫等骇绝，弃舆走避。虎竟衔县令度山越岭而去。于是民间咸谓贪官污吏已入虎口矣。

妪知之大喜，以其虎也，略不忆及前言。孰知虎虽异类，未尝无心，径至妪家。妪方坐檐下绩麻，见虎至，猛然省悟。即亦不惧，谓虎曰："前者余虽出此言，奈人畜两途，恐不得同床共梦也。"虎闻言伏地上，点头摇尾，似有必欲如言之状。时女方梳洗毕，闻母言出视，虎见女急起至女前依身裙下，口内吱吱作声。女不禁泪下，因曰："我母一言既出，驷马难追。君既为我父报仇，是亦有恩于我也，岂敢违约。"于是与虎为夫妇。

虎每入房，声轻步缓，晚间俟女睡熟，则已睡于床下。女醒则虎已醒，盖虎自知鼻息甚大，恐惊女也。虎外出或一二日、三四日不归，归则携果物累累，供妪与女颇驯扰，却又不作登徒子之想。以是女并不厌虎，惟咎自己命薄，凄凄然泪痕渍衾枕矣。会虎出未归，女忽得病，巫医无功，参苓罔效，红绡聚泪，竟至紫玉成烟。妪痛绝，典质殆尽，始殓女，停棺于破屋之中。时虎出已半月矣，忽归房中，寻女不得，又至妪前作问讯状，妪叹曰："尔久出未归，焉知家事。我女已于前数日入夜台矣。"虎闻言泪如雨下，以足扯妪衣，欲为引导寻女棺，妪鉴其诚，即导之往。虎见棺以双足撮泥作小堆，殆亦撮土为香之意也。又向棺再拜哭失声，复向妪再拜而去。是事也，人谓之情虎。

——《此中人语》卷三《情虎》

以上两则人精婚恋故事，主角各不相同。前一则为秀外慧中的狐女，它对其意中人情真意切，为其处理好各种家事；缘尽之后，又为其物色佳偶，让其重新建立家庭生活。后一则是为民除害、深爱妻子的虎丈夫，它既有疾恶如仇、粗犷奔放的一面，又有感情真挚、体贴入微的一面。不论前一则中的涿州狐，还是后一则中的情虎，无不栩栩如生，并且都是按照当时的道德观念和审美标准来塑造的。

清代人精亲情故事，譬如：

上元许翁家中可资，尝见流民渡江，有妪携女登门求售。翁视女年十三四，虽满面尘沙，而眉目间饶有风格，惟两足未加行缠，即呼"王大脚"云。年余益长成，流目送笑，极逞佻冶。翁惑之，荡甚。翁不能支，未几卒。媪嗔其妨主，鬻之卖酒周六。日坐当垆，市中无赖瞰其艳，争来就饮，与之调笑，不拒。周因获利多，亦不禁也。王操作甚勤，终日营营，未尝暂息。积有赢[1]余，辄买介族放之。每至午日辄病，必以重衾厚覆，使周压之，战栗移时始定。来时挂一青布囊，不知所藏何物。十余年，周又病死，无嗣，抱邻子育之。子渐长，为之娶妇。生计益裕，可以坐享，而操作如故。子妇少惰，辄斥

① 赢：经商有盈利。

责之。

一日，有老僧过，见王熟视，久之，呼其子至隐处诘曰："子系若亲子耶？"子赧然，良久曰："螟蛉耳。"僧曰："余固知若之不能育也。"子言："虽非所出，恩情不啻亲生，方外人何为间我骨肉？"僧曰："幸遇我，迟则为所噬矣！"子不信，僧令出掌作符，嘱曰："持归近汝母，母如妖也，著外当即溃，验后可向报恩寺来。"子如言，俟王盥洗时，试以掌抚其臂。王大呼，视之，果已腐烂。次早，王忽嚷房内被窃，子奔视，箱笥无恙，惟青布囊失所在。王痛哭晕绝，子慰之曰："幸钱物未动，一布囊值几何，而珍惜如是。"王曰："非汝所知，此贼必深知我，故乘间盗去。"因切齿。

子知有异，访僧报恩寺。僧曰："汝家昨夜被盗而囊去，渠无能为，仍宜敬事，抚育之恩不可忘也。"取囊视之，则一蟒蛇皮，曰："母即此物所化，今既失去，不能复形为售。渠在人间放生功德甚大，且未尝损人，尚可享安乐数十年。汝当尽孝，福汝者尚不浅也。"子大感悟，酬之不受，复令出掌，作符，令归摩母臂，"痛当止，但不可泄，泄则恐不利于汝。"子归，如言试之，王臂遂愈。明旦复往访僧，则已杳矣。王之子归，泄言于母家，其事遂播。上元马惺园秀才闻其异，过之，王起居动作与人无殊，惟年将周甲，如二十许人云。

——《翼駉稗编·蟒母》

湖州归安县菱湖镇某姓者，以卖碗为业，纳一妻甚美，而持家勤俭异于常人。一日谓其夫曰："我见子作此生涯，饥寒如旧，非计也。子如信吾言，自有利益。"其夫听之，遂弃旧业，买卖负贩一如妻言，不及十年，遂至大富。生二子，俱聪慧，延师上学。惟每年端午辄病，而拒人入房，其夫不觉也。长子方九岁，偶至母所，见大青蛇蟠结于床，遂惊叫反走，回视则母也。因告于师。师故村学究，以祸福之说耸动其夫。妻已知之，遂谩骂曰："吾家家事何与先生！"是夕忽不见。乾隆初年事。

——《履园丛话》卷十六《蛇妻》

以上两则人精亲情故事，女主角都为蛇类，与平民结为夫妻，其生活经历与习性多有相似之处，但结局迥异。前一则写蟒母婚后相夫、育子、持家，异常辛苦，而且一心向善，充分体现了爱夫、爱子、爱家的亲情与爱心。后虽遇到凶险，因有善心与亲情，终于化险为夷。后一则写蛇妻善于操持，助夫发家致富，人丁兴旺，过上幸福生活。不意其真实面貌泄露后，有人挑拨离间，竟导致家庭破裂，骨肉分离，十分不幸。

这个时期的人精婚恋故事与人精亲情故事，尚有写遇叛寇伊生一家人失散时，深爱伊生之狐女速来救助的《聊斋志异·狐女》；写狐精与汾州通判朱公相恋，朱知其为狐仍然往来的《聊斋志异·汾州狐》；写魏某在岳父家酒楼学生意时，一狐女常来狎昵，魏某归家后缘尽而别的《聊斋志异·双灯》；写于生在某寺读书时与一绿蜂精长相寝处，待缘尽致谢后乃穿窗飞去的《聊斋志异·绿衣女》；写狐精假冒周生亡妻，到周家安慰周生，狐精与其亦有夙缘的《秋灯丛话·狐假亡妇惧见黄生》；写狐精对某贫士一往情深，为其生活起居作周到安排的《子不语·陈圣涛遇狐》；写赑屃精深爱一书生，虽受尽磨难仍然痴情不改的《子不语·赑屃精》；写狐翁小女与一贫士结婚后，热情鼓励夫君发愤读书的《子不语·狐读时文》；写朱二官与蓝顶妖人之二女成亲，年余缘尽，蓝者送其至虎邱的《子不语·蓝顶妖人》；写一精怪与乡人刘某婚后生下一子，竭力助刘发家致富，三年缘尽乃离去的《续子不语·子不语娘娘》；写某生被迫吞下狐精所赠宝珠，狐即死去，生厚葬并树碑曰“胡夫人之墓”的《耳食录·胡夫人墓》；写蛇精与一贫寒人家子弟相爱，婚后善于治家，颇为孝顺，受到老母疼爱，知其为蛇亦相爱如初的《见闻随笔·蛇异》；写朱某好道，娶狐妻情好数年，朱某作法祈雨时夫妻先后被诛的《丹午笔记·朱方旦娶妖》；写章某入都为小吏，一狐女与其相恋，且善待章之母、妻，三年缘尽而别的《涂说·三年缘》；写一文士与桃精真诚相爱，毅然入赘桃园与其永结同心的《妙香室丛话·钱生》；写一狐女和某生相恋，百般体贴，后某生念彼异类而将狐卖与某乡宦，狐竟离去的《埋忧集·狐妖》；写武官某猎归遇一狐化少妇求载，回家即成伉俪，逾年生子，家人忘其为狐的《埋忧集·狐母》；写老儒某授徒村塾，与二狐女有夙缘，情好逾年，后缘尽遂分手的《里乘·平乡县老儒》；写阿土和一同业与狐精姊妹成婚，相亲相爱，后因受人非议乃断绝往来，被狐仙责怪的《此中人语·阿土》；写王生与阿娇及另三位桃精燕好，半月而诸女憔悴，桃花凋零，王生不复有梦的《此中人语·王生》；写一妖与婢私通，并让主人破费款待，主人不堪其扰，乃请江西真人逐妖的《右台仙馆笔记》“吴翁婢”；写一蛛怪化为美少年，常来与某氏女私会，一夕求女搭救，因老母阻挠竟无能为力的《醉茶志怪·蛛怪》；写狐女樊英与刘某相好数载，刘病故后竭力[illegible]奉养老母的《醉茶志怪·樊英》；写挖河役夫某被一美人邀至家中同居，后知为异类，自恐而去，他日再往，其处已无屋宇的《醉茶志怪·役夫》；写虎精数十载扶助其丈夫兴家立业，待丈夫亡故、儿孙满堂时才回归山林的《跰廛笔记·虎媪》；写一少女深深眷恋石精，当石精被镇压后立即为其求情的《南皋笔记·石精》；写郝生在西番锅庄时与狐女相爱，带其回家后同大妇相处甚好，数年后宿缘已满，狐女遂腾云而去的《南皋笔记·狐仙》；写一变为少年之狗精与一藏族年轻女子结为伉俪，后反目分手时始现出原形的《南皋笔记·狗人》等。

第二节　清代的人精友情故事

清代的人精友情故事，数量不太多，作品大都表现世人与各种精怪之间的友好情谊，颇为动人。作品中的精怪，以动物精怪居多，最为常见的是狐精。譬如：

> 王符九言：凤皇店民家，有儿持其母履戏，遗后圃花架下，为其父所拾。妇大遭诟诘，无以自明，拟就缢。忽其家狐祟大作，妇女近身之物，多被盗掷于他处，半月余乃止。遗履之疑，遂不辩而释，若阴为此妇解结者，莫喻其故。
>
> ——《阅微草堂笔记》卷十三“狐救民妇”

> 阜城杜养性，万历时人，读书城南废寺。夜有处子入其室，芙蕖露涵，桃花雨润，二十许丽人也。自言虐于继母，愿避此借一宿。杜

峻拒之，曰："不去，将呼邻人知。"曰："子胡然！予非人，千岁狐也。见子读书勤苦，聊用相试。子诚正人，福寿亦远，予修持将成正果，特与子前生有缘，愿为友。"由是时与往还，言不及私。后杜万历乙酉举于乡，己丑成进士，狐辄先期告以所中名次。杜仕襄阳令，以清介闻。遇疑难案，狐预为体访明确。杜坐堂皇，讯两造如目击然，神明之称噪一时。后致仕归，狐遂不再至。

——《蝶阶外史》卷三《阜城狐》

以上两则人精友情故事，故事主角均是与人为善的狐精，其表现方式虽各不相同，但都充满爱心和真情。前者写狐精虽未现身，却以捣乱来化解"遗履之疑"，救民妇一命，用心良苦。后者写以丽人面貌出现的千年狐，与一书生交往数十年，助其成为循吏，直至致仕，始终如一，颇为难能可贵。又如：

莒州东南有山曰屋楼，西北有山曰择要，两山固多狐，或化人形往村市购食物，山下人与之习处，亦不之怪。每逢夜间，见道上灯火照耀，连络不绝者，乃两处狐相往还也。有农人子，夏日道旁刈草，见一轿车从南来，驾双黑卫，甚华美。内坐二女郎，长者二十许，少者约十五六，衣服鲜丽，丰姿妖艳，真天人也。无侍婢，男仆车旁坐，意必富贵家走亲串者。倏忽车至前，男仆曰："向某处去，雇汝引路，给钱八百文。"农子思其地在附近，半日可往返，利十倍于刈草也，应许之。命前行，车甚驶，转瞬落后。竭力追逐，不暇喘息，仍不能及。女郎命上车，农子自惭形秽，虽不敢萌他想，然得近芳泽，亦喜出望外。但觉馨香四溢，五体皆酥，若迷若痴，所经过之地，皆恍忽不能记忆矣。

日夕抵一村，楼阁连亘，门南向。先有小女鬟候门，旋出无数妇女，花攒锦簇，竞相问讯，隐约闻言何时从屋楼起身。则有扶之者，挽之者。二女郎下车，农子一旁呆立。内有指问何人者，女郎答言途间雇之引路。一老妇曰："年幼好多事。然既来矣，引之别室，天晚令宿，来日早行可也。"移时有人送出肉饺一盘，并钱八百，喜极，饱餐怀钱而卧。

朦胧闻人招呼声，张目已日高三竿。自视乃卧于悬崖板石上，下临绝壑，一倾侧即成齑粉矣。乃屏息敛足，攀条猱行而出。一老农引至村中，饮以茶，腹内胀闷作恶，遂呕出虾蟆无数，有死者，尚有蠕蠕动者。老者曰："幸未食其面条，盖皆蛇蚓类也。"视其钱，只四白，细审之，乃其昨日买早钱。农子形神略丧，归病数月乃愈。

——《见闻随笔·狐雇人》

徐州士人寝疾，忽闻声细如蝇，呼曰："花娘子遣奴。来迎郎君，可速行也。"视之，枕畔立一小美人，身高三寸许，彩衣鲜洁，眉目娇然。惊以为妖，唾之。美人曰："不听奴言，当使青儿来，不容郎不去也。"士呼其妻共视之，见美人反身去，从容入床后而没。莲钩践尘，迹如麦粒。举家惶恐，倩人守之。忽执炊媪呼曰："予青儿也。花娘子延郎，殊无恶意，何拒之深?"其妻曰："素无怨隙，何太相缠?"媪曰："花娘子蓄有雪藕，邀郎共啖。"其妻云："藕可将来，郎病不愿行也。请为敬谢娘子。"媪忽寤。

次晨，见枕畔置细藕一段，皎白如晶。怪而询家人，俱不知自何来。妻欲弃之，士不可。啖之，味殊甘脆，疾的瘳。冀美人再来，而殊杳然。后亦无异。

——《醉茶志怪》卷二《花娘子》

以上两则人精友情故事，内容各异。前一则写在人狐友好共处，相安无事的大环境中，二狐女雇农子引路，竟将其戏弄一番，所幸未造成大的损失。后一则写自始至终未曾露面的精灵"花娘子"，派遣丫鬟为卧病士人送味殊甘脆的雪藕，使其食后迅速康复。两则故事在艺术上都有可取之处，前者善于刻画人物的表情、神态，如农子的自惭形秽、二狐女的矜高自若、狐妇的老成持重，等等，落墨不多，却跃然纸上。后者善于运用特定的氛围来烘托人物性格，使丫鬟的乖巧、干练，花娘子的仁爱、深情，均得到较为充分的展现，给人留下鲜明的印象。

这个时期的人精友情故事，尚有写一孝妇卖面赡养婆婆，狐精夜夜帮助孝妇转磨的《阅微草堂笔记》“马落坡卖面妇”；写小女奴盗钱与为丐父母被鞭打，狐精闻而哭泣，乃使主人投鞭于地，面无人色多日的《阅微草堂笔记》“小女奴受鞭”；写韩某昵一狐女，日渐尪羸，狐见其有善念乃去的《阅微草堂笔记》“布商韩某”；写一狐仙诙谐有趣，真诚帮助故朋赡家的《虫鸣漫录》“张二少爷”；写一狐变成美少年邀请某医至其家，为其妻子开药方治临产之症的《履园丛话·医狐》；写贾人舟行时收留求载银童，后得报其家业日渐兴旺的《妙香室丛话·银童》；写一鼠精常去观看赌博，但相安无事，从来不祸害世人的《醉茶志怪·鼠媪》；写二古槐仙给李观察老母托梦，求其制止砍伐，李急停下，并立碑警示后人的《醉茶志怪·槐仙》；写一婢女被狐仙邀去小住、玩耍，群狐皆称其为姑子，主人后请其归，并设牲礼往谢的《右台仙馆笔记》“狐仙与使婢”；写梅精与客居古寺书生互相唱和，结一段文字因缘的《南皋笔记·梅卿》；写柳精使陈生文思大进，陈恐其为患乃伐柳，柳中出一老者遂使陈不能为文的《南皋笔记·柳异记》等。

第三节　清代的精怪作祟故事

清代的精怪作祟故事，数量相当多，作品生动地描述形形色色的精怪出来干扰正常的生活秩序，揭露它们给世人带来各种各样的威胁、惊吓、惶恐、痛苦和不幸。这一类故事，在相当大的程度上反映出社会上的各种邪恶势力给人们造成的危害，或者自然灾害给人们造成的威胁。在这一类故事中比较有代表性的作品，譬如：

> 雍正间，内城某为子娶媳。女家亦巨族，住沙河门外。新娘登桥后，骑从簇拥。过一古墓，有飙风从冢间出，绕花轿者数次，飞沙眯目，行人皆辟易，移时方定。顷之，至婿家，轿停大厅上。嫔者揭帘，扶新娘出。不料轿中复有一新娘，掀帏自出，与先出者并肩立。众惊视之，衣妆彩色无一异者，莫辨真伪。扶入内室，翁姑相顾而骇。无可奈何，且行夫妇之礼。凡参天祭祖，谒见诸亲，俱令新郎中

立，两新人左右之。

新郎私念娶一得双，大喜过望。夜阑，携两美同床。仆妇侍女辈各归室。翁姑亦就枕。忽闻新妇房中惨叫，披衣起。童仆妇女辈排闼入，则血淋漓满地，新郎跌卧床外。床上一新娘仰卧血泊中，其一不知何往。张灯四照，梁上栖一大鸟，色灰黑，而钩喙巨爪如雪。众喧呼奋击，烛灭不见。方欲取弓矢射之，鸟鼓翅作磔磔声，目光如青磷，夺门飞去。

新郎昏晕在地，云：“并坐移时，正思解衣就枕，忽左边妇举袖一挥，两目睛被抉去矣，痛剧而绝。不知若何化鸟也。”再询新妇，云：“即叫绝时，儿惊问所以。渠已作怪鸟来啄儿目，儿亦顿时昏绝。”后疗治数月，俱无恙。伉俪甚笃，而两盲比目可悲也。——正黄旗张君广基，为予述之如此。

——《子不语》卷二《罗刹鸟》

郭氏子，聘钱氏女。亲迎之日，鱼轩至门，得二女自轩中出，声音、笑貌、服饰无纤毫差异，彼此互相争辨。其家惊怪，亟召其母家。既至，二女皆泣，就母怀与兄弟通款，皆曰：“请除妖妄。”母家亦竟莫能辨。因令各诉母家事，纤悉皆知。其母曰：“吾女左足跟有小黑点。”就验，则皆有之。复各验左臂红印，印亦宛然。以至手足箕斗，无不符契。或私谓曰：“是妖怪所为，形声之间何难尽肖？彼必为淫媚而来。若于床第间试之，则或庄或谑，或淫或贞，真伪立见矣。”郭氏子挟二女就寝，观其所为，亦竟莫能辨。

试验之法殆穷，母忽心设一策，命立机于地，约曰：“能超过者，为吾女；不能者，杀之。”因掣剑以俟。二女惶惑无策，涕泣自陈。一女闻言，即跃而过，因前砍之，应手而灭。盖深闺弱女，步履艰难，安能跃机而过哉？其跃者之非女明矣。此妖不及思，而为人所卖也。

——《耳食录》卷二《钱氏女》

以上两则皆为精怪变新娘作祟的故事，起始情况十分相似，由于两家人的态度不同，结果大相径庭。前一则写当两个一模一样的新娘同时出现后，新郎心存邪念，沾沾自喜，毫无警惕性，洞房花烛之夜竟酿成不幸，新婚夫妇倒于血泊之中，从此失明。后一则写两个新娘同时出花轿后，全家人想尽各种办法辨别真伪，最终找到一个好对策，将妖孽除掉。又如：

京师刘光廷，有枣园在东直门外，其实长白甘脆，称为佳果。熟时园丁晨起看视，逾夕辄减，而莫测其故。走告光廷，光廷曰："此必有窃者，汝特守之不密耳。"遂自往诣园。恰值月夜，持桃棓伺于树阴。至四鼓后，见有红衣女子从墙外飞入，不假攀援，不惧钩刺，往来轻捷，甚于猿鸟。摘其肥而熟者，即纳口中。光廷植棓大喝，红衣者飘瞥扬去。光廷开门迹之，经三四里，天色已明，红衣者至一土祠而隐。光廷入祠追索，诸土偶积埃盈寸，唯右侧红衫侍女露首如沐。光廷怒视曰："汝是窃我枣者!"举棓奋击，破其像腹，获枣斗许而归。

——《觚剩》卷一《红衣土偶》

胶山乡上舍里之东南，地名嫫焦洞，有村民夫妇俱年少，妇微有姿色。乾隆戊午三日，妇偶于门首伫立，见一美男子俊服丽容过其居，彼此流盼。至夜，适夫他出。月甚明，忽有人排闼入，即日间所见之美男子也，拥妇同寝，极欢。自是，每夜必至，夫不之觉也。未几，其夫亦见一女子至其门，美甚，疑近村无此女。迨夜将掩扉，而女在室矣。即与之登榻，而妻亦不知。厥后，夫妇男女四人共卧，彼此各有所私，似若无见闻者。然夫妇日渐羸瘦，心知为怪，而莫由穷其源。里中父老闻之，乃言村南数百步有古墓，墓有老獾，或日久为妖耳。探之，墓果有大穴。集众掘之，迫以火，继灌以石灰水，讫无所见，而怪终不去。有道士叶某，习驱妖术。乃延之，建醮三日，遂不复至。

——《履园丛话》卷十六《男女二怪》

以上两则故事里面作祟的精怪，危害性各不相同，但都受到应有的惩罚。前一则中偷吃园枣的土偶精，被园主击碎，赃物暴露无遗。后一则中分别与年轻夫妇通奸、淫乱的獾妖，让道士赶走，永不复至。再如：

宋子刚言：一老儒训蒙乡塾，塾侧有积柴，狐所居也。乡人莫敢犯，而学徒顽劣，乃时秽污之。一日，老儒往会葬，约明日返。诸儿因累儿为台，涂朱墨演剧。老儒突返，各挞之流血，恨恨复去。众以为诸儿大者十一二，小者七八岁耳，皆怪师太严。次日，老儒返，云昨实未归。乃知狐报怨也。有欲讼诸土神者，有议除积柴者，有欲往诟詈者。中一人曰："诸儿实无礼，挞不为过，但太毒耳。吾闻胜妖当以德，以力相角，终无胜理。冤冤相报，吾虑祸不止此也。"众乃已。此人可谓平心，亦可谓远虑矣。

——《阅微草堂笔记》卷十三"狐变老儒"

邑陈茂才，寄居山河县之村墅。夜喜临帖，脱帽置灯后。有黄鼠盗其帽去，幻作陈形，先大声詈仆，随既入后院，云："仆太懒，不为我备饮食，我饥甚！"其眷属即出食物奉之。食讫，匆匆遂退。每夕皆然，而陈与其仆俱不知也。其家人疑陈方馔罢，不应如此之饥；且其为人素谨，亦不应如是之率然。终未之究也。

一夕，其仆仓卒入曰："请稍缓须臾，即作馎饦来，幸勿怒詈。"陈曰："我固不急索，何乃云然？"仆曰："才命奴取胡桃，令置窗外，又急索馎饦，何云不急耶？"陈因与共验之，而胡桃乌有矣，相与诧异。

次日，令仆伺其侧，俄见灯后有物弄其帽，手加婴儿。叱之，乃一黄鼠冲出门去。方悟每夕言仆并诈饮食者，皆此物为之也。妖之计亦巧矣。然再二再三，终至于败露，此其所以为禽兽之智欤！

——《醉茶志怪》卷三《黄鼠》

以上两则故事，都有精怪变故事主人公作祟的情节，颇为有趣。前一则中的狐精变做老儒来惩罚顽劣小儿，事出有因，只是有点过于严厉。后一则中的黄鼠精幻化成主人一再向眷属与奴仆索要食物，终因败露而逃窜。前一则故事提出以德服人，避免冤冤相报的原则，应当说在处理好些非对抗性矛盾方面，还是很有道理的。后一则故事说明，为非作歹者尽管可能欺骗世人于一时，但终归会暴露无遗。而世人如若提高警惕性，便可以及早将其识破，避免造成更大的损失。

这个时期的精怪作祟故事，尚有写某甲投宿一室，夜见数小人抬一面带酒色老妇从穴中走，天明见其家二仆僵卧庭中，其血已被该老妇吸干的《茶余客话·白田某甲》；写众僧围火庵内，一蓝发紫面树怪张开大口而入的《觚剩·树怪》；写九虎变为僧人化缘，危害甚酷，捕役卒不可得，后一虎坐化，虎患渐息的《述异记·僧化虎》；写一美妇因与泥书生交，久而形容枯瘁，其婆母击美妇令其逃逸，有泥衣一片堕地的《聊斋志异·泥书生》；写有一个八九十岁老媪夜来某妇家煮汤饼，投于釜中者尽是土鳖虫的《聊斋志异·馎饦媪》；写吕生与狐同居而消瘦，遂遵僧嘱将其赶走，三年后再次同居，吕生竟一病不起，成为废人的《见闻录·妖狐》；写不倒翁精夜作官吏巡游，被蒋生捉住，随从偷来金银首饰用以赎回主子的《子不语·不倒翁》；写一白瓷旧坐礅变为身长丈余之白衣人作祟，人咸避走的《子不语·礅怪》；写夜间众石人用从库中所盗银子赌博，争吵不休，人们将其分置于城隍、东岳两庙，怪遂止的《续子不语·石人赌钱》；写獭精化为一女子常与某生狎昵，某生婚后亦不避新妇，令举家大哗的《续子不语·獭怪》；写一只五色怪鸟使新婚少妇痴迷，口作鸟声，人莫能辨的《续子不语·鸟怪》；写一女嫁至夫家后被绿袍鳖精迷惑，喜怒无常的《续子不语·鳖精》；写一士人归家途中夜宿古庙，有败鼓精来挑逗，以朱笔书其颊乃失声而走的《耳食录·红裳女子》；写一妇树下便溺失裈，夜间其夫被砍头，县令命掘溺处得妇裈头于大石下，碎石溅血，臭闻数里的《耳食录·妇失裈》；写卖药施某见玩偶精于东阁门亭前饮酒作乐，告知主人，乃发椟击碎诸玩偶的《耳食录·施建昌》；写杜翁熏逐所恶狐、獾，俄而家中出现十余个杜翁，待分清真伪，举刀杖杀其大半，怪不复再至的《阅微草堂笔记》“杜翁”；写某寄宿山家时，一蛇妖化为姣好女子将诱而吸血的《阅微草堂笔记》“蛇妖吸血”；写一翁仲成精，常常夜行至坟茔与女鬼媟戏，新葬女鬼无不遭到胁污的《阅微草堂笔记》“翁仲凶淫”；写一杏花精变为小童与某书生狎，后来某知其借人精气炼形，乃将其赶走的

《阅微草堂笔记》“杏花精”；写番禺一镇海铁人成精怪，常往村中奸污年轻妇女，使其面黄消瘦，不能起床的《咫闻录·铁人为邪》；写群鼠吃仙草后变幻为祟，向人索食，民众乃请张真人除去鼠精的《履园丛话·鼠食仙草》；写一蜓蚰精变为美女与某生寝处，越数月生竟病死的《履园丛话·蜓蚰精》；写一蛇精变为美女到存福寺勾引苦读钱生，令其尪瘠的《涂说·存福寺女》；写某甲住店夜起，猫怪人立而舞，毒啮其腰，甲惊疾寻卒的《醉茶志怪·猫怪》；写送葬刍灵方弼、方相二草偶常入仓房饱餐菽麦，使仆人受到责罚，焚之遂绝的《醉茶志怪·草偶》等。

第四节　清代的精怪惩恶故事

清代的精怪故事，还包含许多描述精怪惩恶锄奸的故事。在这类故事中，精怪戏耍、嘲弄、打击的对象，都是各色各样的黑恶势力与居心叵测、为非作歹之徒。而此类人物的遭遇，非但不会引起人们的同情，反而会受到人们的耻笑，甚至令世人拍手称快。譬如：

> 自黄村至丰宜门，凡四十里。泉源水脉，络带钩连，积雨后污潦沮洳，车马颇为阻滞。有李秀者，御空车自固安返。见少年约十五六，娟丽如好女，蹩躠泥涂，状甚困惫。时日已将没，见秀行过，有欲附载之色，而愧沮不言。秀故轻薄，挑与语，邀之同车，忸怩而上。沿途市果饵食之，亦不甚辞。渐相软款，间以调谑，面赪微笑而已。行数里后，视其貌似稍苍，尚不以为意。又行十余里，暮色昏黄，觉眉目亦似渐改。将近南苑之西门，则广颡高颧，鬑鬑有须矣。自讶目眩，不敢致诘。比至逆旅下车，乃须鬓皓白，成一老翁，与秀握手作别曰：“蒙君见爱，怀感良深。惟暮齿衰颜，今夕不堪同榻，愧相负耳。”一笑而去，竟不知为何怪也。
>
> ——《阅微草堂笔记》卷十一“李秀”

> 监生某，三元县人，贩皮货到京，逢善价，获利数倍，遂久客于

京，无归意，约七年余矣。某故善逐利，日益富，惟性好渔色。每不惜重赀，凡妓坊无不至。数年间，渔猎殆遍。一日薄暮，至一妓坊，妓女颇多，色亦可人。有二妓见某入，即早避。某未认面，惟见其衣服鲜明，步履袅娜，真目所未睹者。当即指以叩媪，媪曰："此良家子，迫于饥寒来此，腼腆不谙周旋，尚未接客者也。"某固欲之，媪曰："必谋之而后可。"趋入，有顷出曰："一允一不允。即允者亦约。"某叩其详，曰："不许张灯，否则不从。"其缠头则惟君之命，某无如之何，即应曰："且权遵教。"媪导某至一小房，媪即反扉。

某暗中摸索启帐入，女问曰"君乡贯何处?"答曰："陕西三元县。"女曰："与妾同乡矣。"复问姓名，某诡词以对。某问女姓，女亦诡对。某闻其声音，大怀疑惑，因问女年数及夫族，女曰："妾今年二十七岁，夫本监生，长妾二岁，自某年贩皮货至京，计今七载余，杳无音信，存亡未卜。妾不耐久守，前月同同乡某子，私逃至此，不意某子忽病逝，计无所之，因入青楼耳。"某闻言，识为己妻，不觉抱忿如火；姑含忍，再问曰："我进门时与尔同避者谁?"女曰："此即妾夫之妹，名唤凤娇，亦与妾同逃来此者也。"某闻之大怒，即起欲执而泄恨。忽闻数公差排闼喧哗入，声言奉官命，拘拿娼妇、嫖客。媪仓皇启扉曰："事急矣，君宜速避，毋罹此祸。"导某由后门遁。

抵舍，竟夕不寐。及旦往迹，则空院无人。疑为官拘，再三细访，并无此案，又疑驱逐远遁，无可踪迹，遂卷赀归里。及抵家，妻正卧病，时妹已适人，闻兄回，亦归宁问寒暄，大惑不解，如在梦中。某与伊邻杨公濂，素相善，潜以此事相质。杨公曰："是或妓素悉君乡贯，故为此狡狯伎俩以相戏与。"某曰："是又不然。不但声音酷肖，且舍妹小名，亦从未有人知者。"杨公曰："然则狐所为与。"某寻思良久曰："是或近之。夙闻天坛有狐，尝投刺冀得一遇，刺中不无亵语，想为狐所播弄，亦未可知。"杨公曰："若然则狐尚为善报怨者，然君亦宜自省矣。"某果由是改行，卒为端人。

——《志异续编》卷一《监生》

以上两则故事，都以精怪打击好色者为题材，无不带有浓烈的嘲讽意味。前一则让渔男色轻薄者非但白费心思，大失所望，而且受到嘲弄，异常尴尬。后一则让混迹京师得以致富的好色之徒，蒙受极大的羞辱，狼狈不堪。这样的教训，当使一切淫邪之人引为鉴戒。又如：

新安郑伊耘言：其友人估江张姓者于乾隆五十[illegible]年北上，抵山左某处，去店尚远，时已昏暮。见有星货铺，颇舒敞，叩门借宿，主翁忻然。问翁姓，曰："姓胡。"明早束装就道，酬以金，不受，心甚感之。越数月南旋，携物持赠。至其所则一片荒凉，人室俱杳，乃大疑，询之左近人。曰："噫，异矣！数年前土人某一二千文开小店于此，有胡翁者每日与谈，颇洽。因谓曰：'似此生财之道，不亦远乎？'某以无力对。胡曰：'予有五百金，盍贯诸？'某大喜，因而多造房屋，添置货物，籴贱贩贵。胡实左右之，常常宿店中，问胡居止，第曰相去不远。年余致千金。一日，从容谓胡曰：'与君交甚深，而未尝一诣君室，可乎？'胡沉吟曰：'交果深，翼日午后，予导汝。'如期偕往。行二里许，忽见树木阴翳，路径纡折，向所未径。某疑焉。抵村落，则巍然夏屋，邀入室。器皿饮馔精腆。尽欢而散，纵横星斗，夜色将阑矣。胡属曰：'汝欲来是，必予与偕来也。'送至茂林外而别。某处处识之。越日，独行而踪迹之，求所谓茂林深处者，荒烟蔓草，无路可循，大疑而返。明早，胡又至，某告以情。胡曰：'奈何昧我约？我实告汝，我非人，狐也。与汝有缘，故相佽耳。'某讶然。夜卧思，若果异类，盍挤而杀之，以蔑其金。明日，胡至，神色惨变，遽坐其室之中央而让之曰：'吾以汝为人也，而丧心昧良至于此极，曾非人之不若也！'言已，以手指南，南方火起，又指北指东若西，烘烘然火势四合，千金之资，烬于一炬。胡遂去，不知所之。"张乃知数月之间沧桑顿易者以此。曾亲为伊耘言之。

——《客窗笔记·狐火记》

于某，海盐人，居西乡之沈荡。其妻遇婢虐，有婢颇慧，年十六矣，频捶楚之。一日晨起，见庭有狗矢，怒婢不扫除，挞而迫之食。

婢无如何，俯而少尝焉，哭而至河干涤其口。忽见一船泊岸，有美妇出，簪珥褂裳，俱极华丽。两婢掖之，由步而登，顾婢问曰：“汝是于家女奴欤？可传语主母，客至矣，急粪除后楼，为我卧室。”婢以为信，奔回白主，甫入门而仆，不省人事。其主母使人扶入，以姜汤灌之，良久乃苏。问其故，以所见告。于后有楼三楹，储什物，不住人。闻婢言，乃入探之。未至，沙石扑面，不能进，乃知为狐，即使此婢往。婢入无他，遂登楼，见所储什物已并叠在旁屋。其中为便坐，左为卧室，罗屏绣幕，陈设一新。美妇指挥二婢，布地衣，悬画帧。婢惧欲走，妇使坐，且语之曰：“闻尔主虐遇汝，吾甚不平。今后复尔，必小惩之。”自此以后，于妇于此婢稍加诃斥，辄有人批其颊。于妇惧，始善遇诸婢矣。

月余，妇谓婢曰：“为语主人，假我洋钱五十，吾有所用之。然仍不出汝门，无虑假而不归也。”婢以告于。于正思一见，乃使婢告曰：“钱非所吝，但须面付耳。”妇笑曰：“诺。”于取洋钱如数至后屋，无所见。欲登楼，将及梯，忽眼前见一臂，著浅绛色衫，红袖高捋，皓腕呈露，带金玉条脱，铮琮作响。手掌红润，五指纤削如葱，指爪长寸许。于对之心荡，忽闻娇语曰：“收到矣，速去！”臂遂不见，而于手中物亦与俱去矣。于之女即于此时见靓妆一少妇，著浅绛色衫，年约二十许，向之微笑，忽失所在。妇见形于其父女，异地而同时，可异也。

于有弟妇，孀居三年矣，于待之薄。其夜忽于枕畔得洋钱如于所失数，乃知其挹彼注此也。于亦感悟，遂善视之。妇居于宅半年，忽谓婢曰：“今将往苏州去矣。”遂绝。此光绪四年八月事。

——《右台仙馆笔记》卷六“狐妇惩恶”

以上两则故事，均以狐精惩恶为题材。前一则写狐精放火焚屋以惩治恩将仇报的贪得无厌者，让其发财梦成为泡影。后一则写狐精使用有效手段，狠狠教训虐待奴婢的主妇和居心不良的主人，令其善待奴仆与亲属，再不敢胡作非为。后一则采用并立结构，分别叙述教训主妇、主人的故事。前一则采用故事中套故事的结构，以讲故事的口吻介绍焚屋惩恶这个主要故事；同时又采用对比式结构，以友人张某的厚道、重情义与士人某某的忘恩负义、贪得无厌形成强烈对比，颇有艺术感染力。

这个时期的精怪惩恶故事，尚有写金某在京师穷困潦倒，乃往黑龙潭与狐精调笑，狂荡无节，后被逐出狼狈南逃的《述异记·狐怪》；写某生放荡不羁，好蓄媚药，狐置药于粥中令其妻食后出丑，无以自容，生遂痛改往行的《聊斋志异·狐惩淫》；写沈某夜引一[illegible]独行少妇与其同榻寝，次晨发现该妇乃是送葬所用纸衣泥首之刍灵，旋即病卒的《耳食录·沈髯》；写某人欲轻薄狐友妻，狐友将某人捉弄一番，令其懊丧至极的《阅微草堂笔记》“狐友惩戒”；写一妇人假冒狐女与邻家少年欢昵，狐精掷瓦块骂此妇玷污其名声的《阅微草堂笔记》“假冒狐女”；写选人某性啬，纳妾就寝时被众狐嘲笑，凡一动作辄高唱其所为，某不得不设酒肴拜祭的《阅微草堂笔记》“选人祭狐”；写恶少某常渔猎男色，夜归借宿时欲勾引一男童，为狐所戏，竟裸卧雪中的《阅微草堂笔记》“狐戏恶少”；写群贼攻陷郡城后，狐仙于夜深时制造官军登城幻象，令群贼惊慌不安，遂弃城而去的《墨余录·狐仙驱贼》；写一狐精使妄图对某个美人非礼之狂徒受尽侮辱的《北东园笔录·妄念辱身》；写狂生姚某见庙中所塑侍女而动情，入夜泥女来坐生膝上，忽变为石赑屃压废其双膝的《醉茶志怪·泥女》；写卑鄙小人余某让其妻勾引狐精怪赚钱，狐精离去时以题有“臊敬”之绿布裹银以羞辱余某的《醉茶志怪·余某》；写让欲奸污狐女之一轻薄子身卧在石缝中，狼狈不堪的《鹂砭轩质言·抚署狐仙》等。

第四章　清代的精怪故事（下）

第五节　清代的精怪报恩故事

清代的精怪报恩的故事，数量不多，主要表现精怪知恩图报，以各种方式回报帮助、搭救过自己的人们。其中，不少作品情真意切，颇为感人。譬如：

喀雄者姓杨，父作守备，早亡。表叔周某作副将，镇河州，怜其孤，抚养之。周有女，年相若，见雄少年聪秀，颇爱之，时与饮食。周家法甚严，卒无他事。有务子者，亦周戚也，直宿书斋。夏月，雄苦热，徘徊月下，见周女冉冉而至，遂与成欢。次日入内，见女晓妆，雄目之而笑，女亦笑迎之。自后无日不至。务子闻其房中笑语，疑而窥之，见雄与周女相狎，而心大妒，密白周公。周入宅让[①]其夫人。夫人曰："女儿夜夜与我同床，焉有此事？"周终以为疑，借他事杖雄而遣之。

雄无所依，栖身兰州古寺中。一日周女忽至，带来辎重甚富。雄惊且喜，问从何来。曰："与我叔父同来。"盖周公之弟名锫者，亦武官也，方升兰州守备。雄深信不疑，与女居半月，扬扬如富人。叔到任后，遇诸途，喜曰："侄在此乎？"曰："然。"叔策马登其堂，侄妇出拜，乃周女也。大惊问故，雄具言之。锫曰："予来时不闻署中失女事，岂吾兄讳之耶？"

① 让：责备。

居数日，借公事回河州，备述其事。周大骇曰："吾女宛然在室，顷且同饭，那有此事？或者其狐仙所冒托耶？"夫人曰："与其使狐狸冒托我女之名，玷我闺门，不如竟以真女妻之，看渠如何。"周兄弟二人大以为然，即招雄归成亲。

合卺之夕，西宁之女先已在房。雄茫然不知所措。女笑而谓之曰："郎[illegible]儿？儿狐也。[illegible]。[illegible]，[illegible]门关。儿贯矢被擒，令祖拔矢纵之。屡欲报恩，无从下手。近知郎爱周女而不得，故来作冰人，以偿汝愿。亦因子与周女有宿缘，不然，儿亦不能为力也。今媒已成，儿去矣。"倏然不见。

——《子不语》卷六《喀雄》

京城敌楼，内外凡五十座，高大深邃，往往为狐鼠所栖。内城东北隅角楼内，有一狐，化为女子，红衫翠裙，年可十六七，艳丽绝伦。守城兵往往见之，咸知其非人，而罔不狂惑失志。以其衣红，共以红姑娘称之。间有儇薄少年，或际良宵薄醉，一动色心，至楼下薄言往挑，即闻娇音曰："尔勿妄为也！"归辄头疼难忍，否则唇忽肿起如桃，必哀恳悔过，适乃已。以此群畏之，无敢戏言者。

步军校赫色，年六十余矣。一夕，上城值宿，独坐铺中，思酒不得。三更后，闻门外弹指声，亟问不答，启户视之，则二八佳丽人也，五色并驰，不可殚形，详而视之，夺人目睛。后随二双鬟婢，捧酒盒，立月下。校素有胆，惊定，即悟其为狐。询其那得深夜来此高城？答曰："儿洪氏，行三。知翁思酒，谨以家酿相贻。"校大喜，延之入室，即以其携来之酒肴借以款合卒客，醉后兴高，问："三姐有所求乎？"女曰："以狐媚惑人者，皆有求于人者也。翁一身贫病，且老，儿何求于翁？所以亲近翁者，以翁有大恩于儿故也。"校茫然不解所谓。女曰："翁乃忘松亭赎儿之事耶？"校始大悟，叹惋者久之，遂认为义女。

自是，每当值宿，校必多方散其侪伍，独扶筇至角楼下，告曰："致语三姑娘，我今日上班矣。"至晚，女果至，二婢随进酒馔珍美错陈。校夜夜餍之。每心有所欲，未发，女已先知，无不咄嗟立办。校尝以玉环赠，女再拜以受，什袭藏之。校与话谈时，自念皤然一翁，将旦夕犯雾露，泣数行下。女曰："无伤。儿视爹尚可三十年活也。"乃授校以导引之术，行之颇效。女无他异处，唯喜靦面，一夜恒四五次。校少于方娶，苦无杯盘，将赁诸市。女曰："是无庸，儿当为爹假之。"至期，果有金银器物，杂然陈于房中，不测所自。家人怪之，校以实告，始各欣喜。事毕，已皆失去矣。校次子为护军，闻女美，潜上城至值所，从窗隙窃窥，竟无所见，但翁一人，自言自笑自饮而已。校酒后，偶匿其玉斝，归家旋失。果有急需，女必周以巨金，则尽朱提也。如是者十余年。

女一夕忽泫然惨泣曰："缘已尽矣，从此永别。"校惊问之，不答。五更后，哽咽而去。校亦酸恻，然未知所云所以永别者。翌日，执金吾以校年老，请于朝，勒令休致，校乃叹悟。

先是，校当壮岁时，为骁骑校，从征葛尔丹。凯旋，至松亭，同人捕得黑狐，欲杀之，以取其皮。狐向校哀鸣，校心动，以金二两，赎而纵之。事三十年矣，不意至是乃获其报。后校年至九十余，无疾而终。狐亦徙去，不知所之。

——《夜谭随录》卷二《红姑娘》

以上两则均为狐精报恩的故事，情节曲折，感情真挚，富有感染力。前一则为"报恩+爱情型"故事，写的是狐精变故事主人公所爱之表妹，以促成这一桩美好姻缘，借以报答其祖父拔箭救命之恩。后一则为"报恩+敬老型"故事，写的是狐精十数年间不断给老军校送上美酒佳肴，以及所需钱物，让其安度晚年，以此报答当年舍金赎命之恩。这两则故事，都非常引人入胜，读来颇为感人。又如：

邑城北村刘孀妇，有子尚幼，就外塾读。值天暴雨，儿未归，倚闾以待。有小鬟，年约十三四，姿容秀美，绿衣光泽，冒雨而入，曰："请暂借姆庐避雨，晴即速行。"妇爱其慧，纳之。鬟应对如流，甚惬妇意。适空际雷声訇腾，鬟惊变色，遽投姆怀。妇抱之。一炊时许，雨霁，鬟始起，向妇稽首，顿失所在。儿自塾归，见女冲门出，方一凝眸，遽化为大蛙如车轮，跳跃而去。奔入告母，相与惊疑。

后数载，因捻变，母子避地。舟行淀中，波浪陡作，舟人大骇。有巨物自水出，跃登其舟，舟平稳，直抵彼岸。众负装下，见船头一大蛙，赴水而逝。

——《醉茶志怪》卷三《青蛙精》

江陵王生，一日独坐于庭，见一少妇款门入，衣裳艳丽，容颜窈窕，目光闪烁，鬓发蓬松，有仓惶急遽状，呼曰："君救我！"竟投生怀。生未及与言，俄见有大鹞自天降，妇意惧甚，生急蔽之。移时，鹞始去，妇出谢。生曰："子何惧鹞之甚也？"妇曰："此鸟为厉鬼所化，妾家世仇也。幸蒙相救，获免于难，恩实出于再生，他日必有以重相报也。"再拜而去。

后数月，忽有一野雉飞来，盘旋于中庭，久之不下。生曰："雉来为我祸耶，则飞止于庭；雉来为我福耶，则飞入于怀。"雉即飞入生怀，忽化为人。谛视之，则前日所救之少妇也。生惊异，问之曰："子胡为尔尔耶？"妇曰："夙蒙君惠，感不去心，亦聊复尔尔。"须臾，复化为雉飞去。生觉怀中有物，探视之，则遗一苍玉。时值国变，盗贼蜂起，有群盗贼来劫之者，第见其家宛在水中，万顷绿波，茫茫如海，不敢入而去，乃知此物为稀世宝也。

——《南皋笔记》卷三《雉妇》

以上两则均为报救命之恩的故事，虽然内容各异，却有许多相同之处，不但所搭救的弱者都是于人类有益的动物，而且故事情节都非常有人情味。更值得注意的是，其中被救者的形象，落墨不多，却都描绘得相当可爱，无论是前一则里面姿容秀美的小鬟，还是后一则里面容颜窈窕的少妇，都颇为清新婉丽，令人怜惜。

这个时期的精怪报恩故事，尚有写农家子搭救一将被杀媚人狐精，后竟思狐成疾，狐精复来现本形让其病痊的《阅微草堂笔记》"狐精报德"；写一妇人救下之狐婢，每逢元旦均来磕头致敬的《阅微草堂笔记》"搭救狐婢"；写一狐精被高某从僧人手中救出后，化为一老者前来指点，令高某发迹的《北东园笔录·狐报恩》；写猫为报答救命之恩，与狐与狸一起化为医生向士人传受医术，使其成为名医的《见闻随笔·狐传医术》；写一虎女化为美女，嫁给猎人某以报答救父之恩的《祇可自怡·虎妻》；写一狐女献灵丹，为书生治疗疾病以报救命之恩的《雪窗新语·狐报恩》；写某生入京应试时，被其救治之燕子前来报恩，相互情好，数月某生归家时乃去的《南皋笔记·小燕》等。

第六节　清代的精怪复仇故事

清代的精怪复仇故事，数量亦不多，内容涉及形形色色精怪的各种报仇雪恨之举，思想倾向性各不相同，其中的一些作品，具有一定的积极的社会意义。譬如：

喀喇沁公丹公（号益亭，名丹巴多尔济，姓乌梁汗氏，蒙古王孙也。）言：内廷都领侍萧得禄，幼尝给事其邸第。偶见一黑物如猫，卧树下，戏击以弹丸。其物甫一转身，即巨如犬。再击，又一转身，遂巨如驴。惧不敢复击，物亦自去。俄而飞瓦掷砖，变怪陡作。知为狐魅，惴惴不自安。或教以绘像事之，其祟乃止。后忽于几上得钱数十，知为狐所酬，始试收之，秘不肯语。次日，增至百文。自是日有所增，渐至盈千。旋又改为银一铤，重约一两。亦日有所增，渐至一铤五十两。巨金不能密藏，遂为管领者所觉。疑盗诸官库，拷掠讯问，几不能自白。然后知为狐所陷也。

——《阅微草堂笔记》卷二十三“狐复仇”

嘉庆乙丑年，陕西甘棠县有高中秋者，素无赖，而美须髯，身长八尺。尝入山打猎，有狐数十头，尽为杀，剥其皮而食之。是年十二月，忽有二女子从天而降，娇美绝伦，自言琼宫侍者，谓中秋曰：“上帝使我侍君，君有九五之尊，愿自爱也。”中秋窃喜，而无相佐之人，告之同邑武生王三槐，及本营参将旗牌官高珠玉，皆高同伙打猎者也，闻之均大喜。遂以王女许中秋为正宫，而以二女为妃嫔。二女者能撒豆成兵、点石成金之法，试之果然，遂起意谋为不轨。

中秋有佣工史满匮者，二高欲胁之以为将，而史不屑。一日，闻二高与王将割满匮头祭旗起事，约有日矣，满匮星夜入城击鼓。县令知其事，一面飞禀上台，而以满匮为眼目，尽捕获之。是时方葆岩先生为陕西巡抚，狱具申于朝，[illegible]皆以凌迟，[illegible]者皆无隙地，盖狐报仇也。狐亦恶极矣！

——《北东园笔录》四编卷五《狐报仇》

以上两则均为狐精报仇雪恨的故事，都包含引诱报复对象犯法的内容。其中，狐精受到的伤害一则比一则惨重，它们的报复性一则比一则强烈。如果说狐精的报复性在前一则中还有所节制的话，在后一则中，则达到了无以复加的程度。应当说，高某及其同伙杀害生灵如此穷凶极恶，如此肆无忌惮，并且他们不轨时又是如此沾沾自喜，如此执迷不悟，所以他们受到如此的惩罚也是罪有应得的。

这个时期的精怪复仇故事，尚有写武举王某曾经率众佃户烧死狐无数，老狐逃出后诬告王通海谋反，让其一家下狱的《述异记·狐报仇》；写一狐化为美女嫁与富翁“铁公鸡”，挥霍无度，让其家产皆空，从而得报狐精一家宿仇的《子不语·铁公鸡》；写鳖精、虾精、龟精为被杀之众多子孙报仇，使某家新妇发狂的《续子不语·鳖精》；写数恶少捉住二牝狐，杀死其一，令留下者化为人形为其行酒，该狐逃脱后将数恶少家一一焚为焦土的《阅微草堂笔记》“恶少得报”；写南京钮某误杀狐精老妻、稚子，狐精归来让其得报，举家被焚的《梦厂杂著·狐报》；写一精怪口渴入园摘桃，园主发火枪驱赶，精怪乃飞掷瓦石，令其不得宁贴的《道听途说·桃园怪》；写一犬与某乙妻有夙冤，乃迷惑某乙杀妻，因大士搭救而幸免的《香饮楼宾谈·犬报冤》；写某甲启用古窑时杀蛇无数，一大蛇前来索命，使其大病的《庸庵笔记·蛇死为祟》；写一犬被汉阳陈某误毙数年后，其鬼魂找来复仇，令陈某患病的《壶天录·犬报》等。

第七节　清代的斗精灭怪故事

清代的斗精灭怪故事，数量非常多，涉及的社会层面较为广泛，所描述的生活内容相当丰富。故事主人公既有大无畏的勇士、道行非凡的法师，也有普通民众，包括士子农人、贩夫走卒、少妇老妪等等。他们或者主动出击，降妖伏魔，以保一方平安；或者受害之后，奋起抗暴，从而将妖孽赶走，甚至将其斩除。不少作品绘声绘色，引人入胜。譬如：

海昌元化镇有富家，卧房三间在楼上，日间人俱下楼理家务。一日，其妇上楼取衣，楼门内闭加橛焉。因思家中人皆在下，谁为此者？板隙窥之，见男子坐于床。疑为偷儿，呼家人齐上。其人大声曰：“我当移家此楼。我先来，家眷行且至矣。假尔床桌一用，余物还汝。”自窗间掷其箱箧零星之物于地。少顷，闻楼上聚语声。三间房内，老幼杂沓，敲盘而唱曰：“主人翁，主人翁！千里客来，酒无一钟。”其家畏之，具酒四桌置庭中，其桌即凭空取上。食毕，复从空掷下。此后亦不甚作恶。

富家延道士为驱除，方在外定议归，楼上人又唱曰：“狗道狗道，何人敢到？”明日道士至，方布坛，若有物捶之，踉跄奔出。一切神像法器皆撇门外。自此日夜不宁。

乃至江西求张天师。天师命法官某来。其怪又唱曰：“天师天师！无法可施。法官法官！来亦枉然。”俄而法官至，若有人捽其首而掷之，面破衣裂。法官大惭，曰：“此怪力量大，须请谢法官来才可。”

谢住长安镇某观中。主人迎谢来，立坛施法，怪竟不唱，富家喜甚。忽红光一道，有白须者从空中至楼，呼曰：“毋畏谢道士。谢所行法，我能破之。”谢坐庭前诵咒，掷钵于地，走如飞，周厅盘旋，欲飞上楼者屡矣，而终不得上。须臾楼上摇铜铃，琅琅声响，钵遂委地，不复转动。谢惊曰：“吾力竭，不能除此怪。”即取钵走，而楼上欢呼之声彻墙外。

自是作祟无所不在，如是者又半年。冬暮大雪，有猎户十余人来借宿其家。告以借宿不难，恐有扰累。猎户曰：“此狐也。我辈猎狐者也，但求烧酒饮醉，当有以报君。”其家即沽酒，具肴馔，彻内外燃巨烛。猎户轰饮大醉，各出鸟枪，装火药向空点放，烟尘障天，竟夕震动。迨天明雪止，始去。其家方虑：惊骇之，当更作祟。乃竟夕悄然。又数日，了无所闻。上楼祭之，则群毛委地，窗棂尽开，而其怪迁矣。

——《子不语》卷四《猎户除狐》

陕西长安城外五十里，有梁家潭，在梁敏庄公家祠外数十步。雍正年间，潭中忽有怪物食骡马牛羊等物，居民大苦之。一日有喇嘛僧偕徒弟至，自言能除此害，但须敛百千文给徒弟。众欣然。僧曰：“汝百千人中，选两人极有胆量者听用。”选之果得两人。此两人非等闲也，力举百钧，素以斗胆自负。僧大喜曰：“我书符二道，付汝两人。我入潭与怪战，见巨手探出水面，急以第一道符付我。我再化法身，探符愈急，急付第二道符，毋误我。”两人唯唯。

顷之，僧跃入潭，则见潭面砰訇，无有垠锷，众皆屏息，慄慄散去，而两人各持一符，立岸上不动。俄见巨手一只，如簸箕出水面，知其索符，急与之，手接符去。又见震震爚爚，雷奔电激，水面一物，大如城门。持第二道符者心知为僧手也，然股栗不敢逼视。良久没，波心噼砺一声，而波平浪静矣。候良久，喇嘛僧杳然，其徒大号。乡人仍给百千文以去，自是怪物亦杳。

——《客窗笔记·梁家潭》

以上两则斗精灭怪故事，绘声绘色，颇为感人。不论除去扰乱世人生活的狐精，还是灭掉吞食各种牲畜的妖怪，都充分地表现了斗争的艰巨性、残酷性，并且真切地展示出降妖伏魔者的坚忍不拔和牺牲精神。如果说前一则故事对于除狐的劳动者赞美有加的话，那么后一则故事则对于为消灭妖孽而献身者表达出深深的敬意。又如：

丰润鲁叔和先生家，正厅东偏，别有厅事三楹。紫藤一株，荫满院落，海棠一丛，本皆合抱，春时著花，烂如锦。厅中有绿毛怪，夜必出，人无敢寝处其中有年矣。邑武进士谷某，勇艺冠一时，素以胆气自负，闻其异，思一试，借宿于庭。弟子数人，谏不听。弟子辈皆赳赳，愿同宿助师。不许，固请，命宿于正厅西厢，厢后牖邻藤花院，可招呼相闻。嘱曰："不呼，勿往也！"

谷秉烛独宿，二更相尽，大风撼屋宇，门倏开，灯光顿缩，绿如豆。见一怪高五尺，蹒跚至，偏体绿毛，鬖髿如松上鬣，目炯炯类曙星。谷思先发制之，急起与相搏，力适敌，不相下，自室转至西，复自西至东，蹶而起，起而复蹶，无虑数十度。诸弟子闻相扑声，撞臂声甚厉，以师坚嘱，不敢入。谷与怪相持至五鼓，渐不支，乃大呼。怪亦恐人至，力挣欲脱。谷力持不释，怪急以爪抓谷腕去肉，十痕深寸许。谷负痛，力少懈，怪遂乘风去。手余毛二握，细如牛牦，绿如出水藻。怪从此绝。谷藏其毛，韬以锦袱，有谈异闻者辄出示之。

——《蝶阶外史》卷三《绿毛怪》

林某者，酗酒滋事，邻里咸厌恶之。时村中有怪，恒夜出为祟。众激林曰："尔素以胆力自诩，敢与怪遇乎？"林曰："是不难！能为我备牛酒，当擒怪来。"众如其言。

林携酒一大瓶，乘醉坐村外，夜有物高八尺许，黑暗莫辨形貌，问林为谁。林曰："我妖怪也。尔为谁？"物曰："我亦如君，但肢体未备，不若君酷肖人形耳。所携何物？"林对以酒，且劝之尝。物曰："予腰不能屈，烦君倾我口内。"林扪其口，大如杯，提壶灌之。物赞曰："快哉！"颓然而倒。林急施以斧，其声丁丁。呼人照之，败棺板也。毁之，怪绝。

——《醉茶志怪》卷二《林某》

以上两则斗精灭怪故事，同样具有较强的艺术性和感染力。但是，它们对于故事主人公的刻画各有侧重。前一则写谷某赶走绿毛怪，主要靠的是胆量和武艺；后一则写林某击毁棺板精，主要靠的是智谋和勇气。

这个时期的斗精灭怪故事，尚有写樵夫所背僧人实为老虎，被刳竹人识破后击竹将其吓跑，樵夫因而得救的《觚剩·僧虎》；写数僧岁暮烤火时，一蓝发紫面树怪亦来踞坐炉旁，一僧夹红炭入其巨口中，令其负痛而逃的《觚剩·树怪》；写一鹤膝（矛的一种）变为少年男子奸淫农妇，并在农家为患，后将其制伏，举梵烧火的《蚓庵琐语·鹤膝为怪》；写府衙设坛追祟，一个三尺白须翁前来为狐孙求情，待群仆挞黑狐后即携狐孙而去的《述异记·狐祟》；写一狐为祟，闻妇翁来即匿入瓶内，妇乃塞瓶口置沸水中将其烫死的《聊斋志异·狐入瓶》；写一狐入南山祟女，女家即请当年荷锄击狐之农夫来对付之，从此安宁的《聊斋志异·农人》；写郭生婚后请法师驱赶曾与其相狎之獭怪，獭怪使其家七口顿时昏死，因金甲神来救皆得复苏的《续子不语·獭怪》；写一狐化少年，在林中欲非礼缝裳女，女临危不乱，趁机剪下其势，令其嗥叫逃窜的《萤窗异草·缝裳女》；写一童子与猬精交接，日渐瘠羸，家人乃烟熏猬穴令其毙命的《夜谭随录·猬精》；写一笼帚精为祟，或让房屋起火，或令污秽降落，民不堪其扰，乃请法师赐符灭怪的《听雨轩笔记·笼帚精》；写某女大胆无畏，以石块击走虎王精的《阅微草堂笔记》“长姐”；写某夜一树妖阻王某归路，使其人困马乏，二木工以斧锯相向，树妖忽化旋风逃去的《阅微草堂笔记》“木妖畏匠人”；写一钟怪在废寺为祟，无敢居者，众羊贩以砖将其击破，怪遂绝的《阅微草堂笔记》“废寺钟怪”；写一狐变少年祟蒋女，令其形容枯槁，蒋家请击柝人黄某守于女门，狐骇极而逃的《咫闻录·柝击狐》；写石马精夜出糟蹋庄稼，击之金光四射而没，天明凿石马首遂安的《咫闻录·石马精》；写苏某入住一凶宅后，有三十多个尺余长褐衣道士来令其速去，苏持杖逐之，于小没处掘杀二十余鼠，宅乃安宁的《松筠阁钞异·褐衣道士》；写一狐化丽人前去勾引某少府，某佯与绸缪，趁机连衾紧抱而将其击毙的《闻见偶录·智毙妖狐》；写辰州知府手草檄文，率众祭祷咒妖，令女妖逃遁，民乃无忧的《履园丛话·小三娘》；写学宫碑下石龟变为美女迷惑某生，其家人碎龟首，并请道人收妖，乃得安宁的《履园丛话·石妖》；写河南某地一民家新婚之夜必有他人闯入洞房，相沿已久，一侠客隐身房内先后斩杀马精与猪精，从此该家迎亲再无妖怪的《见闻异辞·侠客》；写一狐精在衙署中为祟，范刺史不以为然，秉烛冀与之遇，狐即安然，并送菜致意的《见闻随笔·狐送菜》；写武举陈某入都应兵部试时，设榻精怪出没之楼厅，剑击发怪并将其焚烧的《香饮楼宾谈·发怪》；写一狐变为教书吴生与吴相爱之翠翠为祟，吴偶得狐裘而将狐处死，翠翠病愈乃与吴合卺的《此中人语·翠翠》；写一妖与婢私通，并让主人破费款待，主人不堪其扰，乃请江西真人逐妖的《右台仙馆笔记》"吴翁婢"；写赵州有一石狮为祟，某民妇将灯油浇在精怪头上，使其鸡鸣即不能回到原处的《右台仙馆笔记》"石狮为祟"；写担夫夏某妻为猬妖所祟，毁物无算，苦不堪言，后杀死空室花竹筐中两头大猬，遂不复为害的《醉茶志怪·花果楼》；写宋某妻死，停柩于室内，一白狐假冒亡妻四处哭泣，邻里不安，毙之遂得安宁的《醉茶志怪·鬼哭》；写一蜘蛛精初夜必来与新妇交，违者必受其害，某女出嫁时在新房内置关圣檀木像，使蜘蛛精伏诛的《仕隐斋涉笔·诛妖神》；写某人夜闻诸鼠怪语，次日即挖掘鼠穴而灌以沸汤，怪遂绝的《南皋笔记·鼠怪》等。

第八节　清代的其他精怪故事

清代的其他精怪故事，数量不少，但内容较为分散。其中有一些作品，题材新颖、奇特，读来饶有兴味。譬如：

> 选人某，在虎坊桥租一宅。或曰："中有狐，然不为患，入居者祭之则安。"某性啬不从，亦无他异。既而纳一妾，初至日，独坐房中。闻窗外帘隙有数十人悄语，品评其妍媸，忸怩不敢举首。既而灭烛就寝，满室吃吃作笑声，凡一动作，辄高唱其所为。如是数夕不止。诉于正乙真人。其法官汪某曰："凡魅害人，乃可劾治；若止嬉笑，于人无损。譬互相戏谑，未酿事端，即非王法之所禁。岂可以猥亵细事，渎及神明！"某不得已，设酒肴拜祝。是夕寂然。某喟然曰："今乃知应酬之礼不可废。"
>
> ——《阅微草堂笔记》卷十三"选人祭狐"

高冠瀛言：有人宅后空屋住一狐，不见其形，而能对面与人语。其家小康，或以为狐所助也。有信其说者，因此人以求交于狐。狐亦与款洽。一日，欲设筵飨狐。狐言老而饕餮，乃多设酒肴以待。比至日暮，有数狐醉倒现形，始知其呼朋引类来也。如是数四，病于供给，衣物典质一空，乃微露求助意。狐大笑曰：“吾惟无钱供酒食，故数就君也。使我多财，我当自醉自饱，何所取而与君友乎？”从此遂绝。

——《阅微草堂笔记》卷二十一“求狐被戏”

以上两则均出自《阅微草堂笔记》，讲的都是狐精戏弄世人的故事，十分诙谐风趣，读来让人忍俊不禁。前一则写狐精采取调侃的方式对付悭吝的候选官员，不紧不慢，不温不火，让其饱受折磨后只好屈从，最终仍然免不了破费。后一则写狐精以装糊涂的办法对付妄想从它身上找发财门路者，让其大肆请客，耗费殆尽，却一无所获，陷入尴尬境地。又如：

代州猎户李崇南，郊外驰射。见鸽成群，发火枪击之，正中其背，带铅子而飞。李大惊，追逐至一山洞，鸽入不见。穿山洞而进，则石室甚宽，有石人数十，雕镂极工，头皆斫去。各以手自提之。最后一人，枕头而卧，怒目视李，睛闪闪如欲动者。

李大怖，方欲退出。而带铅子之鸽，率鸽数万，争来咬扑。李持空枪且击且走，不觉坠入池内。水红热如血，其气甚腥。鸽似甚渴者，争饮于池，李方得脱逃出洞。衣上所染红水，鲜明无比，夜间映射灯月之下，有火光照灼。终不知此山此鸽，究属何怪。

——《子不语》卷十九《代州猎户》

饶州连少连与母贫居，未室，寄馆于富家读书。一夕，有紫衣老妪前来宣言曰：“予媒婆也，东里萧家娘子色艳资厚，因慕秀才成疾，父母怜之，使我道意。”生曰：“俟归白母行之。”媪曰：“事在迅速，岂宜少缓？且汝终岁勤苦，何如一朝发迹？”生许之。

少顷，两鬟率众茵帐，金玉锦绣，不可胜计。已而音乐渐近，翠幢宝盖，画扇围列，女子乃下花舆，席地步入，真国色也。礼成就寝，但觉女两胁有牛吻气。生疑，遽起曰："此地多盗！"急收金玉锦帛等于箧中藏之。忽一羊头人自外持梃入，喝曰："秀才无礼！"风起烛灭，一切奔散，月色依然，小童熟睡。吹灯发箧，并己之衣衾书策亦失之矣。

明日走告主翁，主翁偶曰："吾将祭祖，有大牛一、大羊一，储于祠后。"生往视之，则牛若自惭，羊若含笑者然。

——《松筠阁钞异·萧家娘子》

以上两则故事，内容差别很大。前一则写猎杀鸽群的猎人受到伤鸽的报复，山洞惊魂，死里逃生。它警示人们不要滥杀生灵，否则很可能得到报应。后一则写无辜的某贫士被骗去同所谓"色艳资厚"的新娘成亲，让牛精、羊精戏弄一番，不能不令人同情与叹喟。

这个时期的其他精怪故事，尚有写一狐仙化为少年，借张某西书楼居住，不断有笑语传出，未半月竟自缢身亡的《子不语·狐仙自缢》；写某人与一名为"褦襶"之怪物交友数年，后褦襶亦跟随其人去闽中官署，岁余始不知去向的《夜谭随录·褦襶》；写一丽妇假冒狐女与邻家少年欢昵，狐掷瓦骂此妇人玷污其名声的《阅微草堂笔记》"假冒狐女"；写某氏子前往挑逗狐女，狐女称其已炼形二百余载，誓不媚一人，彼媚者皆为摄精，何必自投陷阱的《阅微草堂笔记》"誓不媚一人"；写夜晚一枯树精到山下听众樵夫唱戏取乐的《履园丛话·老段》；写某药工乘船赴祁州购药时，其左手被水怪所执而冰冷至腕，后来用以为人治病竟见奇效的《蝶阶外史·祁州牧》；写一鼋精祟妇，半载怀孕，姑哭诉令河伯斩鼋，姑随后将妇所生四小鼋送诸水的《醉茶志怪·鼋精》等。

第五章　清代的神异故事（上）

神异故事在清代发展也比较快，但其丰富程度却略逊于同期的鬼魅故事和精怪故事。清代的神异故事，主要包括神佛异人现身、神佛异人济世、人神婚恋、人神友情、奇事奇遇、宝物、善报、恶报等门类。其故事主人公均为道家的神人、仙女，佛家的佛祖、菩萨以及形形色色的异人。他们往往在人间大行善事，扶危济困，惩恶除奸，让天下百姓，尤其是处于社会底层的民众过上好日子。此类故事中的佳作，大多具有较高的思想性和艺术性，故事情节引人入胜，因而能够不胫而走，广为流布。

第一节　清代的神佛异人现身故事

清代的神佛、异人现身故事，描述道家、佛家的各种神仙、菩萨以及各式各样的异人，在世间现身时，往往行为怪异，不可思议，却不乏富有人情味的举动，让世人眼界大开，并且从中有所发现，有所领悟，有所收益。譬如：

南昌府驿路旁有精舍，去江不远，溪水回绕，修竹万个，风景清幽。康熙初，忽有韦丈夫仆被来宿，貌甚雄奇，居止旬日，语操西音，自言爱此地风土，欲为僧。寺僧难之。曰："吾橐中有百金装，尽以相付，但仰饘粥于此足矣。"乃从之，遂落发。每日粥饭外，即面壁不语，或竟夕不卧，亦不诵经参禅，如是六七年。初不解衣，或窃视，两臂皆有铜圈束之，莫测也。

一日，与侪辈晚立江上，有数人泊舟登岸，望见之大惊。趋前揖，则挥手止之，耳语移时，别去。戊申岁，忽沐浴礼佛，遍别寺僧云："明日当涅槃。"众皆不信。至期，登台敷坐。少顷，火自鼻中出，烟焰满空，有白鹤自顶中飞出，旋绕空际，久之始没，大众皆见。周伯衡体观时为南昌宪副，述其事，作《化鹤记》。

——《池北偶谈》卷二十五《化鹤》

乾隆五十二年，贵筑李尚书世杰督蜀……在成都见三异人。其一曰"卖回子"，系西域回鹘人。童颜鹤发，类有道之士，住礼拜寺，冬夏不设茵席，以小石子堆一炕。夜则兀坐，日则闲游街市，出言玄奥，人莫能晓。馈以食，有受有不受。其一曰"徐疯子"，语音类秦人，疥癣于市，夜则栖身东子门。途见所弃死猫鼠，则携回烧之供飧。病者向索药，徐随手拾土石与之服，无不立愈。其一曰"笑和尚"，终日不言，见人惟一味憨笑。喜吸烟，向人索之，其人必多吉利事，故人争与之。转有固却者，居宝光寺。寺僧恶其懒，故迟其饭。或未明即食，及举箸，笑和尚辄在。邻有张裁缝者，讶其非常人，俟其出游，必瞯之。一日笑和尚忽谓张曰："尔寒暑无间，俟吾六载，必有所欲。但吾性懒，不耐为人师。有徐疯者，道行高，堪为尔师，我当送尔至彼。"即偕往，适徐爇火炙死鼠，饮白醅。遥见之，责笑和尚曰："尔不耐为人师，又何苦拉别人乎！"言讫大笑。时朔风正劲，城门外寒气更甚。笑和尚与徐皆赤足露顶。将及三鼓，徐脱身上破衲与张曰："服之可御寒。"张披之，奇暖而香。后徐、张与笑和尚同日不见，惟卖回子至今尚存。

——《熙朝新语》卷十二"成都三异人"

以上两则故事，涉及佛家的神异僧人和其他异人。前一则主要描述神异僧人落发之后的各种怪异行为和涅槃时的奇特景况，突出一个"奇"字，充满神秘感，与一般的佛教故事大异其趣。后一则由分别带有伊斯兰教、道教、佛教色彩的三个异人的小故事组成。三个小故事彼此关联，而又以第三个异人——笑和尚为主要描写对象，并且用其人将三者关联起来，让人有耳目一新的感受。又如：

又有罗真人者，冬夏一衲，佯狂于市。儿童随之而行，取生米麦求其吹，吹之即熟。晚间店家燃烛无火，亦求罗吹，吹之即炽。京师九门，一日九见其形。忽遁去无迹，疑死矣。京师富家多烧暖炕，炕深丈许：过三年，必扫煤灰。有牛姓者扫炕，炕中闻鼾声，大惊。召众观之，罗真人也。崛然起曰：“借汝家炕熟卧三年，竟为尔辈扫出。”

众请送入庙，曰：“吾不入庙。”请供奉之，曰：“吾不受供。”“然则何归？”曰：“可送我至前门外蜜蜂窝。”即舁往蜂窝。窝洞甚狭，在土山之凹，蜂数百万，嘈嘈飞鸣。罗解上下衣，赤身入。群蜂围之，穿眼入口，出入于七窍中，罗怡然不动。人馈之食。或食或不食。每食，必罄其所馈。或与斗米饭、鸡卵三百，一啖而尽，亦无饱色。语呶呶如鴃，不甚可解。某贵人馈生姜四十斤，啖之，片时俱尽。居窝数年，一日脱去，不知所往。

——《子不语》卷二十一《娄罗二道人》“罗真人”

有张邋遢者，江宁人，孑然一身，家赤贫，与乞丐无以异。终岁不洗浴、不更衣，因以邋遢名之，张亦不辞也。居无屋舍，夜卧石桥上，寒暑不惧。一夕朦胧未睡，恍惚有人问曰：“明日有何神明过此，有劳长者洒扫？”张方骇异间，俄一人答曰：“明日有八洞神仙绕道，故预备相迎耳。”盖夜游神与土地相问答也。张窃记之。至天晓，凝神静候。日将午，见一群人冉冉而来。细视之，其数恰八。中有一女，虽莲钩窄窄，而步履如飞，殆所谓仙姑也。末一丐，形容跛陋，衣破碎若鹑衣，然皮肉尽露。张暗思此必李铁拐无疑矣。遽前持其袖曰：“仙度我，仙度我！”丐笑道：“谁其仙哉！”说毕望前直行。张不之放。丐不得已，即于身上取疮疤一握付张，曰：“持此去，随心所欲矣。”张接之异香扑鼻，神气一清，遂拜谢。转瞬间八人已不知所往。

时天气甚酷，鱼肆中鲜鱼逾时多死，遂倾弃道旁。张拾之，盛以水，以疮疤少许入之，鱼俱活。张喜极，肩挑出卖，得钱数百文。次日赁一屋，尽收死鱼，仍如前法，竟利市百倍。市中人无不惊讶，未审是何幻术也。一日，张闭户活其鱼。众由门隙偷窥，见张笑容可掬，以死鱼入缸中，须臾取出，尽皆活跳。众骇极，破门而入。张大笑，以疮疤尽掩入口，腾空而去。

——《此中人语》卷四《张邋遢》

以上两则故事，都具有鲜明的道教色彩。前一则写的是京城市里的一个道人。该人虽与市井俗人时有接触，但其行为诡异，让人感到神秘莫测。后一则写的是一个由俗人变为异人的故事。该作品虽然涉及神明、仙家，奇异变幻，但仍然带有比较强烈的世俗色彩。

这个时期的神佛、异人现身故事，尚有写张某去两千里外给表兄送物，一日往返，后入武当不知所终的《池北偶谈·张谷山》；写某富而豪侈，一夜醉归见一绯衣人据案观书，数日皆然，后其家大火，始悟绯衣人为火神的《池北偶谈·火神》；写浦某遇一道士火光绕身，知为异人，乃随其入山修炼的《池北偶谈·浦回子》；写熊某得仙道坐化去，后现身云端，挥手与众告别的《池北偶谈·熊仙人》；写罗秀才家贫贱授徒，一日出遇异僧的《觚剩·神僧》；写广州有一丐者貌极尪羸，食石块瓦片无异藕蔗的《觚剩·啖石丐》；写某看灯遇仙，被领入深山后不愿修道，亦错过服食仙物机会，遂送其返回的《述异记·看灯遇仙》；写某地一酒店主发迹前后对待仙丐的态度大相径庭，仙丐乃题诗加以嘲讽，店业因此日衰的《述异记·酒楼仙迹》；写凌某行医为善，一日见以乞丐面貌出现之群仙会饮，凌不食肉饮酒，得仙家所遗鲜荷而医有奇效的《湖壖杂记·凌医遇仙》；写通州有个患病乞丐挟持一个向其求度少年凌空而去，令市中异香三日的《耳食录·市中丐者》；写某置仙人所赐药丸于瓮中，死鱼尽活，有人来夺即吞入腹中的《耳食录·捕鱼仙》；写一童子采樵入山迷路饥甚，遇数仙女乞食得饱，后寻往已屋舍杳然，仅拾得一只精丽绣鞋的《耳食录·绣鞋》；写钱某卖药诚信，一日一道人抱病儿置柜上三遗其矢，其处异香经月不散，遇异疾乃药到病除的《熙朝新语·三遗其矢》等。

第二节　清代的神佛异人济世故事

清代神佛、异人济世的故事，作品较为丰富，大多以惩恶扬善，护佑众生为题旨。其中的神佛、异人，无不是世人所期望出现的救星。此类故事，不乏内容健康，并有一定艺术感染力的篇什。譬如：

布商某至青州境，偶入废寺，见其院宇零落，叹悼不已。僧在侧曰："今如有善信，暂起山门，亦佛面之光。"客慨然自任。僧喜，邀入方丈，款待殷勤。既而举内外殿阁，并请装修，客辞以不能。僧固强之，词色悍怒。客惧，请即倾囊，于是倒装而出，悉授僧。将行，僧止之曰："君竭赀实非所愿，得毋甘心于我乎？不如先之。"遂握刀相向。客哀求切，弗听；请自经，许之。逼置暗室而迫促之。适有防海将军经寺外，遥自缺墙外望见一红裳女子入僧舍，疑之。下马入寺，前后冥搜，竟不得。至暗室所，严扃双扉，僧不肯开，托以妖异。将军怒，斩关入，则见客缢梁上。救之，片时复苏，诘得其情。又械问女子所在，实则乌有，盖神佛现化也。杀僧，财物仍以归客。客益募修庙宇，由此香火大盛。赵孝廉丰原言之最悉。

——《聊斋志异》卷十《布商》

屠秀才，楚北人，名越。岁暮，撤帐归家。忽一武士，皮冠战裙，气象猛厉，岸然造其庐。自云庄姓，问屠明年设帐何处。屠云："尚无定处。"庄云："仆有两豚儿，敢劳先生教诲，岁赠三十金。"屠少其数，庄云："予村中尚有邻家子二三人，同来请业，生可安砚矣。"屠犹踌躇，庄遽以鹿脯置案上，云："以此为贽，先生勿却。"出门遂去。屠欲询其里居，而庄去已远。时山中绿林啸聚，屠疑其党，心窃惴惴，未敢更就他聘。

未几，元宵节过，庄忽夜来叩扉，云："车乘已备，请先生就道。"屠请明日，庄不可，遂曳之登车而去。山路拗折甚远，至一村，皆架木为居，状甚奇古。时已将曙，乃共入室，四壁槎枒如巢。二童子出拜，长者十四五，少者十二，貌皆猿目鸢肩，率如鸮獍。教之读，驽钝无才，而性殊暴烈。数日，即将伴读童子击伤额角，盖邻家子来同学者三人，而庄姓子均陵压之。先生责之不服，反颜相向。庄出，谓“先生袒护邻子”，语忿且詈。屠大怒，辞欲行。庄曰：“汝欲何往？恐不能由汝！”悻悻而出。屠随出，闻室中群儿争号。归视，二子擘邻子胸，探食肺脏。

屠大惊而逃。既出，识路径，二童追来而要遮之。屠奋身野窜，日暮途穷，鸮鸣狐叫。返顾二童，不知何往。道旁一荒窑，欲伏其内。忽有二狼从荆棘中跃出，倒衔屠衣，曳行数武，惊骇欲绝。俄一老人褐衣高冠，须长过胸，持杖击二狼并毙。询屠何以至此，屠告以故。老人曰：“此豺虎之乡，何可朝夕也？幸遇老夫，不然危矣！”示之途。出则重峦叠岭，不复有道路。

归家数日，梦老人提人头挂于庭树，曰：“庄某不法，予已枭其首矣！”惊问姓名，老人曰：“老夫此山之主也。”屠遂寤。起视树上，悬一虎头，血犹殷湿，方悟老人为山神也。

——《醉茶志怪》卷三《山神》

以上两则神灵惩恶锄害、搭救受难者性命的故事，其惩处的对象和保佑的对象各不相同。前一则写菩萨显灵，巧借一将军之手解救命悬一线的客商，翦除图财害命的恶僧，并且让废寺获得新生。后一则写山神显灵，化身老者消灭虎、狼之患，使得正在逃命、将要被吃掉的塾师转危为安过上太平日子。又如：

刘进士祖向言：颍州一少年为邪所侵，疾入膏肓。家人谓不可活，置之路傍。忽一道士过之，自言善医，铁锤数十斤锤病者头面。父母泣谓病已至此，铁锤下首立碎矣。道士笑曰：“无伤也。”锤下，病者若无所知，辄有一美妇人长二寸许，自口中跃出而灭。凡百锤，口出百妇人，大小形状如一。少年立愈，道士亦不复见。

——《池北偶谈》卷二十五《颍州道士》

杜生村，距余家十八里。有贪富室之贿，鬻其养媳为妾者。其媳虽未成婚，然与夫聚已数年，义不再适。度事不可止，乃密约同逃，翁姑觉而追之。二人夜抵余村土神祠，无可栖止，相抱泣。忽祠内语曰："追者且至，可匿神案下。"俄庙祝踉跄醉归，横卧门外。翁姑追至，问踪迹。庙祝呓语应曰："是小男女二人耶？年约几何，衣履若何，向某路去矣。"翁姑急循所指路往。二人因得免，乞食至媳之父母家。父母欲讼官，乃得不鬻。尔时祠中无一人。庙祝曰："吾初不知是事，亦不记作是语。"盖皆土神之灵也。

——《阅微草堂笔记》卷二"土神显灵"

以上两则故事，内容各异，故事主人公的身份亦不相同，均颇为有趣。前一则写一道士用铁锤捶头竟救活了重病少年的性命，显示出其人具有很高的道行。后一则写土神发恻隐之心，巧妙帮助逃命的小夫妻俩度过劫难，让欲将养媳卖给富人为妾的翁姑人财两失，受到应有的教训。

这个时期的神佛异人济世故事，尚有写刑部某官员素奉神仙佛甚谨，黄衣天神降至其家为人治病，求者摩肩接踵的《池北偶谈·黄衣人》；写一道士以金丹治病救人，立见奇效，数百人取丹而盛丹小瓢仍然不空的《池北偶谈·静宁州道士》；写许七患病命在旦夕，得道人所授三药丸，一服而熟寐，再服而霍然，三服而健体的《述异记·许七遇仙》；写严州某人推倒教虎食人、不保一方平安之土地，自己坐上其位而逝，被民众塑为肉身土地的《述异记·肉身土地》；写某贫妇以火酒、鸡蛋供养出自酒壶之"库吏妇"，因得其帮助而善医和言人休咎，家遂小康的《客窗笔记·库吏妇》；写一行脚僧为民除害，入水斩蛟而使河岸合龙后，竟飘然离去，不知所之的《守一斋笔记·异僧斩蛟》；写一阍者老而苦，投西湖时被仙家搭救，因仙家传授治病奇术而过上舒心日子的《山斋客谭·阍者遇仙》；写陈箍桶行为怪异，人目为仙，尝往救被群贼紧追之母女，使其免难的《墨馀录·陈箍桶》；写某孝子家贫无钱为母买药，一仙人作画令其出售，遂得以治好老母的《北东园笔录·仙画》；写暑月一贫寺老僧露宿，而将己榻让与外来道士，道士乃仙人，竟让群蚊栖于竹叶上并化为文字，以绝蚊患的《里乘·文字竹叶》；写陆某误听他人戏言而前去刃毙其妻，因有观音菩萨保佑而未铸成大错的《右台仙馆笔记》“一言之戏”；写一赤体僧到青浦使瞽妪复明，让左足反生少年之足转正，为求医者治病无不凑效的《右台仙馆笔记》“神僧”；写某甲夜归遇雨，被一船送回家，数日后知为神船，乃献香楮酬神的《此中人语·神船》；写一道人将好狭邪游之某生领入迷香洞，使其幡然悔悟，从此不复狎妓的《此中人语·迷香洞》等。

第三节　清代的人神婚恋故事

清代的人神恋爱婚姻故事，作品较少，大多描述世人与异性仙家、神灵的一段感情生活。其中的一些佳作，借助幻想世界的婚恋来表现人世间的情感生活，委婉动人，因而能够给世人留下美好的印象。譬如：

陶仲子冰叔，貌韶秀，才敏捷。其父尝仕末僚，罢官林下。家藏书画颇多，惟书室中有钟进士一幅，化工笔也。进士口衔宝剑，两目闪闪然，貌颇凶恶。旁一美人，丰神酸楚，体态娉婷，而下露一尾，盖狐也。进士执其臂，若欲置美人于死地者。

陶素怜香惜玉，每视画，必喟然叹曰：“如此美人，吾见亦罕，钟君何太无情，独不念姣姿弱质乎?”而画中美人，亦眉黛凄然，秋波频送，若有欲语不能之状。陶始而怜，继而悲，久之忿火中烧，痴情莫遏。遂取绣针二枚，刺进士臂，忽见美人自画上飘然而下，与陶裣衽曰：“蒙君眷爱，救妾于患难中，此恩此德，诚莫大焉。”陶惊且喜，遽搂之。美人不甚拒，竟成欢好。陶乃取钟进士藏书箧中，而绣针却未拔下，恐其复执美人也。

陶与美人居一年余，殊无知者。一日，美人忽呼腹痛，产一儿，啼声宛转，与常儿无异。于是合家俱晓，美人亦不之避。育婴三年，始涕泪与陶诀别。陶痛极，百计挽留，美人曰：“妾本画中人，乌得久生尘世？君固钟情，为离强暴。数年伉俪，恩已报矣。此儿福分亦大，宜善抚之。后三十年，当与君相会于石镜峰前也。”言讫，凌风而逝。陶感其情，终身不复娶。而其子至二十余岁，竟由科第，官至太守云。

——《此中人语》卷一《画中人》

商辂，字子车，汉阳人。偶游郊外，见白鹅泛泳水滨，呼之，缓缓而来，集足下。商抱归斋中，颇驯，饲以稻粱，如获珍宝。

一夕，友人招饮，反扃而去。及归，鹅已失去，遍询邻里，皆云未见。夜宿斋中，觉有人与同寝处，烛之，美人也，肌理细腻，肤如凝脂，遂相燕好。晓失所在，夜复来，疑其狐仙。苦诘之，女云："妾名娇娥，天府中司夜之宫人也，偶有小过，谪向人间，与君有夙分，故此缱绻。"商曰："池上鹅儿，得非卿耶？"女笑而不答。商曰："卿是仙人，苟冒然而来，仆敢不纳？乌用是鵱鷜者为哉！"女曰："我辈灵气所钟，必凭生物以游人世，不必身即是鹅也。"商曰："世之灵物，修炼成仙，抑又何说？"女曰："是非君所知也，请勿多疑。当为君生贵子而后去。"

绸缪年余，忽谓商曰："妾谪限已满，行与君别。"乃盛妆出门。有彩霞万道，从空堕地，层层如丹梯，女踏之，冉冉入云端而没。归见床头一巨卵如瓜，俄而自破，有婴儿攒抱其中。视之，男也，方面大耳，貌殊不凡。遣乳媪哺之。及长，智虑过人，善贸易。时中青犯禁，私货之，不数载，富雄一乡。以捐纳例授头品焉。

——《醉茶志怪》卷三《娇娥》

以上两则故事，描述的均为文士与仙女的一段特殊情缘。他们的婚恋大不美满而短暂，并且都由女方主动提出分手，离别时留下的一个男孩，长大成人后都能为官。两者不同之处在于，前一则的女主人公最初是以狐精的面貌出现的，其身份交代得不太明确；别离时侧重表现伉俪情深。后一则的女主人公最初则是以鹅精的面貌出现的，其身份交代得十分明确；别离时侧重展示仙家的风范和儿子的状况。

这个时期的人神婚恋故事，尚有写四川陈某与一仙女燕好，女辅助其为官，后致仕还乡，八十余犹健壮的《妙香室丛话·仙女佐治》；写郑生所救少年，乃一位下凡之广寒宫扫花女，后成为恩爱夫妻的《此中人语·广寒宫扫花女》；写佣工张某与一仙女相爱，寝处二载，事泄缘尽后女一去不复返的《醉茶志怪·张杰》；写上界一星月狐仙谪降人间，与黎生结为伉俪，助其致富，并使四邻受惠的《南皋笔记·狐仙》等。

第四节　清代的人神友情故事

清代时期的人神友情故事，数量也比较少，大多描述世人同神佛、异人之间的交往与情谊，作品往往带有一定的奇异性、神密性。譬如：

蒲城罗秀才，家贫授徒，馆于邑之东偏。暇日缓步池上，天正晴朗，闻树杪飒飒声，风雷骤作，罗生阖户少息。出遇一僧，毶毶披发，覆被肩面，布衲芒鞋，貌甚奇古。生揖之曰："师从何来耶？"僧笑而不答。因邀至书馆，授以一餐。僧曰："明日幸俟我于东岳神祠，当设筵相酬也。"

如期而赴，良久僧至。祠内空无一物。时已昏黄，僧乃于袖出圆纸，吹上屋梁，忽成皎月，光彩煜煜四照。向祠东壁，以手指画门双扇，门豁然开。长须平头者数人，从壁门出，布席设坐，锦屏绣褥，海错山珍，靡不备具。酒既再行，僧曰："寂寂无以娱宾，可命妓之能歌舞者来。"俄见十六丽姝，亦出自壁门，纤讴乍发，雅乐杂鸣。既而咸呈妙技，或凌屐缘屏，或反腰贴地，或雪飞双剑，或星走三丸。罗本寒素士，观之目眩神骇，逡巡求退。僧举袖一挥，妓仆器物，俱隐入壁。梁月随人，移照岳祠外。听谯楼鼓声，已三严矣。罗向僧拜曰："我师固天上人也，不谓尘途，遘兹神异。我将从师为汗漫游，师许之乎？"僧曰："子有穷相而无仙骨，未易言此。"罗哀祈再四，乃于袖出一小木龙，令罗乘之。鳞角飞动，倏长数丈，千林万壑，瞬息而过，狂涛堡浪，湖湃盈耳，罗震悚欲坠。僧已在前途呼曰："可下矣。"下则一海岛茅庵也。翠峰插汉，孤灯荧然。僧曰："君且止此，我往觅杯茗，为君解醒。"庵外白额虎跳跃而来，张口向罗，僧至叱去。

罗生凄怖欲绝，涕泣求归。僧曰：“我固知君之不能从我游也。然君常饭我，有薄物奉君，为壶餐之报。”因倾小瓶药丸如豆，断庭前细竹数寸赠罗。谓曰：“君归后，殷邦十五，鬼井奇祲，用此乃免耳。”罗祇受，假寐少顷，开目，依然身在岳祠门外。残漏未终，天将向晓，从间步回自寓，门扉，而药瓶亦在掌中，收置枕簏，不复省视。

阅三载，果遇奇旱，罗益贫困。取僧所赠药，偶向门屈戌磨之，药化火发，屈戌镕为黄金，重二两许。又以细竹枝划地成圈，辄得胡饼一枚，啖至三枚，再划则不成矣。日以为常，以此不致困乏。次年谷稔，遂失竹枝所在。“殷邦”盖谓嘉靖，“十五”即七八两年，而“鬼井”乃秦之分野也。

——《觚剩》卷六《神僧》

杨青驿河干，有积柴如丘，相传仙居其内。旁建一祠曰白塔寺，乡人祈祷辄灵。邻村有收生妪，夜半有人叩扉延请，云：“已为姆备肩舆，敢奉劳也。”未暇详问即扶入舆中，舁之而去。至一第，门仪如宾，入则楼阁连亘，服物奢侈。内室锦帐绣褥，坐一佳人，年二十许，美丽无比，绿蛾双蹙，红粉凝娇，似将分娩。旁立数婢，亦皆妖艳。妪使一婢登床抱产妇，使柳腰细弯，莲足高举。女产殊不艰涩，一举四男，体俱肥茁，惟尻际有小尾不时摇动，啼声啾啾。一婢奔出送喜。有美妇四五人，入室欢贺。邀妪至他室，盥以金盆，啖以肴洒，出黄豆升许赠之，云“将去一生吃着不尽”。

妪大失所望，方欲致辞，遽使人导出。回顾升无虚子，乃麻粘珠也。深怨仙人吝啬，举袖中豆洒诸河干。及至家，袖底得珠二粒，始悔。再往寻之，乌有矣。

——《醉茶志怪》卷三《白塔寺》

以上两则人神友情故事，内容不同，特点各异。前一则故事颇有晋唐风韵。故事主人公是一个具有很高法力的异僧，他将一个文士引入奇妙幻境，波澜起伏，感情跌荡；异僧的赠物作用不小，让其人平平安安地度过了大旱之年。后一则属于接生奇遇型故事。写一产婆为仙家产妇接生，得到热情的接待和丰厚的酬谢；谁知产婆福浅，竟丢掉了绝大多数赠物，不能不感到遗憾。

这个时期的人神友情故事，尚有写张生与判官多有交情，判官助其窜改衿录而使其考中而入学宫的《觚剩·潜窜衿录》；写一神灵化身老妪，耐心指点学法者，使其躲过妖道追杀的《闻见异辞·茅山学法》；写燕人申某屡试不第，乃出关挖参迷路，得到一仙女帮助，到石室休憩、饮食，还向其馈赠人参的《醉茶志怪·申仲权》等。

第六章　清代的神异故事（下）

第五节　清代的宝物故事

清代的宝物故事，数量并不太多。作品在描述包括珠宝、金石、图画、器物、农产品等各式各样的奇珍异宝的功能及其作用的同时，又揭示出世人对待宝物的态度和表现，贤愚互现，善恶分明。其中的觅宝客有南方人、高丽人等，不再出现西域胡人一类觅宝客。此类故事，有不少作品曲折有趣，具有较强的艺术魅力。譬如：

龚某，田家子，耕于畔，于泥中得一匣。启之无物，携归，置之。其妻尝夏夜眠檐下，便取匣枕之。觉耳际蝉鸣，若人声私语曰："明日舅子来。"一人曰："明日勿来矣，阿英刚娶妇，自尔忙碌。"妇惊起，他顾无人，异之。次日，龚自田间归，语其妇曰："适信至，阿英今日合卺，吾将往贺。"妇讶之，欲与语，龚已匆匆携衣去。

一夕，妇执炊灶下，闻房内私语声。往瞰之，无他，似几上匣中语云："其蛇啮，原不妨，但伤足拇指，勿奸车水。若得银花根煎洗，愈更速。"妇骤入，寂然。夜龚归，妇告之，且戒翌日勿往于田。龚弗信。妇曰："吾绝忘却。前阿英娶妇，汝未言，吾逆知之。汝匆匆去，未遑语汝。"龚曰："且待蛇啮我，我始信。否则，吾将焚弃此物也。"诘朝，龚复有事南亩，陡见大鹰集畦间，奔逐之，失足踏泥沟内，痛绝。起足视之，蛇犹盘绕足底，血污淋漓。谛审之，盖足拇指已伤。归谋诸妇，妇曰："田舍奴，我岂妄哉？汝弗我信，应有此祸！"遂觅银花根煎洗，果瘥。

由是共异此匣，遍告乡人。为识者知之，曰："此古剑匣也，能辟妖魅，置门上，能生瑞气。"适门楣上有缺未补，龚遂剖匣设诸上。他日有道人过其门，视之，大惊曰："既识其材，究弗能善用其材也。"才一挥手，门上匣板尽落道人前。道人乃抱碎匣板痛哭而去。

——《蕉轩摭录·古匣》

京师小市中有旧铁条，垂三尺，阔二寸许，形若革带之半，中虚而外锈，面鼓钉隐起，不甚可辨，列于肆中，人无问者。积年余，有高丽使客三四人过，取视良久，间价几何？鬻者谬云钱五百，使客立解五百文授之。其人疑而诡对曰："此固吾邻人物，俟吾询诸主者。"顷之，使客复来。鬻者曰："向几误，主者言非五金不可。"使客即割五金无难色。其人则又为大言曰："公等误矣，吾曹市语，举大数以为言，五金盖五十金也。"使客曰："吾诚不惜此，但不得更悔！"鬻者私念一废铁夹条而得此重价，藉令失此售主，即数十钱亦不可得，因许之而问其所用。

时观者渐众。使客乃如数畀鬻者金，即以铁条付其侣，乘马疾驰去，始告之曰："此大禹定水带也。禹治水时，得此带九，以定九区平水土。此乃九之一，凡遇咸苦污浊之水，一投此带于中，即立化为甘泉，足以珍耳。"市之好事者随至高丽馆，请试验之。使客命汲苦水数石，贮之缸中，先搅以盐，后投此带。水忽沸作鱼眼数十，少顷汲而饮，甘洌远胜山泉，遂各叹服而去。

鬻者言，闯贼陷京师后，得之于老中官。盖前朝大内物也。沧桑变幻，内府珍异流落人间，可胜慨叹云云。

——《书影·定水带》

以上两则故事中描绘的宝物，均为流传久远的古代遗物。前一则中的古匣，农妇得于田间，有预报未来的功能，无不灵验。不意被一个道人毁坏，令人叹惋。后一则中的旧铁条，来历非凡，具有化苦水为甘泉的功能，乃人间至宝。如果说前一则在艺术上与以往的宝物故事颇为接近的话，后一则则有所出新，譬如高丽客的出现，当场验证定水带的功能；此外，整个故事有头有尾，将觅宝过程、好宝物的来龙去脉交代得相当清楚，这在宝物故事中也是不多见的。又如：

庄麟，山西临县乡民也，年二十未婚。尝渔于河，见大鲤困网中，约重百余斤，轩鬐若诉。麟怜而脱之，鲤游行作回头状，跃波而逝。

后麟陇上假寐，梦秀才骑从甚都，皆翩然俊逸。揖麟而言曰："予德子甚，已请于家君，将以妹室子，幸勿辞。"麟瞿然曰："仆田泽人耳，素不与君相闻，何德之有？矧乔野不称，敢辱君之妹乎？"秀才曰："子不忆河上之鲤耶？余乃禹门龙王第三子也，化鱼出游，为渔所困，微子将鲙予于市矣。舍妹明艳，真堪作逑，子何拒之深也？"麟闻之心惴曰："水府路殊，何爱于仆，蒙君之厚，是速仆之死也。"敢辞，秀才心恚，因出水晶一颗赠麟曰："旱魃为虐，子以此祷，甘雨可立致丰也。"及寤，而晶在枕。遇旱以祷，辄效，号曰"雨师庄老"。凡州县赠遗皆却焉，远近甚德之。

国朝顺治初，年七十余，临殁前三日，复梦秀才曰："君数将尽，晶应见还。"麟探怀予之，果卒。至今土人立祠河干，额曰放鲤，肖麟像其中，祷犹验焉。

——《蕉尾丛谈·放鲤祠》

邑李某，夜烹羔羊，香喷户外。有白发叟推扉入，曰："肉味良佳，愿尝一脔。"李欣然为设匕箸。叟倚床坐，自言："流寓邻寺，慕君高谊，故来就饮。"二人对饮，叟量颇豪，十觞不醉，李颓然卧眠矣。

及醒，叟已去。遗一小石，大如弹丸，光华五彩，置磁杯中，杯化为金。急出访叟，远近并无其人，益以为仙。归而觅石，不得。询之家人，云弃诸水。李懊悔良久，乃藏杯于箧。

——《醉茶志怪》卷二《点金石》

以上两则均为神灵、仙家馈赠宝物的故事，各有其因由，无不表现出深情与厚意。前一则写龙子向乡民送水晶以报救命之恩，此物日后在抗旱求雨时不断发挥作用，为民造福。后一则写仙翁赠送点金石以酬谢李某之盛情款待。不幸的是，其家人误竟将宝物弃诸水，李某乃收藏一金杯为念。再如：

上海萧家浜，水通黄浦。咸丰五六年间，土人往往于晦冥之夕，见河滨有光烛天，俨同月夜。河滨有大榆树，数百年物也。一日，有客向土人欲买此树，愿输钱百缗。土人异而诘之，客曰："此树腹空已久，中有灵草一茎，而此河由黄浦通大海，汝等独不见夜有宝光如明月者乎？此巨蚌也。彼在海中修炼多年，来此欲食仙草，以成正果。吾所以买树者，将取草以钓蚌也。"土人闻之，皆谓明月之珠乃无价之宝，君辈何爱于百缗？乃谢客勿售，相与锯树取草。复筑埂截断河流，戽水使涸。河底果有两巨蚌，皆如百斛之舟，相对翕张，作欲裹人之状。土人既不敢近，乃悬仙草于长竿以诱之。蚌来逐草，其行如风，竿与草皆为所吸食。持竿人骇极，幸而跳免。土人以为蚌不出坝，终当涸死，欲持久以困之。数日后，蚌忽不见，盖已腾跃而越坝矣。然每夜宝光仍见于黄浦，相去不过数十里耳。

俄有两女子，美丽绝伦，赴县署投状，自称立愿出家修道，有恶少年郇生，强占为妻，不令得归母家，求县主速赐拯拔。问其居址，云在黄浦。既而一书生来诉状，自称郇姓，幼聘彭氏二女为妻，今欲赖婚，求县主速赐清理。问其居址，亦云黄浦。既而县役持票拘人，则浦滨固无彭、郇二姓者，遍询舟人，亦皆无之，遂置之不理。越半月，两女子复来县催讯，并诉于道署。诘以郇生既难拘到，作何处治？女子称："值书黄纸声明郇某应按律惩办，钤以县印，以某日某时焚而投之黄浦，则可矣。"县令如其言试之，忽见血涌水面，则一大黑鱼，长五六丈，已浮水死矣，身似被刀斫者。是夜宝光遂不复见，后常见于海外之蛇山。始知蚌之久不出黄浦者，为黑鱼所阻也。而彼此赴诉，先得县印者胜，印之威灵亦赫矣哉。

——《庸庵笔记》卷六《巨蚌成精》

海河滨有菜园，圃中结一瓠，长白异常。有术人口操南音，向老圃购此瓠。老圃云：“瓠老不堪食，留作种者。客买是奚为？”术士出重价，意必售。老圃因其出重价也，靳不与。术士愈增价。老圃知其有异，云：“客不告以故，虽千金勿易也！”术士不得已，告曰：“津中三岔河底，有分水箭，众流汇海而直下者，恃有此箭，否则成巨浸矣。若得此宝，值千金，第有老龙看守，必以术取。今得此瓠，骑此可以下水与老龙战。兹即实告。且有所烦——某日子夜与君同往，授君五色旗，待予入水后，俟有手出水上，见何色手，以何色旗与之。万勿惊骇。与毕，静候片刻，予得宝出，当厚酬君。”老圃许之，乃摘瓠去。

越数日，夜已交子，月明如昼。术士驾小舟，邀老圃往。至则披发跣足，投瓠于水，跨之下。旋见波浪翻沸，一巨手出水面，大如箕，色正赤，老圃急以赤旗与之。又数刻，出一黑手，大如前状，又以黑旗与之。旋见水波汹涌，高出于岸，小舟飘荡欲翻。老圃暗思：“宝所以镇河，一方福也。为彼将去，水灾立至，吾其鱼矣！”俄出一白手，圃以黄旗与之。倏水星迸沸，白手复出，圃又与以青旗。

是时小舟摆拨欲沉，老圃急划船至岸，跃下观之，见白手出水上，半晌不退，四外水立如山。忽訇然震响如雷，波涛渐平。见术士尸浮上，身首异处，顺流而下。老圃自返。

——《醉茶志怪》卷四《分水箭》

以上两则作品内容不同，均描述南、北两地各自一个与奇珍异宝有关的动人故事，发人深省。前一则由觅宝人买树求灵芝草而引出二蚌告状的故事。两个俊俏的蚌姑终于战胜黑鱼精，获得自由，夜明珠的宝光乃从黄浦江转到海上。后一则写一术士重金收购宝瓠，到河底夺取分水箭，因老翁圃多有警惕而保住了此箭，使海河一带免遭劫难。

这个时期的宝物故事，尚有写一狐媚张家儿媳，悬挂宣和御笔画鹰，狐乃被画上神鹰击毙的《池北偶谈·道君画鹰》；写有人窃得祁阳县某地石镜后即昏昧无所睹，还之如初的《池北偶谈·石镜》；写县隶屈曼吞赤珠而得隐形术，受重赂入堂盗御史案牒被捉现形，立被箠毙的《觚剩·屈曼》；写赵子昂所之马从画上跃下，骑之奔跑如风，瞬息百里的《聊斋志异·画马》；写宜兴一乡民从地里掘得一罗盘似白石，辗转卖到海贾手中，方知为照海镜，用其照海可见怪鱼及一切礁石的《续子不语·照海镜》；写一田妇用所拾瓦盂饲犬，剩饭次日即变为满满一盂白饭，惊而弃于泉洞，传为奇事的《咫闻录·瓦盂》；写一负薪者因木棍上粘有犀牛毛，用以挑如何重物都非常轻松的《咫闻录·蔡十》；写山东有人从湖中捞到一石匣，内藏一小镜，正面可照天地万物，反面可照阴曹地府，忽落水杳无踪迹的《咫闻录·阴阳镜》；写某妻将夜起得到之宝珠藏于妆匣内，其中金银财宝随取随满，家日殷富的《履园丛话·聚宝珠》；写董某采薪时腹中剧痛，因食石人身上落下之细草而病愈，力气更大的《见闻异辞·仙草》；写一短衣虬髯客用二百金从典肆赎回宝匣，乘上匣中竹箭所化之龙凌空而去的《蝶阶外史·竹箭》；写某生得到古铁一方，系“昆吾古剑头”，后请人铸为三把利刃，无坚不摧的《夜雨秋灯录·古铁剑》；写行船遇到狂风十分危急时，操舟者将其所得之九龙椎投入水中，立即风平浪静的《右台仙馆笔记》“九龙椎”；写某人被雷击死而复苏，此后其所穿布衫即有治病驱狐之奇特功能的《右台仙馆笔记》“雷衫”；写某官居署中夜饮，忽有一雪白巨人排闼入，某与仆追至室外一处而灭，及明掘出一银人重数千两的《右台仙馆笔记》“银人为祟”；写群盗入室时古剑跃出驱之，主人方知其为宝物，后一剑侠将其带走的《醉茶志怪·古剑》；写武弁某得一石珠，夜间放光如炬，因不予上锋而遭到免官的《醉茶志怪·石珠》；写一人以百金购得涪陵渔人珍藏之夜间放光水晶石，走到江边时宝石忽然跃入水中的《南皋笔记·水晶石记》等。

第六节　清代的善报故事

清代的善报故事，数量比较多。此类故事的思想境界不尽相同，大部分作品从各种不同的视角展示故事主人公以赤诚之心关爱兄弟、朋友，怜惜弱势群体，帮助遭遇不幸的人们，甚至搭救陷入困境的生灵，他们的善举往往得到好报，让世人从中受到鼓舞，得到启迪。此类故事有不少将善报与恶报结合在一起，表现出扬善惩恶的题旨。譬如：

四川达州民某，兄弟二人，甚友爱，弟未授室而他出。其兄卖身，得十二金，为弟聘妇。弟归娶，知兄卖身事，乃相持而泣。遣其妇往母家，取原聘金，为兄赎身。湖南流民二人某某，知其事，尾之中途，击妇死而攫其金。忽迅雷大震，击二人立毙，其尸罗跪于妇家之门，手中持十二金。顷之妇复苏，归至其家，则二人已先跪门外矣。妇语其故，兄弟邻里及州人来观者如堵，莫不叹异，以为孝友强暴之报施不爽如此。

——《香祖笔记》卷七“达州兄弟”

禾中乡农某，佃张宦田数亩，岁收所入，仅足糊口，租历年未偿。张念其贫，亦不之索也。农谋于妇曰：“佃田而不偿租，赋从何出？张虽不我较，我能无歉然乎！”妇曰：“奈何？”农曰：“自今请日食饘粥，缩米而归于张，母年已老，不欲令忍饿，可于褒粥中漉饭，蒸而供之。”妇曰：“诺。”

久之，母侦知全家食粥，己独啖饭，自念力衰，不任操作，虚糜菽粟，不如死。顾己死，人必加子妇以不孝名，死而与子妇无与者，莫如天诛，乃佯病卧不起。妇馈于其室，劝餐甚殷，曰：“姑置此。”俟妇出，倾饭于溺器中，绐曰已食，妇不知也。

及暮，雷电交作，虺虺之声，盘旋于卧室上，屋瓦皆裂。农夫妇知有异，趋入叩，母坚讳不以告。妇发溺器，见有米糁，亟倾出，淘其饭于河，夫妇跪而食之。忽雷雨晦冥，对面不相见。农绕室大号，以为母罪所致谴，欲溺死。须臾开霁，乃固无恙，室中累米四十袋，视袋所志字，则张宦家物也。农走告诸张，请归其米，张曰：“天畀孝子，吾何惜焉？”遂以所佃田贻农，约世世毋尝租云。

——《香饮楼宾谈》卷一《禾农》

以上两则作品，讲述的均为神明护佑忠厚之人的故事。前一则写神明惩治图财害命的歹徒，以保护有情有义的兄弟二人。后一则写乡农夫妻孝敬老母，体量田主；老母爱惜子媳，田主关照佃户，终于得到天赐。这两则故事的价值观显然带有那个时代的特点。但是，忠厚之人爱护兄弟，孝敬父母，体谅他人的精神，至今仍然相当感人，使世人能够从中得到教益。又如：

康熙甲午，江南解元方君某偕友人赴试，中途宿旅店，捡遗银一封。开视，有小包数十，计数不及五两。方君谓友曰："此贫人物，盍少待还之？"留一日，无来取者。友次早欲行，方君强之留，必不肯。方君曰："子先行可乎？"其友曰："子诚巧，遗银固当分我，先去，子可独取矣！"方君无可与辩，乃计其遗银之半，以己资与之。友遂行，约同寓。

方君候之三日，见有仓皇失措而来者。叩之，其人曰："我卖油收帐，归宿于此。抵家，知失银，故转觅至此耳。"问其数及包裹状，悉符合，遂还之。其人感谢而去。方君故寒士，所携资斧极少，为遗银故以二两余给友，用不敷，仍回家称贷，而去就其友与同居。

入头场，其友之仆梦见天榜首名即其主，并记数人名。告其友，友欣然。及二场毕，其仆愀然谓主曰："首名已换方相公矣！昨又梦榜上涂去主人姓名，旁朱书，方名下并注小朱书数行，以高张故见不明晰。"友不之信。及榜发，方果作解，所记数人皆符。其小朱书，盖即注此还银事耳。义利之际，神鉴昭然若此。

——《遁斋偶笔·方解元》

昔有异姓二人，约为兄弟，一姓徐，有子，业为经纪；一姓李，无子，勤于读书，道虽不同，心甚契合．遂订金兰之交，竟誓死生之盟，即姓为名，一称徐兄，一称李弟，朝夕往还，无分彼此，内外亦无间言。

一日，徐谓李曰："闻吴中丝价甚平，意欲往贩而获利，稍为润家。吾将托妻、子于弟。"李诺之。去未几时，妻、子相继病殁。年余徐归，李见衣裳垢敝，形容憔悴，面目黧黑。李问之，泣曰："吾至洞庭湖中，遇风覆舟；同行诸人尽饱鼋鼍之腹。吾得渔人相救，沿门托钵而归。此时枕畔无妻，膝下无儿，形单影只，将何所托?”李曰：“暂居弟舍，逆来之境，当以顺受之。自嫂与侄去世，兄家之物一一检存弟处。若肯变卖，犹可收拾余烬，背城借一。”徐如其言，变凑百余金，贩药赴荆襄，两月而返，曰：“我命不由，实命不犹耳。前次至洞庭而遇风，此次至潇湘而遇盗，正在惊惶，陡起大风，触石船裂，货遭沉溺，人漂于岸，倩人捞物，虽获其半，已大亏其本。命也如斯，予亦不作出门想矣。”遂馆于李舍。

徐好饮博，李曰：“兄虽一身，而无家累，饮博岂可终身，当图良业为生计。”（徐）忽对李曰：“周友约我合伙开肆，但无米之炊巧妇不能，弟盍为我图之。”李即将田数亩典金与之。徐得银欣然而出，数日不归。问之人，方知徐将此银偿博进，完酒债，遁入远方矣。

从此李日渐贫窭，无以自给，仰屋兴嗟，莫可知何，潜诣屋后山下土地庙，思欲自尽。适有客过敬神，焚香燃烛。李躲匿神旁，坐而假寐，恍惚间，见神下座，笑而答曰：“深山荒僻，乃恶兽出入之乡，速上我楼，自有好处。”醒见庙中无楼，忽悟曰：“神言未必无因，虽无楼，我姑上屋。”遂从墙旁古树攀援而上，如矫猱升木焉。方升屋，忽见林下飒飒有声，滚滚而入，有一虎跪于神前曰：“多日不食，饥饿难忍。求神赐之。”神曰：“翌日午刻，村西有一缺耳猪在田芟草，尔之食也。然尔命当饿，难以食也。”虎拜谢而去。又一阵阴风，神曰：“老魅何来?”即有妇人声对曰：“弟子居东村山后，荆棘满岩。岩有隘洞，仅可容身。村近何姓有一子，年十六岁，聪明姣秀，绰约如妇人女子。常近之，饮食起居亦颇适意。惟此处依山成村，近无井泉，村人远冈汲而供饮，苦亦极矣。村中一岭，上有峭壁。壁有小洞，确是泉脉。为片石所阻，略施斧斤，泉流涓涓，不惟养人，亦可灌田，无人知之耳。”神曰：“尔道将成，不合魅人，须当谨慎。”狐遂出。

次日，李至某处，果有东村，遂对村人曰：“近闻此村妖，吾善术与降魔。然吾渴思饮，乞赐茶以润口。”村人曰：“此处汲水，往返十余里。”李曰：“吾亦有术，使山有水，无须远汲。”李如狐言，至石壁之洞，运斤击开其石。果源泉混混而出。又至山后洞中，多积柴草，燃火熏之。有黑狐突出奔逸，村人子疾遂瘳。合村作谢，合得银三千两，车马十余辆。

随又至西村，见荒寂无人，惟街尾有古井，见一妇人左耳缺半，挈瓶出汲。李急牵妇衣，妇惊欲逃，李就抱掷于室中。村人哗然，拳棍交集。李素习少林学，随抵随喊曰："我乃救此妇也，幸勿乱殴!"众皆住手，李即以昨夜神言告之。旋闻虎声绕村，三巡而行。妇在家中，闻其号声，仿佛似牝猪音，遗秽满地，逾时复还为人声。适妇夫归家，众告其事，夫妇拜谢，饮酒而去。

次年，李入都应试中选，出为县令。方到任，赴乡查勘边隘，见旁一人拱立于前。视之，乃徐也，遂下车邀至署中，历诉前后之事。款食数月，赠以银，令其回里。徐辞后思弟之言，验神之灵，亦至山下庙中祈梦。将至五更，并未有梦，遂自援树而登庙顶。忽惊腥风阵阵而来，闻神曰："妖狐斑子，何处相约而来耶?"狐对曰："弟子前次拜谒而去，次日即有人至村，将泉脉透出，汲饮甚便，第遭火厄，几为熏毙。"虎曰："公命食缺耳猪，为人救去，几为所擒。"兹山中有生人气，神不之应，狐与虎共寻之。虎则四处瞭寻，狐则上树而视，见徐仰卧庙顶，推堕石阶，虎大吼嚼而食之。后徐托梦于李曰："予生前作孽，不践盟言，已为恶兽所伤。"哭泣而去。李惊而寤，至退归林下，设馔招魂以奠之。

——《咫闻录》卷八《徐兄李弟》

以上两则作品，讲述的均为神明奖赏助人为乐者，惩罚贪图钱财、不思改悔者的故事，赏惩分明，形成强烈对比。前一则中被神明奖赏的寒士，非但拾金不昧，而且不怕旁人误解，不怕影响考试，专门留下来等候失主，不仅如此，为了留下来等候失主，他竟将自己仅有的一点点盘缠付给同伴，实在难能可贵。而与其一同赶考的友人，则是一个精神猥琐、斤斤计较的卑鄙小人。用此人来陪衬故事主人公，更显现出故事主人公的品格高尚。后一则中受到神明眷顾的读书人，疏财重义，对结金兰之交的朋友百般照顾，倾囊相助，甚至把自己逼得走投无路，其待友赤诚到了无以复加才程度。而与其结为兄弟者，却是一个迷恋饮博，不讲信义之徒，他坑害至交，最后竟死于非命。用此人来与故事主人公进行对比，使得惩恶扬善的题旨更加具有说服力。

这个时期的善报故事，尚有写某监生拾金不昧，终得善报，与被拐卖之子团聚的《坚瓠集·还银得子》；写有老夫妇常为善，一年发大水淹死者不计其数，老两口遵僧人言独免的《述异记·水灾免厄》；写一孝女不断进香为久病不起之老父祈祷，终于得到厚赐将父治愈的《子不语·孝女》；写审案时钱县丞垫钱为卖女者赎女，钱死后因其为善而延寿一纪的《子不语·钱县丞》；写孝廉林某曾掷狐裘以救陷入困境、狼狈不堪之少妇，积阴德而得中进士的《小豆棚·掷狐裘》；写史某赠七十金使欲鬻妇偿债之村民免于妻离子散，后遇大火时史家三口皆为东岳神所救的《阅微草堂笔记》"献县史某"；写渡江时张某用老翁归还之失金，买舟往救诸多溺水者，还金老翁之儿子亦在其中的《熙朝新语》"老翁还金"；写孔童母病愈后，去舍身崖还愿殒身，竟从云中渐渐坠地生还的《熙朝新语》"云中童子"；写陆生乐善好施，使家道中落，备受岳父鄙视，当其走投无路时竟三喜临门的《熙朝新语》"陆生三喜"；写某地发大水时，一村民舍妻背母至高阜，其妻死而复苏，形气无恙的《熙朝新语》"水厄救母"；写子媳淘食老母误倒粪桶之米饭，上苍乃赏赐米十石、钱十千，令其家小康的《妙香室丛话·天赐孝子》；写一乡妇搭救麂子因而得免遭房塌之难的《北东园笔录·麂报》；写马某年少时混迹绿林，曾疏财使一佃农免将妻子抵债，又曾让一弱女子免遭凌辱，老来福寿兼备的《北东园笔录·马翁》；写科考时，某生拿亲友资助之银两来救济生计窘迫之老妪，后得善报的《北东园笔录·白卷获隽》；写刘老解衣质钱赎一将就屠之牛，该牛死后曾现身触贼，解救恩人的《北东园笔录·牛报恩》；写朱某为人正直，多行善事，后得天雨金数千两遂富的《客窗闲话·朱翁得金》；写某商解囊救助遇到危难夫妇，因而增寿二纪的《见闻异辞·阴差》；写大水时某乙疾负母至山顶，水退他村尽墟，其村独安然无恙，妻儿康健的《蝶阶外史·某乙》；写某生因搭救半夜从烈火中逃出之裸妇而积阴德，考试时神人再三现身，使其拔殿一军的《里乘·某公分校》；写某生拾金不昧，将所拾二百两银还与钱粮解差，被推荐入泮，后为王府教授、府学教谕的《果报闻见录·还金之报》；写吴门周某作诗放生，应乡试时竟用上其中诗句，遂登甲榜的《锄经书舍零墨·放鲤获报》；写一贫士救助贫妇，后来于五十多岁得报中举的《右台仙馆笔记》"杭州贫士"；写张翁眼见女方嫌贫，意欲与某子悔婚，忙谎称还债而资助某子娶妻，因得延寿的《右台仙馆笔记》"张翁延寿"；写某生赠金与一为奉养婆母而欲做暗娼之妇女，其亡父亡夫以文相送，令某科考高中的《右台仙馆笔记》"宁波某生"；写朝奉张某为人忠厚，回乡时在江边被群丐留饮而误船，因免覆舟之难的《此中人语·张先生》；写岳叟好善乐施，常扶贫济困，因得二仙暗示而迁居，乃躲过灭顶之灾的《醉茶志怪·二仙》；写某甲闻神言知其将死于金陵之劫，遂出所带钱财买舟渡逃生男女数百人，竟以善行免遭劫难的《仕隐斋涉笔·一善免劫》等。

第七节　清代的恶报故事

清代的恶报故事，数量甚多，远超过同时期的善报故事。此类故事具有很强的揭露性，在描述各色人物的犯罪行为之后，往往昭示出其人得到报应的后果，说明多行不义者必遭恶报，绝无好下场。它们通过一个个活生生的实例，在民众中传播惩恶扬善的思想，借以警示世人，达到净化世风的目的。其中的一些作品，虽然带有不同程度的因果报应色彩，但在当时仍然具有一定的教育意义，值得肯定。譬如：

> 平阳令朱铄，性惨刻。所宰邑别造厚枷巨梃。案涉妇女，必引入奸情讯之。杖妓，去小衣，以杖抵其阴，使肿溃数月，曰"看渠如何接客"。以臀血涂嫖客面。妓之美者加酷焉，髡其发，以刀开其两鼻孔，曰："使美者不美，则妓风绝矣。"逢同寅官，必自诧曰："见色不动，非吾铁面冰心，何能如此！"
>
> 以俸满，迁山东别驾，挈眷至茌平旅店。店楼封锁甚固。朱问故，店主曰："楼中有怪，历年不启。"朱素愎，曰："何害？怪闻吾威名，早当自退。"妻子苦劝，不听。乃置妻子于别室，己独携剑秉烛坐。至三鼓，有扣门进者，白须绛冠，见朱长揖。朱叱："何怪？"

老人曰："某非怪，乃此方土地神也。闻贵人至此，正群怪殄灭之时，故喜而相迎。"且嘱曰："公，少顷怪至，但须以宝剑挥之，某更相助，无不授首矣。"朱大喜，谢而遣之。

须臾，青面者、白面者以次第至。朱以剑斫，应手而倒。最后有长牙黑嘴者来，朱以剑击，亦呼痛而陨。朱喜自负，急呼店主告之。时鸡已鸣，家人秉烛来照，横尸满地，悉其妻妾子女也。朱大叫曰："吾乃为妖鬼所弄乎！"一恸而绝。

——《子不语》卷二《平阳令》

献县吏王某，工刀笔，善巧取人财。然每有所积，必有一意外事耗去。有城隍庙道童，夜行廊庑间，闻二吏持簿对算。其一曰："渠今岁所蓄较多，当何法以销之？"方沈思间，其一曰："一翠云足矣，无烦迂折也。"是庙往往遇鬼，道童习见，亦不怖，但不知翠云为谁，亦不知为谁销算。俄有小妓翠云至，王某大嬖之，耗所蓄八九；又染恶疮，医药备至，比愈，则已荡然矣。人计其平生所取，可屈指数者，约三四万金。后发狂疾暴卒，竟无棺以殓。

——《阅微草堂笔记》卷一"献县吏王某"

以上两则作品，均讲述贪官污吏遭到报应的故事，足以让踏上仕途者引以为戒。前一则中的县令，以惨刻著称，对犯人，尤其是对女犯更为严酷，并且常常以此自夸。后来遭报受罚，迷幻中挥剑将妻妾子女杀尽，竟悲痛而死。后一则中的刀笔吏，以贪财著称，平生贪赃枉法之钱财达三四万金之多。后来发狂暴卒，竟无棺以殓，其结局一个比一个悲惨。又如：

房山张姓有瓜园，遣佣某独守。适有布客经其地，求饮。佣与之水，窥其货物，利之。乘其不意，突以铁锸砍其脑，立毙。瘗尸畦下，人不知也。及瓜时，畦中苗蔓尽枯，独一畦枝柯茂盛，结一瓜，大倍于常。园主奇之，献诸驿官。官喜，剖食。既破，并无瓜瓤，腥血流溢。怪而招园主询之，主莫解其故。于是同官往验，见残柯断蔓犹存。使人掘畦下，得尸，根自口中出。严讯佣，备言其实。乃详县而置诸法。

——《醉茶志怪》卷二《瓜异》

叙永厅教官吴伯卿，谈乡闱果报云：川督黄寿臣当监临时，巫山县有秀才王某，昆仲二。伯兄贸易居外，十余年未归，尝寄家书，勖弟勤学，随带家资，任弟支用，甚笃友于。兄在外，赚积多银，收生理金约四千余两。弟喜甚，拣兄归之数日，办盛筵，柬邀亲友，与兄作届期，宾客骈集，一堂喜庆，融融泄泄，夸为二难。逮夜，兄忽抱痛，辗转床褥，逾时卒。弟对亲友，抢地呼天，辟踊数次，如不欲生者。亲友解劝，稍慰，即大作佛事，超荐兄魂，约费数百金。俱称能念天显，无渐悌弟。

是年，王应县、府试，俱列前茅，遂游泮，人称为恭兄之报。次岁乡试，黄制军念士子辛苦，谕有犯规卷，暗抽之，勿贴蓝榜。王首场，交卷甚早。收卷官睹卷骇异，当禀监临。监临置卷他所，任其终场。王出闱即归。九月放榜．王返巫山久矣。监临忽飞札调王到省。王诧异，不解何事。及见制军，将卷抛置王前，大骂云："尔作何等事！居心太狠毒，死不足偿辜。"王举卷细阅，乃自写一篇供招，并非文章，其大致云："见兄财多，欲独吞之，于燕宾夜，以毒入酒，鸩之毙。凡招宾荐亡等作，俱涂饰耳目，而众人不之知也，转延美誉。俾兄含冤九泉，罪应万死，今乃自画亲供云云。"王睹卷，面无人色，一鞫而服。当付官，论如律。

——《仕隐斋涉笔》卷二《科场报》"自画亲供"

以上两则作品，均讲述图财害命之人遭到报应的故事，鬼使神差，令罪犯最终——受到惩办。前一则中的杀人夺取财物者自以为得计，万万想不到竟因一个奇特西瓜而牵出命案，将其置诸法。后一则中的那位秀才，为了得到巨资，竟丧心病狂地毒死亲兄长后百般掩饰，满以为可以蒙混过关，却在科考答卷时自画亲供，终于如律问斩。再如：

某贵官长子，性凶暴。左右稍不如意，即扑责至死。侍女下体，榜以非刑。未几病死，见梦于平昔亲信之家奴，云："阴司以我残暴，罚我为畜，明晨当入驴腹中。汝速往某胡同驴肉铺中，将牝驴买归，以救我命。稍迟，则无及矣。"言甚哀。奴惊寤，心犹疑之，乃复睡去。又梦告之曰："以我与尔有恩，俾尔救援，尔宁忘平日眷顾耶？"

奴亟赴某胡同，见一牝驴，将次宰杀。买归园中，果生一驹，见人如相识者。人呼"大爷"，则跃而至。有画士邹某，居其园侧。一日闻驴鸣，其家人云："此我家大爷声也。"

——《子不语》卷十九《驴大爷》

江西南丰县有妇姑孀居者，妇忤甚，姑亦安之，惟晨夕诵白衣大士咒。一日上午，姑谓妇制粉饼作饭。妇制十余枚以进，尚温，呼姑掇板凳坐门首，挟饼二枚，将啖之。忽一老妪至曰："吾亦有饼，盍易诸。"姑欣然啖妪饼美。妪曰："若有盍尽易乎？"姑益喜，从之，询妪里居。答曰："予居后街，若妇嘱予制青布衫，今以归之，勿妄动也。"姑悄然曰："吾敢动吾妇物耶。"言已辞去。薄暮妇回，望见姑坐室中，大惊，厉声问啖饼未。姑以实告，并出衣服致之。妇冥想何物老妪，衣从何来？遂收而藏之。

越日又将归母家，入房更新衣。新衣者，老妪所制青布衫也。良久不出。姑呼之，欲应而不能出声，急入房视，乃大惊失色。盖妇其面，而豕其身，伏床下不动。姑强问之，妇乃作鬼声，愀愀然曰："某日不合置砒霜饼中，致干天谴。"言已，遂不复言，第哀鸣俯伏而已。邻右报县，令验得其情，饬役押游四城门者三日。乾隆五十四年事。后街老妪者，街有白衣大士寺云。

——《守一斋笔记·人豕记》

以上两则作品，均讲述作恶之人遭报变为畜生的故事。毫无疑问，恶人已成为警世的反面教员。前一则中的某公子经常任意打死下人，竟遭到报应，病死后变驴，被人戏称为"驴大爷"。后一则中妄图下毒害死孀居婆母的那个恶媳，受惩变为人首猪身的怪物，被牵去游街示众，也是罪有应得。

这个时期的恶报故事，尚有写一屠夫滥杀耕牛，竟惨遭报应，下场可悲的《广东新语》“杀牛村陷”；写孙姓族居孙家庄，多行不义，忽有一巨人拔大树将孙姓之屋扫荡无遗，旁居民佃户三十余家则安然如故的《觚剩·孙家庄》；写某人氏厌恶众人取水，竟将便桶倾于井中，后遭天谴，其妇被雷击毙的《述异记·污井雷击》；写某南方商贩蝎者伤生甚多，被蝎鬼追杀，竟化脓血而亡的《聊斋志异·蝎客》；写杜小雷孝敬双盲之母，其妻忤逆，以蜣螂为馎饦令母食，后竟变为一豕的《聊斋志异·杜小雷》；写某乙卖酒掺假发迹，垂涎于邻妇，犯事被捉后化为一狐的《聊斋志异·金陵乙》；写仅有薄罪而被某县令杖杀之卖油者，投生为令子将其家产荡尽的《聊斋志异·拆楼人》；写一营卒强奸小尼未能得逞，竟让农妇一家三口丧命，后被雷诛的《子不语·雷诛营卒》；写一扒手行窃造成彭某及其妻子、小儿先后丧命，后被迅雷劈死的《子不语·雷打扒手》；写县役周某死后投生为驴，以偿还所欠和尚大乐上人银债的《子不语·大乐上人》；写雷击毙一接生盗银之稳婆和一以针扎死婴儿之稳婆，并使婴儿复活的《续子不语·雷击两妇活一儿》；写某太医骄横无理，趋炎附势，后生一子将其家产耗竭，随即亡故的《夜谭随录·某太医》；写一恶少扮鬼翻墙奸污农户姑嫂二人，回家时被真鬼吓死的《阅微草堂笔记》“伪鬼与真鬼”；写李十撬窗入室奸污一寡妇，使寡妇愤懑病卒，四年后其人被雷劈死的《阅微草堂笔记》“雷震李十”；写张某登山时猥亵挚友美妾，竟坠数百丈崖丧命的《梦厂杂著·丫髻山神异记》；写山西万某性悭吝，好养雀鸟取乐，后因一鹦鹉毙命而使其吃官司，以致破产的《咫闻录·养鸟报》；写快班头李五夺人财产，强占人妻，无恶不作，遭报被城隍重枷拷打至死的《咫闻录·李五》；写烂头匪二人骗走卖猪人两头猪，使其儿子被打死，夫妻二人相继投水、上吊自杀，后二匪遭报被雷击殒命的《咫闻录·骗二猪害三命》；写邻妇王氏搬弄是非，让周妇害死刘芜之子，令其家四口丧命，后双双受神谴遭报的《咫闻录·刘芜》；写一恶棍之老母被其殴打后，即持其藏魂坛往告，让官府先毁坛散其魂，再将其击毙的《熙朝新语》“藏魂坛”；写一富人杀死贫夫，并诱骗贫妇上山拥抱求淫，竟被虎食的《北东园笔录·虎口巧报》；写某县丞吞没赈水灾银二万两，后遇暴风覆舟丧命的《北东园笔录·匿银丧命》；写一茶食店主拾到衙役所遗失之长官钱物而不还，将其逼上绝路，后果然得报被溺死的《北东园笔录·拾遗不还》；写富人陈某昧心向李氏兄弟重复索要债款，竟暴病身亡，变牛到李家还债的《北东园笔录·变牛还债》；写某甲害死佣工而纳其美妇为妾，后被佣工棺中蛇啮而自吐前谋，竟腹痒难忍，抱妾而亡的《北东园笔录·常熟某甲》；写县令江某贪污数万两赈灾银，后受冤鬼惊吓殒命的《北东园笔录·银作祟》；写弟乙被土寇掠走后，兄甲强将弟媳卖给富人为妾，竟阴差阳错，误把己妻抬去的《金壶七墨·王甲》；写篙师某甲为人险恶，将尚未气绝之某官妾弄死以求赏，因鬼魂索命而毙的《里乘·某官妾》；写当涂令与幕友等狼狈为奸，贪污赈灾银得报，后均染瘟疫身亡的《里乘·当涂令》；写塾师唐某数次调戏一貌美寡妇，梦朱衣人缚之跪于妇前，后生病毙命的《笑史·果报》；写一恶媳有私染，欲毒死孀居婆母，遭到神惩，变为人首龟身猪足怪物的《后聊斋志异·毒姑》；写营兵姜某常猎杀野兽，发无不中，酒后涤枪灌药失手，子弹贯胸身亡的《后聊斋志异·猎报》；写青浦县令与众胥吏合谋侵吞漕费，后遭报，胥吏多人相继夭亡，县令生疮颈烂头落而死的《庸庵笔记·颈烂头落死》；写柁工某为谋财将一孤客推水淹死，因此发迹，后遇船难全家无一生还的《庸庵笔记·柁工谋财酷报》；写一无赖因盗窃钱粮而令某妇自缢，忽迅雷将其摄至坟前下跪，自诉罪行，然后毙命的《庸庵笔记·雷殛恶人》；写一乡人还钱时忘记取约，债主竟再次往索，其人死后变猪偿债的《庸闲斋笔记·偿债猪》；写熊某入马厂山迷路饥渴，受到一老翁善待乃为其帮工，岁暮返家后发现所赠为黄金二十余两的《右台仙馆笔记》“马厂山奇遇”；写王某以包揽词讼致富，后遭到各种各样惩罚，令其不得不伏地悔过的《右台仙馆笔记》“讼棍悔过”，写某甲素无赖，常集徒众为所欲为，因盗窃阶砌柱础及桥上石栏等遭到桥神惩罚的《右台仙馆笔记》“窃石报”；写某甲欠僧人数千金不还，僧人死后投生为甲之子让其破落的《此中人语·债》；写某甲、某乙相互勾结，以唱曲为名引诱良家女卖淫供其赌博，因遭到天诛，均被雷劈而亡的《醉茶志怪·雷殛》；写某为夺财杀死老叟及其二孙，因此暴富，后生胸疮与老叟刀伤无异，疼痛致死的《醉茶志怪·孽报》；写一孽僧以募化财物供淫赌，被神鞭背疽发身亡，其魂匿匏中的

《醉茶志怪·匏异》；写一田家女拒侮自经后身亡，被大豪缀石沉潭，后化龙咬豪头去的《仕隐斋涉笔·烈女》“烈女化龙”等。

第八节　清代的奇事奇遇故事

清代的奇事、奇遇故事，数量非常多，涉及面颇广。它们往往通过描述各种出现仙佛、异人、带有神奇色彩的场景和事件等，来表达世人的生活追求，揭示世人的美好愿望。不少作品奇特曲折，富于变化，能够唤起人们的欣赏乐趣，并从中受到一定的启迪和教益。譬如：

崇祯末，蒲城人屈曼者，为县隶性嗜酒。一日持檄下乡，中途醉卧，夜半乃醒。时朗月如画，见古槐树间有年少书生，乌巾緅袍，仰月呼吸。俄而口吐一珠，色赤于火，以手承弄。曼踉跄而前，遽向生手夺取吞咽。生怒争不已，既而曰：“假汝经年，仍当归我耳。”随失所在。

曼吞珠后，觉体甚飘忽，举念即至其所。旋有黠者雇曼入省会投文，距西安二百余里，食顷已到，并不见其跋涉之迹。试之他事皆然。众咸谓其得隐形术。

适御史巡蒲，录诸讼牒。怨家重赂曼，径入堂掣牒，左右无见者。御史微觉阶前有半体人，案牒翻翻自动，心甚骇异。急以所佩印重按之，忽得人手，其全体亦遂现。立命棰毙。曼埋逾夕，其地坟起成一个穴，若有物出入状。盖书生取珠为之。

——《觚剩》卷六《屈曼》

宜良山有废寺，有邱道士，募缘创修祖师殿。师徒二人，同居有年。殿前峭石奇峦，异草怪木，冗杂菲萋。常见两小儿在山门外游戏。道士时遇之，久而渐熟，饵以甘果，不敢入殿，如是数年。道士一日携鲜桃数枚，置于香几，一小儿在天门窥见，遽入殿中。道士急抱之，至香积厨，褫衣，用水洗净，至于大锅内，上用木盖，压以大石，使不走气。令徒：“架薪煮之，戒勿断火，毋启视；我将上山，俟我回来食之。”

其徒思出家人时以行善为本，今道长如此残忍，谚云：“恶人往善地寻之。”即斯之谓欤！忽闻小儿在锅内叫号，心欲放之，又念道长平日法戒甚严，不敢违令。已而小儿寂然无声，想已煮死，逾时已久，师尚未回，恐锅中水涸焦枯，开视之，忽然澎渤一声，小儿跃出而遁。其徒骇然变色，即追无踪。

适道士自外来，手握青草一团，见其情形，泣而叹曰：“汝误我矣！我创此寺三十余年，费尽心力，原为此物。此非小儿，乃千年人参也。合药服之，可以长生。今我无福，不必作升仙想矣。尚留其衣，食之可得上寿，洗儿之水，饮之一生无病。”随观其衣，已失所在；水为犬饮。道土失望，与徒别，曰：“汝护守寺门，我去矣。”后闻犬生黑毛，披拂细润绝伦，入山不返，人以为仙去云。

——《咫闻录》卷二《人参》

以上两则作品，讲述的都是不可存非分之想、不可贪得无厌的故事，令世人引以为戒。前一则写一县吏夺人宝珠后，竟贪得无厌，胆大妄为，结果惹火烧身，被捉毙命。后一则写一道人为捕捉千年人参煞费苦心，到头来不但无缘升仙，而且毫无收获，真是竹篮打水一场空。又如：

仁和邑衿沈某，家候潮门外。舌耕而生，索有度世之想。康熙十九间夜梦黄衣道士，翩然而至，颇有开导之意。次日，猝遇其人，宛如梦中所见。遂延至书馆，叩头求度。道士曰：“三日后于八卦田候我。”生往，道士已先在，谓曰：“子有诚心，吾当度汝为弟子。”予药一丸，令吞之，挽之而行，如驾虚乘风。生忽念家有母妻，恳求放归。道士以手一推，则身踣于塘栖镇，喑不能语，进退苍黄。有邻人识之，挈还其家。举家正在骇异，而道士复至。罗拜求之，道士笑而不答，拂衣径去。

值文宗岁试，生以喑，不能赴。不得已告病，而投词张抚军止，恳移文张真人求解。抚军怜而允之。未几，真人府牒到，予一符，令生吞之；又牒城隍审理。生焚牒之夕，梦数役摄之入庙，跪于堂下，仰见道士居中坐，城隍旁坐，屈身为生请。道士曰："此子有向道之心，且有厄，余故欲度之；今忽有不净心，旋生退悔，故罚之耳。既真人有言，行即释矣。"叱冥役押还家。生寤，即能言。其人现在，自述凿凿。

——《述异记》卷中《遇仙得喑》

四川茂州西南有马厂山，其高数十里，盛夏积雪不消，土人言往往见山市。云有熊姓者，以淘金为业，闻是山多金苗，往寻之。至山深处，忽得一聚落，居人数千家，鸡犬相闻，庐舍栉比。熊游览，忘路远近，久之饥甚。见一家南向，颇壮丽，有白发翁负手立门外，顾熊曰："客自远方来乎?"曰："然。"又曰："得无饥乎？此间无沽酒市脯处，老夫当作主人，脱粟一餐，不责直也。"熊称谢，从之入，出鸡黍如夙具者。熊食饱兴辞，翁问："客何为来?"告以故，翁曰："山中固产金，然外人不知其处，徒劳无益。客不如佣于我家，虽得直不丰，然较安逸矣。"熊从之。翁自言李姓，相待优渥。熊操作之暇，游于市井。皆殷勤款洽，乐而忘归。

一日，李翁命人洒扫庭内，陈设一新。熊问故，曰："腊日祀先祖耳。"熊自至山中，不知历时几许，闻翁言，知迫岁暮，怅然思归。翁慰留之。曰："暂还当复来耳。"翁曰："客必欲归，请以明日。"其夜，翁出一物，包裹重叠，授之曰："薄具佣直，不能丰也，在汝家可数年温饱矣。然须秘密，虽床头人勿泄也。"熊谨受教，而异其言。夜方午，翁趋熊起，曰："趁月色可行。"以蒸饼数枚纳熊怀中，曰："饥则食此，可至家矣。元宵后仍来此，勿爽约。"

熊甫出，门即阖。行数步回顾．则庐舍皆无，惟斜月欲落、树林深黑而已。大骇，以为遇鬼，探怀中则饼故在，瞰之甚甘，乃于路旁稍憩。天明，出翁所赠物，发而视之，黄金可二十余两，惊且喜。虑复来迷路，折竹技数十，沿路曲折插之，以为表识。及入城，则城中人方祀灶。

急回家，出金易钱，邻人问金所从来，不以告。邻人疑焉，遂为蜚语，谓熊出行劫。熊不能复隐，具述所遇。邻人欣然固求偕往，届期转相招致至十余人，偕入山，寻向所插竹，历历俱在，而无复人迹。登高眺望，见有犬数十头从山下至，及近，则伏地大吼，悉化为虎，伤者数人，踉跄而归。

——《右台仙馆笔记》卷九"洵企奇遇"

以上两则故事，内容各不相同。前一则通过沈生学道求度的故事，说明办事三心二意，半途而废，不会有好的结果。后一则通过熊某在茂州一老翁家帮工的故事，说明为人忠厚必得好报。一旦有了贪念，不守诺言，就可能事与愿违，甚至遭遇不测。这两则作品，情节都较为曲折，引人入胜，在表现手法和艺术风格方面均有所继承，有所创新。

这个时期的奇事、奇遇故事，尚有写靖州鸡、鹅因晨夕在佛堂上听经，后得以投胎于武冈郡王府的《池北偶谈·靖州鸡鹅》；写神托梦让尤生往桥下取白金二锭，银工欲以铅锡戏之，却误取金前往，生因此得金赴乡试，考中后乃倍酬银工的《池北偶谈·尤生》；写众人遇飓风漂至一海岛，三十多位被一巨人捩颈饮血，余者死里逃生的《述异记·洋怪三则》"巨人饮血"；写一偷鸭者受天罚，神告必得失主痛骂，其身上长出之鸭毛方能退去的《聊斋志异·骂鸭》；写张某以蛇含草汤为人治病，竟使病人缩小，骨化为水，熬药铁锅已变为黄金的《子不语·蛇含草消木化金》；写屠驴者夜间窥见二佣共杀一妇，鸣官验尸，方知所杀为驴，屠驴者从此誓不杀生的《夜谭随录·驴》；写某典肆主拿二死孩至袁翁典肆来质，袁如数付银，瘗小棺时竟得到十数巨瓮白镪，乃富甲一县的《夜谭随录·袁翁》；写土地庙中一泥傀儡遇郡守廉洁者纳双手于袍袖，遇郡守贪黩者则伸手段作乞钱状的《谐铎·泥傀儡》；写金陵某生三次见到斋壁画轴上红梅摇动，每花走出一位美人，转瞬即逝的《耳食录·梅花美人》；写一童子雪后入山采樵迷路，从仙女处乞食得饱，后往寻已屋舍杳然，仅拾得绣鞋一只的《耳食录·绣鞋》；写某把总至天山深处遥见一状若匪首者鞭打从洞中呼出之六个姣丽女子，过回数十里寻至该处则绝无行迹的《阅微草堂笔记》"洞中六女"；写老僧得道后，假壮僧之身体以遨游名山大川的《咫闻录·换身》；写扬州某庙中一泥皂隶连续数日外出赊酒，被人发现后引起轰动，自此香烟盛于中座之神的《咫闻录·泥皂隶赊酒》；写一泥皂隶显灵破凶案，于千里之外捉回杀人犯，将其置于法的《咫闻录·泥皂隶破案》；写阿三多次杀猪与学童同啖，后进土地祠化虎，被其父劝入深山的《咫闻录·阿三化虎》；写一小康乡人入城食赈灾粥归家时，人见其头上插有书“饥民”二字黑旗，当其送数石米入赈局后即不复见黑旗的《志异续编·乡人》；写卖鱼者从运银神处讨得二铤银竟变为虾蟆，被其扔掉，同业拾得后又变为银铤的《山斋客谭·卖鱼者》；写新安鹾贾子婚后一夜，以沉檀诸香木制成之床帐忽光明入昼，丝竹竞作，有一队人马仪仗冉冉而出的《梦阑琐笔·新安鹾贾》；写一佣工盗银出逃不到半里，银子即变为虾蟆跃入草丛，令主人将其找回的《履园丛话·银变虾蟆》；写因一乡人得罪于周某，引起桃花女与同出一师门之周某斗法的《见闻异辞·桃花女斗法》；写佣保一夜在户外捉鸡被啄，鸡忽化为银，用其就医，银尽始愈的《蝶阶外史·捉鸡得银》；写人称“癞皮狗”之某翁，为人刻薄，常让塾师吃瘟猪肉，其人所腌驴肉竟变为一双破草鞋的《夜雨秋灯录·驴化为履》；写江西某古刹一老僧所养之犬，长年累月听其诵经，后托生为男的《右台仙馆笔记》“犬听经”；写周某被同伴弃于深涧中，步入龙洞不死，后攀龙角出洞回村的《右台仙馆笔记》“龙洞历险”；写罗某不止一次闻听豕言，不忍心继续杀生，遂改业不复为屠的《右台仙馆笔记》“豕言”；写某人除夕夜穷极上吊，得到一件富人袍褂乃典钱去赌，用赢钱经营贸易，数年后竟雄富一乡的《醉茶志怪·缢致富》；写王生夜卧船头被引进山洞与猴王女结为夫妻，三载后猴王送其夫妻同王父团聚，所赠珍宝让其富可敌国的《仕隐斋涉笔·猴异》“王生奇遇”；写匪徒妄图奸污进香妇女，竟被神虎吞食的《仕隐斋涉笔·虎异》“神虎显灵”；写南北两张一富一贫，北张被南张子欺负，决计死后报复，南张令其子负荆请罪，两张尽释前嫌，北张吐出一赤蛇而病愈的《南皋笔记·蛇厉》；写青城樵夫某被一异人引至崖间见金鞭排列如笋，拔归途中坠地昏绝，苏醒后发现所取竟是枯木的《南皋笔记·金鞭崖记》等。

第七章　清代的写实故事（一）

清代是中国古代写实故事发展的一个高峰。这个时期的写实故事，不但门类齐全，而且作品非常丰富，佳作颇多，能够较为充分地展示出中国古代写实故事的风采和成就，又为现代口传写实故事的兴盛与发展打下坚实的基础。

清代写实故事包含有案狱故事、家庭故事、婚恋故事、讽刺故事、官吏差役故事、武林侠义故事、僧道故事、盗贼故事、骗子无赖故事、讼师故事、商贾故事、医生故事、呆子故事、巧女故事、机智故事、美德故事、破除迷信故事、诗对故事、动物故事、奇闻趣事等等。其中，以案狱故事、家庭故事、讽刺故事、官吏差役故事、武林侠义故事、盗贼故事、骗子无赖故事、美德故事、诗对故事、动物故事、奇闻趣事比较突出。

第一节　清代的案狱故事（一）

清代案狱故事，数量非常多，作品大都故事性较强。它们既有刑事诉讼故事，又有民事诉讼故事，广泛涉及凶案、奸案、冤案、疑案、奇案、侦破、智审、谲判、平冤等诸多内容，从不同的层面反映当时的社会生活和家庭生活，表现各种各样人物的精神面貌。其中好些作品思想内容健康，立意较高，情节曲折，引人入胜，给人们留下较深的印象。

一、清代的冤案故事

在清代的案狱故事中，冤案故事的数量最多。它们大约占这个时期案狱故事的一半左右；作品大都与劫杀、奸杀、家庭暴力等案件有关，广泛涉及为蒙冤者平反、误判造成冤狱、故意捂冤案盖子等内容。有关为蒙冤者平反的故事，譬如：

福建莆田王监生，素豪横。见田邻张妪，田五亩，欲取成方，造伪契贿县令某，断为己有。张妪无奈何，以田与之，然中心忿然，日骂其门。王不能堪，买嘱邻人殴杀妪，而召其子视之。即缚之，诬为子杀其母，擒以鸣官，众证确凿。子不胜毒刑，遂诬伏，将请王命，登时凌迟矣。

总督苏昌闻而疑之，以为子纵不孝，殴母当在其家，不当在田野间众人瞩目之地；且遍体鳞伤，子殴母必不至此。乃檄福、泉二知府会鞫于省中城隍庙。两知府各有成见，仍照前拟定罪。其子受绑将出庙门，大呼曰："城隍，城隍！我一家奇冤极枉，而神全无灵响，何以享人间血食哉?"语毕，庙之西厢突然倾倒。当事者犹以庙柱素朽，不甚介意。甫牵出庙，则两泥皂隶忽移而前，以两挺夹叉之，人不能过。于是观者大噪，两府亦悚然。重鞫，始白其子冤，而置王监生于法。从此城隍庙之香火亦较盛焉。

——《子不语》卷九《莆田冤狱》

温司敬，粤之龙门县人，娶同里林贵女。结缡才数月，适贵有疾，妻请归探。司敬送行，至中途，弟司礼疾赴至，言母忽眩晕，命兄送嫂归后，无少留。司敬曰："母患，我当归，弟可代送一程。"司礼送五里许，林氏曰："妾家不数里矣，无劳叔相从也。"司礼遂归。

数日后，林忽遣人来，言当日订归未至，故特相迎；途见女尸，衣履识为林女，而无首可辨。温闻，亦骇，惟言妇已送归。其人返报林。林即以婿杀女事控县。邑令某，拘温堂讯，则以林氏见杀于途，除司礼无可求，乃加严刑。司礼不胜其楚，遂以逼嫂非礼，不从故杀，自诬服。其首殆为虎狼所食，无从查觅。邑令据所供，其狱遂定，将详宪矣。

幕友某，素以精细称，阅卷大疑。亲至乡访之，闻有麻子成者，于林氏被杀日，即不知所踪。归告令曰：“此案必获麻子成，始能根究。人命重情，万无草草定拟。无论凶身漏网，死者含冤，倘于别案究出，恐君亦难保此位也。”令是其言，即差干役四出，密拿麻子成到案，一讯而服。其妻马氏，素忤成，因欲杀之。是日薄暮，途遇林氏独行，见其身材年岁，与伊妻相若，遂拉林氏归，而杀其妻，衣以林氏之衣，吊出首而抛尸于沧，即以林氏以婿。审明后，乃置麻于法。释司礼，而女仍归温焉。然此平反，实赖幕友之力，惜未详其姓氏云。

——《墨余录》卷二《温林氏》

以上两则平反冤狱的故事，无论其情节是否曲折，必定有一位关键人物出现，无论善于分析的总督，还是勤于调研的县衙幕友，都十分精明而又认真，方能拿下真凶，为屈打成招者洗冤，使其不致成为刀下鬼。前一则故事带有一些幻想色彩，增加了故事性，却削弱了故事主人公的魅力。后一则故事有意渲染疑点，为引出冤案作好铺垫，则有助于刻画故事主人公的形象。

有关误判造成冤狱的故事，譬如：

嘉兴宋某为仙游令，平素峭洁，以包老自命。某村有监生者，奸佃户之妻。两情相得，嫌其本夫在家，乃贿算命者告其夫，以在家流年不利，必远游他方，才免于难。本夫信之，告王监生。王遂借本钱，令贸易四川，三年不归。村人相传：某佃户被王监生谋死矣。宋索闻此事，欲雪其冤。一日过某村，有旋风起于轿前。迹之，风从井中出。差人捞井，得男子尸信为某佃，遂拘王监生与佃妻严行拷讯，供自以谋害本夫，置之于法。邑人称为宋龙图，演成戏本，沿村弹唱。

又一年，其夫从四川归。甫入城，见戏台上演王监生事，就观之，方知妻业已冤死。登时大恸，号控于省城，臬司某为之申理。宋令以故勘平人致死抵罪。仙游人为之歌曰：“瞎说奸夫害本夫，真龙图变假龙图。寄言人世司民者，莫恃官清胆气粗。”

——《子不语》卷九《真龙图变假龙图》

江南河帅黎襄勤公（世序）言其乡有村翁，其子出外贸易，留媳于家。媳素贤，日以织纴佐炊。翁坐享之，无所事事。每出与村人赌博，负则取偿于媳，习以为常。媳亦不较也。一日，媳小病停织，语其翁曰："我手力所入有限，以资菽水则仅可，以供博负则无余。翁以后可稍节赌否？"翁默然。是日微雨，饭后携伞径出，至夜不归。媳疑之。既三日不返，媳愈疑虑。乃向邻里告以故，嘱代觅之。值连日阴雨，河流暴涨，有邻媪来告媳曰："顷闻河里有一浮尸，旁有破伞，盍往验之？"媳急往视，则六十许老人，居然翁也。乃呼号欲绝，观者怜之，代为捞起殡殓。

适里中有监生某，虎而冠者也。知媳家固贫，而媳之外颇殷实，思藉此吓诈，昌言于众曰："此事能不报官而遂了乎？"里中无应之者。某素习刀笔，乃以"媳怨言逼翁投水"鸣于官，拘媳严讯。媳不惯受刑，遂诬服，案遂定。弃市日，其翁适自外归，仍携旧伞。沿途闻其媳将以冤死，亟奔法场，已无及矣。遂痛哭赴官自陈，县乃具实检举，而以监生抵罪，县亦褫职。邻媪有梦某媳冠帔来别者，云已为神矣。

此家大人官淮海道时闻公所述如此。公，罗山人，述此时但云其乡前数年事，疑即罗山县案也。

——《北东园笔录》初编卷二《罗山冤狱》

以上两则误判造成冤狱的故事，误判的原因各不相同。前一则中的县令以老包自命，审案时胆大妄为，武断行事，以致造成不可弥补的过失，最后把自己也搭了进去。后一则中县令的失误在于审案时偏听偏信，草菅人命。幸亏后来诬告者终于被抵罪，县令自己也得到褫职处分。作品中讲的两个误判故事，可谓教训惨痛，足让为官者引为鉴戒。

有关刻意捂冤案盖子的故事，譬如：

江苏某方伯，河南归德人。任臬司时，沛县民某甲与妻反目，外出数日。会近地有一尸，被重伤，面目腐烂不甚可辨，衣履与甲极相似。其妻故与某乙有私，人皆疑同乙谋害。县验尸时微闻之，拘两人至。奸有证据，尸有相似，不能自明，刑鞫承认，经院司无异词，已如律抵罪矣。而甲故生，盖因愤妻他出，佣趁不归。越半载，于徐州工所执役，闻同伴中语此事，骇曰："我固在也，而妻论死。"遂赴县自白。县畏罪无策，挈之赴苏。时某甫擢方伯，将卸臬篆。县进谒密陈，某方伯曰："汝即将某甲来。"立杀可毙，是夕毙命，事遂寝。后方伯丁艰返里，值重案干涉，身罹重辟，家亦全破，人以为冤狱之报云。

——《客窗笔记·冤狱报》

泰州某媪，家小康，夫死，遗一女，年及笄，赘婿于家。女夫妇事媪甚谨，里党无闲言。媪有弟，饮博无赖，常称贷于媪。稍不如意，辄拍案怒詈，谓厚于婿而薄于己。媪与女皆白眼遇之。

一日，女早起，见母室双扉豁然，呼之不应，入视之，则母已为人杀死，血流满地，骇极而号，急呼婿告邻里。共来审视，不知何人所戕也。媪弟适至，素嫌女，且觊其资，遂指为女夫妇所杀。鸣之官，州牧王公拘二人掠治，极口称冤。复以严刑讯之，女夫妇不胜其痛，遂诬服。女凌迟，婿亦论斩。邻里咸知其冤，然畏媪弟攀陷，莫敢伸诉也。

逾年，六合县获盗，招承此案。官以杀人不劫财为疑，盗曰："初入室欲行劫，为媪所执，不能脱，遂刃之。知别室有人卧，恐为所觉，故逸去。"六合令与王牧有连，驰书白之。王以误入人罪，例欲问抵，惊悸欲绝，阴嘱毙盗于狱，而讳其事。然每忆此案，神色沮丧，睡梦中若有人披发叫号，与之索命。不数月，遇心疾而卒。而女夫妇之冤终不雪。

——《香饮楼宾谈》卷二《泰州冤狱》

以上两则捂冤案盖子的故事向世人揭露，那些官吏为了自己的乌纱帽，竟采取杀人灭口的阴招，罪上加罪，实在令人发指。前一则中的臬司将告白者某甲弄死来掩盖其过失，以免影响自己的升迁，却使甲妻枉死冤案不得昭雪。后一则中的州牧与县令合谋，毙真凶于狱中，得以保住官位，竟让无辜夫妇永远蒙冤。当然，在这两则故事里，他们都得到了报应。这样的结果，与其说是此类官吏必然得到的下场，不如说是民众意愿的一种反映。官吏不惜采取伤天害理的办法紧紧捂住冤案盖子，让无辜百姓永远蒙冤的事情，在那个年代并不罕见。

这个时期的冤案故事，尚有写邻夫讨债被杀于野，朱生蒙冤将诬伏，因凶手败露遂脱罪的《聊斋志异·冤狱》；写蔡哑子为朱某辩冤，使得真凶伏法的《续子不语·蔡哑子》；写父奸儿媳，杀人以诬陷儿子，后得破案的《续子不语·赵友谅宫刑一案》；写以康熙年间卖身契上有"邱"字而断定原告伪造文书，诬陷他人，遂将其治罪的《听雨轩笔记·一字定案》；写一淫妇被某生杀死，邻父涉嫌诬服，某生自陈乃免的《耳食录·香囊妇》；写某官复审宿州中毒命案时，为蒙冤诬服者平反的《冷庐杂识·细询雪冤》；写某县一抢劫案首犯将正法时，邻县一盗犯自称为此劫案首犯，因而查出并惩罚诬陷他人以报私仇者，为受诬者平反的《宦游纪略》"仇诬盗首"；写东台令王某不加调查深究，错判一女尸变男尸案，冤枉好人，放掉真凶的《惊喜集》"东台令草菅人命"；写庄某骗走丁某之驴并使其陷入一桩命案，县令将丁某屈打成招，病死狱中，待命案水落石出时却无法起死回生的《金壶七墨》"错断杀人案"；写一富翁独生女被奸杀，某秀才之子蒙冤丧命，后因真凶落网方得昭雪的《里乘·媚芗》；写小偷冒奸新妇引出命案，新妇表兄几受大辟，因为凶手被捕乃真相大白的《客窗闲话·书安邑狱》；写某乡民被诬弑父夺财几受极刑，幸凶手犯事供出该命案，其人始获释的《虫鸣漫录·废庙命案》；写某屠夫两口被杀，皮匠涉嫌诬服，因真凶自首遂平反的《右台仙馆笔记》"屠肆凶案"等。

二、清代的疑案故事

清代的疑案故事作品颇多，所描述的形形色色疑案，大都与命案相关。其中，一些作品具有较为显著的神秘性，颇为费解，甚至令人百思不得其解；一些作品则能够解开谜团，水落石出。无论属于何种情况，它们都从不同的层面揭示出当时的社会风情和生活面貌，让人大开眼界。以神秘莫测为特色的疑案故事，譬如：

江西南昌县某商，夜送客于门，见一人持红毡包，立于庭侧。因与客语，未暇致诘。客去，其人已杳。疑为偷儿，炳烛大索，遍内外不得。忽于厅角见红毡包，启之，则一人头，血淋淋似新割者。商大骇，鸣于官。官命悬头于竿，招人识认。数日均莫识，亦无以杀人控者。市人闻贡院中群鸦呷呷，若有物状，血迹有片，白于官。启钥入视，见人肠盘绕堂柱，肝肺挂庭树间，乃并其首瘗焉，而置商于狱。贡院终岁扃闭，不知何从而入，肢体又在何处？商系狱累年，事终不白，乃以重贿夤缘得释，家已耗矣。

——《香饮楼宾谈》卷一《南昌狱》

南昌富家子，娶妇三年，甚和好。偶出游不返，遍觅无踪。三年后，忽自归，言向在汉阳，留戚某家。父母大喜。妇出各诉离苦，相将入室。子以途中辛苦，欲少憩，遂就榻卧。少顷索茶，妇取茶至，揭帐，则蓝面赤发狞鬼也。大惊，拔床阑悬剑斫之，应手而殁。逼视为夫，乃大号。翁姑控妇有私故杀，加以极刑。妇自承与中表某同谋，并置于法。

又年余，子果自汉阳归。父母骇极，疑为鬼。子立辨，且有汉阳某戚友伴送，始信。子以妇冤死，大恸，掘验妻所杀尸，惟朽木一段，中断为两，剑痕宛然。失人二命，通省承审官皆获咎。事见乾隆三十七年邸抄。

——《翼驷稗编·江西冤狱》

以上两则故事，情节都比较诡异，迷雾重重，难以解释，这在清代案狱故事中亦不多见。前一则尽管破案线索不明晰，多有疑点，但其中的种种血腥作为，或许与复仇有关；后一则的各种变故，都极其怪异，实在无法破解。

可以破解的疑案故事，譬如：

山东文登县有典肆，夜半穴壁，贼先伸两足入探，肆夥故未寝，遽持之，不得入。令人执炬，绕出墙外观之，则贼头已割去。鸣官，官利其富，谓为擅杀，乃尽拘肆中人，而饬役十余人，代为守肆。三日后，贼大王尽杀役，不取一物而去。盖贼来报复，不知所杀之非肆中人也。其穴墙之贼，乃同伙自割其头，恐人识面，而物色之耳。初肆人被拘，颇怨令，役奉命守肆，颇怨令。及被杀，而肆人又甚感令。可见塞翁失马得马，祸福非能逆睹也。

——《虫鸣漫录》卷一《典肆凶案》

嘉庆年间，浙江某县乡人有娶妻者，合卺之夕，新郎自洞房出如厕，至夜半家人皆已倦卧，始闻新郎返入房中。黎明家人方起，见洞房已开，询知新郎早出门矣，亦未知异也。既而数日不归，家人始怪之，相与迹至厕中，积薪之下忽见一尸，则新郎也。大骇，诘问新人，云："花烛之夜，新郎入房片时，旋出入厕，夜半始入房就寝。天将明，详问我金银首饰共有若干，藏于何所？我一一告之。彼云性喜早起，嘱我且睡，少顷则闻其已出。今检视首饰皆无有矣。"家人问其状貌若何？答云："夜半灯影朦胧，未能谛视。但见其右手六指。"盖新郎方如厕时，适有贼藏厕中，欲俟夜深行窃，既见新郎，恐其号，而执之也，逮前扼而项杀之。因假其衣，以入洞房，次早席卷而去。

是时，村中有一六指人，素无行，为众所不齿。家人闻新人之言，以为必此人矣。遂鸣之官，捕六指人加以刑讯，遂自诬服。狱既具，论如律。新人以新郎既死，复遭污辱，遂自缢。新郎之母惟一子，见子妇俱亡，亦自缢。

越数年，郡人有商于闽者，遇一人于逆旅，询之同乡也。其人忽问曰："吾乡有一新郎被杀之案，其贼已得否？"郡人曰："狱早定矣，贼且伏诛矣。"其人面有喜色，方盥沐，不觉自匿其右手。骤视之，六指也。郡人觉有异，因穷诘之，且告以有人抵死，今虽告我何害？贼具吐其实。盖贼与新郎相隔一村，自杀新郎后，远适闽省。既遇同乡，乃欲探一实音也。郡人许以不泄于他人，阴遣人报本地有司执贼，一讯即伏。闽省督抚为之具奏，移案至浙江核办，论贼如律。于是，知县以失入抵罪，自抚至知府皆照例议处云。

——《庸庵笔记》卷三《六指人冤狱》

以上两则故事的案情尽管多有疑窦，颇有一些扑朔迷离，但是并非不可破解，这在清代案狱故事中比较常见。前一则故事写的是一桩偷盗引出的仇杀案。后一则写的是一桩盗贼凶案。两则都具有故事性强，逐渐明晰的特色。

这个时期的疑案故事，尚有写邻夫外出被杀，朱生因戏言诬伏拟斩，幸好凶手发狂自我暴露，朱生方得获释的《聊斋志异·冤狱》；写假鬼喊冤使唐公为其所动，幕友指出疑点后仍从原谳的《续子不语·唐公判狱》；写一僧人带噎死复苏妇至兄家，马某杀僧夺财携妇逃逸，随后又引出杀马某夺妇命案，最终拨开迷雾的《听雨轩笔记·绍兴奇案》；写两老道人投宿至一个有二老僧小庵，次日竟在十余里外枯井中发现此四人尸体，遂构成一桩多年不解之非盗、非奸、非仇、非杀疑案的《阅微草堂笔记》“献县疑案”；写一闽女佯死逃婚，令相好发墓后双双潜至外地生活，岁余始败露的《阅微草堂笔记》“假死共逃”；写守备之弟勾结差役逼死富孀，孀弟为姐申冤使其一伙歹徒被绳之以法的《书忆·周三太爷》；写某少妇与其戚通，合谋杀夫并制造妖怪摄妇奇案，数年后始被一年轻有为县令侦破的《翼驷稗编·奸杀案》；写客栈主人发现一伙投宿者诸多疑点，及时报官，于是破获一桩响马碎尸疑案的《咫闻录·响马》；写某乙败讼而杀甲女及邻女，凶案迟迟不能破，过十多年某乙酒后失言方将其送官论抵的《虫鸣漫录·甲乙涉讼》；写一妇荒冢中小解失裤，当夜其夫被杀，荒冢棺中女尸变为僧尸，妇人失裤竟覆其上，官府束手无策，乃悬为疑案的《醉茶志怪·疑案》；写山东某乙误杀求宿妇以及与其戏狎成奸者，引出种种出人意料之奇事，使案情扑朔迷离的《札记小说·高密疑案》等。

三、清代奇案故事

清代的奇案故事，数量不少，也往往与命案有关。此类故事，大多具有案情奇特怪异的特色，对读者、听众有较强的吸引力。其中的不少佳作，往往令人耳目一新。譬如：

乾隆四十三年春，保定清苑县民李氏女，嫁与西乡张家庄张氏子为室，相距百余里。李女归宁月余，新郎跨驴来迎，令妻骑驴，而已步行于后。路经某村，离家仅二十里。缘此村居民素与新郎熟识，必多调笑，且驴亦熟识归路，张乃令妻先行。至六七里许，有三叉歧路，过西为张家庄大路，过东则任邱县界。有一少年控车，自西道辘辘而来，系任邱豪富刘某，将张妻驴冲向任邱道上，相逼而行。天渐晚，张妻心慌，问少年曰："此地离张家庄几何?"少年答曰："娘子误矣。张家庄向西而去，此是任邱大路，相距数十里。天晚难行，当为娘子择庄借宿，天明即遣人送往，何如?"

张妻无奈，勉强允从。至前庄，系刘之佃户孔某家，备房安歇。其时适孔佃之女，亦新婚归宁。孔谓女曰："今晚业主借宿，不能违命。汝当暂回夫家，候业主去后再来迎汝。"女从而归，其房为刘张共宿之所。刘之车夫宿于房外，张之骑驴系于檐下。次日将午，不见启户。孔佃窥于窗隙，见两尸在炕，头俱在地，檐下系驴亦失。孔佃与车夫颤栗莫制。佃乃密语车夫曰："汝家河南，离此甚远，何不载彼衣物速行窜归？一经到官，则尔我身命难保矣。"车夫从之。是晚即野瘗两尸，御车载物而去。

刘母见子久出不归，杳无音耗，即在任邱县控追车夫。张郎追妻不见，疑有别故，复又赴至清苑控告其岳父母。县官疑有冤，饬捕密访。其时有嗜赌无赖之郭三，鬻驴于市，恰与张供毛色相符。向郭盘诘，始知郭三向与孔佃之女有私。孔女归宁，郭从后窗潜入，见有二人共寝，一时气忿，杀此二人，并盗此驴。县令复唤孔佃，根诘尸首所在，亲往起尸。开土三尺，赫然一死人，乃秃头老和尚也。复又深掘，得所杀两尸。张冤既雪，刘死有踪，而和尚之尸又属疑案。

正怀疑间，天忽阴雨。乃避雨古庙，寂无人踪。询诸邻保，云此庵向有师徒二僧，后以师出云游，徒亦他往矣。即同邻保往视僧尸，咸云："此即云游之僧也。"遂辑拿其徒。访至河南归德地界，已蓄发娶妻，开张豆腐店。究其师死之由，缘僧徒所娶之妇，向与其师有奸。后徒渐长，复与此妇私通。其徒每有不平，故共谋杀其师，弃庙远窜，遂成夫妇。乃置之法。

——《子不语》卷二十《驴雪奇冤》

镇江杨宇和述一事：有乡人新娶，满月后送其妻归宁，途遇成衣匠某，谓乡人曰：“尔气色不佳，当有大难，须在房中避过百日方无事。”乡人信之，送妻至岳家而偶以告代归。果然足不出房，茶饭则其母从窗中送食。月余，其妻带箱而归，妻为送食。乡人复发狂疾，妇奔出房，将门倒锁。一日晚，妇曰：“房中马桶，数日不倒矣。”乃开房门，忽乡人自内跑出门外，投于河。众大哗救，杳不可得。烛之，则遗乡人之衣于河滩。妇号哭不已。

乡人之父见子已死，妇又年少，不如嫁之。已为择配，妇不愿嫁。后其母为主婚，许配成衣匠某。即前途中所遇者，遂嫁之。后有人议曰：“投河无尸，一可疑也；公为择配则愿守，母为择配则愿从，二可疑也。”于是讼于官。因思发狂投河事甚匆忙，万无既到河边，犹从容脱衣之理。立提成衣匠及妇到案。严刑之下，尽得其实。从床下得乡人尸，奸夫、淫妇皆置于法。

初妇之未嫁也，与成衣匠有私。二人预为设计，先令避灾不出房门。妇归时，某即藏于箱内，乘夜谋杀之，埋尸床下。某素识水性，佯狂投河皆某所为，却从别处上岸，又置乡人之衣于水边，使人益信为乡人之死。其计甚巧，然终不免败露，官法难逃。世之作恶者，盍其鉴诸？

——《见闻续笔》卷二十二《成衣匠佯狂投河》

以上两则奇案，均以情节曲折，故事性强见长，并且都是类型故事（前者属于“误杀奇案型故事”，后者属于“谋夫疑案型故事”）。由作品的描述不难看出，尽管案情比较奇特和复杂，只要找到主要突破点或者疑点——拿到开门的钥匙，就能够破案。前一则虽说人物众多，头绪纷繁，可一旦抓住卖驴人这个突破点，便能剥茧抽丝，牵出与案情有关的各种人物、事件，将罪犯一一捉拿归案。后一则的犯罪活动是经过精心筹划的，似乎天衣无缝，可一旦发现疑点，找到破绽，予以深究，便能捉住罪犯，让案情大白于天下。又如：

浙江某县（偶忘之）有母子者，家甚贫。子夜出晓归，则母之头失去。数日后，得之硐门。硐门离所居百余里。报官理之，不可得其故：以为奸，则是媪六十余，且多病，老丑而尪，断无其理；以为盗，则穷无长物，亦未失一物，况盗不必盗其头也；以为仇杀，则无仇，村人悯其贫，多周之，母子方感惠不暇，何仇为？

于是迁延岁余，有里正出首，始得其事。盖凶手某甲者，素有仇家，思有以害之。知是媪夜独宿，居在路侧，又老病易杀，乃自篱入断其头，行数十里，将置于所仇者之门。适仇家有病人，门夜启，灯火往来不息，甲不能遂所欲。又思离此数里有里正者，亦其仇也，乃置头于里正之门。里正之子晨起见之，惊告其父。父曰："此必仇我者，彰之则堕其计。"始匿之，三日后阴送于硐门。此头之所以在硐门也。岁许，某甲者忽持一帖诣里正，恐吓之云："适在硐门得此帖，言向来人头，乃尔所置。吾与尔厚，特潜送尔，当报我。"里正饵以重谢，得其帖。明日，持以自首，是事之情乃毕见。此嘉庆庚中年事。余在浙抚署，亲见其事。

——《忆书·匿头案》

光绪二十一年，江西义宁州破二十八年盗案一起，无不诧为异事。福建某大令，筮仕广东。同治初年宦成身退，买舟携眷欲回福建故里。道出某地，惨被盗劫，全家被戕，船户亦无一得生。尸弃海中，冤沉水底。当劫杀时，大令之女公子，年已十三四，抱数岁小弱弟，匿入舱底。有顷被盗搜获，女公子诡称身系婢女，小孩系佣妇之子，跪求饶命。盗弃小孩于海，逼取女公子为妻。自是盗改业茶商，颇获大利，牌号数起，遐迩著名。女公子亦连举丈夫子五人，堕地便杀，托言病故，盖不欲留孽种也。盗见其外貌温和，不疑有他，亦诿之于命而已。

本年盗至义宁州贩茶，州尊劝捐助饷，盗慨捐万金，人以义士目之。盗本籍广东，某月有某孝廉来谒，家人设筵款待。酒半酣，叹息某大令全家被盗，其数岁小孩，弃海不死，久之经人救起，现为广东道员，实有天幸。女公子闻之，使人再三盘诘，果不谬。随与某孝廉面谒某道员，备述颠末，已二十八年矣。即飞咨江西搜盗。州尊奉文，不动声色，密约营弁，率同兵勇，严密布置。方具千版，邀盗入署，肴馔芬芳，谈笑豪放。席间诘以二十八年前之事。盗知发觉，耸身一跃，如惊鹰之脱耩，倏登房上。伏兵四起，皆以长钩挠住，始行就缚。解往省城，转解广东，归案讯办。盗姓郭名维昌云。

——《拍案惊异·奇案骇闻》

以上两则奇案故事，案情并不复杂，但是颇为奇特。它们不但陈述了案情，而且详析了破案的过程，相当精彩。前一则首先介绍老媪失头的案情人何等奇怪费解，引起人们探秘的欲望，然后再讲述里正引蛇出洞，巧计捉住凶犯的过程，读来饶有兴味。后一则首先揭示案情的残酷、诡异，盗魁似乎万无一失，可以高枕无忧。然后再讲述县令女公子忍辱负重，与其小弟一起将盗魁送上断头台的过程，确实让人感佩。

这个时期的奇案故事，尚有写因湖中浮出大蟹而发现裹尸，进一步破获淫妇与道胥杀人案的《诸皋广志·蟹报冤》；写某屠冒王生与某女交合，引出一桩桩离奇命案，八人丧命，最终告破的《耳书》“连环奇案”；写一塾师从学生话语中发现疑窦后前去告状，从而使淫妇杀子案告破的《山斋客谭·母淫杀子》；写某乙毒死某甲后夺资逃回，守汛兵让乞丐埋尸赖簪账，某甲妻、乞丐先后告状终使罪犯服辜的《山斋客谭·谋资夺命》；写李某为吴某出谋杀淫妇，奸夫却逃逸，又让其杀他人冒充奸夫以鸣官，竟杀人一尼，官府将奸夫流放，吴李皆拟劈的《小豆棚·李湘》；写盛京有民家迎娶新娘，中途遇特大暴风雪，雪晴后二十余日两家均渺无踪迹，报案数日才发现两家随从男女七十余人皆冻饿死于一枯庙中的《履园丛话·奇案》；写一僧与邻妇通而杀知情沙弥，后来从废井发现沙弥尸体报官，查出寺庙淫窟，将淫僧正法的《埋忧集·可师》；写一酒肆人夜间乘某人沉醉潜往其家作案，某人家中女客逃脱后，又将与其苟且之女贼杀死，县官剥茧抽丝捉住真凶，为无辜者雪冤的《北东园笔录·黟县二案》“肆人行凶案”；写武进捕役顾某经过秘密侦察，由县令督兵入庄家查出藏于棺大量金银，将剧盗十余人与匪首庄氏三兄弟骈戮于市的《香饮楼宾谈·武进盗案》；写一少年为夺取衣物而杀小儿，命案久久不能告破，待邻妇揭发，凶手方才落网的《道听途说·玩城头》；写一武生劫新娘未能得逞，急往其寡姑捉拿，击破箱子竟发现一个死僧，经新郎家告官查究，武生与寡姑俱败的《虫鸣漫录·武生劫女》等。

第二节　清代的案狱故事（二）

四、清代的破案故事

清代破案的故事，一般都描述办案官吏通过认真侦查、仔细勘验从而破案。此类作品，既涉及刑事诉讼案件，也涉及民事诉讼案件，大都着重展现办案官吏的严谨与精明，具有一定的社会意义和认识价值。譬如：

前明新兴邑宰李公，惠政及民。相传其因公下乡，见山傍有少妇，艳妆哭于墓，讶之，以问左右。左右曰："素衣也。"公益异之，于是饬役带回署，细加研鞫。妇曰："氏夫病死葬此，邻里皆知之。今'七七'，缞绖哭奠，何艳之有？"公传邻里集问，皆曰："妇夫诚病死。"然终怀疑不释。夫无亲丁，其邻愤而上控以"县无故押寡妇"。府札限半月，不得实情，即以任法故入人罪揭参。公谎甚，夜间私出，潜往邻乡密访，数日皆无耗。

一日，薄暮遇雨，见山侧小茅屋。趋之，有老妇缟袂青裙应门，导入室。既而一汉子年二十余，自外至，妇曰："此豚儿也。"略叙寒温，公以算命对，且言欲止宿其家。汉允之，遂解囊使备晚餐，妇曰："吾家非业此猎食者，斗酒只鸡，尚是山村风味，而乃向客索直乎？"于是与汉对酌，情颇洽。久之，汉酩酊醉矣，率问："客由城经过否？知新官谁也？"曰："李官在此，问之何以？"曰："闻李官以某妇一案革职矣。好官受屈，冤哉！此事包龙图审不出，惟我知之。"因击案曰："实告君，我梁上君子也。小人有母，无以为养，聊借此作生活。是晚妇夫病甚，予欺其左右无人，欲思行窃，乘他门虚掩，潜身入，隐暗处。妇方徘徊外室，若有所待。俄见一人贸贸然来，暗中认之，是邻乡之武举也，与妇调笑。既而闻妇夫呻吟声，妇曰：‘已煎药矣。’遂擎药入。时病者昏而仰卧，妇扶其首，将药灌入口，病者狂叫一声而死。窃见所煎药乃铜勺，余沥尚存，则锡也。贼从墙去。此事其谁知之？官亦何由知之？”公曰：“何不出而为彼申雪乎？”汉曰：“吾畲夜入人家，‘非奸即盗’，自投罗网，乌敢乎？”公曰：“穿窬之事不可长也。吾与若倾盖相知，囊中颇有长物，助子行贾以孝养可乎？”其人大喜。

次日，即携同至城，公曰：“子姑待于此，吾即来迓。”于是遣役带入署内。接见，然后知推命先生即邑侯也。其人力承作证。遂驰役拘武举及妇到案，出汉子证之，情不能遁。因开棺起验，果锡填塞咽喉。盖毒药则可验，灌锡则无迹，故用锡云。前上控者，皆武举阴使之。讯确，依律定罪。厚予汉子金。

——《粤屑·冤案》

闽人黄绍林通判云：嘉庆年间有漳州府知府某莅任，城中叠出盗案，巨室富户，珍宝重器，被窃尤多。某严比捕役，刑责惨酷，勒限擒缉，扰攘月余，盗无一获，而巨案日增。有名捕年六十余，退役已久，其甥现充捕头，被责垂毙。妹向之乞哀，求为助力，捕冥搜数日，绝无影响，念必外来剧盗。一日偶过府署，见诸捕累累入，随闻呼号声甚惨，因入观之，良久始出，向署中人询问，新任大老爷从何处升任到此。云系山东人，由监生报捐知府，得任此缺。捕密告其甥曰：“盗已得矣，但万不能说破。”遂于府署花园外墙缺处，登大树伺之。

二更后，一人浑身黑色，飞掠而过。四更余仍飞入。明日城中又有富家被盗矣。捕善用弩弹，夜夜伺之。数日后，又见飞出，以弹击之，中其左额，返身飞入。明日城中未出盗案，而府署喧传太守病。半月后病愈，出署行香，捕从旁察见两太阳穴，各贴膏药如钱大，知已受伤，贴以掩人耳目者。遂遍集徒党，密告其事，择技最精者四人，伏于近处。一夜复见飞出，捕率其徒，掩入府署搜其箱箧，原赃悉在，珠花、金钏等物各取其半，先行避出。明日城中又报盗案，而府署被盗事，绝不声张。捕取各物与失主承认，悉与失单所报相符。遂进省密白其事于臬司，亦无能为计。

未几兼署藩篆，遂调之来省，令阍人授意将檄署首府，某因城中所盗已多，欲离此地，欣然问计。因云："大人日嫁女，若送首饰十余件，事无不济。"某力允愿送，又云："恐式样不合，不如将金珠与我，代为觅工制造，无不合式矣。"某遂取金珠一匣，交与阍人。即吊捕所呈原赃核对，无不吻合。因白其事于制府，乘禀见时，当场擒下，督同司道，坐大堂鞫之。捕役、失主及原赃均在，某俯首无词，遂置之法。

——《拍案惊异·漳州府窃案》

以上两则故事，以调查、侦察为破案的手段，非常出色。但是两者的故事主人公有很大的差别，运用的破案手段亦各有侧重。前一则写廉吏在一个对自己很不利的情况下进行暗访，终于找到绝无仅有的一位见证人，侦破了一桩很难查清的命案，既有偶然性的一面，又有必然性的一面。后一则的案情非常特殊，行窃的大盗不是一般的强人，而是主持缉盗的知府大人。他极为狡诈、诡谲，万万没想到竟栽在那个精干而身手不凡的老名捕手中。该人经验十分丰富，并且精于侦察，加之武艺高强，办事周全，在破案中起到最为关键的作用，实属难得。

这个时期的破案故事，尚有写赵县令从蝇集曝裤发现线索，从而破获一桩命案的《遁斋偶笔·赵公谳狱》；写唐县令悉心勘察，终于侦破一起与继母通奸之僧人杀害赘婿案的《遁斋偶笔·唐公谳狱》；写盗贼俞三开店以其妻诱杀客商，被一位宿店幕客识破，官府诛其夫妇的《广新闻·俞三娘》；写某县令经过细问、详查，找出某女病源，成全了一桩婚事的《广新闻·杨梅疮》；写一无赖杀死要猴戏者，夺走钱财，猴往官府诉冤，使凶手落网的《小豆棚·猴诉》；写某县令审理一桩雷击案时，经过明查暗访，终使合谋炸死亲夫之淫妇与奸夫伏法的《阅微草堂笔记》"辨雷伏奸"；写某官复审殴毙皮匠时，精研案情并验看药方，终使诬告仇家之僧人伏罪的《冷庐杂识·验方辨诬》；写某县令派衙役秘密侦察后，公开审理一强奸毙命案，当众拿下二凶手并将其正法的《志异续编·强奸毙命》；写　婆婆误食小姑用以毒嫂米粥身亡，嫂被诬定案，某令为其平反的《三异笔谈·犍为冤妇》；写某令施计巧取笔迹，捉住杀人真凶库吏王某，从而使巷厕尸案告破的《墨余录·华邑两命案》“笔迹捉凶”，写徐姓巨族制造命案妄图诈财，县令发现各种疑窦并进行勘验，乃将主谋与凶手定罪的《北小园笔录·小巢命案》；写某廪生与表妹狎亵时，让新郎死于柴房，命案迟迟不能破，县令找到目击证人后方将某廪生与表妹二真凶置诸法的《虫鸣漫录·新婚命案》；写某县令审案发现漏洞，易服潜访，查出丁氏与侄通奸，毒死亲夫真相，为被诬者平反的《珊海余诙·郑仁》；写丧葬时县宰某发现未亡人衣着有异，经过暗访得知其夫系横死，遂开棺验尸，将淫妇奸夫问斩的《中国侦探案·开棺验尸》；写县宰某敝衣暗访，侦破乳母之子着新郎衣入室行奸案，为曾出戏言并于婚宴上醉酒之周生洗冤的《中国侦探案·太原周生》；写某大令通过先后两张借券大小、厚薄、纸色、纸纹一模一样，断定为伪造，使诬赖者不能得逞的《中国侦探案·伪借券》；写一县令通过原告被告双方呕吐物，巧妙识破老媪诬告儿媳忤逆案的《中国侦探案·控忤逆》等。

五、清代的智审故事

清代智审讼案的故事，同样涉及刑事诉讼案件和民事诉讼案件。它们在叙述故事的过程中，着重展现官吏的聪明才智，给人以益智方面的启迪，并且给读者、听众带来不少欣赏的乐趣。譬如：

太原有民家，姑妇皆寡。姑中年，不能自洁，村无赖频频就之。妇不善其行，阴于门户墙垣阻拒之。姑惭，借端出妇；妇不去，颇有勃谿。姑益恚，反相诬，告诸官。官问奸夫姓名，媪曰：“夜来宵去，实不知其阿谁，鞫妇自知。”因唤妇。妇果知之，而以奸情归姑，苦相抵。拘无赖至，又哗辨：“两无所私，彼姑妇不相能，故妄言相诋毁耳。”官曰：“一村百人，何独诬汝？”重笞之。无赖叩乞免责，自认与妇通。械妇，妇终不承，逐去之。妇忿告宪院，仍如前，久不决。

时淄邑孙进士柳下令临晋，推折狱才，遂下其案于临晋。人犯到，公略讯一过，寄监讫，便命隶人备砖石刀锥，质明听用。共疑曰："严刑自有桎梏，何将以非刑折狱耶？"不解其意，姑备之。明日升堂，问知诸具已备，命悉置堂上。乃唤犯者，又一一略鞫之。乃谓姑妇："此事并亦不必甚求清析。淫妇虽未定，而奸夫则确。汝家本清门，不过一时为匪人所诱，罪全在某。堂上刀石具在，可自取击杀之。"姑妇趑趄，恐邂逅抵偿。公曰："无虑，有我在。"于是媪妇并起，掇石交投。妇衔恨已久，两手举巨石，恨不即立毙之；媪惟以小石击臀腿而已。又命用刀。妇把刀贯胸膺，媪犹逡巡未下。公止之曰："淫妇我知之矣。"命执媪严梏之，遂得其情。笞无赖三十，其案始结。

——《聊斋志异》卷十二《太原狱》

里有土妓某氏，其夫尝佣于密印寺。寺僧囊颇饶，或唆使控僧淫其妻。郡守陈公幼学，批仰乌程提讯，某令略审一过，拟僧申报。陈公疑之，亲提复审。密召铁佛寺一僧，置之闲房，而置其夫于门外。召妇问曰："若所告僧当熟识其面乎？"妇曰："淫我日久，送我某物，如何不认得？"乃趣召铁佛寺僧至，问妇曰："是乎？"妇曰："正是。"太守大笑，缚其夫进，痛责之，妇亦去衣杖决，观者咸称快焉。此不奇于愚夫愚妇之孟浪，与太守之折狱，而如邑令之将错就错，尤为可笑而可叹也！

——《埋忧集》卷八《辨诬》

以上两则智审讼案的故事，均与奸情有关。前一则涉及的是真正的奸情，写县令采用石击奸夫的方法来考察婆媳二人的态度，轻而易举地将这一桩久拖不决的案子审得水落石出。后一则涉及的是伪造的奸情，写郡守采用辨认被告的方法来判断真伪，顿时让诬告诈财者原形毕露，亦令办案糊涂的县官受到谴责。又如：

有一肩箱摇鼓，贩卖碎小绸缎绒线者，寓于饭铺，将日逐售获之银寄存铺主，晚必算明存银数目。若人物已脱尽，又欲往贩，向铺起取存银。欺无票据，吞之。客与铺主捐命，铺主匿身，而令妻与敌。

客乃情急，奔至旌德县堂，见官坐于公案，一一跪禀。江公（恂）立传铺之夫妇到案，先问其妻，竟供为客之图赖，再三驳诘，不得实情。问其夫亦如是。江公讯案，素不刑求。凝思半晌，命差将其夫带下，唤其妇起，至案傍，命伸手，提硃笔画一银锭于掌，著差押跪日中。谕曰："不许收掌，如果客银非尔吞赖，则硃画之银不能退去，若尔吞赖，则硃画之银必退，仍还白掌也。"遂又提其夫而问之，仍如前供。吓之以刑，矢口不移。江公高声问其妻曰："银子在否?"其妻应曰："银子在。"江公即诘其夫曰："尔妻现供说银在，尔尚敢狡赖乎?"其夫听妻已供认，即吐真情。立追缴案，给领，将铺主杖责示儆。

——《咫闻录》卷五《晒银》

常熟县前有二石狮。适有卖油饼者，急欲小溲，以饼盘置狮上。溲罢，盘已失去，饼与钱俱在盘中。念归去无以见妻孥，遂向狮而哭。

邑令某，夙有神君之称。卤簿回衙，见而问之，告以故。官曰："此石狮不留心，当锁回衙中，待我审问。"吏役乃将石狮抬去。一时城内外居民，闻官将审石狮，一传十，十传百，争来观看。

官命于头门设大缸一，使水夫挑水满其中。俟观审者毕入，乃将头门关闭。令每人投一钱于水中，官立缸旁视之。有一人钱甫入，水面油花浮起。官命拿此人登堂鞫讯，果窃饼盘者也。重笞而薄罚之。水中之钱，概以与卖饼者，而遣之归。此其折狱之才有足多者，所谓兵不厌诈也。

——《野客谰语·审石狮》

以上两则智审讼案的故事，均与钱财有关。前一则为欺诈案，写县令用一种奇特的方法，无需动刑便让店主招供，退出所吞没的银钱。后一则为失窃案，写县令巧计引诱盗窃者来到审案现场，并且采用一种很普通的方法便将其人拿下，追回赃物。两则故事，与上面两则故事一样，都显示出审案官吏过人的精明和智慧。

这个时期的智审讼案故事，尚有写太守李某审淫妇诉夫案时，智捉奸夫，将二犯绳之以法的《坚瓠集·李太守烛奸》；写通过智审盗金人者而查出某甲抢劫钱财罪行，乃将其法办的《聊斋志异·新郑讼》；写某县令智断争犊案，将牛犊归还原主的《遁斋偶笔·乳牛》；写一女被奸毙命，官府释放断舌者后智审板凳、脚带，当场捉住两名凶犯的《志异续编·强奸毙命》；写某县令通过勘验原、被告双方鸡肫中物，为被诬乡人雪冤，让百年老店丢尽颜面的《中国侦探案·浦五房一鸡案》；写一县令仔细观察犯人神情，并巧计鞫问实情，终使东湖民妇冤案得以平反的《中国侦探案·东湖冤妇案》等。

六、清代的谲判故事

清代谲判讼案的故事，数量不算太多，涉及的大都为民事诉讼案件。审案官吏机智而富有同情心，对受害者，尤其是贫弱之人多有关照和帮助，受到世人的赞誉。此类故事，大都诙谐风趣，令人发噱。譬如：

> 某邑甲，久客于外，十年无耗，妇及幼子贫窭实甚，乃招乙于家。乙故业成衣者，携贷就妇居，新其屋宇，门设缝肆，俨然有妻有子。半载甲归，见门庭改易，不敢入，访知其故，鸣官。官传乙对簿，彼此争欲得妇，官不能决。密令隶卧妇于门板，覆以芦席，诡言某妇羞忿自尽，舁至堂上，谕曰："妇今已死，孰愿领尸棺殓？"乙云："我已豢养半年，所费不少，刻下本夫已归，不能再埋死妇。"甲云："久客无耗，其曲在我，妇改适非得已，今死，愿领殓。"官命启席，妇故无恙，乃断令甲领而逐乙焉。亦巧矣哉！
>
> ——《虫鸣漫录》卷一《甲乙争妻》

> 丹徒某姓有女，其祖商于粤，以女字粤人某甲；其父客于陕，又以女字陕人某乙；其母家居，亦以女字戚人某丙。彼此道远，不相闻问。迨祖与父既归，始知女已受聘，亟贻书甲、乙两家求退婚。两家

大忿，俱来控。王（丹徒令王芝兰）初堂传讯之下，三家备有婚书，有媒妁，无从判断，唯略检其文定时日之先后而默识之，而令退堂。越日复讯，谓女曰："尔一女子，而受三姓之聘，从其一则负其二，生也不如其死也。"女但叹泣。王拍案曰："欲死则死耳，尔死非负尔女子！"命取阿芙蓉膏，和以汾酒，授女使饮。女一饮而尽，绝于地。

王婉慰其祖父母，给赏五十金，以红纸封裹遣之归。既而问甲曰："尔愿领尸乎？"甲以道远携榇为难。问乙亦然。皆令结毁婚书。次至丙，亦复不愿受尸。王怒曰："尔不受，女将奚归？"命人舁至其家。女之祖父母相随俱往，罗守哭泣。至夜半，女忽苏。方惊喜间，闻门外人声喧嚷，叩问谁何，则曰："县官传谕，今宵乃黄道吉日，命送鼓吹花烛来，俾尔成亲。"遂妆女行合衾礼，一室欢腾。盖女所饮者，乃益母膏，非阿芙蓉，因酒醉而晕耳。明日甲乙两家知之，悔莫及矣。

——《南亭笔记》卷七"一女许三家"

以上两则谲判故事，遇到的都是比较棘手的民事案情，难以判决。审案官吏均采取不同于常态的诡异办法来判案，使难题迎刃而解，不能不令人佩服。但两则的具体内容和处置方法各有不同。前一则审判官以妻"死"来考察前夫与后夫的态度，判定归属，巧妙而且合情合理。后一则审判官在分析案情之后，已有初步判断，然后又采取认领"尸体"之法以取得毁婚书，将该女判与应得的一方，妥妥帖帖，让另外两方都不得不服。

这个时期的谲判讼案故事，尚有写某串通乡棍将孀居妻母嫁人，妻母竟以其女改嫁新婿，县官巧断婚嫁，令合邑称快的《只麈谭·婿卖妻母》，写某官审理一桩命案时，巧计为戍卒脱罪，使奸夫伏法的《蕉轩摭录·大刀头》；写施家找不到祖辈深埋之金子，疑是旧仆所窃，某县令谲判，为无辜仆人开脱的《墨余录·判讼窖金》；写某官审理一桩假画案时，巧写判辞得以平息纠纷的《墨余录·赝画涉讼》；写某县令巧用李氏烟管取回卖草乡民衣物，使李氏当场受罚的《金壶七墨·卖草》；写知县某判令洒粪乡人按成衣店主要求脱衣拭粪，随即让店主给乡人一件新衣，观者无不称快的《慧因室杂缀·诙谐决狱》；写有乡民踩死一雏鸡，米店主以养数月可重九斤为由索要九百钱，鄞县令段某让其如数赔偿后，即令店主付出九斗养鸡米的《清朝野史大观·段清广之折狱》；写一富家子受审时以行善为其劣迹辩解，县官乃判其留下行善，替欠债人还债，代逆子挨打，令其叫苦不迭的《清稗类钞·狱讼类·滑稽判案》等。

第八章　清代的写实故事（二）

第三节　清代的官吏差役故事

清代的官吏、差役故事，由官吏故事和差役故事组成。两类故事有分有合，相互关联。

一、清代的官吏故事

清代的官吏故事，数量相当多。其故事主人公既有受称许的清正廉明、勤勉干练的官吏，又有被鞭笞的贪赃枉法、昏愦无能的官吏。这些故事主人公包括上至中央、下至地方的各级官吏，而以民众比较熟悉的地方官吏居多，最为常见的是县令。譬如：

南昌某，父为国子助教，随任在京。偶过延寿寺街，见书肆中一少年数钱买《吕氏春秋》，适堕一钱于地。某暗以足践之，俟其去而俯拾焉。旁坐一翁，凝视良久，忽起叩某姓氏，冷笑而去。

后某以上舍生入誊录馆，谒选，得江苏常熟县尉。束装赴任，投刺谒上台。时潜庵汤公，巡抚江苏，十谒不得一见。巡捕传汤公命，令某不必赴任，名已挂弹章矣。问所劾何事？曰："贪。"某自念尚未履任，何得有赃款？必有舛错。急欲面陈。巡捕入禀，复传汤公命曰："汝不记昔年书肆中事耶？为秀才时，尚且一钱如命；今侥幸作地方官，能不探囊胠箧，为纱帽下之劫贼乎？请即解组去，毋使一路哭也！"某始悟日前叩姓氏者，即潜庵汤公，遂惭愧罢官而去。夫未履任而被劾，亦事之出于意外者。记此为不谨细行者勖。

——《谐铎》卷三《一钱落职》

有某州刺史者，故贼也。先是壬子癸丑间，有云南刘某入京谒选，随一仆住驴马市，箧中颇裕。有同寓客知之，故与仆善；殷勤异常，仆偶出，客必为其主左右之，较仆尤为周慎，刘甚感。未一年掣签得县丞，分发河南，客大喜，诡曰："小人有一胞弟在河南藩署当门上，拟随老爷同行可乎？"刘亦喜，乃束装，虽僮仆之亲，无以过也。行至邯郸，刘忽病痧，一日死，仆与客俱大哭，抱持殡殓，寄棺古寺中。客忽向仆曰："吾两人所恃者主人耳，今主人死，尚复何言。虽然，有计焉，幸箧中凭文在，吾为官，尔为官亲，谁复知之耶？"遂與仆行。未渡河，仆又死，客抵省中，只一人耳。

乃缴凭，未匝月，委署某县丞，获巨盗有功，题升知县，乃改名。不数月，屡获盗，连破七案，又升某州刺史，以良能称。一日，有探差来报云，探得州境百里外某铺，有夫人至云南来，随一弟曰舅爷，早晚将抵署矣。刺史佯喜，即遣两妾前迎，询其所来。妾还报曰："太太衣履甚破，行囊亦罄竭矣。"刺史急取衣饰满一箱，白金百余两，仍遣两妾前为开发路费，且曰某日最良，可以进署。复以白金二百两与舅爷：辞以署斋甚窄，断不能款留，请即回滇，命一差送之。越四五日，刺史命仆从执事鼓吹人等接太太入署，而刺史托故他往，谓家人曰："今夜回衙恐迟，尔等勿伺候，宜早息，仅留一妪守内宅门可也。"至三更时始回署，而直入夫人之室，诸妾婢仆皆早睡，但闻主人进房，切切私语而已。

后二年正月，有老僧踵辕门，适刺史回署，遥拱手曰："僧与大老爷别二十年，今为大官矣。"刺史惧，不与言，使家人许其三千金，僧不允，谩骂曰："汝今逃避何处去耶？"盖此僧是名捕也。刺史急吞金死，而刘夫人亦为殡殓，寄棺于某寺，而与两妾收拾行李，积蓄万余金，同归云南，车辆甚多。

——《履园丛话》卷二十三《刺史新闻》

以上两则作品，从某些特殊的角度来展现官场状况和官吏面貌，令人耳目一新。前一则通过一个偶然发生的小故事来揭露某些官吏的贪欲。它不但说明做人从年轻时就当自律，否则迟早会栽跟头，而且说明选拔、任用官员必须审慎，不然就可能造成损失。后一则以曲折、生动的故事来描绘贼刺史的发迹过程和自取灭亡的下场，说明邪恶之徒无论有多么奸诈、狡猾，也难逃厄运。它告诫世人，应当提高警惕，擦亮眼睛，绝不能让坏人得逞。又如：

长牧庵阁老（麟）巡抚浙江时，访得某邑令颇著墨声。一夕微行，遇令于道。公直冲其前导，问将安往。令降舆答以巡夜。公曰："时方二鼓，毋乃太早？且巡夜所以察奸也，今汝盛陈仪卫，奸民方避之不暇，何以察为？无已，其从予行。"乃悉屏其从者。

携令手偕行数里，至一酒家，谓令曰："得毋劳乎？且与子饮酒。"遂入据坐，问："酒家，迩来得利何如？"对曰："得甚微。重以官司科派，动多亏本。"公曰："汝细民也，何科派之有？"对曰："父母官爱财如命，不论茶坊酒肆，凡买卖者每月悉征常例钱；蠹役因假虎威，加倍勒索，是以小民殊不聊生。"因缕述某令害民者十余事，不知即座上客也。公曰："据汝言，上司独无觉察乎？"对曰："新巡抚号称爱民，然一时不能尽悉，小民亦何敢控诉？"公笑饮数杯，输值讫，出谓令曰："小人多已甚之言，我不敢轻听，汝亦勿怒也。"复行数里，曰："我今夕正可巡夜，盍分路而往？"令即去，公复回至酒家叩门求宿。酒家对以非寓客处，公曰："汝今宵当被横祸，我此来非为寄宿，盖护汝也。"酒家异其言，遂留之。

至夜半，闻剥啄声甚急，则里胥、县差持朱签拘卖酒者。公出应曰："我主人也，有犯我自当之，与某无涉。"里胥不认公，嗔曰："本官指名索某，汝何为者？"公强欲与俱，遂并拽以行。酒家丧魄，不知所指。公慰之曰："有我在，无恐，会即释汝也。"至则令升座，首唤酒家。公以毡帽蒙首，与酒家并绾锁登堂。令一见大骇，亟免冠叩颡，公升其座，笑曰："吾固知汝之必逮酒家耳！"遂怀其印以去，曰："省却一员摘印官也。"

——《北东园笔录》续编卷三《微行摘印》

江宁某令，素称明敏。一日乘轩过市，闻茶肆中人语曰："是好官也。"旁一人哂曰："若果好，当代我穷人娶妻。"令闻之，唤令随入署，升大堂，叱曰："尔如此立言，必平日不习正务好淫之辈，吾将尔淫根削去！"饬役褫下衣，割其势。时观者千百如堵，役一手持刀，一手握其阴，作欲割之状。观者轰笑，令怒曰："何可笑！"命闭头门，问众曰："尔等扰乱堂规，愿责愿罚？"咸曰："愿罚。"乃命启门一隙，放人鱼贯而出，凡身携银钱，均命倾囊，无者则已。须臾人尽出，所留银钱约百缗，即付哂者曰："足敷尔婚费否？"命取去。哂者叩谢，携资出。此真创事，亦奇才也。

——《虫鸣漫录》卷二《江宁某令》

以上两则故事，都具有较为浓厚的喜剧色彩。前一则新巡抚戏弄贪赃枉法的知县，令其充分暴露，最后摘走其人官印，为民除掉一害，大快人心。两位官吏一廉一贪，一精一愚，互相对比，人物形象更为鲜明。后一则属于生活小故事，写某县令精明而诙谐，运用一种出人意料的手段为穷汉敛钱娶妻，让人叫绝。再如：

匪徒赵三者，倚屠为业，膂力过人，人畏之如虎。有市其豚，则恃好恶，持刀言曰："吾只一刀落，多少碰汝造化也。"人或议之，必受其毒。由是道路以目，敢怒不敢言。

一日，有贵介过其门，赵某偶举刀，不期刀脱手落贵介前，伤其身，鸣于官。官素知赵无赖，故作问难，而其辩黠，急难屈服。忽一老书前曰："书已判定此案。"官问："何判法？"对曰："屠某脱掷屠刀，实非刃伤之。"赵闻乃服。官疑赂，叱曰："若持此论，杀人者皆不死！"迨视案内字句，官笑曰："屠某脱掷屠刀，实飞刃伤之，此说极是！"即捉笔点定之。赵犹未之知也。

既而详文稿脱，议者称快。赵知，乞怜于老书。书笑曰："汝不知吾，吾做此勾当已老，只一笔落，生死，碰汝造化也！"赵默然，卒问成罪，抑郁死。

——《蕉轩摭录·一笔落》

黄土老爷者，满洲人也，谈者不言其名。光绪十一年，选授湖南靖州吏目。家故贫乏，独行至楚，不挈僮仆。既至，纳部文于藩司，乃遍谒台司上谒。谒者索钱，不与，遂不为通。久之不得之官，资用乏绝，衣装俱尽，流落市廛间，与人担荷黄土，日得钱数十以糊其口。

一日，因所与佣值不足其数，龂龂与争。方伯涂公适出而见之，驻舆问故。某人以告，自称“卑职”。涂公疑其人有心疾，置不问，麾使去。又久之益困，至代行夜者击柝。有某官者实主夜禁，闻其柝声而不见其人。使人呼之，则自棚中出。怒曰：“汝职行夜，乃高卧欤?”将笞之。其人疾呼：“不可，吾乃官也。”某官异其言，转怒为笑，问：“汝何官?”曰；“靖州吏目。”某官大惊，而察其声则北音也，乃曰：“信乎?”曰：“信。”“信则明日可于公廨见。”曰：“诺。”

及明日不至，问之，曰：“吾短布单衣，仅至骭耳，可以行夜，不可以见长官。”某官曰：“此吾之疏也。”以衣假之，其人乃至。审其家世及官秩次第履历，则真靖州吏目也，遂以见长沙太守。太守言于方伯涂公，公啃曰：“然则曩称卑职者，即此君欤?”召而见之，曰：“君良苦矣!”命吏稽籍，今靖州吏目谁也，则摄事者瓜期久满，以代者不至，未得交割。涂公命吏趣治文书，俾靖州吏目之官。已而又谓太守曰：“此君良苦，宜少佽助之。”乃共醵金得四百两，以资其行。

居数日，靖州吏目入辞，公又见之，语曰：“吾前命太守以四百金为赆，少助行色。君久历艰苦，宜益刻励，勉为好官。”其人顿首曰：“敢不奉教！然所赐四百金实未敢受，已寄之长沙县库矣。”公问其意，曰：“一官虽瘠，终胜担荷黄土时。布衣疏食，岂不足自给，何用多金？谨存县库，备公家一日之用。”公大嗟叹，曰：“君异时必一好官也。”

于是其事遍传，三湘间称为“黄土老爷”，而其名转不著。

——《右台仙馆笔记》卷十三“黄土老爷”

以上两则故事，都以小吏为刻画对象，笔墨生动，后者尤为酣畅淋漓。前一则写县衙书吏以“一笔落”回敬恶屠的“一刀落”，将道路以目的歹徒置于法，除去百姓的心腹之患，大快人心。后一则写一位满族州衙吏目就职的坎坷经历，充分显示出其人吃苦耐劳的精神和廉洁奉公的高尚品格。这样的满族官吏，在当时官府中难能可贵，实在不可多得。

这个时期的官吏故事，尚有写三童子交殴而毙其一，官拟与一童抵死，一善刁笔吏得重酬后书牍“三婴戏殴，非奸非盗非仇；六手交加，一死一生一抵”，使上司释放二童的《坚瓠集·刁笔》；写某县吏欲趁一乡民被强盗诬陷之机霸占其妻，不料受到愚弄，以致为上司惩办的《阅微草堂笔记》“交河吏”；写广东某学道贪赃卖鬻，任满还京时数千士子来祝“男盗女娼”，令其神魂若失的《客窗笔记·某学道》；写一县令巧断和奸案，让丑妇、美男俯视水中影，复抬头对视，不觉失笑的《志异续编·县令》；写某邑令对知府失礼后，巧于逢迎，竟使知府将其引为知己的《志异续编·某邑令》；写知州王某恶如猛虎，人称其升堂“不是一夹棍，定责三十五”的《履园丛话·王老虎》；写赵某为广文三十年，后升县令已耄矣，谒抚军时要求调往可饱囊橐处，受到训斥，同僚皆称其为“赵古董”的《梦厂杂著·赵古董》；写一盗称其与官均为盗，官且杀人，盗遂胠官箧中千金径去的《北东园笔录·盗胁官》；写一县刑书被劫后流落他乡，竟得到其多年前从刀下所救者大力相助的《妙香室丛话·救人获报》；写朱某以县丞待缺，因设法讨好按察司甥女，最后竟至封疆的《瞑庵杂识·朱某》；写程某总督云贵时闻一小官咏炭“一味黑时犹有骨，十分红处便成灰”，遂予提拔的《明斋小识·咏炭》；写一县令巧妙断案，迫使侮辱乡下人之某武生给乡下人磕头的《明斋小识·还磕头》；写高某年逾古稀乐于助人，只身进入盗窟拿下二贼归案的《蝶阶外史·高二爸》；写县令秦某观剧时，命人将《雷峰塔》中许仙捉来鞭笞，优人喊冤，秦称：“若真许仙则笞死矣”的《庸闲斋笔记·糊涂官》；写江苏县令某见一贫穷乡民借洋入城兑钱购粮膳母，钱庄欲强行克扣，被其重罚，人皆称快的《三借庐笔谈·判事》；写一贪墨刺史悬自撰联标榜“我如枉法脑涂地，尔莫欺心头有天”，致仕后因上山躲避义军竟失足触石头破脑裂的《庸庵笔记·墨吏设誓受谴》“枉法脑涂地”；写广东某县令察狱时让百多名囚犯捉为人质，旬日后挟县令至五十里外才将其释放，然大部分皆被捕的《庸庵笔记·狱囚囚官》；写不识字者捐官的《见闻琐记·因某知府上捐》；写一盗携贪赃窜迹他省，捐官后仍贼心不少死，常夜出为盗的《嘻谈录·盗官》；写县令张某贪赃枉法败露后被籍没财产，其人乃得免的《右台仙馆笔记》“张某齐妻”；写县尉毛某横行一方，其爱犬被邻居击毙后，竟让其具棺以葬，并为犬披麻戴孝的《右台仙馆笔记》“狗葬礼”；写佣人罗某自称打虎手，被招募去杀敌时英勇无比，累功至将军，衣锦还乡后始言虎实自毙的《仕隐斋涉笔》“罗将军打虎”；揭露一优人捐官者脱朝靴当场露出丑态的《清代官场百怪录·脱朝靴当场验纤足》；写御史奉旨诣各妓院查察时候，逛妓院之某翰林扮龟奴持琵琶得以脱身的《清代官场百怪录·挟乐器太史巧脱身》；写一富民被枉杀并籍没家产，其子成人后除掉致仕之县令替父报仇的《趼廛笔记·秦中令》；揭露一杭州太守入都时因向某邸献西湖水百桶，遂擢升山东盐运史的《趼廛笔记·西湖水》；写某太史因在酒楼上无意中得罪某高官，竟吓得匆匆请假出都的《趼廛笔记·某太史》；写某名妓买通下人诱一潮州幕客上船妓之舟，居数十日几乎耗光所积万金的《清稗类钞·容怜饵陆某》等。

二、清代的差役故事

清代的差役故事，数量少于同期的官吏故事，内容也包含对其肯定与否定两个部分。其中，有一些作品比较精彩，譬如：

粤之潮属揭阳，大邑也。有二班皂沈清者，修髯大耳，为人憨直，綦贫。衙退，一醉之外，正不问事大如天也。其妻交谪之，沈尝曰：“权以钱不可用，但添我一杯酒，独不顾人家覆盆冤耶？”妻乃去帏闱，沈一人愈觉无累。

有邑豪李姓，艳邻家霍氏女。女父固穷，不愿为李妾，李厚以金，不可；挟以势，亦不可。李又拆邻堵，霍出，堵乃覆。霍惧及祸，携女避之。李复诉霍负李债，赇行于官，欲诬服之。李托沈，倘责霍，重毙之，遗以锭金。及讯，果下霍于阶。沈乃左手执杖，右手持金，而告尹曰：“李以金赂我杖，我不敢以杖售其金。杖则犹是也，而金曷反诸?”尹惭，遂释霍。故李谋终不能伤霍者，沈之力也。

后人以沈行事不同乎役，且有大远于役者。死之日，塑其像于城隍庙之东廊，犹左杖右金，青衣爪牙之态，宛肖其生。今邑人有以斗酒豚蹄供其前，提其耳而祝之曰：“沈二班头，某事乞为佑之。”事多应云。

——《小豆棚·二班头》

阿烬哥者，忘其姓，新会县狱卒也。新会土俗：凡生子最少者曰“烬”。（“烬”字土音呼“赖”，字典不载。）为人淳朴好义，凡被罪入监者，他卒必索赀，不如意辄诟谇鞭挞。烬每为之排难解纷。故狱中咸爱敬之，推为狱卒之长，视其言动，莫敢违者。

时当小除，狱囚念及家室，咸欷歔泣下。阿烬恻然于中，大言曰：“今夕释诸君归家，对妻孥而醉椒酒乐乎?”诸囚唯唯，疑其戏言以博笑也。阿烬曰：“予素无诳语。诸君能于明正二日如约归来，则两无所害，否则予立毙杖下矣!”众指天矢地，遂为之脱械纵去。其侪辈皆咎其妄，曰：“君主之，无相累也。”至期，囚皆逡巡返狱，无一失。时阿烬方踞地独饮，喜极掷杯，大笑曰：“诸君至，予可告无愧。当从此逝矣!”兀坐不动，视之气绝。诸囚感其义，为肖像于狴犴。

——《梦厂杂著·乡曲枝辞·狱卒纵囚记》

以上两则故事中的差役，都是以令人感佩的正面形象出现的。故事主人公无不受到民众爱戴，身后均被人们供奉。前一则中的二班头，以勇于揭露豪绅劣迹和保护弱者著称。后一则中的狱卒，以富有同情心，敢于承担责任著称。他们的事迹，在平凡中见真情，有口皆碑。他们在旧时的差役之中，可谓凤毛麟角，实属难得。

这个时期的差役故事，尚有写诸捕请求保定一名捕相助，其人因病遂令其妻前往，立即杀退群贼而夺回被劫银两的《虞初新志·名捕记》；写一富人被诬告，某役索二百金而巧妙使其获免的《志异拾遗·蠹役》；写老捕某善于观察，通过种种迹象判定一船为盗船，将盗贼捉拿归案，令众役拜服的《志异续编·老捕》；写崇文门兵役索难过客特苛，周某故意研疥痂入鼻烟让其攫去，旬日后门兵皆生疥疮的《瞑庵杂识·门兵皆疥》；写捕快曹某善缉捕盗贼，一次因发现小舟夹底藏有金银赃物而捉住积年滑贼的《中鸣漫录·湖口捕快》“搜船捉贼”；写皇太后宾天时，上海一衙役勒索穿枣红马褂者，竟被其人耍弄的《妣廛笔记·诈贿被侮》；写缉捕大侠叶捕快本人制造假案邀赏，后来事泄受到严惩的《札记小说·厌累》等。

第四节　清代的讽刺故事

清代的讽刺故事，数量较多，内容主要涉及嘲讽官场贪污腐败、官员卑鄙无能，讥刺富豪劣迹、丑态，抨击世间歪风、恶习等。其中，佳构颇多，往往给读者、听众留下较深的印象。

嘲讽官场贪污腐败、官员卑鄙无能的故事，譬如：

松江赵某者，以贩布起家。其后捐一通判，引见时，上问其身所自，对以向来贩布。上曰：“然则何以捐官？”对曰：“窃以做官较贩布生涯更好也。”上怒，即着革职。某愤然，退至吏部堂上，大噪索金，曰：“既夺我官，应须还我捐赀也。”堂官闻之，发所司掌嘴五十、笞一百，逐去。

——《埋忧集》卷八《捐官》

某太守者，好立名，而文字不甚了了。会府试文童，有贿嘱幕友，冀得首名者。幕友知某守不学又多疑，往往微行窃听。一夕阅卷，侦守将至，拍案叹息曰：“佳文，佳文，可惜！”呼一友曰：“君试观之，童子中乃有此才。”其一人曰：“顷吾已阅百卷，间有佳构，似此作色色精到，竟罕其匹，虽拟以第一，无愧也。”某曰：“是决不可，微闻此生富于赀。东人善疑，宁少抑之，吾辈毋受恶名。其三五之间乎？”一人曰：“说亦良是，然此生屈矣。”某曰：“衡文当否，责在东人，我辈谁知者！”守悉闻所言而去。他日荐卷，守携一卷出而笑曰："公等目不识文耶？此卷实过首作，乃列之第四，何也？"某笑不答。一友踧踖以情告，守摇首曰："否，否。避嫌非贤者事，科第中宁无富家郎乎？"卒首拔之，而幕中瓜分八百金矣。

——《金壶浪墨》卷三《某太守》

以上两则作品，内容各不相同，其嘲讽都具有比较含蓄的特色。前则挖苦捐通判的布商，其锋芒不仅指向捐官者，而且指向卖官鬻爵者。后一则在揭露幕友收受贿赂、玩弄权术的同时，对于不学无术、装腔作势的官吏亦丝毫不留情面，让其人更加受到讥笑和鄙夷。

讥刺富豪劣迹、丑态的故事，譬如：

某翁富而吝，善权子母，责负无虚日。后以年且老，艰于途，遂买一驴代步；顾爱惜甚至，非甚困惫，未尝肯据鞍。驴出翁胯下者，岁不过数四。

值天暑，有所索于远道，不得已与驴俱。中道翁喘，乃跨驴。驰二三里，驴不习骑，亦喘。翁惊亟下，解其鞍。驴以为息己也，望故道逸归。翁急遽呼驴，驴走不顾，追之弗及也。大惧驴亡，又吝于弃鞍，因负鞍趋。归家，亟问驴在否，其子曰："驴在。"翁乃复喜，徐释鞍，始觉足顿而背裂也；又伤于暑，病逾月乃瘥。

——《耳食录》二编卷三《爱驴》

有人延师教其子，而馆餐殊菲，顿顿冬瓜而已。师语主人曰："君颇嗜冬瓜乎？"主人曰："然。其味固美，且有明目之功。"一日，主人至馆中，师凭楼窗眺望，若不见者。主人自后呼之，乃谢曰："适在此看都城演剧，遂失迎迓。"主人讶曰："都城演剧，此岂得见？"师曰："自吃君家冬瓜，目力颇胜。"

——《一笑》"冬瓜"

以上两则故事，从不同的角度来讥讽富人的吝啬秉性，令人忍俊不禁。前一则采取正面描写的手法，带着嘲讽的口吻来讲述那个放高利贷的富翁爱惜驴子的一举一动，将其爱财如命的嘴脸刻画得惟妙惟肖，入木三分。后一则采取旁敲侧击的手法，挖苦有钱人不但抠门，而且还爱面子的劣根性，绵里藏针，在温和中显出力度。又如：

东阳有贫士邻于富家者，每羡其邻之乐，一日衣冠谒而请焉。富告之曰：“致富不易也，子归斋三日而后告子。”士如言，后谒富，乃命坐于屏间，设高几，纳师贽，揖而进曰：“大凡致富之道，当先去其五贼，五贼不除，富不可致。”士请问其目，富曰：“五贼非他，即今之所谓仁、义、礼、智、信是也。”士胡卢而去。

——《广谈助》“除‘五贼’”

世之以贫而起家者，多由节俭，喜占便宜；因以便宜，致有吃亏。浙人有姓陈者，始为佃佣。有子四人，同力合作，春则锄雨犁云，冬则樵山渔泽，妻孥织席纴衣，渐成小康；心思体面，欲托京客代捐监生。既惧银之过大，又防吞之不捐，朝夕踌躇，游移未决，仍然一老农夫。

其邻居监生王姓者，深知陈意。将届除夕，无以卒岁，欺其不顾利害，只图便宜，将计就计，以监照与之卖之，彼必受饵乐从，吾可安耽过年矣。谓陈曰：“子欲捐监，必托京客。今之可信者，宁有几人？见银图吞者，往往有之，且部价难减。不如将我监生买之，我愿让价。子怕吞银，我将监照交与收执，老靠已极。我为民，子为监生，何如？”陈曰：“要银多少？”曰：“一监生须捐银一百三十镒，今让三十，子与我百金可也。”陈曰：“八十金才买。”王曰：“如命。”陈曰：“年内先交三十金，余候新年二月付毕。”王以挪措无门，得此三十金，亦可度岁，又许之。陈曰：“尔将监照卖我，必要立券，免生后悔。”王遂写据，并监照交与陈姓。陈取银三十两与之。余银王亦欲其写立限字。陈亦邀人书据，而画押交之。

王得安逸过年。至元旦，陈戴顶欣欣得意，敬神拜祖贺年。邻居问曰：“子何时捐纳功名？吾辈竟不知也。”陈曰：“王某已将监生卖与我矣。尔等往看王某，已不戴顶矣。”邻众笑曰：“他物可买，功名不可卖也。”陈曰：“功名以执照为主。今王之照，已在我手，亦不怕其翻悔也。”众曰：“执照载明三代履历，子能买照，不能改其三代履历。若使官知，或被告发，非特不能戴顶，并欲治冒滥功名之罪。由此，尔家业恐不能保也。速还之为是。”陈曰：“我已付银三十，奈何？”众曰：“弃之为妙。”陈即往王家曰：“凭照戴顶，众以为不能将子之照作我之照也。吾将照还汝，即还我银也。”王曰：“卖买分明，不能翻悔。尚有五十金，吾已抵用，尔有票在，至日不可延缓。”陈曰：“众说买照有罪，吾以农夫受刑，何足为羞；子宁肯丢脸乎？”王曰：“我贫窭甚矣，监生尚欲卖人，焉惧丢脸？子赖银，吾将控之。”陈见事不谐矣，挽邻居说情，又与王银二十两，始得还票纳照，以致喧传一时，竞为美谈。

——《咫闻录》卷四《卖监生》

以上两则故事，内容差别较大，艺术风格各异。前一则嘲讽富人缺德，不讲仁、义、礼、智、信，情节简单，比较直露。后一则嘲讽乍富之人的慕虚荣而悭吝与破落监生的寒酸而奸诈，情节曲折生动，注重人物性格的刻画，将各自的嘴脸描绘得活龙活现。

抨击世间歪风、恶习与愚昧、自私秉性的故事，譬如：

浙东一倅[1]，勤好仙道，遂有方士阳作吕仙乩语以弄之，期以明年中秋会于灵鹫洞中，授以长生之药。倅心喜，至期斋沐而至。方士预饰一古貌者匿洞隐处，诫以勿言。倅偕方士同往。既至，止方士于外，独入遍寻。始遇见一叟癯颜鹤发，危坐于岩石之上，见倅，把麈柄而笑。倅以为不世之遇，稽颡若舂，泣述上年之约，祈求金丹。道者掷一物于地，倅者膝行而取之，向明而视，乃青荷叶裹也。启裹，一丹焰然。倅复泣叩：“荆子久同修玄，愿不遗愚蒙，并赐救拔。”道者摇首。倅复哀祷不已。道者复掷一粒，倅方礼，举首已失所在。于是欣喜无量，遂广出金钱，托方士建阁，以奉仙灵，并厚赠方士，大

① 倅，(cuì 萃)：州郡长官的副职。

有获焉。既而，古貌者以赏轻，泄之于人。人问："所怀何药邪？"曰："肥儿丸也。"

——《山斋客谭·伪乩》

某甲，惑于堪舆家言，母死，久不葬，偕其兄股涉求吉地。未几，[illegible]富贵不可言，顾又不以葬其母。人问其故？曰："以葬吾母，则将发及吾兄之后，故吾欲留为己用，则发者惟吾子孙矣。"未几，甲病殆，其友某来省视，问疾已，忽称贺。甲怆曰："吾病且死，何贺为？"友曰："子不病不死，虽有吉地不得葬，子孙富贵，期于何日？今子将死，是子子孙孙之富贵且至矣，胡为不贺！"甲闻之，掩面自惭。未几，竟以愧悔死。

——《趼廛笔记·卜地》

以上两则故事，均以揭露装神弄鬼、宣扬迷信者和讥讽愚昧无知、自私自利者为内容，笔锋犀利，立意不俗。前一则让好仙道、求长生的地方官吏颜面丢尽。后一则让妄想大富大贵、极端卑鄙自私的家伙丑态毕现。又如：

有二狂生郊外闲步，至河边见白鹅一群互相征逐，一生吟曰："湖边一群鹅，"一应曰："我来赶下河。"两人拍手大笑，且曰："我等出口成章，实非易易。具此才华，何患不出人头地也！"既而又大笑曰："颜回三十而卒，王勃早岁而亡。我二人者，得勿亦为苍苍所忌耶。"言未毕，有一老者至，苍头白发，衣冠洒然，问曰："若辈何为哭？"二生以前言告，老者曰："我为续之。"遂吟曰："白毛浮绿水，红掌泛青波。"二生不禁大骇曰："公莫非欧阳倏先生乎？"老者笑曰："'修'字尚且不识，盍速用功！颜回、王勃面上俱生奇骨，二公无之，无虑寿之不永也。"二生闻言惭愧交集，老者亦忽失所在。

——《此中人语》卷二《狂生》

有秀才，进省乡试，在路雇一力夫，代负行囊。秀才欲叨吉利语，卜中举兆，问之曰："负物重否?"叶"中"音也。力夫言："不重，只未收拾整齐，常在后打股臀耳。"秀才大恚，斥为妄言。及抵省录遗，名落榜。值学宪出，约多人拦舆求补，学宪不准。大众皆去，秀才犹呶呶未已，出语不逊。学宪怒，当掌嘴十下，驱之去，乃悟打股臀者，实应在脸上。造化机缄之巧，诚戏谑而虐矣。

——《隐士斋涉笔》卷七《趣林四类》"打股臀"

以上两则故事，以狂生、腐儒为讥刺对象，诙谐有趣，谑而不虐。前一则让不学无术却自命不凡的二狂生当场丢丑，无地自容。后一则让才疏学浅而迷信轻率的秀才一再倒霉，有苦难言。

这个时期的讽刺故事，尚有写吴中一监司书"似我"匾额置惠泉上以自我标榜，诸生竟将其移至厕上，令其人十分难看的《皇华纪闻·惠泉匾额》；写某僧对待写化缘簿军人时冷时热，不断变化，借以揭露势利小人丑恶嘴脸的《笑得好·看写缘簿》；写一讲学者常以苛礼约束生徒，众生徒买通一艺妓冒充狐女与其寝处，让其当众丢丑的《阅微草堂笔记》"假道学"；写一居会馆选人被耍弄，黑夜中常来与其寝者并非美艳邻妇，而是馆人之母的《阅微草堂笔记》"选人与馆母"；写某令竟将一张叶子戏纸牌夹在送审详文中，被上司发现，费三千金始寝其事的《志异续编·某令》；写一名士为巨富王某新楼题匾曰"阑玻楼"，暗讽其为东门王皮匠的《履园丛话·阑玻楼》；写某相国孙与某学士孙皆贫穷为佣，相互抱泣于街头，被人嘲笑的《埋忧集·扛米》；写某富翁子买回身上染有其亡父姓名之犬奉养，后来方知受侮的《明斋小识·认犬作父》；写某广文欲将白发染黑，因上当受骗竟染为红发，被戏称为"红胡子"的《夜雨秋灯录·某广文》；写一生员为取"头名"之意，竟将一蝉置于儒巾中令其鸣叫，同坐者闻声哄堂大笑的《嘻谈录·头鸣》；嘲笑某些诗人之作品"臭得难闻"的《嘻谈录·诗客留宿》；嘲讽秀才之中无能耐者比比皆是的《嘻谈录·阴阳学台》；写某人讨吉兆未得，与抄其文章者俱列榜尾的《仕隐斋涉笔·趣林四类》"岁试失意"；写酒鬼杨某醉倒在田塍下，丑态百出的《仕隐斋涉笔·趣林四类》"过河老者"；写何某性最饕，主人作鲊肉时故将旧棉裹面蒸之，何咬后方知被捉弄，众人遂称其为“破棉絮”的《仕隐斋涉笔·趣林四类》“破棉絮”；写扬州某甲将祖产败光，其家木主数个无处存放，只好置于一电线杆下，扬州城即哗传神让其卖木主于电局的《趼廛笔记·谎言二则》“置木主”；嘲讽办外交者畏惧洋人的《俏皮话·活画乌龟形》；嘲讽一班鼠辈极会钻营，因而拥居高位的《俏皮话·猫虎问答》；嘲讽一县官无德无能，被认为恩及禽兽的《俏皮话·虾蟆感恩》；嘲讽守财奴之子欲以洋钱生子，贪财多有父风的《俏皮话·守财虏之子》等。

第五节　清代的机智故事

清代的机智故事，主人公是现实生活中不同性别、不同年龄、不同身份的各色人物，包括正面形象与反面形象两类，而以正面形象居多。不少佳作，通过生动有趣的故事来展示主人公的机捷、睿智，令人从中受益，而且多有回味。譬如：

满媪，余弟乳母也，有女曰荔姐，嫁为近村民家妻。一日，闻母病，不及待婿同行，遽狼狈而来。时已入夜，缺月微明。顾见一人追之急，度是强暴，而旷野无可呼救。乃隐身古冢白杨下，纳簪珥怀中，解络系颈，披发吐舌，瞪目直视以待。其人将近，反招之坐。及逼视，知为缢鬼，惊仆不起。荔姐竟狂奔得免。比入门，举家大骇，徐问得实，且怒且笑，方议向邻里追问。次日，喧传某家少年遇鬼中恶，其鬼今尚随之，已发狂谵语，后医药，符箓皆无验，竟颠痫终身。

——《阅微草堂笔记》卷三“荔姐”

某妇，广东番禺县人，年约三十余，有一子甫五岁。一日，值母家喜事，备酒一樽，烧猪一只，烧鹅一只及鸡鸭果饼之类，偕一仆携子，雇小舟往。母家故住虎门，是日舟渡狮子洋，值快艇如飞而来，上坐十余人喝令过船。妇识为盗，知其意在掳人勒赎也，急嘱仆并舟人毋恐。妇问曰："来者莫非大王差来乎?"曰："然。"妇佯喜曰："今日好采，得遇众位!"好采者，犹言好运、遇会好事，此广东土语也。众问何谓，妇曰："因欲见大王，所以不避险阻，雇小舟备微礼，沿海寻访，祈众位带我一见，生死不忘!"众曰："汝因何欲见大王，抑与大王有亲故乎?"妇曰："此时不必细论，见时自知。"众然之，遂带妇船同行。

盖盗匪掳人，本宜稟明大王，听候处置，不敢自专也。于是出大门、渡大海、抵大舟，众将妇言以告，盗首命带妇见。妇一见，即携子跪陈曰："妾不幸夫亡，止生此子，居恒多病，虑不能成人。求神问卜，看相算命，皆谓要另拜父母，且需当今英雄，方能保全。妾夙闻大王在海上轻财重义，抑强扶弱，非英雄而何?所以特备薄礼，选吉日，雇小艇，负此子沿海寻访。正虑大海茫茫，无缘得见，不意天从人愿，伏乞大王容纳。"言毕，一手携子，叩首不住。盗首验所带之物，果系礼物，且查本日实系吉期，因谓妇曰："我从不轻收人为干儿，今见汝诚心可取，汝子亦相貌非凡，准汝子拜在我名下为儿。"言已，命将礼物全收，出绸二端、番银四十元给之，仍著人送回原处。

当仓猝之际，能随机应变，转祸为福，妇诚智矣哉!惜未详访其夫族里居为恨。此嘉庆九年九月事也。

——《志异续编》卷二《某妇》

以上两则均为展现急智的故事，故事主人公都是妇女，只不过一个出自农家，一个出自有钱人家，一个更比一个强。前一则写年轻农妇夜行时临危不乱，巧扮缢鬼吓倒图谋不轨的恶少，令人叹服。后一则写富家妇女去吃喜酒时突遇盗匪，临危不乱，随机应变，巧作安排，竟化险为夷，非有大智慧不能如此从容不迫，如此滴水不漏。又如：

一富人最贪刻，凡租伊田地耕种者，必先与伊银一百、二百两不等，名曰"压庄"。恐少租，则将此银扣抵。更佃之日，原银退还惟不加利。盖佃户图得田耕，而富人则得租之外，兼得利银也。压庄之外，又有所谓“上庄”银者，或一十、二十两，如弟子见师长用“贽敬”然，否则，亦不得田耕。但佃户二三年必寻故更换，冀另得上庄银耳。

有佃户某，甫耕二年，伊忽换人。妻怨曰：“稔知若田不得久耕，何苦徒费上庄为？”某曰：“虽费上庄，压庄自在，宁不能别谋乎？但行则行矣，必欲至若家，餍若酒肉而后快。”妻曰：“若平日滴水不肯与人饮，焉有酒肉与汝？”曰：“我自有处。汝收拾先行，我往若家去矣。”

比至，富人一见，即怒形于色，曰：“汝何尚未移去？来至我家何为？岂敢有意抗拒耶？”某曰：“不敢，合家已经移去。所以来此者，一则辞行，一则有喜事奉报耳。”富人和颜问曰：“有何喜事？”曰：“昨于二更时始寝，正在欲寐未寐间，因思黎明即当起行，园中尚有萝卜未拔，遂用铁锄挖取。锄甫入土，铿然有声，乃一铜盘。揭开视之，下一大瓮，瓮内悉属白银，此非喜事而何？”曰：“此汝福命，汝自取之，何为报我？”曰：“银上悉镌翁名，我何敢取？”富人闻言，不觉喜形于色，命家中出酒肴对酌。戏问曰：“汝岂丝毫未取乎？”曰：“实不敢欺，当见银可爱，已取一锭矣。”富人默忖曰：“信哉是人，非特见银不隐，即取银亦不稍讳。”于是，命家中更换美酒，另出佳肴，殷勤相劝。

某已不胜酒，告辞。止之，复戏问曰：“度汝必不止取一锭。”曰：“虽知为翁物，奈爱心难割，当欲再取，不意贱内忽伸足将我惊醒，至今犹怏怏焉。”曰：“然则汝所言皆梦耶？”曰：“然。翁犹以为实耶？”富人不禁拍案大怒，责其欺己。某乘醉踉跄出门去。

——《志异续编》卷三《贪刻受愚》

有告荒者，官问：“麦收若干？”曰：“三分。”又问：“棉花若干？”曰：“二分。”又问：“稻收若干？”曰：“二分。”官怒曰：“有七分年岁，尚捏称荒耶？”对曰：“某活一百几十岁矣，实未见如此奇荒。”官问之，曰：“某年七十余，长子四十余，次子三十余，合而算之，有一百几十岁。”哄堂大笑。

——《笑笑录》卷四《告荒》

以上两则故事，都与农事有关，故事主人公均为男性，但其内容与风格多有不同。前一则展现的是蓄智，写佃农用事先设计好的梦境戏弄无比贪刻的田主，展现出过人的智谋与风趣。后一则展现的是急智，写告荒的庄稼人当场反唇相讥，令官员张口结舌，其机敏与聪慧让人叫绝。再如：

某性好古玩，尤爱字画，日日周流各古玩店。偶见一铺悬山水画，轴中有老人扶伞过桥，某喜其笔意萧疏，过辄谛视不已。一日天雨，见画中人所挟伞忽张起，异而识之。至天霁过此，则画中人所挟伞扔掩。自后留心觇察，伞之张掩，与天之阴晴丝毫不爽。因问价几何。铺主曰："此是祖遗手泽，并非待价而沽者。"某愿以百金买之，不允；益至二百金，铺主若甚不愿卖者。然迟回许久，而后许之。某大喜，当兑银讫，携画归，藏密室。朝夕玩视，谓可为验阴晴。乃他日天雨，画中伞翕而不张，后乃知铺主以两画随时更调也。

又一家悬一画，茅屋数间，旁为牛圈，余系旷地，一牛俯首啮草，甚生动有致。及晚，旷地无牛。细视，则牛卧圈内。观者神之，咸以为仙笔。一富翁厚价购得之，珍若拱璧。后有人告曰："比用某药染渍，故一昼现夜隐，一夜现昼隐。"此周公锡厚为余言，并述其为某药，今惜忘之。

——《志异续编》卷三《好古玩》

吾乡有某生者，中年无子，谋置箧室，乃买舟渡江赴通州一带访购。某生既省小费，又欲速成。会有客来，言一乡民愿鬻其女。导往观之，其色甚美，问其价则甚廉，但须以花轿迎娶。某生大喜，亟与定议，届期以花轿迎至舟中。女家有二媪来扶女出轿登床，衣服楚楚，红帕障首，某生但觉其秾纤合度而已。然二媪方伴坐床上，不能遽前揭帕。

某生犒舆夫等既毕，二媪亦即辞去。某生步至床前，见新人端坐不动。私念此必因羞畏而矜持也，乃以手微撼之，仍不动。遽揭其帕，则一泥像，甚为端丽，盖系百年前所塑，近时无此良工也。

某生懊闷已极，正欲追媒媪理论，已有村人数十喧噪而至，且曰："此吾村观音庵之大士像也，环而祈福者且千户，汝何得擅抬至此！"或欲锁其身，或欲系其人，某生惶遽失措，一老翁出为排解。某生乃苦诉某见绐之状，老翁对众言曰："姑念此人异乡远客，愿诸君稍恕其亵嫚之愆，但令出洋银二百元示薄罚，吾辈自舁佛回村何如？"众作勉强允许之状，某生不得已出洋银二百元付之，众共舁泥像欢呼驰去。某生踉跄归里，大丧资斧，而妾仍未得。此可为见小欲速，谋事不慎者戒。

——《庸庵笔记》卷四《娶妾得泥佛》

以上两则故事，其主人公无不通过施行骗术来展示智慧。前一则写的是商业欺诈行为。卖画者为了谋求暴利而煞费苦心，巧作安排，但其智商虽高却不足取。后一则写的是一出敲诈讨小妾者的闹剧。某生急于少花钱找来美色，竟一再被乡民们（内中甚至有老头儿、老太太）耍弄，损失良多，一无所获，却不值得同情。

这个时期的机智故事，尚有写一伙盗匪夜入富室抢劫时，其家主事老媪操土音与匪首搭讪，谎称其姐遂让此家躲过一劫的《萤窗异草·智媪》；写一乡下富人剃头受到怠慢竟加倍付钱，再来时店主屈意奉承却所得极少，谓此次所付前次剃头钱的《志异续编·剃头钱》；写江苏某知府寿诞时一县令因大江风阻迟到，知府怒而封门，一优人急中生智演戏为其解围的《志异续编·优人》；写一妇跟某甲父子私通，一日正与甲狎时甲父及妇夫相继进屋，此妇均巧妙应对，未露破绽的《妙香室丛话·淫妇奇智》；写主人欲私仆妻，被仆人夫妇耍弄，竟不敢追回被索取之三百金的《虫鸣漫录》"欲私仆妇者被绐"；写一童子献计以数百斤饴糖拌麦糠遍布于麦场，一虎来后糖糠密附其体成为大球而被捉的《见闻近录·擒虎巧妙智》；写把兄某具帖以"半鲁"请把弟，桌上仅有鱼一盘；把弟后回帖以"半鲁"请把兄，只让其晒日头的《嘻谈录·半鲁》；写某甲中年娶妻，一媒人替眼瞎且足大之女子保媒，因巧言遮掩遂成功的《燕南琐忆·媒氏》等。

第六节　清代的讼师故事

清代讼师故事，数量不少，其内容大多与各类诉讼有关。故事主人公的作为，有的受到肯定和赞许，有的则受到鄙视和否定。

故事主人公受到肯定和赞许的讼师故事，譬如：

湖州有嫠妇，号“疙瘩老娘”，能刀笔，为讼师，远近皆耳其名。凡有大讼久年不结者，凭其一字数笔，皆可挽折，虽百喙不能置辨。因之射利，讦利厚则蔑理甚。

邑有富甲之媳早孀，欲改适，翁不许，强其贞守。媳丐于老娘，老娘索其一千六百金，弁其状十六字曰：“氏年十九，夫死无子。翁壮而鳏，叔大未娶。”官遂令其他适。

——《小豆棚·疙瘩老娘写状》

重庆江北令福公润田，满洲人，初莅任，雷厉风行，痛恨讼棍，犯者例办无赦。有民争田界，系甲之田塍，堕下乙田，甲齐堕处截为界，约占乙丈宽地面。乙不服，讼于官，福公以为就堕处筑田塍，便而近理，不计占界，转斥乙诬，几受笞。

案定，有讼师扛请复讯，挺身代乙伸屈。公大怒，立为提讯，盛气向讼师曰：“案已了，尔敢翻案，真恶棍也！”讼师昂然曰：“公断甚偏，小民实难心服。”公诘其故，对曰：“此界易明，小民当罕譬喻之：如堂上公案一幅地，甲界也，小民所跪一幅地，乙界也。倘公案一倒，便占所跪地，如将公案移大堂外，便占大堂许多地，有是理乎？理合将甲之田塍，仍归甲界，不得因其堕而占乙若干界，方持平。”福公恍然悟，遽悔前判从之。此亦讼师之有胆有舌者。

——《仕隐斋涉笔》卷七《讼师猾吏》“某讼师翻案”

以上两则故事的主人公分别为女性与男性两位讼师。这两位讼师，一个为年轻寡妇写了十六字状，言简意赅，击中要害，让其得以改嫁；一个挺身主持公道，说服县令改判，平服了田界之争。如果说前者的作为尚有利益驱动，得到了重金酬谢的话，后者作为完全出于正义感，并没有任何索取，这在当时实在难能可贵。

故事主人公受到鄙视和否定的讼师故事，譬如：

泖泾盛某以讼师起家，阴险，多机智，乡里咸畏之。时有徽商开木行于其地者，杯酒之欢，独不及盛。盛心衔之，而不发也。一日，行破庙中，见一丐者，惊视曰："若非吾家某耶？十余年出外，何至于此？"丐知其误，心念："为此人眷，计亦得。"遂佯应之，与俱归。薰沐而冠履焉，呼之曰弟。吴淞俗，秋稻登场，凡运租船出，例烧神纸。是年，盛命丐同往舟中，多携爆竹，沿木簰处乱之，竹缆皆焚。徽商知之，率众殴击。家人故溺丐于水，以人命控官，商遂破产焉。乡人始知其修杯酒之怨也。

——《凉棚夜话·讼师恶报》"假弟讹人"

邻村某甲，乡农也。妻某氏有外遇，甲亦听之。一日甲他出，所欢复来，值甲醉归，与之遇，忿甚，操刃将杀之，少年惊逸。甲怒犹未已，遂杀其妻，醒而悔之，曰："我未获登徒子，杀妻无证，不将按律以偿命乎！"懊恨无及，求援于杨（讼师杨某）。杨曰："事已至此，可速归，今晚勿掩扉，擎孤灯于室中，操刃伺门后，苟有人至，急杀之，李代桃僵，罪可逭也。"盖旧律凡奸案男女同时并获者，本夫可以格杀勿论。

甲如所言，返家静候之。其地风俗，凡人夜行困乏，途经庐舍，无论其居停是否相识，苟未阖户而有光，皆可入内休息。二更向尽，果有人携灯冉冉而至，入室少憩。甲大喜。乘其坐尚未定，出不意，突自后戕之。天未明，即叩门往告杨，邀共议事。杨甫至，急视尸，细审之，不禁大恸，盖所杀者为杨之子也。杨子久客经商，与甲素不相识，值省亲归，遂为甲所误杀矣。杨仅此一子，哀号而绝。甲不得已，诣县自陈。县宰廉其情，知杨咎由自取，乃更逮某少年，科以罪。笞甲而释之，令为杨子厚葬焉。

——《清稗类钞·狱讼类·讼师伎俩》“咎由自取”

以上两则故事，内容各不相同，但故事主人公的恶劣表现皆让人不齿。前一则写讼棍盛某为人阴险，并且心胸窄狭，为一点点小事竟用弄死人的手段讹诈钱财，进行报复，令对方破产，狠毒之极。后一则写讼棍杨某为人出馊主意，用滥杀无辜的办法替人脱罪，结果却害死了自己的独子，真可谓咎由自取。

这个时期的讼师故事，尚有写讼师盛某阴险多智，收受重酬后为手刃淫妇而未捉住奸夫者脱罪，竟让其子成为刀下鬼的《凉棚夜话·讼师恶报》“盛子被杀”；写讼师某为一年轻寡妇写状称：“妾不幸，夫早亡，姑多病，翁年少”，因准其另嫁的《志异续编·讼师》；写一子被父殴而触父陨二齿，父告官后子求于讼师郦某，郦啮子耳，让其称父噬耳因伤父齿，遂免死的《梦厂杂著·讼师啮耳》；写一富家觅故纸精心制作假契券，欲以吞没他人产业，讼师吴某从蠹痕、藏器等诸多方面辨认，令其不能得逞的《三异笔谈·讼师》“识伪契券”；写富翁徐某对其贫婿栽赃陷害，一讼师为其女写状称“不告害夫，告则害父，不可告，不得不告”，遂救夫完婚的《咫闻录·嫌贫害婿》；写一逆被其父告官，讼师某让其在公堂上将左右手掌上之“妻有貂蝉之貌”、“父有董卓之心”示官，因而逃过一劫的《客窗闲话·书讼师》“父有董卓之心”；写一无赖缢于甲门外以泄愤，甲献重金求计，讼师某让其释尸再悬，报官后因尸颈有二缢痕而以移尸被勒索得免的《客窗闲话·补讼师》“释尸再悬”；写某甲妻经讼师指点，贿吏入狱，以重金收买一已判死刑之盗匪顶罪，从而使其夫得释的《客窗闲话·补讼师》“买盗顶罪”；写一寡妇诱某妇至其家让恶少强奸，某妇之父为讼师，乃设计使该寡妇与恶少遭到报应的《客窗闲话·补讼师》“奸报”；写一讼师贪贿夏日作牒，预知其事必败，竟披裘烤火写状子，事败追究，其人以握笔时围炉披裘对，于是得免的《虫鸣漫录》“盛暑披裘”；写某人还债未揭约，债主之子让其人再还钱，讼师某为其打赢官司的《仕隐斋涉笔·讼师猾吏》“对簿公堂”等。

第九章　清代的写实故事（三）

第七节　清代的家庭故事

清代的家庭故事，数量相当大，包括夫妻故事，父子、母子故事，婆媳故事，兄弟、姊妹、妯娌故事，翁婿、连襟故事，等等。此类作品都从家庭层面来反映现实生活，往往描写生动、细腻，贴近民众，富有生活气息，具有一定的思想意义和认识价值。

一、清代的夫妻故事

清代的夫妻故事，数量较其他各类家庭故事多，大都通过夫妻之间的悲欢离合来描述家庭生活，借以揭示社会面貌，表现人们的思想情感和愿望，具有较强的表现力。譬如：

康熙时，耿逆作乱浙闽间，土寇出没，道路梗阻。新选闽中令王公，挈眷之任，中途遭寇掠，夫人为贼将所得。将犯之，泣曰："妾本将从夫之任，今满地烽烟，重逢亦未可必。自顾荏弱无依，幸将军见怜，得以蒲柳之姿，奉侍巾栉，了愿足矣。然妾固世家女，祖父皆前明显宦，苟合所不能堪。若备礼而后荐，则可以永缔白头耳。不然，请就刀俎。"贼从之。

夫人故善饮，及合卺，著意劝酬。贼已醉，屡欲犯之，夫人索金斗满斟自饮，然后再斟一杯，手持以进曰："今夕妾之侍饮，天缘也。请将军更进此杯，共谐好事，岂不更增佳趣乎？"贼益喜，笑曰："佳人爱我哉。"就手中一吸而尽，然不觉玉山颓矣。时漏已二下，夫人尚独酌，命侍者取饮。侍者出，亟起，就贼腰间抽佩刀刺之，立毙。遂隐身门后，伺侍者人，斩之，扃其扉，由寨后潜逃．幸中夜无觉者。

天既晓，乃毁妆以垢涂面，乞食于野。至西安，乃啮指血题绝命词于壁，将投井死。村人救而免，以告邑宰。宰询悉颠末，为之恻然。且嘉其节，请姑留署内，为女公子师。乃出示访王所在。未几，王忽至，投刺谒宰。延入，细询历难状，王语及其妻，流涕不止。宰亦为之惨恻也者，然不以夫人告也。退而阴使夫人治馔以进，酒半，王复泣下。宰佯问故，曰："此味绝类亡荆所治，其断葱亦以寸为度，对此不觉感触耳。"宰佯为太息，既请以妹妻之。王曰："亡荆此去，不知其存其没，高谊所不忍闻。"再三强之，终不可。

宰乃别设馆舍，治奁具，而以夫人归之。戒婢仆，蒙夫人以巾，扶令交拜。王辄转身面壁，绝不一顾。其夫人固闻其谋，至是则悲喜不胜，更难少忍，泣而语曰："王郎，王郎，乃犹念及糟糠乎?"王惊顾，乃其妻也，遂前相持而哭，各述流离之状。至贼中之事，王益痛哭不止。宰从旁解之曰："贤阃此事，智勇兼之，足与费宫娥并传矣，不独节义可钦也。仆以为当喜不当悲耳。"王乃收泪，拜之曰："非老父母收恤之恩，亦何得复见于此时。"

王文凭已失，宰许为详咨补给，俾携之到官。夫人愿拜宰为父，宰逊谢不敢。入闽后，岁时馈问不绝，若兄妹然。王寻以行取擢御史。

——《埋忧集》卷六《夫妇重逢》

京师又有一部郎家，佣一少妇，乃三河人。妇与其夫成亲，甫一月而别。别时与夫约曰："岁暮，宜至京城某媒媪家，访我所在而见我焉。我必有以畀汝。"

及岁暮，妇日至门前候其夫。一日，有乡人徘徊其门。妇见之，误以为夫也。盖相聚不久，而别已经月，面貌音声，不甚了了矣。遽招之曰："尔今日始来耶？我望眼欲穿矣！汝少待，我取钱与汝。"其人惘然莫测，姑待之。妇果携钱券数纸出付之。其人大喜，持去。

明日，其夫果来，阍者达于妇。妇讶其复至，出而诘之曰："昨付尔之钱，尚不足用乎？我则无矣。”夫曰：“我昨暮始至城中，宿于汝所言媒媪家。今日倩其幼子导引而来。昨岂曾至此？尔得无梦欤？”妇始悟昨日之误认，痴立无语，嘤嘤啜泣。夫固问之，乃哭失声。内主人闻之，呼入问故，知其事，大笑。怜其少年夫妇，以贫故别离，以钱十余贯与之，使畀其夫焉。

——《耳邮》卷二“芦河少妇”

以上两则故事，均描述夫妻别离后的境遇，有悲有喜，尽管情况差别很大，但都颇为感人。前一则写夫妻乱世重逢的故事。其中的女主人公有胆有识，被虏后临危不惧，乃施计杀死贼将，逃出贼营，与丈夫终得团圆。后一则写穷夫妻新婚别离的故事。其中的女主人公婚后即进城为佣，竟误将辛苦挣来的工钱给了他人，伤心之极。幸得主人帮助，才未酿成悲剧，读来亦甚催人泪下。又如：

某村钱翁，业农。薄田十余亩，粗可自给，性宽厚好善，人以长者称之。一日，村中来一丐妇，疮癞满体，秽恶不可近，卧于钱之门外，将就殆。村人咸加叱詈，欲其他徙。翁独悯之，饮其粥糜，并市药令其敷治，越宿少瘥。妇留不去，日求哺于翁。翁施舍无吝。月余，疮痂尽脱，妇谓翁曰：“恶疾沾身，而兼以冻馁，其不为沟中瘠者，皆翁之德也。今疾虽愈，而夫死，身无所依，求食非良策，愿役于翁家，不求值，得啖饭足矣。”翁许之。妇早起晏息，操作甚勤，而米盐经其掌管，必力求撙节，无苟且。翁与家人俱信任之。

后数年，翁妻死而鳏，子妇以妇能襄理家事，且年未四十，劝翁纳之。戚友闻其事者，咸来怂恿，翁遂纳妇为继室。逾年生一子，妇谓翁曰：“曩所以隐忍不言者，特未知君心耳，今既与君生子，当不相弃，妾有藏金一万，在某处大树下，事虽多年，或未有发掘之者，请与君迹之。”翁问金所自来，因言其前夫乃剧盗，尝劫巨室得金，无可匿，埋之地中。事发被获，拷掠终不承，瘐死于狱，故赃犹存尔。翁大喜。至夜，与其子驾舟，令妇往觅其处，发地果得金，满载而归，家遂大富。后妇又举两子，翁至七十余始殁。乡农得受横财，而年登耄耋，子姓繁兴，或其人忠厚之报欤！

——《香饮楼宾谈》卷一《钱翁》

有唐某者，以采樵为业。一母一妻，以捆屦、织布佐之，而常苦不给，饔飧缺焉。闻邻村有王姓者无子，欲典人妻以生子。唐谋于母。将以妻典焉。妻不可，唐曰："妇人失节，固是大事。然使母饿死，事更大矣。"妇乃诺之。典于王，以一年为期。而妇有姿，王嬖之。及期往赎，王将典契中"一"字改为"十"字。唐不能争。妇告众曰："吾悲忍为此者，以为日无多，而可以活姑与夫之命也。若迟至十年，吾行且就木矣，其奚赎焉！"乃投水死。

——《耳邮》卷四"唐某典妻"

以上两则夫妻故事，内容不同，结局有天壤之别，亦都颇为感人。前一则写钱翁以仁爱之心厚待贫病交集的妇人，终于得到善报。后一则写樵夫唐某万般无奈之下典妻，一再受到打击，竟引出妻子投水身亡的悲剧，让听众、读者感到无比揪心。

这个时期的夫妻故事，尚有写浙东乱时一对新人被掠，幸遇杭人醵金赎难民，小夫妻俩及其两家骨肉才得团聚的《池北偶谈·一家完聚》；写任妻在少室山坠崖成为野人，被人发现后，丈夫急往迎归，情好益笃的《簪云楼杂说·坠崖妇》；写九十九岁樵翁用所拾万金娶十九岁姑娘为妻，抱孙后才去世，寿一百四十的《子不语·百四十村》；写耿某被误认为负气出走杳无音信之王某，在其入赘之生活，善待其亲人，多年后才回老家与发妻团聚的《小豆棚·耿姓》；写某夫妻婚后分离，长期音耗全无，均以为对方已死，后来彼此辗转到异乡再婚，竟又成为伉俪的《阅微草堂笔记》"再娶元配"；写盗劫富室执主人夫妇，小妾带领诸仆擒盗救夫，妾嫡乃相睦的《阅微草堂笔记》"妾救夫"；写金氏妇被贼虏，其夫往赎，妇竟与贼同乐不愿归，后死于贼子刀下的《梦厂杂著·金氏妇》；写一远贸者多年归来，疑妻或不贞，乃化妆入室强暴，被其妻戮要害毙命，遂酿成悲剧的《虫鸣漫录·远贸者归来》；写在家庭遭到变故时，妻子毅然挑起生活重担，让残疾丈夫学会谋生技能，使其家居然富足的《虫鸣漫录·贤妻》；写某人见所狎妓嫌其裹脚布脏而发妻不憎其秽，大有感悟，发誓终身不去勾栏，琴瑟遂笃的《虫鸣漫录·终身不去勾栏》；写陶某在盗贼陷城时被掳，与妻子父母离散，多年后携贸易所得银两并续娶之瞽妇自川陕返家团聚的《右台仙馆笔记》“金陵陶某”；写阿保被养母卖与某氏为妾，受尽大妇虐待，后被大妇逐出，竟服毒自尽的《右台仙馆笔记》“阿保”；写林氏女执意嫁给发狂之夫婿黄生，住在山中进行调护，竟使其夫病愈返家的《右台仙馆笔记》“黄生妻”；写某家贫而妻颇有姿色，将其妻“放鹁鸽”（假卖妻于人）后，竟一去不复返的《右台仙馆笔记》“放鹁鸽”等。

二、清代的父子、母子故事

清代的父子、母子故事，数量也比较多。其作品具体描述涉及父子关系或者母子关系的各种故事，从一个特定的视角揭示当时的家庭生活，表现人们的精神面貌。在此类故事中，有不少作品相当精彩，颇为引人注目。譬如：

曩游蜀中，闻土人言：乡有某生者，幼聘舅氏女一妹为妻，以中表亲，素不避面。生成童从塾师读，他日归，过舅氏之门，见女独自在家推磨。生入问舅妗俱他出，戏曰：“妹役良苦，我为效劳好否？”女曰：“甚善。”时女已及笄，两人情窦俱开，调笑甚乐，以无人，遂私焉。生素畏舅，既讫事，自念女脱有孕，舅知之奈何？别女而出，徘徊中道，遂逃亡不知所之。越日，师使人探诸其家，家固以为在塾，彼此诘究，互相骇诧。到处使人踪迹之，卒无朕兆，而女身果妊。久之，腹渐膨脝。母察有异，诘之，计不能隐，遂吐其实，乃使人告生父母。其父母仅此一子，以出亡，方切隐忧，闻女有孕大喜，商诸冰人，以礼迎归，待生归家，再为成礼。

初，生出亡，乞食至汉口，质库主人某翁，见生貌不类乞人，留使学贾。即喜其勤谨，委司会计，大为宠任。生频年蓄积，不下万余金，爰与人合伙开张布店，特归省视。既至乡里，见道周鼓吹伧伫，车马喧耀。询之旁人，谓某氏子亲迎。是固有母无父者，今娶妻矣。生闻惊喜。既念生平只一索，那便有子？试详探之，果然。

先是，一妹迎归分娩，果幸得男。比长，读书甚慧，十三岁应童子试，学使赏其文，拔冠一军，名噪庠序。同里某富翁有爱女，遂以字之，今适于归。生到家，见宾客满堂，姑与为礼。佥谓客从何来，生诡言至自楚北，为某生作寄书邮者。其子闻有父书，喜出叩见，问父书何在，生笑抚其背曰：“儿不知耶？我即汝父是也。”问父母，以先后去世，不胜凄然。其子惊喜犹疑，生窥其意，谓曰：“儿如不信，可呼汝母出见，自能知之。”其子不得已，入请母出。生遽前揖之曰：“卿幸别来无恙？推磨推磨，不如我与汝磨。”其母闻之，喜谓其子曰：“果儿父也。”盖生所云，乃当日推磨时相谑之词，非他人所与知也。宾客闻之，交口称贺，佥请具香烛酒醴，即于是日父子姑妇同拜祭天地、祖先，行庙见礼而合卺焉。

——《里乘》卷六《父子同日合卺》

山西一富翁，年四十无子，每至亲串家见有小儿，辄喜而抱弄之。尝干役于中州，骑马过中牟县城外，见树阴之下一小儿，才四五岁，婠妠可爱。下马就视，儿初不啼，抱之上马，幸无见者。谛视此儿，眉目姣好，肥白如瓠，爱不忍释，竟拥之怀中，驰马而去。比至家，遂以为子。

而翁自得此子后，连举二子，三子皆长，并为娶妻。然翁之家人每窃窃私语，谓翁既有子矣，焉用此他人子为？翁微闻之，自度己死后，必不相容，于是召此子语之曰：“吾自中牟携汝来，今幸成立。然久居此，终少味也。叶落粪本，汝其归乎！”乃为具万金之装，使携妇俱去，戒之曰：“汝至中牟，但至某所访之，必有骨肉相逢。此吾遇汝处也。”子不得已，涕泣辞去。

既至中牟，止其妻于逆旅，而自至城外访求，逢人必问，冀有所遇。久之，有人语之曰：“吾村某氏老嫠妇，曾失一子，得毋是乎？”其子喜甚，亟使导之往，至则一老妇出曰：“吾夫亡后，遗腹生一子，至某岁失之，今且二十年，虽见之，固不识矣。然有可辨认者，此子面有豆花，吾曾识其数，今虽久远，犹未忘也。”乃言其数。众人视此子之面，果有豆花，数之与妇言合，皆喜曰：“此真是矣。”其子泣拜，历言前事，即从逆旅中迎其妻至。老妇家本贫，自失子后，又悲思成疾，一旦有子，又有子妇，且有多金，乃大喜慰。

——《右台仙馆笔记》卷十六“中年还子”

以上两则父子故事，情节均较为曲折，故事人物的经历虽然饱尝离合悲欢，但都以团圆的结局告终，令人感到温馨和欣慰。前一则由夫妻故事与父子故事交织而成，曲折地反映出旧时男女婚恋所受的桎梏，以及社会生活变化带来的机遇。后一则由母子故事与父子故事交织而成，那位丢失遗腹子的农妇经历了人生的大悲大喜，以悲惨辛酸的遭遇开头，以温暖幸福的结局告终；而那位抱走他人之子的富翁，二十年后良心发现，终于让孩子带着重金回故里去寻找亲人，得以骨肉团聚，总算知错能改，方免抱憾以终。又如：

顺治初，京师有卖水人赵逊，未有室家，同辈醵金谋为娶妇。一日于市中买一妇人，归去其帕，则发毵毵白，居然妪也。逊曰：“妪长我且倍，何敢犯非礼？请母事之。”居数日，妪感其忠厚，曰：“醵钱本欲得妇耳。今若此反为君累，且奈何？吾幸有藏珠一囊，纫衣服中，当为君易金娶妇，以报德。”越数日，于市中买一少女子。入门见妪，相抱痛哭，则妪子女也。盖母子俱为旗丁所掠而相失者。至是，皆归逊所。妪即为之合卺成礼。妪又自言洪洞人，家有二子，今尚存珠数颗，可鬻之为归计。乃携婿与女俱归。二子者固无恙，一家大喜过望。妪乃三分其产，同居终其身。人以为逊忠厚之报云。

——《香祖笔记》卷四《京师卖水人》

赵瓒，柏乡余舍村农人也，家贫，事母孝。一日出汲水，其母向院落取薪，有虎突入村，直趋赵瓒家。瓒归村，人遥呼曰：“虎在汝家，不宜往。”瓒急持柴担，踉跄入，见虎方衔母来，奋力击之。院宇小，虎不能转身，又以衔人，不舍不能斗。瓒与持益力，虎遂舍其母，将奔瓒。会县胥率健勇至，射杀之。令旌其门曰纯孝。

——《蝶阶外史》卷一《虎口夺母》

以上两则故事，短小而富感染力。故事主人公无论身处城市或乡村，都是淳朴、忠厚的普通劳动者，具有人格魅力。前一则中的都市卖水人，以赤诚的爱心待人，将素不相识的老妪当作老母侍奉，后来竟得到厚报，过上了美满的家庭生活。后一则中的农夫，奋不顾身地与猛虎搏斗，终于从虎口中救出老母，其孝心感人至深。

这个时期的父子、母子故事，尚有写某父娶一少妇续弦，二子恐父复育，乃其醉而潜割其睾丸竟死，一并伏诛的《聊斋志异·单父宰》；写一哑孝子佣工养其跛父病母，遇灾年乞食以进，使父母赖以生存的《虞初新志·哑孝子传》；写一淫妇与奸夫合谋勒死亲夫后，又将三岁孩儿卖掉，小孩令奸人暴露伏法，竟为其父雪冤的《客窗笔记·三岁孩雪父冤》；写某父至金陵寻子，不慎落入妓馆陷阱，耗竭资斧，孑身而归的《山斋客谭·以妓饵父》；写李某中年所得之子逃学外出为丐，被收养成人，娶妻生女，养父母死后遇荒年，意外与生父母得以团聚的《夜雨秋灯录·李老》；写小贩乐某将误以为已死之刘子救活并养大成人，后又赠其返回原籍寻亲的《醉茶志怪·刘氏子》；写在兄长被继母虐待致死后，童子某因装疯才得以存活的《右台仙馆笔记》"童子装疯"；写严孝子出家为僧，四处寻父，终于迎父归家的《荟蕞编·严孝子》等。

三、清代的婆媳故事

清代的婆媳故事，数量较少。但其中涌现出一些很有思想内涵的作品。此类描写细腻，感情真挚，具有较大的震撼力，社会影响良好。譬如：

郭六，淮镇农家妇，不知其夫氏，郭父氏郭也，相传呼为郭六云尔。雍正甲辰、乙巳间，岁大饥。其夫度不得活，而出乞食于四方。濒行，对之稽颡曰："父母皆老病，吾以累汝矣。"妇故有姿，里少年瞰其乏食，以金钱挑之，皆不应，惟以女工养翁姑。既而必不能赡，则集邻里叩首曰："我夫以父母托我，今力竭矣，不别作计，当俱死。邻里能助我，则乞助我，不能助我，则我且卖花，毋笑我。"（里语以妇女倚门为卖花）邻里越趄嗫嚅，徐散去。乃恸哭白翁姑，公然与诸荡子游。阴蓄夜合之资，又置一女子，然防闲甚严，不使外人觌其面。或曰：是将邀重价，亦不辩也。

越三载余，其夫归，寒温甫毕，即与见翁姑，曰："父母并在，今还汝。"又引所置女见其夫曰："我身已污，不能忍耻冉对汝。已为汝别娶一妇。"夫骇愕未答，则曰："且为汝办餐。"已往厨下自刭矣。

县令来验，目炯炯不瞑。县令判葬于祖茔，而不祔[1]夫墓，曰："不祔墓，宜绝于夫也；葬于祖茔，明其未绝于翁姑也。"目仍不瞑。其翁姑哀号曰："是本贞妇，以我二人故至此也。子不能养父母，反绝代养父母者耶？况身为男子不能养，避而委一少妇，途人知其心矣，是谁之过而绝之耶？此我家事，官不必与闻也。"语讫而目瞑。

——《阅微草堂笔记》卷三"郭六"

山东有陈媪者，老寡妇也。有二子，其长子甲早卒，而甲妇甚贤。甲死后遗有千金，贷于人而食其息，姑妇二人颇足自给。次子乙及妇均不孝。陈媪自从甲妇居，乙不顾问。无何，甲所遗千金尽为人干没。甲妇无以为生，郁郁不乐，久之遂成迷惘之疾，饥饱寒燠皆不自知。媪怜之，昼夜调护之，又苦无食力作以自食。甲妇之母族谓陈媪曰："此非可长也，且以久疾累尊章，岂母家无人乎？"迎之归。

媪自是从其次子居，乙夫妇虽不乐，然无以拒也。而乙妇悍甚，乙亦畏之。乙恒外出，乙妇亦时还母家，每为姑具五日之粮，则其返也必十日，具十日之粮，则其返也必二旬，媪于是恒不得饱。甲妇虽还母家，然犹念其姑，月必一来，来必居数日。每日巡行庭除间，见地上破瓴甂、或败絮、或故纸、或枯木朽株，一一拾起，以奉其姑。且呼之曰："娘，俟此等物化为金银，我与娘皆不饿死矣。"邻舍人闻之，皆为叹息。而乙妇殊厌恶之，不为具食。媪节食食之，故事不能久留。留数日，辄好言遣之，曰："吾儿家去，勿念老身。"如是者十余年矣。

陈氏之邻，故客舍也。会有达官税驾于此，以病小留，尽得其

---

① 祔（fù 付）：合葬。

状，叹曰："是其罪在干没者。夫两嫠妇所恃以活命者，而干没之，此非人也。"命有司穷治其事，悉返其金。陈媪得金，亟召甲妇告之。甲妇见多金，大喜，神识顿清，夙疾若失。仍奉姑同居，且嗣族人子为子，娶妇生孙焉。乙客死于外，乙妇挟其资再嫁，而后夫好博，不事恒业，不数年罄其所赍。俄后夫亦死，乙妇不能自存，乞食于路。甲妇时时饮食之，未几以疠死。

——《右台仙馆笔记》卷十五"陈媪二媳"

以上两则婆媳故事，通过具体行为来描述儿媳对待公婆或者婆婆的态度，整篇作品以对比的表现手法来展开故事，善恶分明，使正面主人公的形象分外鲜明、生动。前一则中的郭六，大灾之年在丈夫弃家出走之后，一个人挑起奉养公婆的重担，含辛茹苦，任劳任怨。直到实在难以为继时，她才忍受奇耻大辱，用卖笑所得来养活丈夫抛下的二位老人。她的所作所为，让人感到无比心酸，同时又让人对其肃然起敬。在赡养双亲、孝敬父母方面，她的态度与丈夫的态度截然不同，形成强烈对比。后一则中的甲妇，无论有钱无钱，奉养寡居婆母都十分尽心、尽力；有病在身时，照样体贴入微，更为感人。而乙妇虐待寡居婆母，其尖酸刻薄竟达到了无以复加的程度。两个儿媳在侍奉寡居婆母方面的态度有天壤之别，形成强烈对比。两则故事在塑造正面主人公的艺术形象上，无不显示出一定的功力。

这个时期的婆媳故事，尚有写某恶媳自食好面，而以粗面馊水作饼与婆婆，大雷雨时一巨蛇入恶媳口令其丧命的《阅微草堂笔记》"蛇啮恶媳"、写陈氏独身一人奉养老年且卧病在床之公婆，不遗余力，公婆临终时称无以为报，愿来生做其儿媳的《后聊斋志异·孝媳》等。

四、清代的兄弟、姊妹、妯娌故事

清代的兄弟、姊妹、妯娌故事，数量都不太多，但不少作品具有较高的思想性、艺术性，颇为耐人寻味。譬如：

谢有毅，黔乡细民。夫妇勤谨，具兼人之力，工作恒倍于他农，以是富家争致之。三十余年，汗积工资二百余千。生子二，长曰恭，次曰顺，均已成丁，各分钱百余千，娶妻鬻田，耕种自食其力。恭事亲至孝，谨守田园。顺日事饮博，数年将分析之田，只余其半；又轻听妇言，乖离骨肉，日与兄诟厉。尤如父母溺爱小子，并不斥其忤兄之非，亦不教以敬兄之道。顺得藉此强占兄田，不遵亲命。父母不能为左右袒，任其兴讼多年。官乃以田土细事，不与讯断。嗣父母相继病殁，顺益肆横，频频讦控。

一日，恭路遇黄二，手携鲜菌一筐。恭足素弱，步履维艰，蹒跚而行。黄二先行，售于顺之门。顺妻见菌肥嫩可爱，喜极买之；捡摘洗净庖烹，陈于几上。方欲举箸，闻恭入门，顺遽起藏匿，恐兄见此佳味，欲共啖之。恭曰："我见黄二携菌来此。我至石桥上，见人掇菌已尽。我因病，裹足不前，略坐歇息；见草中热气如烟，腾腾而上，土中蜿蜿纠缠，乃黄二原采菌处也。倏而突起白菌数百茎。固其异，而曳手移步视之，有一乌梢蛇，蟠屈于旁，张口吐沫，流涎结成也。我见黄二来此，倾筐而去，莫非弟家买此菌乎？当速弃之。"顺妻闻言，将熟菌用银簪试之，果黑；又试以白蒜灯草，亦黑；遂以菌倾于地，汤流处，土为之坟。顺夫妇乃极口谢之。

又逾数日，恭往田间，荷笠耔①耘，见路上古木，一大蛇悬于枝间，俄跌于地，宛转盘旋，化为巨鳖。时有渔者过而获之，携入市。恭思吾弟贪食鲜庖，见之必买也。急趋而至顺宅，见釜鬶内有物，累累如珠。兄觉有异，顺亦为之毛戴②。恭问何物，顺以鳖对。恭曰："鳖又不可食矣。我亲见此鳖乃蛇所化，食之恐伤其生。不如先将一脔，与鸡犬食而试之。"顺妻唤犬食，嗥啼而毙，鸡啄仆地，立化血水。顺曰："叶底莺声，疏兹雁影，悔无及矣。"相与泣于中庭，跪于恭前曰："弟得无恙，皆吾兄再生之德也。两救危命，心难图报。兄之爱弟若此，弟宁同木偶乎？他人虽称至交，未必有如此之关切也。弟兄能和睦于家庭，父母得安寝于泉壤。吾当悔此讼，以息此案也。"

① 耔（zǐ 子）：以土壅禾根。

② 毛戴：寒毛竖起。为惊骇之貌。

由是友爱如初。

——《咫闻录》卷六《情格》

道光二十四年夏，归自宝应，同舟彭贰尹者，江西人，说新城王氏兄弟，甲乙同居。甲妻李，乙妻陈，陈美而贤，李妒而狠，而貌亦中人。乙为土寇所掠，数年无音耗，甲与李谋曰："乙久不归，其殆死矣！今有妇在，惰而能食，不如嫁之，且姿美可得厚聘。"他日示意于陈，不可，强之，以死自誓。由是变易素服，深自谨饬。李言于夫曰："是不可以善处，若与媒氏议之，第求多金，强载而去，何患不从！"甲曰："善。"

城有富人，将纳妾，以百金聘之。甲既得金，私与媒氏约曰："陈善作伪，语以为妾必不愿，若夜以火入，见白饰髻发载之，及城而后改妆焉，事则谐矣。"届期，甲先出，若为不知者。陈氏将卧，闻门外喧扰声，既又刺刺作私语。窃听一二，知有变，急灭灯火为投缳计。李遽闯入，曳陈出，陈不从，互相支拄，两人假髻皆堕地。时迎取之人，催促扰攘，李曰："勿亟，行即出矣。"匆遽间，足蹴地上有物，拾之，髻也，戴之而出。众见髻发白饰，汹汹扶曳登舆。李呼误，众人皆不闻。

及城妆易，李复自辨非是，富人举酒笑曰："是遁辞也，新人岂有误者。即误，不可反矣！"代解衣扣，遂与成婚。明日甲归，大恚。陈初不解其故，至是始知李之误代己行也。甲欲反妇，诈索富人多金，不允。将讼诸官，众人调停未定，而乙竟还家。陈诉知变服之由，相持大哭。甲闻乙返，弃妇于富室而遁，终身不敢复归。

——《金壶浪墨》卷四《王甲》

以上两则兄弟、妯娌故事，均以兄弟、妯娌不和为内容，但结局大相径庭。前一则写弟恶兄善，弟为恶常受到妻子的怂恿和父母偏袒，父母亡故后弟更为蛮横无理。所幸经过两件事的警醒，弟与弟媳皆改恶从善，于是兄弟友爱如初。后一则写妯娌俩性格截然不同，弟妻陈氏美而贤，兄妻李氏妒而狠，当弟被土匪掠走后，李氏和丈夫愈发歹毒。为了得到厚聘，居然要将陈氏嫁与富人作妾。谁知阴差阳错，竟把李氏抬走，他们夫妻俩自己害了自己。恶人终于遭到报应，真是大快人心。

这个时期的兄弟、姊妹、妯娌故事，尚有写因分家不均，弟与妇欲杀兄，忽见恶鬼闪现而顿有所悟，乃连夜叩兄门道其故，遂和好如初的《述异记·兄弟复和》；写其兄被虎衔去，其弟持铁耙穷追不舍，将虎击毙而救了兄长性命的《听雨轩笔记·虎残》；写刘某贫病中往土地庙乞神赐，族弟以假银相戏，竟弄假成真的《咫闻录·刘议》；写因痴弟学嫂沐浴时一句戏语，竟导致嫂嫂自经，夫家翁与娘家父相继投水利、悬梁身亡的《咫闻录·一言害三命》；写因三弟调皮藏匿舟中，使两位兄长出海遭遇危险时得救，幸免于难的《右台仙馆笔记》"三兄弟"；写合浦县吴氏三兄弟入山掘土时，二兄长先后为虎所伤，小弟拼命相救，在众人帮助下均得不死的《荟蕞编·吴氏兄弟》等。

五、清代的翁婿、连襟故事

清代的翁婿、连襟故事，数量更少，但也不乏佳作。譬如：

石门县南乡某村，有夏开基者，高祖为前明显官，至开基则式微矣。屋尽颓废，惟存废园中低舍数楹栖其身，业农自食。妻高，即其母舅之女。妻父麟昭，与夏各村而居。先亦寥落，后以贸易起家，资产雄一乡，常鄙其婿贫寒，略不为之周恤。某年秋间大水，田禾尽没。夏拮据过日，窘不可言。岁将暮矣，索逋者猬集。其妻嘱往岳家借贷数金，以还所欠，并作度岁资。夏明知事必不谐，而出于不得已，遂彳亍而往。至则适遇高买田，与卖主中人议论不已，日晡始散。夏迟回又久，甫进言，而高即厉声回复，且以恶语加之。夏忍气遄归。

天已昏黑，将及家，忽踉跄仆地。自念已过岁除，毫无生路，且为鄙贱，不如以一死了之。其所居屋后有池，遂不入门而趋赴之，踊身跳下。讵冬间池浅，水仅及腰，泥淖中有物触两足，痛不可忍。俯而摸索之，则一元宝也。遍踹其旁，或大或小，累累皆是。夏大喜，匍匐上岸。敲门入而告其妻，乘夜撍之，不能尽。次日，以数小锭洗刷垢污，托言借自其岳，悉还逋负，而每夜则下池捞银。运至十余日，方毕。约略计之，已及十余万两，黄物居其三，白物十之七焉。窖而藏之内室，恐动人骇异，不敢有所为。

至次年，则田禾大熟，丝茧倍收。夏饱食暖衣，无复故态。高亦礼貌之。又次年，妻归宁久，夏往省之，徘徊于堂，频以手指因度其庭柱之粗细。高异而问其何为？夏曰："敝居房屋将倾，欲仿式以谋改造耳。"高大笑曰："汝甫得饱粥吃，便起妄想，得非梦语乎？"夏妻适在旁，乃谓父曰："使婿果能若此，父当如何？"答曰："汝夫果能造屋，则工值饭食，我承办之。"盖笑其无力购料也。夏夫妇遂与高谆谆相订。高曰："汝自去办，吾决不食言。"夏曩时屋宇虽坍，地基故在。还家即鸠工庀材，仿高屋之崇卑营造数十间，极其坚致。高负气如约，而所费不赀。

方夏破土开工时，梦一纱帽红袍而白髯者，告以旧基后牡丹台石，不可使他人垦动。醒而异之，遂乘夜独自往移。石下有四瓷缸，黄白之物满焉。乃其高祖之灵示之也，于是又获十余万。夏自念贫儿忽富，天宝佑之，甥舅至亲，安可尚气？且当时岳若贷以数金则决无入水获银之事，其富贵实岳致之也。因计其所费而还之，欢好无间。

后力行善事，延师训其子，中康熙某科举人。孙曾亦科第不绝，有出仕者。予盖闻诸亡友史善焜云。

——《听雨轩笔记》卷四《夏开基》

某显宦寓于扬州，有七女，婿皆名下士。其第七婿，尚未娶，年少有才，貌亦都雅。然往年应岁试，曾以误犯穆宗庙讳，列四等，心甚耻之。

一日，会饮妇翁家。某等五婿，有口辩诙谐。偶言及其同乡某生岁试，考列四等，学使者将施夏楚①。某生厥角于地，额血漉漉然，请甚哀，继以泣。同学诸友，皆为代求，始免扑责。第七婿以为有意讥刺之，面赤不作一语。罢饮归舍，思之转益惭愤，竟自经死。其所

① 夏（jiǎ 嫁）楚：同"槚楚"。古代学校的体罚用具。

聘妻闻之，次日亦缢于房。

——《耳邮》卷四“一言二命”

以上两则故事，分别描写翁婿关系与连襟关系。前一则为翁婿故事，以恶岳欺婿为内容，情节较为曲折，注意人物刻画。写女婿虽然曾经受到岳父嫌弃、凌辱，但当其富裕之后不计前嫌，终于跟岳父和解。这种在亲人之间，甚至在人与人之间的宽容精神，至今仍然值得肯定和提倡。后一则为连襟故事，简短而发人深省。写连襟之间以取笑他人为乐事，竟伤人害命，酿成大祸。它告诫人们，处事应当厚道，切不可任意耻笑他人，以免带来恶果；同时又提醒人们，为人应该心胸开阔，豁达大度，切不可自寻烦恼，甚至走上绝路。

这个时期的翁婿、连襟故事，尚有写富人徐某生性不善，因嫌弃未来女婿贫困，便买通一伙亡命徒欲将其害死，竟受到惩罚，而婿与女终得团聚的《咫闻录·嫌贫害婿》；写栗某家贫让一富翁招为上门女婿，因翁子被杀而不能辨，竟将其论抵的《墨余录·栗毓美》；写江宁徐某因贫赘于汪家，不堪受虐而归，妇翁迁皖时徐某乃夺子去的《右台仙馆笔记》“徐氏夺子”；写某妇归宁时，其夫往迎而留宿岳家，半夜去与妻寝处，竟翻倒酱缸面目如鬼，令人捧腹的《仕隐斋涉笔·趣林四类》“酱婿”等。

第八节　清代的婚恋故事

清代的婚恋故事，是同期家庭故事的延伸。它通过世人的恋情、婚姻故事来展现当时的社会生活、人际关系、家庭生活状况，从而揭示出民众的精神面貌和理想愿望。譬如：

康熙间，总兵王辅臣叛乱。所过掳掠，得妇女，不问其年之老少，貌之妍丑，悉贮布囊中，四金一囊，听人收买。三原民米芗老，年二十未娶，独以银五两诣营，以一两赂主者，冀获佳丽。主者导入营，令其自择，米逐囊揣摩，检得腰细足纤者一囊，负之以行。至逆旅起视，则闯然一老媪也，满面瘢耆，年近七旬。米悔恨无及，默坐床上，面如死灰。无何，一斑白叟，控黑卫载一好女子来投宿。扶女下，系卫于槽，即米之西室委装焉。相与拱揖，各叩里居姓字。叟自述刘姓，虾蟆洼人，年六十七。昨以银四两，自营中买得一囊人，不意齿太稚，幸好颜色，归而着以纸阁芦帘，亦足以娱老矣。米闻之，心热如火，惋惜良深。刘意得甚，拉米过市饮酒。米念借他人酒杯，浇自己块垒，计亦得，乃从之去。

妪俟其去远，蹀躞至西舍，启帘入。女子方掩面泣，见妪，乃起敛衽，秋波凝泪，态如雨浸桃花。妪诘其由，女曰："奴平凉人，姓葛氏，年十七矣。父母兄弟皆被贼杀，奴独被掳，逼欲淫污。奴哭骂，群贼怒，故以奴鬻之老翁。细想不如死休，是以悲耳。"妪叹曰："是真造化小儿，颠倒众生，不可思议矣。老身老而不死，遭此乱离，且无端窘一少年，心亦何愁？适见尔家老翁，龙钟之态，正与老身年相当。况老夫少妻，未必便利。彼二人一喜一闷，不醉无归。我二人盍李代桃僵，易地而寝，待明日五更，尔与吾家少年郎早起速行，拼我老骨头，与老翁同就于木。勿悲也！"女踟蹰不遽从。妪正色曰："此所谓交易而退，各得其所，一举两得之策也。可速去，迟则事不谐矣。"即解衣相易，女拜谢。妪导入米房，以被覆之，嘱勿言。乃自归西室，蒙首而卧。

二更后，叟与米皆醉归，奔走劳苦，亦各就枕。三更后，米梦中闻叩户声，披衣起视，则老妪也。米讶曰："汝何往？"妪止之，令禁声。旋入室闭户，以情告之。米且惊且喜曰："虽承周折，奈损人利己何？"妪哂曰："不听老人言，则郎君弃掷一小娘，断送一老翁矣！于人何益，而于己得无损乎？"米首肯。妪启衾，促女起，嘱之再四。米与女泣拜，妪止之，嘱："早行，恐叟寤，老身从此别矣！"即出户去。米亟束装，女以青纱帏面，米扶之出店。店主人曰："无乃大早发？"米漫应之曰："早行避炎暑也。"遂遁去。

翌日，叟见妪，大惊。诘知其故，怒极，挥以老拳。妪亦老健，搒掠不少让。合店人环视如堵。叟忿诉其冤，欲策蹇追之。闻者无不粲然。居停主人曰："彼得少艾而遁，岂肯复遵大路，以俟汝追耶？

况四更已行，此时走数十里矣。人苦不自知耳，人苟自知而安分者，竟载此媪以归，老夫妻正好过日，勿生妄念也。”叟痴立移时，气渐平，味主人言，大有理，遂载妪去。迄今秦陇人皆能悉之。

——《夜谭随录》卷三《米芗老》

粤中女多癞疾，必与男子交，移毒于男，女乃无患，俗谓之“过癞”。然女每羞为人所识，多夜要诸野，不从则啖以金。有林氏女染此症，母令夜分怀金候于道左。天将曙，见一少年来，询所往，曰：“早失怙恃，孑身无依，将贷诸亲友作小经纪耳。”女念身染恶疾，已罹天谴，复嫁祸于人，则造孽滋甚！告以故，出金赠之，少年不肯受，女曰：“我墓木已拱，无需此，君持去亦可少佐衣食。”少年感女意，拜请姓氏，叩谢而去。

女归不以实告母。未几疾作，肢体溃烂，母怒其诳，且惧传染，逐之出门，女乃行乞他郡。一日至某邑，有鬻胡麻油者，女过其门，觉馨香扑鼻，腑肠皆适，乞焉。众憎其秽，不顾而唾，一少年独怜而与之。女饮讫，五内清凉，痛痒少止。后女每乞，少年辄挹与，不少吝。久之女疮结为痂，旬余痂尽脱，肌肤完好，肆中人共异之！先是，有巨蛇浸毙油器内，人不知也，至是器尽乃见之，始知油能去毒，蛇能去风，女幸值之，盖有天焉。

方女之行乞也，睹少年即昔日赠金者，屡欲陈诉，自惭形秽而止，少年亦以女音容全非，莫能辨识。疾愈，乃托邻妪通意，少年趋视不谬，流涕而言曰：“我不有卿，何有今日？赠金之惠，无日忘之！若非天去卿疾，竟觌面失之，永作负心人矣。”欷歔不自胜，女亦泣不能止，旁人称羡不已。咸重女之存心，而多少年之不负也。为之执柯，谐琴瑟焉。

——《香草谈荟·奇缘》

以上两则故事，分别描写了两桩奇特的婚姻，说明好人终有好报。前一则写的是乱世姻缘。叙述被买来的老妪热心帮助被买来的姑娘，竭尽全力促使一对年轻人成为恩爱夫妻，而她自己也因此找到了归宿，结局都颇美满。后一则写的是重症姻缘。叙述麻风女极富爱心，不愿牺牲他人以活己命，并将自己的活命钱赠与他人，结果非但治愈了自己的重症，而且找到了终身伴侣，传为美谈。又如：

乾隆丙午，淮北大饥，道殣相望。有书生韩姓，年甫弱冠，读书乡塾，离家百里，废学而返，蹇以代步。天晚，行至十字路，驴蹶而起，视之，乃一饿殍，横卧于路。大惊，急急南去。口渴心燥，鬼磷狐啸，毛发竦然，策蹇疾行。

约更许，月落参横，至一朱门，门启不闭。生幸有人居，径历阶趋进，乞求水火。无童仆应门。随喊随行，直至后院。闻楼上有少女娇惰声，生曰："失路借宿。"女曰："可在左首楼房。"拾级而上。女于床头取出火具，令取火燃灯。生烛之，见女年轻，容虽病色，乃画中人也，爱之慕之。女曰："我饥矣，幕后有米炭，为我煮一瓯粥。"生如其言，煎熟进之。女一饮而尽，坐而言曰："子何人斯？黄夜至此。"生曰："予读书人也，由馆至家，路隔百里，驴乏力行，不能赶归。"并述路上之景。女涕泗涟如，曰："吾父死于痢，吾母死于疫，一家百口，尽为疠死；大厦百间，剩我一人。"生闻之大恐，拥女而卧。

黎明视之，上下积尸横床。女曰："我名门华胄，积镪巨万，尚未许字，亦无葭莩亲。今病月余，一生九死。昨夜君来，汗出而愈。此乃天缘，请速议婚。"诣邻居，延老人作伐，即日委禽。迎已之父母，登市置棺椁，瘗葬积尸。

——《咫闻录》卷五《韩生》

高邮一农家，衣食粗足。生一女极美，父母爱之，择婿殊苛。其后门临大河。有宦家子泊舟河干，见女而艳之，停桡不去。一日，见有尼自其门出，遂尾之至庵。告以故，许以重赂，尼诺之。

越数日，醉女以酒，而送之至舟，遂扬帆而去。女醒大啼，宦家子曲意抚慰之，矢以白首。比至家，则有翁在。女哭诉于翁。翁曰："是吾儿之过也。然既至此，毋戚戚，吾为汝玉成其事。"乃倩媒妁，具彩币，至其父母家，聘为子妇焉。农家失女，正愁苦无策，至是喜出望外，遂结朱陈之好。好事者为谱《意外缘传奇》。

——《耳邮》卷四《意外缘》

以上两则故事，分别描写了与富家有关的两桩婚姻，一详一略，都出现较大的情绪起伏。前一则写的是大灾之年的一桩特殊婚配　在特殊的场合下相恋，在特殊的氛围中议婚，得到了出人意料的特殊结果。故事主人公韩生以极大的爱心对待染病在身的孤女及其亡故的家人，喜结良缘。后一则写的是农家女的意外姻缘。因为有一位正直、善良、深明大义的老翁出现，农家女的遭遇发生了根本性的变化，由官宦子弟骗婚变为聘亲，从强暴开始变为善待告终，得到了一个较为圆满的结果。

这个时期的婚恋故事，尚有写陈生救起被主母投水之徽商妾婉兰后，出千金聘其续弦的《见闻录·婉兰》；写维扬某生与邻居富室女相恋，受其父反对，女郁郁而亡后，生竟殉情与女幽合的《广新闻·维扬生幽合》；写周女之母嫌唐生家贫而毁婚，唐生中进士授知县后，周氏妇几乎被气死的《簪云楼杂说·巧婚》；写朱生与一少尼相恋半载，幽会时竟裸抱身亡的《听雨轩笔记·漓渚朱生》；写金某为其解难之乞丐乃一富室，后与其女结为夫妻，以贸易致富的《见闻异辞·一钱致富》；写西泠某生与一船家养女邂逅，日久生情，竟结为夫妻的《夜雨秋灯录·船女奇缘》；写武生某人欲强娶一村女，不但促成村女与其夫合卺，而且让武生、奸僧等受到惩罚的《虫鸣漫录·村氓女》；写富家女未婚有孕，出嫁时其家乃以佃户女冒充，竟弄假成真的《虫鸣漫录·姻缘颠倒》；写一富翁为养子议婚时，失于兵乱之亲子又返回家中，其亲翁巧作安排让两婿两女成亲，双双偕归的《右台仙馆笔记》“两婿两女完婚”；写一贫女见卖糕者心善而与其结亲，婚后卖糕者又助女兄嫂兴家的《右台仙馆笔记》“卖糕者成亲”；写苏州一小家女之兄骗人退婚钱被官府鞭笞，并判该女仍归前聘夫婿的《右台仙馆笔记》“苏州小家女”；写岁除邬三与众赌友合谋，觅一妓女假拜堂来骗取姑母钱财和田产，女父见邬有钱果以女妻之的《右台仙馆笔记》“弄假成真”；写新婚夜，与新娘相好之屠夫缚新郎为人质而拥妇睡，夫家计无可出，三日后官府赶来方才获救的《右台仙馆笔记》“以少子为人质”；写陈生与文女相悦，双方父母均不允婚，二人悉病，始结秦晋之好的《此中人语·陈璋》等。

第九节　清代的巧女智妇故事与呆子故事

清代的巧女智妇故事、呆子故事，数量都不很大。它们均从一个特定的视角来描写现实生活，反映人情世态，揭示民众的好尚与情趣。其中，不乏精彩的作品，能够给读者、听众留下较深的印象。

一、清代的巧女智妇故事

这个时期有关巧女智妇的故事，试看：

蜀中多养鸭，鸭以亿万计。村设篷，篷中人合东西南北为队，多至百余人。一村有妇人居与篷距数武。夫出外作小负贩。夕有客来寄宿，拒之。客曰：“我携三百金，暮无依。不得已，求托一席地，虽户外无妨也。”妇曰：“我孤身，如子户外亦不便留，客盍赴鸭篷求栖止？”客如言去。

至二更，闻篷中呼救甚惨。妇度篷中人谋客资，宜速救，因纵火自焚其室。村邻咸来，妇曰：“且无顾火，速往鸭篷救人！”至则已支解付鸭食之，仅余一股矣。因缚送官，分首从问拟。官畀妇百金，俾复葺室，悬额旌之。

——《蝶阶外史》卷三《蜀妇》

把弟兄都有口头语。把兄爱说“岂有此理”；把弟爱说“哪有这么件事”。把兄与把弟曰：“我两人这口头语，应该改一改。自今日为始，如果谁再说，罚钱两串、米二斗。”把弟说：“很好。”第二日，把兄来找把弟，一见面，把兄说：“了不得，昨晚失了盗。”把弟说：“失了何物？”答曰：“被贼把后院井偷去了。”把弟说：“哪有这么件事？”把兄说：“犯了口头语，罚你，罚你，明日一早来取钱、米。”

把弟懊悔而回，见了妇人，愁眉不展。妇人问曰："你今日回来，如何这样愁烦?"丈夫说："我犯了口头语，输给把兄钱二千（两串）、米二斗，明日就要来取，因此愁烦。"妇人说："我倒有一个主意。你明日一早装死，我把你停在门板上，用纸盖好。把兄来了，我自有道理。"丈夫应允。

次日，如法装死。把兄一早就来叫门。妇人开门将把兄让进，掩面假哭。把兄看见房中停尸，弟妇在旁啼哭，忙问："把弟在哪里?"妇人说："昨日回家，走至院中，被鸭子一脚踢死了。"把兄说："岂有此理?"把弟在纸里翻身爬起，大声呼曰："不该，不该。"

——《嘻谈续录》卷下《口头语》

以上两则故事，从不同的生活层面来展现家庭妇女的智慧，都写得十分生动。前一则写四川有一小贩之妻，为了搭救危难中人，毅然自焚其家，因而引来四邻，使得凶手全都被捉，受到惩处。这位下层妇女自焚其家的举措，属于急智。只有如此，方可达到惩凶的目的，否则她去救人，很可能也被杀害。而富有自我牺牲精神，则是这位下层妇女的高尚品质。这种高尚品质，乃是她急中生智的支撑点。没有自我牺牲精神，是不会作出自焚其家的抉择的。后一则写把弟因口头语输于把兄，在无可奈何的情况下，其妻利用口头语赢了把兄，帮助丈夫挽回面子。作品展示出这位家庭妇女既有过人智慧，又活泼风趣的性格，也颇绘声绘色。

这个时期的巧女智妇故事，尚有写一伙剧盗夜入媪家抢劫时，媪操土音与盗首认同乡，以姐弟相称，使其不好下手，从而逃过一劫的《萤窗异草·智媪》；写一贼目捉住陈女欲施强暴，陈女素善泅，突搂其人滚入溪中淹死，急断其头而去的《夜雨秋灯录·大脚仙杀敌三快》"计断贼头"；写一骑马贼目欲强暴周氏妇，妇佯笑让其系缰绳于两足，随即以剪刺马腹，令马痛狂奔将其拖死的《夜雨秋灯录·大脚仙杀敌三快》"周氏妇除贼"等。

二、清代的呆子故事

这个时期有关呆子的故事，试看：

师向主人极口赞扬其子沉潜聪慧，识字通透，堪为令郎伴读。主曰："甚好。"师归谓其子曰："明岁带你就学，我已在东翁前夸奖，只是你秉性痴呆，一字不识。"因写"被"、"饭"、"父"三字，令其熟记，以备问对。及到馆后，主人连试数字，无一知者。师曰："小儿怕生，待我写来，自然会识。"随写"被"字问之，子竟茫然。师曰："你床上盖的是甚么?"答曰："草荐。"师又写"饭"字与认亦不答。曰："你家中吃的是什么?"曰："麦粞。"又写"父"字与识，子曰："不知。"师忿怒曰："你娘在家，同何人睡的?"答曰："叔叔。"

——《新镌笑林广记》卷二《叔叔》

一富翁克薄成家，积买数万，犹时时吝啬，较量锱铢。人皆怨恨，咒之曰："此等人悖入悖出，定有报应。"富翁闻之，愤恨已极。有一子年已成人，性憨傻，最奢侈。富翁教之曰："你已成人，尚不辨黍麦，我欲令家人带你出门，看看物力艰难，试试东西贵贱。"傻子欣然乐从。令家僮带之出门。出得城来，行至山中，看见石匠在那里凿石，打成大小石狮二个。傻子甚爱，一定要买。忙问："价值多少?"石匠认得是富家傻子，乃诓之曰："小狮子要银三千，大狮子要银五千。"傻子说："要价不多，快给我抬了家去。"石匠先将小石狮送到家中。傻子回家，见了父亲，欣欣然告之曰："我买便宜回来了。"父问："买何物?"傻子令人将石狮抬进。父问："价值若干?"傻子说："价值三千。"翁大怒，骂之曰："你用重价买此无用之物?真乃败家之子！怪不得人说我总有报应。"傻子鼓掌大笑曰："我告诉你罢，这还是小报应，还有一个大报应在后头呢。"

——《嘻谈续录》卷下《富家傻子》

以上两则呆子故事，前一则写塾师儿子的呆傻，嘲讽塾师的贫困、自私及家风不良。后一则写富家子憨傻而奢侈，讥笑悖入悖出、为富不仁者必然得到报应，不会有好下场。两则作品虽然内容各异，思想意义不同，但都善于虚构与夸张，具有较强的艺术性。结尾处的对话都有抖包袱的效果，引人发笑。

这个时期的呆子故事尚有写某人祛盗，或者贴“此路不通”于室内，或者掩门称“有人在此”的《笑倒·祛盗》；写除夜一呆女婿念中堂长条，将吉利语念成丧气话的《笑得好·不打官事》；写赴婚宴时痴儿不满其父叮咛，竟说“我晓得娶亲比不得送殡”的《笑得好·比送殡》；写一呆婿将岳家冻水美味纳腰间带走，回家后惊呼“如何撒一泡尿便逃了”的《新镌笑林广记·携冻水》；写一呆子去岳家拜年时带皮吃生柿，其妻叫苦不迭，其人忙说“苦到不苦，就是涩”的《新镌笑林广记·呆子》；写一痴婿目不识丁，刚学认“此处不许撒尿”，去岳家时竟将舅姆裙上所绣吉利语读成“此处不许撒尿”的《新镌笑林广记·痴婿》；写一代人受杖者用委托人所给二金贿衙役，以求其轻打，事后向委托人致谢称“非公金为贿，杖几死”的《耳食录·忘误》“代人受杖者”；写某痴子娶妻后生子，人往贺，其人竟道“子非我生也，何贺之有”的《志异续编·某痴子》；写痴人对人埋怨，昨夜我梦见婢女，婢女却说未曾梦见我的《笑笑录·痴人说梦》；写一傻子到岳父家赴宴，谨遵妻嘱，每说一物均加个“古”字，让人啼笑皆非的《嘻谈录·傻子赴宴》；写某钝生新婚不知伉俪之乐，令新妇只好啜泣的《此中人语·钝生》等。

第十章　清代的写实故事（四）

第十节　清代的美德故事

清代的美德故事，作品较多。其内容涉及行善积德、仗义疏财、拾金不昧、知恩图报等，往往具有不同程度的感染力和教育意义。这类故事，在当时对于净化世风，促进社会发展都不无裨益；在现今社会，仍然有一定的启示作用。有关行善积德的故事，譬如：

有佃户钱益者，其主人因谋占邻田不遂，心生毒计，令益以稗子撒邻田中。益谓其妻曰："竟撒则害人，不撒则逆主命，将奈何？"妻曰："何不以蒸熟稗子代之。"益遂如法行。其主察之，见已撒而止，而邻田毫无所损。后益子登进士第，夫妻皆受封偕老焉。

——《北东园笔录》初编卷四《佃户善行》

山左程姓者，寓于吴中。有一婢，嫁农家叶氏子。庚申之乱，程全家避于叶氏，器用财贿悉寄焉。不数年，程氏相继死，止遗一幼子在襁褓中。婢抚以为子，使与诸子齿。俄而其夫亦死，婢守义不嫁，抚程子及其子俱成立。为程子聘邻村一女为妻。

成婚之日，请姑出，将以新妇见。而婢遽出，自房登氍毹而先拜焉，程子大惊。婢对众自陈曰："我非新郎之母，乃程氏之婢也。主人不幸遭乱，流离死亡殆尽。我以郎君年幼，无人管束，故十余年越主婢之分，冒母子之名。今敢不道其实欤？"于是具述颠末，并出资财，尽以归之。程子欲分其半以与，婢不受。乃使其妻以姑事之，而己仍呼为母焉。

——《右台仙馆笔记》卷三"婢抚程子"

以上两则故事，内容各不相同，但都涉及贫富关系，无不表现出贫贱者的高尚品格，后者尤为突出。前一则中的佃农富有同情心，其善行以一时的机巧取胜，受人称许。后一则中的婢女重义忘利，襟怀坦荡，其善行以十数年的韧性著称，一旦时机成熟，其人立即说明真实情况，并且归还代为保管的全部财产，她与她扶养成人的程家儿子都有情有义，值得信赖，实在难能可贵。

有关仗义疏财的故事，譬如：

桐城张翁，明季人，年三十余。偶于后圃锄地见一坛，白镪满中，共得二十坛。翁起视之曰："某穷儒也，当此乱世，骤得多金，恐转速祸，愿留此为阖境赈饥之用。"力掩之。入国（清）朝，以训蒙终其身。临卒，呼二子至榻前告之曰："我有遗志未偿。后圃埋银若干，留之以赈济饥荒，遭际圣朝，桐城数十年风雨和甘，竟无歉岁。我死，汝二人当守我志，如敢妄动毫厘，非吾子也。"嘱毕而逝。

二子殡殓毕，相与同至后圃，发视良信，遂泣誓必继父志，虽妻子未尝少露。又坚守二十余年，桐城大荒，兄弟赴县击鼓，白前人意。令亲至发兑之，得十四万余两。令即嘱教官赵公经理其事。赵故常熟巨族，性方刚，自查灾以至散赈发银，皆亲手自兑，无一丝苟且，桐人感颂焉。

一夜，赵梦有人推手车数辆，车上悉载红蓝水晶砗磲等珠，如核桃大者，以数千计。问何往，曰："送张氏。"后另有一珠车，曰："送于赵者。"梦醒不解所谓。至雍正十年，始加顶戴，赵始悟所送者此也。后张翁孙八人，皆入座，文和公最著名。人只羡张氏功名之盛，不知所以积累者固有在也。

——《妙香室丛谈》卷十二《桐城张翁》

此则故事，写穷读书人张氏父子将所得巨资，悉数用以赈灾，并且由一位廉吏主持其事，使桐城一带的成千上万灾民得以度过大劫难，确保一方平安。这一义举，实在让人感到由衷的敬佩。因为此举是由两代人共同完成的，他们坚持的时间非常长，前后达数十年之久；而且他们面对十几万两的巨资却丝毫不为所动，全都奉献给社会，奉献给慈善事业。张氏父子的行为无比高尚，完全体现出忠厚仁爱的道德力量。

有关深明大义的故事，譬如：

天津海河多海舶，洋货麇集。购货客率乘小舟，船户皆天津人，或招洋贾来船议价。一客携重赀驾船往，二洋贾来议，故迟至夜，给船户掉舟至空旷处，出刀杀客，分其赀，贻船户金二百。船户不肯，将并杀之。船户思得金，计亦得。乃如所谋，携金归，时漏甫四下也。船户妻问金所从来，具以告。妻曰："此不义财，胡可纳也？明日尸主必讼，讼必获洋客，子得金，祸必不免。不如持此金自首，尚可保身家。命应得财，终为我有。"船户靳[①]，不肯。妻曰："不听良言，明日必败。我不甘为贼子妻，将来见汝流离，且累及我。"因大呼四邻，船户不得已，首焉。迟明，尸主亦至，官命役从船户侦洋客，立擒至伏法。官谓船户明大义，劳以花酒，并二百金赐焉。

——《蝶阶外史》卷二《船户妻》

此则故事，写船户妻不愿接受赃银，强令丈夫前去自首，因而得以将凶手——杀人越货的洋客置诸法。故事主人公本是一个出身贫贱的妇女，却知道是非曲直与利害关系，深明大义，面对巨额金钱的引诱而不为所动，当机立断，作出正确的抉择，确实非同寻常，令人刮目相看。

有关拾金不昧的故事，譬如：

江北张某为人经纪，收债于江宁，岁暮将归。黎明肩行李出城，门未启，立市檐以待，倦甚，以置金之布搭坐身下。方闭目，城遽启，忘携身上布搭，仅肩行李趋出。行里许始觉，急返觅旧所，已各肆俱张，人如云集，而布搭不知去向矣。于此愁眉观望，徘徊不已。一老者询故，以实告，邀张入曰："今早启门，得有遗物，未识相符

① 靳：吝惜。

否？”张曰：“为东人物者两大封，其小封己物也，锭数分量各若干。”老者验系原物，即还之。张感泣，愿以己金奉。老者笑曰：“吾果爱财，顷则不言矣。君何不谅也。”张不敢强，因拜谢，各道姓名而别。

张抵江待渡，而风大作，渡舟多覆，溺人无算。张恻然曰：“吾所携之金失而复得，吾命亦属再生矣。”悉出己金买救生者操舟往救，立捞数十人，皆感谢。彼此通姓氏，中有一少年，江宁人，往江北贸易，回家度岁，即还金老者之子也。张异而告以故，闻者莫不叹息，后二氏结婚姻焉。可见济人即自济也。

——《熙朝新语》卷十五“老者还金”

此则拾金不昧的故事，充分展示出品德高尚者的人格魅力。失金人受到还金人的感染，同样重义忘利，用助人为乐的精神待人接物，应对和处理突发事件。他们往往在帮助别人的时候，也得到了别人的帮助。故事中还金人与失金人两家缔结婚姻，不失为一段佳话。

有关知恩图报的故事，譬如：

凡人烟辐辏之区，遇吉日嫁娶恒十余起。一日两家俱嫁女，一巨富，一极贫。至途中相值，雨甚至，舁者各以彩舆置亭中，散为避雨计。贫女于舆中哭甚哀。久之，富家女亦心动，遣媵婢问之曰：“女子适人离父母，远兄弟，诚大苦，然何至伤恸乃尔？”贫女曰：“我母家故穷，所适又乞人子，明日即不知何若，以是悲。”富家女为之恻然。俗于嫁娘两袖中必置坠重物，谓之“压袖”。富家女袖贮荷囊二，各缄金锭一，约重二十余两。乃出使婢纳诸贫女之怀，语以：“萍水相逢，无可为赠，持此谋饘粥，或不致遽冻馁。”贫女受之，正欲问姓名，适雨霁舆夫坌集，两两分路。

贫女嫁后，出所赠金，俾其夫权子母，逐什一之利，遂臻绕裕。乃行大家骤起，广市田园。然所置产，田必两庄，屋必两所。本资与所获利必相埒。众莫解其意之所在。性好施予，一乡称善人。

顾艰于嗣息，逾十年生男，视若掌珠，择乳媪哺之。媪来时诸婢仆指示屋后楼三楹，云每清晨主母盥洗毕，即捧香屏从人诣其上。汝慎勿登，违则必不恕也。问何故？众言我辈来此有十余年者，皆不知，但谨守条约而已。媪所哺子渐能够行，忽攀跻欲上，媪阻之则号跳，不得已从之。登入其中，则空洞无物，惟设香案，南向一龛障以幕。媪揭视久之，不觉失声哭。众闻声告主母，争讯之。媪伏罪言小郎欲登，恐其蹉跌，匆促间不及细思，致干犯，应如何示罚，惟主命。问何为哭？媪又挥涕曰："适见其中所悬荷囊，与我嫁时压袖者相似。是日行至途中，并所贮金赠一嫁娘。尔时母家、夫家皆极盛，初不介意，亦不知其可贵也。不图今日落魄至此。"语罢复泣，诸婢喝之止。主问汝嫁为何时？媪以某年月日对。问是日遇雨否？媪曰："不雨，则我之荷囊固在也。"主闻而默然，亦不之罪，但寻其夫来。媪以为将遣己也，益悲不自胜。

次日，主家张灯彩，召梨园，若将宴贵客者，并召其族人皆至。届时，堂中排二席设两座，旁列二几，堆簿籍高尺许。媪之夫在外厢，命四仆引入。四妇自室中拥媪出，令二人上坐，勿使动。主人、主母侧身下拜，拜已起而言曰："曩蒙赠金者乃我。贱夫妇非媪无以有今日。藏庋荷囊示不忘也。日日顶礼，冀相遇也。财分为二，不敢专利也。今幸天假之缘，不致负恩没世。此田产簿二份，愿存其一而以一归翁媪，并示族人不得有异说。"翁媪慌遽，惟同声连称不敢不敢而已。主乃促坐定，奉酒卮，筵开乐作。至二鼓，挑灯送归所居之东院宿。凡几案衾榻，与主居无少异。翁媪本富家出身，亦安之若固有。媪初生女，寄养他人而身出为佣，至是迎归。后长成遂以字其所乳子，两家世为婚姻如朱陈村焉。

——《北东园笔录》三编卷二《贫女报恩》

此则作品，讲述了一个贫富转换，悲喜交替的曲折离奇故事。通过这样一个感人至深的故事，赞美知恩图报的传统美德，说明人间自有真情在。世间的这种品格，这种情愫，是不会因为时间的推移，身份的更改而变化与消失的。

这个时期的美德故事，尚有写一丐儿将乞食时拾到的金银归还给为夫申冤妇人，后被失主收养的《坚瓠集·丐儿还金》；写孙某应童子试时将拾得二百两银归还奉化县解差，让其逃过一劫，后受到重用的《果报闻见录·还金之报》；写一乞丐将还金所得之赠银为贫女偿债后被诬入狱，遗金者为其作证乃得平反的《续子不语·屈丐者》；写生员林某已有妻室，毅然断绝与一村姑来往，誓不做损德之事的《小豆棚·一枝花》；写潘翁除夜赠二十金与来窃邻子，让其以一半还赌债，一半做小生意养家的《履园丛话·德报》“除夜赠金”；写阜某将所拾得一百金归还木行伙计，后来得店主扶持而发家致富的《履园丛话·德报》“还遗金”；写陶翁将十年前挚友托其保管之货金以及代为营运所得共二十多万银一并归还友妻，友妻不受，陶翁只好留下一半子金的《妙香室丛话·金陵陶翁》；写王某被劫落魄时，得到五年前所搭救溺水者帮助而成为富人的《道听途说·王祚》；写陈某赴省试时从火中救人，因受邻生帮助而得中的《北东园笔录·救难巧报》；写广西怀集县小卒马某将载银数百千钱票归还失主，并谢绝赠金，后得到失主垂青而成为富商的《北东园笔录·黄璧庵述六事》“马某”；写某翁平素以济贫为务，待乞丐尤厚，后逃难遇险时众丐竭力相救的《金壶七墨·乞丐报恩》；写某丝店一年轻人代逃荒女付饭钱，因而找到幸福的《虫鸣漫录》“丝店少年”；写李氏寡妇一再拒绝同邑富人各种诱惑，得以保全名节的《右台仙馆笔记》“李氏妇”；写殷翁收留输光家产之友人儿子，让其发奋攻读，还将暗中买下之家产归还此子的《右台仙馆笔记》“殷翁高义”；写一贫士用回家过年之钱搭救投水孕妇，后来贫士科考时竟得到其子帮助的《右台仙馆笔记》“杭州贫士”；写一盗贼知其所窃钱财乃老寡妇十数年攒下之孤子婚费，立即退还并且致歉的《耳邮》“退还原物”；写寇首虏王女一家，令女为先锋妻，女陆续放走家人后乃绝食死的《跗廛笔记·绍兴女》等。

第十一节　清代的侠义、武林故事

清代的侠义、武林故事，故事主人公既有各路英雄豪杰，又有形形色色的武林高手与另类。有关作品的数量甚大，涉及面广，内容相当丰富多彩，包括反贪锄奸、杀贼除恶、矜贫救厄、名家高手、僧侣武侠、侠女奇妇等类别。其作品大多故事性强，生动曲折，绘声绘色，颇为引人入胜。

有关反贪锄奸的侠义、武林故事，譬如：

某中丞巡抚上江，一日遣吏赍金三千赴京师。途宿古庙中，扃鐍甚固。晨起，已失金所在，而门钥宛然。怪之，归告中丞。中丞怒，亟责偿。官吏告曰："偿固不敢辞，但事甚疑怪，请予假一月往踪迹之，愿以妻子为质。"中丞许之。

比至失金处，询访久之，无所见。将归矣，忽于市中遇瞽叟，胸悬一牌云："善决大疑"。漫问之，叟忽曰："君失金多少？"曰："三千金。"曰："我稍知踪迹，可觅车子乘我，君第随往，冀可得也。"如其言。

初行一日，有人烟村落。次日入深山，行不知几百里，无复村疃。至三日，逾亭午，抵一大市镇。叟曰："至矣。君但入，当自得消息。"不得已，第从其言。比入市，则肩摩毂击，万瓦鳞次。忽一人来讯，曰："君非此间人，奚至此？"告以故。与俱至市口觅瞽叟，已失所在。

乃与曲折行数街，抵一大宅，如王公之居。历阶及堂，寂无人，戒令少待。顷之，传呼令入。至后堂，堂中惟设一榻，有伟男子科跣坐其上，发长及骭①。童子数人，执扇拂左右侍。拜跪讫，男子询来意，具对。男子颐指语童子曰："可将来。"即有少年数辈扛金至，封识宛然。问曰："宁欲得金乎？"吏叩头曰："幸甚，不敢请也。"男子曰："乍来此，且将息了却去。"即有人引至一院，扃门而去。日予三餐，皆极丰腆。是夜，月明如昼。启后户视之，见粉壁上累累有物，审视之，皆人耳鼻也。大惊，然无隙可逸去，彷徨达晓。前人复来传呼，复至后堂，男于科跣坐如初，谓曰："金不可得矣！然当予汝一纸书。"辄据案作书，掷之挥出。前人复导至市口，惝恍疑梦中，急觅路归。

① 骭（gàn 赣）：小腿骨，亦指小腿。

见中丞，历述前事。叱其妄，出书呈之。中丞启缄，忽色变而入。移时，传令归舍，并释妻子，豁其赔偿。吏大喜过望。久之，乃知书中大略斥中丞贪纵，谓勿责吏偿金。否则，某日月夫人夜三更睡觉，发截若干寸，宁忘之乎？问之夫人，良然，始知其剑侠也。日照沈洗马应膺闻之望江龙简讨燮云。

《池北偶谈》卷二十三《剑侠》

明万历中，有宦于浙者，贪虐自纵，托其子捆载而归。选勇士数人，督役夫而行。至苕中，见一翁策蹇至，相与谈，甚洽。抵暮过长林，翁忽曰："公子装归之物，皆非理所得，曷不假我，以为娱老之具?"公子怒，诸勇士厉声呵之。翁加鞭而前，行约半里许，飞一弹中一勇士之指。诸勇士皆持兵欲与角。又数弹，遍中其指。复跃至，谓役夫曰："随我行则生若。"诸勇士悉投兵而拜，公子乃挥役夫去。怅然自失，反走诉于其父，乃令人广捕。

逾月，公子访求技勇，偕游西湖，见此翁行堤上，两少年从之。公子命从者突出擒之。翁大笑，一少年略举手，而仆者三人，余人遂不敢动。翁谓公子曰："姑至我舟中小酌可乎?"则画舫泊于九溪，揖公子及群从登焉。酒肴之陈，非人世所易有。所言者皆述生平赈贫恤困、锄抑强暴之事。公子欲启口，辄献巨觥。酒酣，翁掀髯曰："为我达尊公，无相觅也。"呼童设笔砚，疾扫数行。携公子手，登岸共览十八涧之胜。坐石上，听瀑声，笑谓公子："宜勉为贤人，干父之蛊，我欲将此水涤尔尘襟也。"出一缄与别，谓："一二日间，消息可到，勿以微物琐琐长者为。"公子归语其父，开缄视之，则历数其罪状也。

翼日，父子晨起，各云所卧之枕截而为两，旁有白绢，大书曰："宦改前非，子改父恶，以枕代尔，尚其戒之!"自此召还捕者，竦然自戢，父子俱得令名。

——《香天谈薮·浙中宦者》

以上两则反贪锄奸的故事，一则写侠客派人劫走赃官运往京师的金银，并且致信历数其罪状，对其提出严正警告。一则写绿林豪杰亲自劫走赃官运回老家的财物，并且投书告诫其父子，让其父子改恶从善。它们不但具有积极的社会意义，而且故事情节非常引人入胜，带有一定的神秘感，人物描写均绘声绘色，让听众、读者颇有身历其境的感受，在清代侠义、武林故事中属于上乘之作。

有关杀贼除恶的侠义、武林故事，譬如：

子琴又言，无锡县城中典库后有旷园，大逾十亩。忽有一壮夫负竹篙一竿，修而多节，白司事者求寄存园中，订日来取。诘旦，泛埽夫赵乙见之，问司事者："此篙从何而来？"司事告之，赵太息不语。司事察其言状有异，转诘之，乃曰："小人向日流荡江湖，略知暴客号诀。此篙即若曹信物，数节之多寡，便知党羽人数。今倚园墙西隅，其来必由此处，是不可不预防之。"司事闻之大惊，趋告主人。众意乙非常人，因谓："汝既知此篙，必能办贼，果尔，当重赏不吝。"乙初不肯，再三央之，乙乃数篙节，凡三十有三，曰："贼数如此之多，非以计歼之不可。"众问："计将安出？"乙笑曰："公等勿虑，小人自有料理。"乃请买豆数百石摊布园中，约厚尺许；又买大瓮三十具置墙下听用，主人如言部署。

一夜，天月阴黯，乙谓众曰："贼至当在今夜，小人当一一歼之。公等如胆大不畏，请作壁上观可也。"主人骇惧，恐乙众寡不敌，出资募健儿百余人，各持器械，为乙助威。乙麾之去，曰："尔曹卤莽无能，在此搅扰，徒乱人意，请速去，勿败乃公事！"悉命举室吹灭灯烛，自袖利刃潜伏墙阴以伺之。少选，竹竿窸窣作响，一莽男子自竿溜下，足踏豆上，滑而颠，乙暗中以刀剁其首，掷瓮中；未几，一人继下，颠如前，又剁之，连剁十余人。外贼以其党多人入墙，寂不闻声，虑内有备，中一黠贼跃登墙上，次且不敢下，俯首观察良久，轻拊其掌者再，内无应者，知事败，遂率余党遁去。无何，东方渐明，乙招诸健儿置尸瓮中。计之，共剁十有六贼，命悉舁而瘗于野，以灭其迹。

主人大喜，厚犒诸健儿。自是，除乙泛埽之役，待以殊礼。惟时惴惴焉，虑盗复来报怨，而盗竟不敢复至。

——《里乘》卷三《赵乙》

有客襄阳者，路遇一僧，担二小箱，求附舟。舟人不可，客曰："世外人料无歹意。"客命载之。行未半，又一童年仅十余岁，亦求附。僧不可，舟人亦曰："世外人亦佛心也，何有忌于小孩耶！"而载之。僧微有愠色，遂亦相安无他。

明日，行至某处，地阔人稀。僧与客及童共饭。客先毕，僧亦毕。僧向童曰："你只管吃饭！"童不应。僧忽拔短刃向客曰："尔欲死刀下乎？不然，速赴江死！"客大讶，长跽哀泣。僧不顾，按刀叱咤，旁若无人。忽两箸飞入僧鼻孔中，透脑立毙。客顾童已饭毕兀坐，有碗无箸，乃知童异人也。因向童谢，童亦不言，遽起，以僧所遗二箱投入江，乃曰："此僧为盗，惟我知之。迹之三年，今日始得除害。昨若来迟一炊，则客遭毒矣！"问："弃箱何故？"曰："此中乃僧之两徒也，少缓即出。"客大敬服，童径登岸去。

——《广新闻·盗僧》

以上两则杀贼除恶的故事，发生在长江中下游地区。故事主人公都是平平常常的下层民众，甚至是个有几分稚气的童子，却手段高强，举止非凡，令世人刮目相看。这两则故事，或者写泛埽夫后园消灭十六个盗贼，或者写童子飞箸击毙残忍的暴盗僧，其故事情节无论长短，均有十分惊险、出彩之处，对听众、读者颇有吸引力。

有关名家高手的侠义、武林故事，譬如：

南阳县有杨二相公者，精于拳勇，能以两肩负粮船而起。旗丁数以篙刺之，篙所触处，寸寸折裂，以此名重一时。率其徒行教常州，每至演武场传授枪棒，观者如堵。

忽一日，有卖蒜叟，龙钟伛偻，咳嗽不绝声，旁睨而揶揄之。众大骇，走告杨。杨大怒。招叟至前，以拳打砖墙，陷入尺许，傲之曰："叟能如是乎？"叟曰："君能打墙，不能打人。"杨愈怒，骂曰：

“老奴能受我打乎？打死勿怨。”叟笑曰：“老人垂死之年，能以一死成君之名，死亦何怨？”

乃广约众人，写立誓券。令杨养息三日。老人自缚于树，解衣露腹。杨故取势于十步外，奋拳击之。老人寂然无声，但见杨双膝跪地，叩头曰：“晚生知罪了。”拔其拳，已夹入老人腹中，坚不可出，哀求良久，老人鼓腹纵之，已跌出一石桥外矣。老人徐徐负蒜而归，卒不肯告人姓氏。

——《子不语》卷十四《卖蒜叟》

嘉兴万永元者，素多力，后学武艺于少林僧孤云，遂以拳勇著名江浙间，自号“万人雄”，从而习艺者以百计。一日，率其徒教技于东塔寺，观者如堵。永元自炫其能，知其奥妙者，咸叹赏之。

有老叟携一童子，约十余岁，在旁耳语曰：“手段亦有来历，但破绽多耳。”闻者皆骇。永元知之，叱叟曰：“汝系何处人，敢来讥我？”叟逊谢无有，童子以永元声色俱厉，因忿然曰：“汝技仅止此，而敢于行教，故吾与老父偶论之。今汝发言骄慢，意欲何为？”叟频以目示，而童不肯止。永元曰：“汝敢与较技乎？”童遽曰：“有何不敢？但此地逼仄，难以展舒耳。”时已薄暮，永元约明日教场相较。问其籍贯，答以：“姓庄，长兴雉山人。因女将出嫁，故来此买物，寓于舟中，晚间当去。今君欲见教，又迟归一日矣。”遂相订而去。

永元使人伺察之，则其舟泊于宣公楼畔。尚有伴侣二人，见叟回，方欲理楫解缆，叟止之。告以明日与万较技，而怨童子多事，以致迟留。然于较技绝不商量，若裕如也。探者回告，永元曰：“何物幺么，敢与吾角？”而心亦儆备之。

次日至教场，则叟与童先在，迎而谓之曰：“吾欲遄归，故候之久矣。君欲角力乎？较拳棒乎？比刀枪弓剑乎？所事惟命，吾父子遵教焉。”永元见叟癯而童稚，因曰：“先试力。”教场有石墩，中通一洞，约重四百余斤，盖操兵时用以树大旗者。永元两手掇之，行十余步而堕于地，观者啧啧惊叹。叟使童试焉，石巨人小，仅可离地，而碍足不能行，遂置之。然手掇处，指已入石半寸许，石屑霏霏落，众皆骇然。叟笑曰："孩童不中用乃尔！"手提石掷之空中，落而陷于地者盈尺，复掘起置诸原所。永元自谓拳法无双，欲与较拳。叟曰："吾筋骨久惫，展动为难，且手重，恐或伤君。吾今但立于此，任君来扑可也。"因凝立于演武厅之月台上。永元竭尽所能，欲挥而仆之。拳脚将及叟，叟不举手而微摇其身，永元不觉退走二丈余。叟抚掌曰："[illegible]，[illegible]亦深。[illegible]何技乎？"永元更请试棍。叟命童与较，而谆嘱其不可伤人，童唯唯。两棍飞舞，宛若游龙，忽"格"然有声，一棍飞起高数丈，落于饮马池中，视永元则空手矣。

永元大惭，揖谓叟曰："吾习技十余年，自谓无敌。今服输于叟矣！然叟之师系何人而精妙至此？"叟不肯言，拱手将别。适有两鸠鸣树间，叟顾谓童曰："船中无物下饭，盍取此以佐午餐。"童探怀中出小矢二，除指上铁环，贯矢于中，而次第以指抵之。矢去如飞，转瞬间鸠皆堕地。遂拾之，从容而去。永元送至河干，则二人者已操橹以待，问叟赢绌何如，叟答以"万君绝技，非吾所及也"。与永元握手珍重别，同童子下船。舟行疾如奔马，顷刻已杳。

永元惝恍不宁者累日。后晤其师孤云，述遇长兴庄叟事。孤云大惊，曰："此吾师叔也！技与力迥绝同辈，吾师亦逊之。幸其少时曾于神前设誓，永不伤人，故汝不致受亏，否则殆矣！"永元自后不复事拳棒，业商贩以终。

——《听雨轩笔记》卷四《庄叟较力》

以上两则武林名家高手的故事，发生在长江三角洲地区。两则故事的主人公均为貌不惊人的老者，在平凡中显现出非凡的本领与高尚的武德，令读者、听众叹服。前一则写龙钟伛偻的卖蒜叟高超的内功，一举征服不可一世的杨二。后一则写年高德劭、武艺超群的庄叟携一童子与号称"万人雄"的拳师接连进行三次较量，使其一败涂地，从此改行。故事都有两位名家高手，一位交代了具体的身份，一则却未作交代。他们在武林名家高手之中，具有一定的代表性。后一则故事描写细腻，从容不迫，对于故事主人公的刻画尤为成功。

有关僧侣的侠义、武林故事，譬如：

三和尚，不知何许人，雍正间，祝发宝坻城北宏福寺。善拳勇，某家延之守望。自言少年为盗，誓不采花（盗犯淫，寓言曰“采花”），不窃善良，故生平未破案。后十八人同至关东，夜盗一家，墙甚峻，跃而登，推艺绝伦者一人下，杳无声息；又推其次，如之。次当至三和尚。和尚素执一熟铜杖，杖首衔链，长丈许。遂先投杖，闻琅琅有声，掣链，已削去半段。刀锋棱棱，群盗惧，如鸟兽散。三和尚遂弃去为僧，洗心涤虑，虽大戒律不啻也。

夏夜，宿某家厅事。门不阖，横置二凳，一搁脑后，一搁足根，空其中，鼾齁如雷。某家小公子辈，戏以铁杖击其腹，膨脝作皮鼓声。目微张，呵欠曰：“勿恶作剧。”齁声又作矣。某家有楼，高数丈，前后有门。令小公子面北立门中，三和尚当面立，曰：“汝面向南。”公子转身，和尚已从楼脊跃而过，又当其面。俄顷之间，已数十度，飞鸟腾猿，逊其矫捷。

遍体伤痕鳞鳞，抚以手，肤内隐小铁丸无数。问之，笑不言。临示寂，始言某年走关东，官兵合围，伙伴数人悉就擒，火枪如雨，伊身被数十创，溃围出。每阴雨伤处辄隐隐作痛。其徒间以告人云。

——《蝶阶外史》卷二《三和尚》

莆田有官家子，年少出家之某寺中。寺前多龙眼，僧众资之以自给。已而为里中无赖子百十人所娆，龙眼熟，尽而取之。寺僧弱，不能与争。寺遂零落。是僧既出家，得其故，愤然弃去，不知所往。

阅三年，复归寺。寺僧怪而问之，是僧曰：“吾入少林学拳勇将以御暴也。”及龙眼熟，无赖子数人复来取。是僧执之而不击也，叱之曰：“吾知若辈成群有百十人来娆吾寺，若辈恃众也。若辈敢与我一人斗力乎？若辈能胜吾，一寺前后龙眼惟若辈取之。我一人胜若辈，若辈当服我。”数人叩首去，约于某地斗力。至期，无赖辈执兵械以待。僧以一棍入，挥之如折枝也。于是无赖子尽伏地，誓不敢娆寺，并戒以勿娆里中也。于是拳勇之名震莆田。然其技一试于此，后遂绝口不道。

有少年，嗜拳勇，且自负其技甚高，慕僧名，欲一得当于是僧。既见，僧绝口不言拳勇。少年曰：“吾嗜拳勇甚，以是游于世，所游之地莫余敌者。慕师久，敢以是谒师，师其以是教我。”僧坚拒之。少年请益力，僧不得已，乃曰：“试若技，或能当吾意，略以吾法示若可耳。”少年大喜，踊跃试棍法。僧止之曰：“若技甚俗，不足以进于是也。”少年心不服，大言曰：“师欺我。”僧曰：“我何为欺汝？汝棍圆而不方，濯而无毛。”少年益不服曰：“棍本圆而濯者也，奈何以为俗？”僧曰：“圆者方之，濯者毛之，进乎技矣。”少年曰：“奚为而方？奚为而毛？”僧曰：“是难言也。若与我交，则知之矣。”少年踊跃，以棍与僧交。僧执一竿坐迎之。棍交竹竿，竹竿东，棍随之东，欲西不得西；竹竿西，棍随之西，欲东不得东；若胶之不可解，若风絮之不自主也。如是久之，竹竿忽上指，棍入云霄。僧曰：“是之为方，是之为毛。”少年乃自愧其俗，不敢请。

——《荟蕞编》卷十三《莆田僧》

以上两则僧侣武侠的故事，内容各异，但故事主人公都不是反面形象，他们通过不同的渠道成为禅林中的武艺高手。前一则中的武僧原本是一个良心尚存的盗匪，洗心革面后遂削发为僧。后一则中的武僧原本是官家子弟，削发为僧后，为了抗暴护寺才愤然习武，竟使其寺院和一方得到平安，因而名震一方。他不但不矜功自伐，而且能够循循善诱，以德服人，有很高的品行，是武僧中的佼佼者。

有关侠女奇妇的侠义、武林故事，数量甚多，不少作品内容新颖，艺术性较强，颇为引人注目。譬如：

益都西鄙人某，娶妾甚美。嫡遇之虐，日加鞭棰，妾甘受之无怨言。一夜，盗入其居，夫妇惶惧不知所为。妾于暗中手一杖，开门径出，以杖击贼，踣数人，余皆奔窜。妾厉声曰：“鼠子不足辱吾刀杖，且乞汝命，后勿复来送死。”贼去，夫询其何以能尔？则其父故受拳勇之技于少林，以传之女，百夫敌也。问何以受嫡虐而不言？曰：

“固吾分也，何敢言？”自是夫妇皆重之，邻里加敬焉。今尚在。

——《池北偶谈》卷二十六《贤妾》

甲寅岁，三藩作反，南征之士，养马兖郡，鸡犬庐舍一空，妇女皆被淫污。时遭霪雨，田中潴水为湖，民无所匿，遂乘桴入高粱丛中。兵知之，裸体乘马，入水搜淫，鲜有遗脱。惟张氏妇不伏，公然在家。有厨舍一所，夜与夫掘坎深数尺，积茅焉；覆以薄，加席其上，若可寝处，自炊灶下。有兵至，则出门应给之。二蒙古兵强与淫。妇曰：“此等事岂可对人行者!”其一微笑，啁嗻而出。妇与入室，指席使先登。薄折，兵陷。妇又另取席及薄覆其上，故立坎边，以诱来者。少间，其一复入。闻坎中号，不知何处。妇以手笑招之曰：“在此处。”兵踏席，又陷。妇乃益投以薪，掷火其中。火大炽，屋焚。妇乃呼救。火既熄，燔尸焦臭。人问之，妇曰：“两猪恐害于兵，故纳坎中耳。”

由此离村数里，于大道旁并无树木处，携女红往坐烈日中。村去郡远，兵来率乘马，顷刻数至。笑语啁嗻，虽多不解，大约调弄之语。然去道不远，无一物可以蔽身，辄去，数日无患。一日，一兵至，甚无耻，就烈日中欲淫妇。妇含笑不甚拒。隐以针刺其马，马辄喷嘶，兵遂絷马股际，然后拥妇。妇出巨锥猛刺马项，马负痛奔骇。缰系股不得脱，曳驰数十里，同伍始代捉之。首躯不知处，缰上一股，俨然在焉。

——《聊斋志异》卷十一《张氏妇》

以上两则侠女奇妇的故事，前一则写一个经常被正室虐待的小妾，奋勇痛击盗贼，因而备受家人与邻里敬重。后一则写兖州一带在乡村被大水困扰，妇女遭到士兵蹂躏的时刻，一农妇能够巧计烧死淫兵、让奔马拖死淫兵，为民除害，发泄了众乡亲极度的愤懑。两则作品均塑造出一个个有胆有识、身手不凡妇女形象都十分鲜活。后一则的故事中的主人公张氏妇更为突出，更具有艺术魅力。又如：

张太守墨谷言：德、景间有富室，恒积谷而不积金，防劫盗也。康熙、雍正间，岁频歉，米价昂。闭廪不肯粜升合，冀价再增。乡人病之，而无如何。有角妓[1]号“玉面狐”者曰：“是易与，第备钱以待可耳。”乃自诣其家曰：“我为鸨母钱树，鸨母顾虐我。昨与勃豀，约我以千金自赎。我亦厌倦风尘，愿得一忠厚长者托终身，念无如公者。公能捐千金，则终身执巾栉。闻公不喜积金，即钱一千贯亦足抵。昨有木商闻此事，已回天津取资。计其到，当在半月外。我不愿随此庸奴。公能于十日内先定，则受德多矣。”

张故惑此妓，闻之惊喜，急出谷贱售。廪已开，买者坌至，不能复闭，遂空其所积，米价大平。谷尽之日，妓遣谢富室曰：“鸨母养我久，一时负气相诟，致有是议。今悔过挽留，义不可负心。所言姑俟诸异日。”富室原与私约，无媒无证，无一钱聘定，竟无如何也。

此事李露园亦言之，当非虚谬。闻此主年甫十六七，遽能办此，亦女侠哉！

——《阅微草堂笔记》卷十八“侠妓玉面狐”

幼时，家用一佣妇，清远人。言其乡一健妇，自邑城返乡，身怀数金，一无赖涎之，怀刃相随，将尾之至野外，要而劫之也。妇屡回顾，知其意，解所束带，就涧边濯之，提带径行。无赖四顾无人，拔刀相向，妇笑曰：“能胜老娘，便如所愿。”无赖挥刀下，妇挥带迎之，带湿而软，与刀相撞，彼端即就刀反卷数匝，妇力拔之，无赖几仆，刀堕地，妇急拾刀在握，笑相向曰：“来来！”无赖踉跄遁。此不以勇胜，以智胜也。

——《札记小说·清远健妇》

以上两则故事所塑造的均是以智慧见长的侠女奇妇形象，无不在平凡之中显现出智慧的光彩。前一则中的“玉面狐”，是一个具有侠肝义胆的风尘女子，在大灾之年，略施小计便播弄了那个囤积居奇的富人，让其出

[1] 角妓：艺妓。

谷贱售，为众乡亲解了燃眉之急，令一方乡民交口称赞。后一则中的农妇，临危不乱，巧于应对，使持刀相向的歹徒不能得逞，仓惶逃窜，大快人心。

这个时期的侠义、武林故事，尚有写县役某解官银数千两赴济南时被劫，一年十八九之女侠助其消灭盗匪而夺回官银的《池北偶谈·女侠》；写有富家姑嫂二人同游乍浦，至驻防署前各举重三百斤铁墩十数次，观者如堵的《述异记·女子神力》；写在归家途中某女之父母被二贼杀害后，某女巧与周旋，竟除掉二贼为亲人报仇的《述异记·奇女杀贼》；写一侠客因有急需，神不知鬼不觉地将某布商密藏于布捆中之千金“借”走，后如期连本带利奉还的《坚瓠集·异侠借银》；写陈某以徒手灭虎和火场救人名动天下，后因对流贼宽容而被弹劾，免官罢归的《广阳杂记·陈文伟》；写一挟琵琶瞽女武艺高强，某贪墨纵淫之朝贵欲罗致此女而被其狠狠教训的《旷园杂志·瞽女挟琵琶》；写某公辞官归家时，一功夫非凡之婢女击毙两名匪首而降服前来抢劫之群盗的《谐铎·青衣捕盗》；写一女侠掷簪犹如飞箭，夜间出取一殴母垂毙之逆子人头，以伸张正义的《客窗笔记·女剑侠传》；写某富室被劫时，一灶婢蛇行至后院焚烧积柴，引来本村及邻村乡民而使盗贼就擒的《阅微草堂笔记》“灶婢捉盗”；写少年“铁臂猴”在青州道上先后击毙三盗僧，搭救了护标之葛某，让其仍回梨园重操旧业的《凉棚夜话·葛花面》；写曾某喜为人排忧解难，在遭盗匪打劫时，有一曾受其帮助之绿林好汉前来相救的《凉棚夜话·曾三阳遇盗》；写某拳师幼女身怀绝技，能器中跌人，众师兄均不是对手，被誉为“裙里腿”的《窦存·裙里腿》；写某生为复仇学拳于少林寺，技成时经一僧之甥女指点方击败守门猴而得出，复仇后即娶女归的《咫闻录·巧才少林》；写跛者某不远千里去少林寺习武，历五年而得以报父仇的《志异续编·跛者》；写白某自恃其技，屡挫江湖之客，后为偶遇之两兄妹所折服的《志异续编·白泰官》；写金某武艺得叔父真传而闻名鲁豫秦晋各地，入川时与人赌气竟被刺伤一目的《见闻近录·金瞎子》；写金某得祖传拳法，使来试其艺者知道天外有天，深为其折服的《埋忧集·金三先生》；写女侠空空儿盗走巡察镇江府之某太保项上珠宝，以示警告，令其不敢嚣张的《埋忧集·空空儿》；写一贼目正欲对一乡妇施暴时，乡妇临危不惧，竟巧计让惊马将其拖死的《夜雨秋灯录·周氏妇除贼》；写一被虏之良家女在新婚之夜将贼首杀死，后着贼首衣服逃去的《客窗闲话·智女》；写文某虽文士而习武，入都会试时因帮助被欺负之陆孝廉而与其成为莫逆的《客窗闲话·文孝廉》；写一栏中人被押到公堂受审时，当众指责贪庸陋劣官员，言毕即自脱镣铐遁去的《蝶阶外史·栏中人》；写孙某随女侠宋四娘学艺，遂得到治病防身之术的《蝶阶外史·宋四娘》；写一侠女被其搭救性命之某公子娶为二房，与正妻相处谊胜同胞的《蝶阶外史·侠女》；写一少年客在去上海途中发现并处置了数名行将杀人越货之恶徒，使全船乘客得以幸免的《里乘·少年客》；写一番僧持铁鱼逐户索募时被学徒某赶走，后寻仇欲杀害该学徒，竟被其姐置于死地的《浇愁集·记勇》；写津门某侠妓赠百金帮助一遇盗者谋事，事成后来致谢时她已不知去向的《右台仙馆笔记》“侠妓助人”；写李某矫捷过人，与一骁勇僧人互访交友，遂不复角技的《右台仙馆笔记》“互访较量”；写一少女在入室行窃者面前大显身手，让盗贼目瞪口呆，连连叩头向其乞命的《右台仙馆笔记》“少女降盗”；写冯某功夫超群，名震绿林，后遇功夫绝伦之少年兄妹，从此不敢再谈拳勇的《此中人语·冯雄》；写龙某拳棒出色，胆量过人，因夜行茶山时除掉两个拦路抢劫者而为人称道的《此中人语·龙大海》；写某妓资助情郎，以假死促其东渡留学的《札记小说·侠妓》等。

第十二节　清代的僧道故事

清代的僧道故事，作品数量较大，其主人公既有佛教的出家人，也有道教的出家人，而以和尚、尼姑最为常见。作品的内容大多为揭露性的，主要涉及诓骗敛财、奸情秽行等。其中有不少故事让人触目惊心，甚至到了令人发指的地步。有关揭发诓骗敛财的僧道故事，譬如：

> 杭州道士廖明，募钱立圣帝庙塑像。开光之日，乡城男妇蜂集拈香。忽一无赖来，昂然坐圣帝旁，指像侮慢之。众人苦禁，道士曰：“不必。听其所为，当必有报。”须臾，无赖仆地呼腹痛，盘滚不已，遂

死，七窍血流。众人骇，以为圣帝威灵。香火大盛，道士以之致富。

逾年，其党分财不匀，出首：去年无赖之慢神，乃道士贿之，教其如此。其死乃道士先以毒酒饮之，而无赖不知也。有司掘验其骨，果青黑色。遂诛道士，而圣帝香火亦衰。

——《子不语》卷十四《鸩人取香心》

粤中某道士，能以无稽之谈娓娓言之，使人动听。一日，偶与诸妓言冥中事。道士曰："冥中极重科名仕宦，即妇女亦然。曾受五花诰、披一品衣者，阎摩天子亦降阶相迎；次则立与语；又次则颔之而已。"妓问："我曹何如?"曰："卿等既无名位，又无夫婿。生为荡妇，死作游魂。血湖肉池，正为卿等而设。"诸妓大惧。道士曰："冥府新开捐例。曩者龙虎山张真人过沪，与我札符数十道。卿等如能出金畀我，代市冥镪，焚付泉台，便可荣叨诰命、玉旨褒封，视人世芝泥更艳也。"问所需。曰："一品须银一百八十两。减一品，减二十两。"于是诸妓争先输纳，惟恐其札符之尽。捐后即互呼曰："某夫人"、"某淑人"，姊妹花中称谓为之一变。

其札符以黄纸为之。得者即诣城隍庙，焚之于炉，故泯然无迹。然输者日多，而札符不见其尽，颇疑其伪，为之少衰。道士曰："朝廷且减成数，以广招徕。冥中因赈百万由旬[①]无祀孤魂，需用甚急，亦宜稍示变通。今为一五折上兑。"众贪其价廉，又复云集。奸民之奸，愚妇之愚，书之可一笑也。

——《耳邮》卷一"售札符"

以上个两则作品，描述的均为道士设置骗局，运用骗术诓骗钱财的故事。前一则写杭州廖道士为了赚得源源不断的香火钱，借以发财致富，设下骗局显示神威，竟将所收买的托儿毒死，足见其卑劣、狠毒，诛之罪有应得。后一则写粤中某道士用出售札符手段，一再骗取诸多妓女的钱财，殊为贪婪、狡诈。而受骗的诸多妓女，亦不值得同情。两则作品的艺术风

① 由旬：古代印度计长度的单位。军行一日的行程。此处以长度显示数量。

格不甚相同，前一则比较尖锐、辛辣，让人愤怒；后一则比较轻松、诙谐，令人发噱。

有关揭发奸情秽行的僧道故事，譬如：

贾生名化，太原人，疏狂潇洒，寄居肇庆塔脚寺。对岸南去百余步，有观音庵，住尼僧。内两尼并丽似仙，清雅精洁。贾目摇心动，叹其何故削发为尼也。时趋庵于隙穴窥之。一日，老尼外出，贾入庵中，诸尼款留，素肴甚美。贾爱尼之艳，而劝饮甚勤，竟酩酊大醉。醒则兰麝醺溢，绣幕珠帷，有两丽人，一抱持，一拥被。惊视之，乃尼改装也。大骇欲遁，环视壁上，无门可出。少顷，尼寤，笑曰：“先生休矣。对此佳丽，无虑不乐也。”

昼夜宣淫，不堪其扰。两餐之奉，自壁穴中入，惟淡白肉汤，白饭两碗而已。数月，始则身体肥壮，继则尫羸骨立，拳曲臃肿，不堪供尼使令，苦求去。尼曰：“俟子有代，或可去。”如是月余，忽于复壁中来一少年，尼曰：“子有疾病，无能为役，本欲毒死，念汝异乡人，可急去。”历曲室回廊，纡徐而去。贾遂星夜兼程回里，不敢复至闽广焉。

——《咫闻录》卷五《太原贾生》

浙有嘉禾生，为邑之巨富。将入棘闱，偕其妻与姑母、仆婢辈，同赴武陵，寓西湖山庄，以便游观。生妇少艾而佞佛，以天竺进香为请。生从之，命仆唤肩舆。仆体主人省约意，不投行家，散雇舆六乘，价甚廉。生妇艳装盛饰，罗绮满身，珠翠盈头，价值千金。乃与姑母、仆妇、婢女辈乘舆而行，生骑马在先，仆携香烛随行。至半途，生妇之舆杆折，五乘皆随骑而前，是舆落后。一夫抽取折杆回去，谋易新者。一夫守之，仆亦立候。舆夫笑曰：“主人将抵山门矣，汝不以香烛去，有不失误詈汝者乎？况五乘前行，仅一乘，伙回易杆即来，何须呆守耶？”仆信其言，追奔而去。一夫以杆来，共舁入乱山中。生妇惶惑诘问：“何以行僻径？”舆夫曰：“为时已久，恐官人守候，出捷径，入庙之后户，不甚便耶？”妇亦信之。

未几停舆，见墙缺朱门。舆夫轻叩其铜环，一沙弥拔关出曰："来耶！"至舆前，请夫人下舆。生妇曰："我家人安在耶？"沙弥曰："多在前殿，候夫人久矣。"生妇视沙弥，年不过八九龄，谅无他，不得已，从之入门。曲折引入密室，请夫人少坐。沙弥去而健妇四人至，生妇益惶急，亟询："官人安在？"健妇笑曰："休问官人。我辈皆香客，亦为大师掠至，无奈相从。汝若婉顺，则此间吃著不尽，且人尽夫也，何乐如之！否则暴虐相加，无从逃避。"妇知入危地，悲愤觅死。一僧突入曰："何来泼妇！入我法门中，敢肆横耶？"喝令健妇并沙弥齐上，将生妇衣饰洗剥，以布带缚其手足于醉翁椅上，强奸之。生妇痛骂。又一僧以麻桃塞其口而递淫之。妇亦昏沉如醉，听之而已。至夜，健妇以米粉汤执鼻而灌，不得不咽。仍劝其相从，自苦无益。生妇任以巧言，合目不答。健妇以衾覆之而去。次日来，除其矢溺，为之洗沐，焚香于室。群僧复入，互相嬲也。如是六七日，忽见群僧变色相谋，交头接耳，不可闻。是夜健妇灌之以药，冥然如死。

当生之入庙也，姑母与仆妇、女婢俱至，惟不见其妻。未几，仆亦奔至。众问："主母何在？"曰："随即到矣。我恐香烛有误，是以先来。"生曰："今何在？"仆始以"舆杆断折，易换需时"对。生惶急，命速追之，自亦乘马往寻。穷日之力，毫无影响。复使仆往接其姑婢人等，则舆亦不知去向矣。唤他舆舁归，生在寓殴仆骂婢，终宵躁急，无法可施。次日入县鸣冤，官为饬缉。过三日，仍无踪影。

生乃投省候试，与亲友商之。老成者曰："今大中丞爱惜士子，君鸠同考者百余往诉之，较县官得力多矣。"生从之，集多士投辕门。巡官以公状入，中丞命传原告与老成者数人，谓之曰："某生应试而带室人，且率之游荡，本属非礼，以致诲盗诲淫，皆未可定。然属有此巨案而不能破，亦大吏之责也。"即令中军率健卒五百，改装易服，散布西湖各庙访缉，限三日获犯有赏。旋传府县官至，曰："属有大憝，敢诱掠良妇，官不能破，朝廷何虚縻爵禄为耶！期三日不获，必登白柬！"府县诺诺而退，命役数百人，假作香客，布散各庙，使生仆为眼目访之。

逾二日无迹，文武员弁惶恐，共谋将挨搜僧之密室。僧大惧，药迷生妇，夜使健者负置乞丐茅棚。丐者惊呼，兵役咸集，见一蓬首垢面著僧衣裤之妇，奄奄一息，势将毙矣。急唤生来认，确系其妻。呼仆妇来，舁之归寓，以开通之药灌之，穷日夜乃醒。见姑母在旁，泣诉所苦。时兵役因已得妇，皆回署禀报，生亦以前情补呈府县。各官聚谋曰："虽有妇而不知其地其人，将何以定案！无已，尽拘西湖僧，执而讯之，庶可白矣！"乃使生归而保出妇，妇愧怍难言，乘人不备而缢。生又鸣诸官，官亦无可如何矣。

时诸僧已集千余人，无不来呼冤者；即有奸僧在内，无可对证，良莠莫辨。以告中丞，乃命兵役遍抄静室，于兰若内搜得女舄，即以所住之僧锻炼成狱而斩之。冤乎不冤，未可知也。

——《客窗闲话》续集卷二《奸僧狱》

以上两则故事发生在南方，其暴露的均为佛教寺庙出家人的奸情秽行，无不触目惊心，令人发指。所不同的是繁简各异，而且结果亦有差别。前一则写肇庆某庵诸尼将一书生引诱到庵内昼夜宣淫，直到其气息奄奄，不堪役使，而且有了替代者，方才绕他一命。而该庵的许多尼姑，则继续害人，仍旧过她们无耻的淫乐生活。后一则写杭州某寺已成为一伙凶僧奸淫妇女，为非作歹的魔窟，危害一方，给百姓带来极大的痛苦和不幸。因为惹出重大案情，这才受到清查和打击。但是否将奸僧通通正法，是否彻底捣毁魔窟，做到斩草除根，就很难说了。

有关为民除害的僧道故事，譬如：

胡书云为余言幼时父老传闻云：江南鹾贾屡失盗，一年中众商被失几遍，前后核计不下数万金。虽奉官府严拿，而赃贼两无所据，惟立限比缉而已。后复有某商失去汉白玉瓶，价值数千金，为主人所珍重，乃招集诸捕役，许以重赂，务在必获。佥曰："贼已侦知，但非役辈所敢获者。"询曰："何如？"曰："民间无此巨贼。或南面为官者，方具大力量、大手段耳。邑丞行踪诡秘，甚为可疑。某寺有异僧焉，擅奇技，盍往谋之？"

商人遂偕役叩禅关。见一僧趺坐蒲团，低眉善相。客至，肃起致敌。商人细诉颠末，乞踪迹之。僧笑曰："出家人慈悲为主，吾何能为？"固请之，僧意似动。诸捕亦哀恳曰："师即慈护一官，独不为吾侪计耶？五日一比，臀肉作飞，师其怜我！"僧曰："吾谨守戒行垂十数年，今老矣，贱躯肥重，非若少时飞檐走壁，捷如猱猿。今攘臂破戒，恐事无济，自贻伊戚。"众又固请，乃徐曰："罢！居士辈合有缘法，老僧贼魔未退，姑从众下凡一走！但此去，必果三日腹，方可从事。居士辈请先归，具牛豚半肩、面饼十斤、酒一坛以待。"众诺之退。

次日薄暮，僧打包而来。饮啖毕，解破衲易以黑衿、黑裈、黑袜，一纵上檐，倏忽已杳。僧潜伏丞署近屋，三鼓后见一人越署垣出，装束略与己同。僧心知其为邑丞也，而邑丞飘忽疾走，如阵风吹云，僧急尾之。至一处雕墙峻宇，丞跃入，僧继从。遥望室中，犹围坐作叶戏。丞伏檐俯视，不觉神移，扑通一声，堕入鱼缸。其家惊哗，丞已起遁。僧蹑其后，见其带水速行，飞度数十家，屋瓦绝响，悄然回衙。

僧亦归商家，呼众捕语所见。众称贺，且曰："即求老师作一干证，堂上大令明察如神，弗累及矣。"僧笑曰："是也，吾筹之熟矣！"当夜闻于宰，宰命僧坐，与之语，曰："事固败露矣，顾何法以治？"僧曰："彼所盗者，吾力能取之，罄其赃官之囊，然后相机而动，何如？"宰曰："可！"僧即越丞署，转瞬间负重而出。验之，皆商家所失物。宰大喜，送僧归寺。

诘旦，丞以被窃申详。宰邀丞至，密令驻防弁兵围其署。因出诸物陈于庭，顾丞曰："赃已查得，只须擒贼子耳！"丞色变起辞，宰命左右骤缚之。搜其署，得一纸，识金珠甚夥，与众商被失单悉吻合。惟白璧数件已易白镪，封志欲揖同知，使未发也。遂解送柏台①，秘其事，杖毙之。以原赃令失主收领焉，自是官场肃然。

——《昔柳摭谈·异僧善捕》

此则故事描述一个食量惊人、本领高强的异僧，经再三请求而出来捕

① 柏台：即御史台。职掌监察、弹劾百官、复查疑案等。

盗。他经过认真分析和查找，发现该县县丞实乃巨盗，终于在县令安排下以高明的手段拿下其人，为百姓除去了一大祸害。

其他内容的僧道故事，作品数量较大，内容多种多样，涉及与出家人有关的各种人和事。譬如：

> 方丈以钱命沙弥买犬肉，归，值师秉拂上堂，沙弥不便显言，乃取坐具展拜，曰："踏破铁鞋无觅处，得来全不费工夫，请师道着。"师曰："镬汤炉炭始得。"沙弥素知师吝，复进曰："金刚三十二分，未审某甲有分也无？"师曰："茫茫一片西江水，不许渔人下钓钩。"弥曰："如是，某则告白大众去也。"师罔措良久，曰："只待夜深人静后，和盘托出大家餐。"拄杖下座。
>
> ——《寄园寄所寄·插菊寄》"沙弥买犬肉"

> 有林下大老，与邻寺主僧善。一日，相与手谈[1]，不觉日昃。僧命徒在座隅，以白水调面切细缕，仍以白水煮之熟，加清酱少许，奉上两碗。大老辞以不用，僧曰："略尝一著何如？"大老勉强举箸，味美异常，一啖而尽，翻嫌其少。
>
> 归谕厨人曰："昨在某寺，食白汤面甚美，自后不用和羹。"他日备以进膳，殊味同嚼蜡，不堪入口。厨人日日受罚，因怀刃至寺，觅主僧，举刃示曰："尔以何物作面，食我主人，使我日日受苦？直告则已，否则伏尸二人矣。"主僧初犹强辩为素面，后情急，只得直言："用肥鸡雏，生片其肉，和细面捣匀晒干，重上石磨，罗筛筛之，食时不用他味调和，自然鲜美。"
>
> ——《志异续编》卷二《素面》

以上两则故事都涉及寺庙饮食之事，主要是当家和尚的饮食之事。前一则通过吃狗肉之争，揭示出当时某些寺院生活的一个侧面。作品比较文雅含蓄，而且颇为风趣，既表现了小沙弥的诙谐与机智，又表现了方丈的

① 手谈：下围棋。

霸道与无奈，令人回味。后一则通过方丈的一种面食，透露出某些寺院上层僧侣追求享受的程度。如果说前一则写的是一座小寺院的话，后一则写的则是一座比较大的寺院，这从其中方丈的交际范围、生活水平以及谈吐、作派是不难窥见的。

这个时期的僧道故事，尚有写三教庵僧人将王生致哑，制造“人猬”骗财，后败露乃置僧于法的《觚剩·人猬》；写众恶僧弄死一僧以制造活佛“升天”骗局，从而骗取香火钱财的《续子不语·凡肉身仙佛俱非真体》；写村民以荤腥而不以蔬笋施予乞食行脚僧，僧饥不择食而吞下数枚鸡蛋，作偈曰“混沌乾坤一口包，也无皮血也无毛，老僧带尔西天去，免受人间宰一刀”的《续子不语·禅师吞蛋》；写固安某庵众尼与附近一寺庙众僧淫乱，以地道往来，竟无人知晓，令某公发觉后乃受惩办的《萤窗异草·固安尼》；写某僧徒制造破寺假象迷惑民众，借以骗取香火钱的《阅微草堂笔记》“僧徒巧骗”；写某翁妪武功极高，因劝告武僧教师莫要追杀一少年竟引来数十僧围击，不得不断僧师之臂以绝后患的《凉棚夜话·翁妪击僧》；写某与友夜宿少林寺时遇险，随后又有僧人追杀至家中，几乎将其害死，某从此不敢仗恃武技的《见闻随笔·少林僧》；写淫僧可师因奸情泄露而杀沙弥，凶案告破后遂被置诸法的《埋忧集·可师》；写昭庆僧与某妻通，为董生知悉，僧欲杀董时被缚送官，遂置诸法的《埋忧集·昭庆僧》；写一书生与尼交相孌惑，遂削发混于尼中，久难辨识的《明斋小识·男尼》；写一行脚僧置包担持刀抢劫，被追杀者反而将其包担挑走，得珍宝不下数千金，僧无可如何，竟自刎死的《见闻随笔·行脚僧自刎》；写一饼店伙计被诱入尼庵，与老幼七八个尼姑日夜交媾，力竭而遭遗弃的《虫鸣漫录·尼庵秽行》；写一士戏问僧人：“为何将‘南无’误作‘拿麻’?”僧反问“相公为何将‘于戏’读为‘呜呼’”的《锄经书舍零墨·僧谑》；写青莲庵一尼勾引农妇某与恶少淫乱并杀死其夫，事泄皆论如法的《右台仙馆笔记》“青莲庵”；写寺僧淫乱之事被某甲发觉后，派人送重金与利刃进行利诱和威胁的《右台仙馆笔记》“海宏寺僧”；写某寺僧以百金收买一无赖，乃冒充其人奸污其新婚之妻，事泄其妻自经，后淫僧与其人皆被法办的《耳邮》“无赖与淫僧”；写某僧一贯欺贫重富，逢迎权贵，有人对其十分反感，作诗加以嘲讽的《此中人语·死秃》等。

第十三节　清代的医生医术故事

清代的医生、医术故事，作品数量不少，大多生动描述与医生、医术以及人们求医问药相关的各种活动和事件，从一个特定的视角揭示清代各社会阶层的生活面貌和世态人情，比较真实地表现出民众的爱憎与愿望。譬如：

某素业医，家最贫，住钱塘城内，人无有延之者。值岁暮，诸债蝇集，不可撕挡。夫妻相对泣，某与妻诀曰："今届除夕，甑尘灶蛙，枵腹奈何？生不如死，与子永别矣！"妻挽之，不得，径出门去。至西湖畔独行徘徊，为自尽计。有老僧见而异曰："君何面现死气？"某以实告，僧曰："察君之面虽明露凶气，却暗藏吉光。明日当交好运，从此腰缠十万贯矣，幸勿短见。贫僧虽力不能周，但些许薪米当可奉献。"即袖出数金与之，某拜谢喜跃而归。妻见其喜形于色，叩故，备述之，妻共感谢。

里富翁某，年六十余矣。生一子，视若珠玉，甫十月忽得一疾，不寒不热，惟不住啼、不食乳，百药罔效。众医束手，举家仓皇。王生者，某医戚也，力举扬某。富翁家距城三十里，闻王生言，即著人持银二十两往迎。是时正元旦四鼓，某闻剥啄声，开户迎入；具陈来意，且出银。某收讫，即同去，至则天明矣。细察气色，详审脉纹，似无大病，但滴乳不食，哭不绝声，以药投之亦不下咽。

某计穷散步于花园池畔，见一妇年约三十，临池哭泣。询故，曰："妾乳母也，恐儿难救，故悲耳。"某曰："既是乳母，必详悉是儿起病之由。我即医是儿者，曷备言以使施治！"妇欲言嗫嚅，半晌始泣曰："妾不言，谅先生亦不知。但可治则幸甚，万一不治，审毋泄妾言；如泄，则妾死矣。"某曰："第言无伤。"妇曰："前抱儿在此闲游，见一田螺，儿欲之，因拾以与儿。不意儿持螺入口吞之，今所以啼哭不食乳者，乃刚螺横哽喉间也。"某约曰："顷察小儿病症已十得八九，闻子言益信不诬。是病吾能治，但恐尔主人吝啬，不肯重谢耳。”妇曰：“主人非负德者，如不见信，当令主人先说明谢金，然后施治何如?”某曰：“可。”妇趋白翁，翁即对某启曰：“倘蒙妙计保全小儿，阖家顶祝，愿奉银二千两稍酬万一，决不食言!”某曰：“如能奏效实万幸，岂敢图谢。但需用药方恐一时难办耳。”翁曰：“试言之。”曰：“须得鸭百只备用。”翁曰：“此易耳。”俄鸭齐。某令人将鸭握固，自以指探入鸭喉内搅之，用杯刮取指上涎。已搅之鸭不用，复取第二只如前，再搅再刮。取至数十只得涎半杯，即用匙灌入小儿喉中，顷刻啼止能乳矣。翁大喜，备银二千两，并衣服等类，送至家。

某由是著名，延请无虚日，竟成富人。某感僧活命恩，思有以报之。僧故云游无定踪，迄不得一遇，遂设位朝夕供奉焉。

——《志异续编》卷一《某医》

东关吴氏妇，偶然发寒热，邀医视之，曰：“暑也。”为其治暑，不能愈。易医视之，曰：“湿也。”曰：“风寒也。”为治湿、治风寒，又不愈。缠绵四五月，四肢渐肿，腹渐大。心衣不能约，则曰：“荣卫[①]不和，虚矣。”极力补之，肿不退。凡城中读《灵枢》、《素问》者，悉延之，悉袖手无策。乃请专治鼓症者来，曰：“此鼓也，久为庸所误。”攻之，泻之，如故。逾旬腹痛，复问前医，曰：“痧耳。”至晚生子，乃知前此有身也。然以攻乱投，母与子俱不能生。

——《明斋小识》卷六《庸医》

海宁周某家，雇一仆，貌殊寝，眇一目，唇缺一寸许，牙黄外露，垢痕腻然。主母使送米佃家，佃妇貌娟好，微涡浑颊，流波动人，见仆嫣然一笑，盖哂其陋也。仆误以为有情，归涉遥想，久之成病，日就尫瘠。其母闻之来省疾，疑主人之督责严，而过于劳顿也。叩之，殊非是。再三致诘，始以实告。母痛子切，委曲致于妇，妇殊无难色，欣然许诺，靓妆洁服，偕其母往就之。仆伏枕愧谢，母方欲避出，妇止之曰：“毋庸。”遽前问之曰：“若果爱我乎?”亟应之。

① 荣卫：即血气。

“若知我爱若乎?”亦赧然应之。妇大怒，力批其颊曰：“我家男子胜龌龊奴万倍，屑向尔耶!”悻悻遂去。仆病旋瘳。

——《札记小说·息妄念法》“丑仆病瘳”

以上三则医生、医术的故事，内容各不相同，艺术风格殊异。第一则带有一定的传奇性。写在众医束手无策的情况下，某医被推荐给富人家治疗小儿的怪病，并且终于药到病除，因而改变了这位正走投无路的医生的命运。它让人从中感悟到，遇到困难之时切不可丧失信心；治病或者处理类似的问题，只有深入调查，探明就里，找到症结，才能获得成功。第二则带有较强的讽刺性。写一群庸医为孕妇治病，却丝毫不知实情，犹如瞎子摸象，令人啼笑皆非。庸医误人由此可见一斑，所幸未造成严重损失。第三则属于民间解心结的疗法。写一丑仆因误会而导致单相思，竟达到病情危急的程度。由于当事人采取果断行动，才得以挽救其性命，正可谓“道是无情却有情”。

这个时期的医生、医术故事，尚有写沂蒙山区贫民张某用民间偏方，治好了久咳不愈之青州太守的《聊斋志异·医术》；写徐某因偶以白虎汤使伤寒者起死回生而名声大振，随后凡遇病者皆与白虎汤，不出两月竟医死十余人的《咫闻录·医者》；写某富家子纵欲得不睡症，医无效验，一老翁索千金，谎称将死而令其大哭不止，连睡三昼夜乃愈的《志异续编·富室儿》；写吴某碰巧治好一富翁子遂名声大噪，因以致富，后医死人将被控于官，竟服生鸦片身亡的《埋忧集·名医》；写一弄箫女因常闻悠扬笛声而相思成疾，医生探明病情后，令女得窥吹笛人面目可憎，病遂霍然的《见闻异辞·闻笛动情》；写某医医死人外逃后重新开张，其妻弟因误用信石而治好一将军，遂得重赏，从此请者盈门的《客窗闲话·时医》；写扬州一盐商服人形何首乌而毙命，其家人追寻卖药翁，已不知去向的《右台仙馆笔记》“服药毙命”；写无锡一哑丐因其父曾开药肆，从小知医，治好富家病危幼子后医名大噪，就诊者日以千计的《耳邮》“哑医”；写一七旬老媪发乳痈，业已溃烂，幸遇得三代秘传良医而治愈的《鹂砭轩质言·危症获救》；写中元夜某商幼子被纸鬼惊吓后，寒暑大作，腹胀如鼓，庸医投方无效，遇一儒医始转危为安的《鹂砭轩质言·儒医》等。

第十一章　清代的写实故事（五）

第十四节　清代的盗贼故事

清代的盗贼故事，数量相当多，从不同的视角揭示当时有关盗贼的各种复杂纷繁的生活场景、人物事件，描述盗贼抢劫、偷盗、分赃、仇杀、报复、感恩等作为以及世人防盗、抗盗、捕盗、灭盗的行动。其中，大部分作品的故事性强，曲折生动，具有一定的认识功能和警示意义，对听众、读者颇有吸引力。试看以下数则作品：

雷于粤为最远郡。崇祯初，金陵人某，以部曹出守。舟入江，遇盗，知其守也，杀之，并歼其从者，独留其妻女。以众中一最黠者为伪守，持牒往，而群诡为仆，人莫能察也。抵郡逾月，甚廉干，有治状，雷人相庆得贤太守。其寮属暨监司使，咸诵重之。未几，太守出示禁游客所隶，毋得纳金陵人只履。否者虽至戚必坐。于是雷人益信服新太守，乃能严介若此也。

亡何，守之子至，入境无敢舍者。问之，知其禁也，心惑之。诘朝守出，子道视，非父也；讯其籍里名姓，则皆父。子悟曰："噫，是盗矣。"然不敢暴语，密以白监司使。监司曰："止。吾旦日饭守而出子。"于是戒吏，以卒环太守舍，而伏甲酒所。旦日，太守入谒，监司饮之酒，出其子质，不辨也。守窘，拟起为变，而伏甲发，就坐捽之。其卒之环守者，亦破署入，贼数十人卒起格斗。胥逸去，仅获其七，狱具如律，械送金陵杀之。于是雷之人乃知向之知守非守也，盗云。

——《诺皋广志·雷州盗》

京师一大家，富于资，佣一仆妇，为昌平州人，服役有年。性甚黠，能得人心，故主妇颇委任之，凡金帛所藏，悉与知焉。一夜人定后，有盗六人，自屋而下，皆涂面执刃，群仆惊逸。此妇闻声趋出，为盗所执。以刃拟其颈曰："尔主人何在？"曰："值内班未归。"盗挥其徒曰："速缚其主母来。"妇跪而泣曰："主母谓我厚，愿勿惊之，我愿以身代。"盗曰："既如此，尔但告我金帛所在。"妇嗫嚅不欲言，盗举刃欲斫之，妇大骇，乃具告焉。盗搜括既已，意犹未足，复以刃胁尽言。妇曰："金帛尽矣，尚有珠宝首饰在某所。"于是盗又尽取之，笑谓妇曰："汝所言未必尽，实念汝颇忠诚，姑留余地。"乃呼啸而去。主母深感此妇，出而慰谢之，而妇则面色如土，不作他语，连呼"吓杀，吓杀"而已。

比晓，主人归，知状，亦慰谢之。然念妇虽为盗所劫，何必尽情泄露，当遑遽时，乃纤悉不遗如此乎？且仆妇甚多，何以独劫此妇？其事似有可疑。而妇自此即云惊悸成疾，越三日以病重告归。主人重赏而遣之，密遣干仆尾之行。妇初卧车中，出齐化门，即自起遣车反，而别雇一车以行，至昌平州某村止焉。有数人迎门而笑，妇亦笑而入。仆即奔告于官，遣役偕往。时已半夜，夺门而进，则妇正与众分所盗之物，金帛首饰俱在，缚送官，论如律。

——《右台仙官笔记》卷三"盗妇"

以上两则揭露盗贼面目的故事，分别录写于清代初年与末年。前一则写一伙杀人越货的盗匪冒充太守，却颇为廉干，甚得民心。后来被真太守之子识破，将其正法，可惜未能一网打尽，不能不让世人深省。后一则写盗妇以女佣身份做盗匪引线，让主家损失惨重。其人虽然深藏不露，又善于表演，却仍然留下疑点与破绽。此妇与同伙最终难逃法网，真可谓罪有应得。

康熙年间，金华县役李某，与同伴押官银至省。李粗晓拳击，高自矜许，众皆恃为护身符。一日，舟次七里泷。天大风雪，一头陀立岸上呼"搭船"，舟人不之应。李欲载之，有老役曰："不可。此间多暴客，恐贻后悔。”李曰：“此三尺许头陀，何足介意?”强令篙工拢船。离岸丈许，头陀一跃已登，盘膝相外坐。滚雪如毯，堆肩扑面，略不拭去。李始骇惧。

时方夜膳，老役呼曰：“师，外冷甚，且进船饮三杯。”头陀曰：“诺!”甫应声，足已及席，衣下刀声铿然。老役曰：“师出家人，何故带兵器?”曰：“将杀人耳!”李惧极，自陈：“身在公门，不得已押此官项。倘有失，数家老小不获全矣!”跪而请，继之以泣。头陀笑曰：“休矣！我本盗魁也，昨已探知此项。奈同伙十余人，恐我多分，竟欲背取。我故先上汝船待彼。今蒙杯酒之惠，岂复相戕？并当为杀却鼠辈也!”即促前进。

至昏黑，江面火炬数头，一小舟咿鸦而至。方隔二丈余，头陀一跃已过，大呼曰：“杀!”即闻人头滚滚落水中。众皆伏匿舱中，即又闻呼声曰：“去矣!”遥见轻舸一点，冲风雪而没。

——《凉棚夜话·雪中头陀》

李春潭观察言：苏州有某甲在杭州作贾，美丰姿，年十八九，遵父母回苏完娶。路过太湖，觅船以进。船户兄弟二人，乃大盗也。盗有一妹，年十七八，色美而能武。某登舟后，见女少艾，心动，频目之，女亦目注不已。少刻，船户二人赴岸拉纤，舟中惟女与某四目相视。女忽问曰：“子何以视我?”某婉答之，语带调笑。女曰：“于今夜恐不妙!”某尚不觉。女以手去板，出白刃示之，刀光闪烁可畏，某乃投地求救，女因问曰：“尔曾娶妻否?”某告以未娶，并言奉亲命回苏完婚。女乃不言。

少刻，船户回船少憩，又登岸。某又哭泣求救。女情动，乃问曰：“尔箱中有多金否?”某白以无。女为设计，可佯病呼痛，付匙与二船户开箱觅药，冀可免祸。迨船户回舟，某如其言，船户果开箱细视，以无药告，某自言误记。

二人又登岸，另坐小舟。女告某曰：“子虽无银，衣服甚华好，恐终不免。”因授以刀使伏暗中，俟其钻首而进，即手刃之。时已昏暮，某手颤，浑身战栗，女乃进舱持刃。少顷，某长兄果钻首进，女即手刃之。其次兄见无声息，疑客有备，不敢入，趋至船头。女跃上篷，持刀刺之，次兄亦死。某欲逃，女含涕告曰：“事已如此，子将何往？吾当与尔同首官。”因手持一包袱，内皆伊兄所杀之人发辫也。到官后，历言其兄平日凶暴杀人状，今日之事，实出不得已，因泣涕请死。官既见发辫累累，又检查旧案，二船户实系江湖大盗。女子虽有杀兄之罪，然大盗因此而殄，功不可没。悯其齿稚无归，命某妾之，以报其活命之恩。某自言有室，且见其手刃二兄，心怀惴惴。官乃谆谕再四，并给以执照，令携之归。

某之岳闻某已有妻，遂另婚。女乃随某至家成夫妇。女事翁姑孝，德性柔顺，伉俪亦相得，称贤妇。

——《北东园笔录》四编卷三《盗妹》

杨八，南汇人，本梁上君子，飞檐走壁，武艺颇精。后囊中充裕，即去邪归正，耕种度日，已十余年矣。适同邑某官家失朝珠一串，值银千两，久难破案。县中捕役比责殆遍，不得已询诸杨。杨叹曰：“我前者虽曾业此，今此调久不弹矣，公等岂不我谅？”捕答以实缘案悬以久，比责数数，因来求计也。杨乃随捕往见官，官问以朝珠事，杨曰：“事不知。但群捕严比无措，而案不见破，某不忍，愿代其役，乞限一月之期，当破此案。”官诺之。

杨遂孑身四处察访，竟无踪迹。一日至浙江某镇，见一大宅，状有可疑。造其门，乞为客。阍人诺之，因导至一室休息，几榻俱全。少顷，有童子送饭。试诘之，童不答。杨闷甚，食毕即寝。次晚，俄传东人请客。杨亦往，则见一人坐首席，意必东人也。余数十人一人一席，肆意乱啖，绝无声息。席罢，东人各赠一小包，杨亦如之。众退出，至亭中，一一向空飞去，若燕然。杨亦随众飞上，仅见一人以包打开，取黑衣套身上。杨又如之。谛视包中，火煤、铁凿罗列其中。杨择房屋富丽之家，越墙而过进。时人俱睡熟，衣服银两无暇去取，只取金条数十枝而返。

隔十余日，又传东人宴客，仍如前状。宴毕，见众人俱探囊取物，献于东人之前。甚微细而若不胜尊重，且有赤手覆命者。杨思彼等所得皆不逮我，遂将己所获送上。众见之大哗，执杨而系于柱，诘之曰："我等取物皆择珍宝，价在千两以内者，皆置之。他如金银等物，视同腐朽耳。尔今以多金为位尊，必非吾党中人也。速白之尚可释尔。"杨知不能隐，遂以实告。中有一童，总角红衫，笑而起曰："此事是我所为。我于月光之下，估得此物不盈千两，仍置于彼处阶石下耳。"杨闻言骇极，乞放回。杨路无盘费，不敢再为妙手，求乞而归，取珠献之，得重赏。而浙江之事，官亦未暇根究云。

——《此中人语》卷二《杨八》

以上三则盗贼故事，故事主人公都比较特殊，将读者、听众带进一个个新奇的境域里面，令人大开眼界。第一则出现的是个有侠肝义胆的僧盗。他不但饶了允许他搭船的县役，分毫不动县役所押的官银，而且杀掉前来抢劫钱财的一伙不仁不义的盗匪，然后消失在风雪之中。第二则出现的是个有胆识、重情义的盗妹。她为了搭救其意中人，大义灭亲，杀掉两个以杀人越货为生的兄长，因此改邪归正，喜结良缘。第三则出现的是个早已金盆洗手之梁上君子。他被弄得焦头烂额的捕役们请去破盗案，竟探知巨盗及其手下为盗劫财的隐秘，死里逃生，不辱使命。

某室颇富，内主待人甚有惠。有一丐栖村旁大树下，常多病，内主心悯，日出三餐豢养之。丐亦不他往，如是者有年。丐一日病且死，谓内主曰："我受府上豢养，无以报德，数年来无鼠窃狗盗之扰者，皆我夜夜逻察故也。今且死，有一百衲袍，可折为衬履之用，敢以奉赠，幸勿以秽物弃之。殡葬之费，还望出之府上。"其内主接入手，觉甚重，怪之。灯下拆视，中皆黄金。有知其事者，谓此漏网之盗也，遁而行乞，富室待之厚，故以此报之。今之受人恩而不知报者，对此乞丐能无自愧？

——《志异续编》卷一《丐报恩》

甲与乙皆福州南台人，素相善。乙偶辞甲去，不知所往，甲思之甚。甲精于贾，家渐裕，广厦连云，食指[1]数百，门前开酒店，日坐其中，稽出入焉。一日，乙过其门。甲大喜，挽入店中，叙契阔，且曰："比余家计日繁，必须相助力理。"乙难之，强而后可。甲优待之如亲兄弟，亦日坐店中。

有挈瓷瓶来沽酒者，就垆头饮。瓶将罄，复沽益之，而已入醉乡，乃携瓶去。丁数武，跌于墙边，瓶碎酒流墙，不顾而去。乙熟视之，问曰："墙内有室否？"曰："有。"曰："今夜须防贼，渠之醉跌皆伪也。墙土得酒而松，易于掘耳。"乃篝灯于室伺之。

夜过半，果闻墙外"登登"声。俄而墙穿，一腿先进。遽持其腿，而开门捉贼，则一无头人横卧墙外，众皆骇。乙令速将死人碎为数段，装大酒坛中，连夜抬至江边沉之，仍闭门睡。至天明，乙告甲曰："此三日内，宅中人不许擅出入。来者无论何人，作何事干，皆须一一告我。"

越三日，甲告乙曰："前两日并无一人入，惟今晨有村农来议购粪事。缘宅墙尽处有一厕坑，约明日早晨来盘粪，已许之矣。"乙默然。待至夜深，即率宅中人先盘粪，粪尽而人头见，乃取头出，尽复其粪，而以囊盛头，加石而投之江。翌日，果有村农五六人来盘粪，事毕，无所见，相率去。于是乙告甲曰："此后可高枕无忧矣。"

居无何，乙复辞去。苦留之，不可。诘其所往，则模糊以应。时吾乡海寇正炽，被获者辄斩，每案至少亦十余人。一日，有押海盗案赴市曹中，则乙在焉。甲大惊愕，就抱之而哭。押者皆侧目。乙忽举脚踢之曰："便宜了汝，我正想诬攀汝，今无及矣。"甲被踢晕仆地，久而始苏。徐悟乙以一踢数言救之。否则，海寇之党，鲜不被逮矣。乃感乙之恩，越日，私往收其尸，而经纪其家室焉。

——《北东园笔录》初编卷六《盗报恩》

以上两则故事，均描述为盗者重情谊，知恩图报，颇有感人之处。前一则写某富家内主常年善待一年老多病的乞丐（往昔之盗贼），乞丐每夜

① 食指：家中人口。

暗中为其守护，临终时又赠送藏有黄金的袍子，藉以报恩，让人有所感悟。后一则写甲乙素有交谊，乙曾帮甲避免一桩盗匪劫难。当乙被捕，其海盗身份暴露后，他极力不让好友甲受到牵连；而甲则为好友乙收尸，并且善待其家属。这在旧时，也算难得。

乾隆庚子六月，冯在田先生自江南归，闲中偶及所闻异事云：泗州人张姓者，以渔为业，与其妻棹小舟往来洪泽湖。一日薄暮，见岸上有颀而鬒者，负行李伛偻而至，急声唤渡。张以正在下网辞之。其人曰："汝捕鱼不过欲得钱耳，今吾倍偿汝值，可乎？"张始允。其人至船，谓张曰："吾欲渡至某处，而天色已晚，且有病，不能夜行。今晚宿汝舟中，明日五更，渡我上岸，多与渡资何如？"张亦许之。

其人卧于头舱，呻吟不绝。至夜半而声渐息。张于五更棹至其处，唤之起，不应，视之死矣，惊惶无措。与妻相商，将举而投诸水。舁其身重甚，探之，则腰缠皆黄白物也。检视行囊亦然。妻曰："我得其若干财物，何忍弃其尸于水。若买棺以殓，则又恐人疑，奈何？"张曰："吾见某处墩上向厝一棺，今乘天色未明，掇开，而以此尸入之，何如？"妻然之，遂棹至其所。土墩周围皆水，四无人居。张先上岸，启棺盖则棺满几与盖平，上铺破衣数件，已微烂矣。其下但有骨殖，而无髑髅，细视皆羊豕骨也，尚有余臭。再搰其下，黄白之物满焉。张大喜，与妻共运于船．纳尸棺中，复为钉盖完固，弃羊豕骨及破衣于水而去。

嗣后仍每日捕鱼，以探此棺消息，而藏其物于隐密处，未敢用也。未几，邻县破一盗案，伙犯咸获矣，惟首在逃。伙犯招称所劫金银藏于某山者若干，藏于某湖者若干，而土墩棺中之物亦与焉。官带犯起赃，至其所启之，则并无财物，而有死尸，颜色未变。官诘盗，盗群视之，咸骇曰："此即盗首某也，何为入此！"官复视，与缉案所开之年貌同，捕役亦有识之者，然不解财去尸存故。遂带犯回县，另审结案。张知之，益自韬晦。

事定数年，盗者之棺渐圮。张念之，与妻私检其骨埋诸高阜。夜梦盗首谓曰："君取我财，原非有意。前既殓我，今又葬我，君施德于我者深矣。今当投为君之子，以报洪恩。”是年果生一子。张后不复业渔，渐出其所藏以营运，遂为富人。其子少时勇而尚气，然一闻父母呵叱，即屏息不敢动。后渐驯谨，能保其家业云。

——《听雨轩笔记》卷　《泗州渔人》

绍兴偏门外有张凤翔者，孑然一身，以此（按：划跳白船捕鱼）为业。其叔绸缎店于杭，屡招之往。张乐此，不愿改业也。一夕，棹船出，遥见义塚间火光杂起，有十余人笑语声，一船停于岸侧。比张至，人皆入船飞棹去。上岸视之，则傍河新厝一棺，纸钱之火犹荧然未灭。张心念此辈大抵皆舁棺者，然以其仓皇而去，疑之。

嗣后往来其处，渐见棺缝血水涓涓，秽气四达。张疑尸在棺底，何以近盖处亦有血流，且其臭亦不类死人溃烂之气。夜静无人，上岸开其盖而验之，见棺之上下，俱置猪肉半体，已发变矣，而其中悉贮黄白物。张知为豪客所藏也。因船小物多，不敢重载，每夕逐渐运回，穴地深埋于缸灶下，而棺则仍为盖掩之。私念若徙而他住，恐豪客寻求，反致不测之祸。因执故业自如，惟不敢至义冢旁，只于南塘一带人烟稠密处跳白而已。后故于桥柱撞破其船，泅而得免，患病者月余，以船破不能捕鱼，渐至口食不充，行乞以度朝夕。

未几，有状貌魁岸者数人寻张买鱼，于其邻家察问张之行状。邻人以船破行乞告之。张适伛偻携篮归，启门而入，则萧然四壁，景状可怜。破船两截，犹存室中。数人皆周视点首而去。又旬余，张乞食远出。偷儿夜入其室，凡卧床上下及缸瓮盆盎、灰堆草窠之属，检搜殆遍，无所得而去。盖若辈厝棺之时，惟见一跳白船。至今所藏尽失，疑其所为。此外遍查，又无敢取其物者，是以屡次向张寻求。幸其善于装饰藏弆[①]，故不致为其所获耳。

张归，亦心知之，料其数觅见踪，应不复至，惧祸之心渐释。因潜至杭州，告其叔，密移所藏。人皆以为行乞远出，而不知其陆续运物也。又数月，其叔至绍兴，伪为寻侄也，见其憔悴困苦，欲携之

① 弆（jǔ举）：保藏。

去。张故作不肯状，叔大骂，逼其同行。邻人咸劝之，于是张以屋托诸邻家，随其叔而去。于杭娶妻营运，遂为富人。每年两次还家，省其坟墓。然布衣草履，犹不敢改其常也。

至五六年，见事已冷，借叔之名，渐于故乡置田产，买房屋。十余年后始移家而归，仍造一跳白船，常棹而夜出。所亲或劝之，张曰："此吾素业，安可以温饱而昧其本来。且吾非跳鱼，亦安能至是。"因举其人以告之，始知其致之由云。

——《听雨轩笔记》卷二《跳白船》

以上两则作品，均以江浙水乡为背景，描述渔人无意中得到盗匪所藏大量金银因而致富的故事，从一个侧面来反映当时的盗匪生活。其故事情节曲折生动，无不具有神秘紧张，令人惊心动魄的特色。前一则故事，通过安葬过世老人（盗魁）以及后来掩埋其骸骨等情节，突显出故事主人公——张姓渔民夫妇为人忠厚，富有善心的性格特征。后一则故事，写绍兴渔人张某得到意外之财——无数金银之后，故意破船行乞，十多年间艰苦度日，备尝辛苦，不断与强盗斗智斗勇，终于如愿以偿；当其人发家致富之后，仍然不忘旧业，以跳白船捕鱼为生。整篇作品将故事主人公工于心计和勤谨朴实的个性特征刻画得颇为鲜明。

这个时期的盗贼故事，尚有写一黠盗妇下毒让与其野合者死于绸缎铺，竟讹得五百金而去的《述异记·黠盗妇》；写梁上君子某乙翻然自改，因贫窭乃与众盗共劫而独负赃还家，后大案发众盗落网，某乙因无名籍得免的《聊斋志异·某乙》；写万历时一御史将审盗石所得之硕大紫玉作贺以进，乃诏其管理贮库的《簪云楼杂说·盗石》；写一贼白日偷画出门时恰遇主人归来，忙假装求出售祖宗画像者，因被斥去的《子不语·偷画》；写一巨盗正欲打劫时，被一少年标客弹掉双手拇指并狠狠教训一番，后乃弃家为僧的《东皋杂钞·少年标客》；写某客以闹杨花膏置酒内将群盗迷倒在船中，急上岸报官尽缚群盗的《广新闻·闹杨花》；写偷盗者假扮溺鬼惊吓独守藏金一老翁，将其积蓄席卷而去的《广新闻·假溺鬼》；写响马中最豪者袁某以弹弹子劫财，一次被人弹缺双耳，自是再不敢胡作非为的《志异续编·袁弹子》；写某响马痛击一群赴京会试以膂力自矜之武举，并驱走负行李牲口，让诸人得到教训的《志异续编·响马贼》；写一富人有盗窃癖好，常以盗窃质库中小物和家里人小物为快事的《履园丛话·富贼贵贼》；写桐乡某知县在二堂小酌时，以酒灌醉刚捕来之小贼，令其供出三十余贼，从而处置了大量积案的《履园丛话·治贼》；写华某货款失窃后只好命舟了返回，谁知盗款贼又搭上其舟被众人击沉，华不但拿到原款，还得到珍珠百十粒的《北东园笔录·骗贼巧还》；写周生被友人徐某请去教海盗之子，周惧而求归，徐为海盗同伙，后将周毒死的《香饮楼宾谈·周生》；写绿林之魁郑甲带人打劫一押解饷官辇时，同伙全部身首各异，其人死里逃生后乃改恶从善的《里乘·郑甲》；写某盗捐官成为道员后仍然贼性不改，时时作案，竟被名捕拿下的《虫鸣漫录·盗捐道员》；写为了防盗，某佣工夫妇枕携回家之绸缎而卧，一入室贼设法让二人交欢，趁机将绸缎偷走的《虫鸣漫录·贼窃缎》；写一伙盗贼欲对咸宁某氏女非礼，以杀死其家人相威胁，女先后让父母及未婚夫一家人逃生，乃触贼刃身亡的《右台仙馆笔记》“某氏女”；写李某返家时说服众人让一衣衫褴褛少年搭船，该少年系以术取财者（人称“铁算盘”），后给李某许多帮助的《右台仙馆笔记》“铁算盘”；写一盗发现偷来之金银首饰乃穷老寡妇为儿子娶亲所备，立即将其退回的《耳邮》“退还原物”；写某人贫不能养母遂为贼，母死乃负其尸下葬的《荟蕞编·孝贼》；写一匪徒蒙皮扮假虎抢劫过往客商，后败露立即杖毙的《仕隐斋涉笔》“假虎抢劫”；写某县令买通盗伙而醉捕南海巨盗，竟引出一场场惊心动魄之变故，令人叹为观止的《跰廛笔记·南海巨盗》等。

第十五节　清代的骗子、无赖故事

一、清代的骗子故事

清代的骗子故事，作品数量非常多，而且作品大都颇为精彩。其中包含世俗骗子行骗、出家人骗子行骗、智斗骗子等内容。此外，运用骗术对付歹徒、恶人的作品，与骗子故事多有关联，也在此处一并论析。

清代揭露骗子行骗的故事，大多发生在当时的各个大都会，尤其是京师地方。无论世俗骗子还是出家人骗子，其作案时通常都事先做了精心的策划和周道安排，成功率相当高。骗子作案行骗，既有单枪匹马者，也有二三人乃至一个团伙者。他们之所以能够让那些上当受骗者堕入陷阱，往往与抓住某些人贪心、好占小便宜的毛病，或者利用某些人性的弱点密不可分。

清代揭露世俗骗子行骗的故事，数量最多，不少作品故事性强，生动有趣，能够给世人以警示和教益。譬如：

京中富人欲买砖造墙。某甲来曰："某王府门外墙，现欲折旧砖换新砖，公何不买其旧者?"富人疑之，曰："王爷未必卖砖。"某甲曰："微公言，某亦疑之。然某在王爷门下久，不妄言。公既不信，请遣人同至王府，候王出，某跪请，看王爷点头，再折未迟。"

富人以为然，遣家奴持弓尺偕往。故事：买旧砖者，以弓尺量若干长，可折二分算也。适王下朝，某甲拦马头跪，作满州语喃喃然。王果点头，以手指门前墙曰："凭渠量。"甲即持弓尺，率同往奴量墙，纵横算得十七丈七尺，该价百金。

归告富人，富人喜，即予半价。择吉日遣家奴率人往拆墙。王府司阍者大怒，擒问之。奴曰："王爷所命也。"司阍者启王，王大笑曰："某日跪马头白事者，自称某贝子家奴，主人要筑府外照墙，爱我墙式样，故来求丈量，以便如式砌筑。我以为此细事，有何不可，故手指墙命丈。事原有之，非云卖也。"富人谢罪求释，所费不资，而某甲已逃。

——《子不语》卷二十三《偷墙》

都中淮郡会馆有二，新馆本为客店。馆之南邻某姓者，当日店主人也，家小康，一子一女，以赁寓为生。尝有客从江南至，云是县令引见入都者。起居服御，意气自豪；仆从三四人，出入裘马甚都。主人子朝暮聚谈，亟相契洽。一日，有老仆仓卒问讯至，叩头呈书。客展读未竟，号泣失声。问之，则夫人产难亡矣。主人劝慰至再，每语及夫人令德，辄哽咽不能已。时主人女年方及笄，姿色端丽。媒氏为客议婚，客不可，曰："先室亡未逾年，何忍及此？"主人益重之。屡议而后许，择期入赘。逾月，忽晨起不知所之，奁箧钗钏尽失。急寻之，杳无踪迹。市中索逋负者，闻信踵至，计又不下千金，皆曰："是汝婿也。不然，谁贳货者？"主人遍起客笥，空无所有，惟存铅锡数十方而已。由是卖屋代偿，生计大窘。而明府夫人，寡居至今，不能作渡口石尤风，只合为山头望夫石耳。同邑曹卫川先生云。

——《金壶浪墨》卷六《骗婿》

以上两则骗子故事，都发生在京城之中，并且无不与官场有这样那样的关联。前一则里面的骗子，是一个熟悉王府的满人或会满语的汉人，很可能如他自己所言，曾经在王爷手下干过事。他只身行骗，利用其特长制造错觉，让买墙的富人上当，却很难发现其破绽，足见其骗术之高超。后一则里面的骗子，为一个小小的团伙。他们事先精心筹划，分工合作，有的假扮引见入都的县令，有的假扮随从与老仆，通过骗色来骗财，最终将店主家的财物卷走，还让店主卖房为其偿债，人财两失，至为惨重。又如：

骗术之巧者，愈出愈奇。金陵有老翁，持数金至北门桥钱店易钱，故意较论银色，哓哓不休。一少年从外入，礼貌甚恭，呼翁为老伯，曰："令郎贸易常州，与侄同事。有银信一封，托侄寄老伯。将往尊府，不意侄之路遇也。"将银信交毕，一揖而去。老翁拆信，谓钱店主人曰："我眼昏不能看家信，求君诵之。"店主人如其言，皆家常琐屑语，末云："外纹银十两，为爷薪水需。"翁喜动颜色，曰："还我前银，不必较论银色矣。儿所寄纹银，纸上书明十两，即以此兑钱何如？"主人接其银称之，十一两零三钱。疑其子发信时，匆匆未检，故信上只言十两。老人又不能自称，可将错就错，获此余利，遽以九千钱与之。时价纹银十两，例兑钱九千。翁负钱去。

少顷，一客笑于旁曰："店主人得毋受欺乎？此老翁者积年骗棍，用假银者也。我见其来换钱，已为主人忧。因此老在店，故未敢明言。"店主惊，剪其银，果铅胎，懊恼无已。再四谢客，且询此翁居址。曰："翁住某所，离此十里余，君追之犹能及之。但我翁邻也，使翁知我破其法，将仇我。请告君以彼之门向，而君自往追之。"

店主人必欲与俱，曰："君但偕行至彼地，君告我以彼门向，君即脱去，则老人不知是君所道，何仇之有？"客犹不肯，乃酬以三金。客若为不得已而强行者，同至汉西门外，远望见老人摊钱柜上，与数人饮酒。客指曰："是也，汝速往擒，我行矣。"店主喜，直入酒肆，捽老翁殴之曰："汝积骗也，以十两铅胎银换我九千钱。"众人皆起，问故。老翁夷然曰："我以儿银十两换钱，并非铅胎。店主既云我用假银，我之原银可得见乎？"店主以剪破原银示众。翁笑曰："此非我银。我止十两，故得钱九千。今此假银似不止十两者，非我原银，乃店主来骗我耳！"酒肆人为持戥称之，果十一两零三钱。众大怒，责店主。店主不能对。群起殴之。店主一念之贪，中老翁计，懊恨而归。

——《子不语》卷二十一《奇骗》

光绪中叶，金陵有外科王立功者，合城知名者也，设医室于三山大街。一日晨，有人以银饼二圆馈王，且曰："吾外甥为绸庄学徒，遭人奸骗，致患臀风。吾今薄暮约其来求诊，先以此为赠。第外甥畏羞，请勿于人前说破也。"王允之。其人遂至绸庄，购绸缎约三百金，谓庄主曰："请遣一学徒随我往外科王先生处付银。"市人皆知王，固无不信者，即遣徒挟货物随之行。至王室门外，其人曰："以货与我，在此坐候，尔随王先生上楼可也。"王见其人偕一童子来，以为必其外甥也，相喻无言，邀童子登楼。童子以为必给银也，孰料王谓之曰："尔有病勿害羞，请脱袴，我为尔治之。"童大怒。王曰："尔母舅先言之矣，勿讳疾也。"童曰："孰为我母舅者，其人来我肆购物，我随来取资耳，何病之有。"王至此始悟遇骗，亟下楼视其人，已杳矣。乃讼于官。时湖南翁延年令上元，断令王赔其半，绸庄亦认其半，而骗子终不可捕。

——《清代野记》卷中《疡医遇骗》

以上两则骗子故事都发生在南京，二人的骗术均很高明，但各有特点。前一则骗钱非一人所为，那些骗子能够让一个精通业务的银店主栽在他们的手里，主要是利用了其人贪小便宜的弱点。否则其人不可能发现不了赝品，也不会发生明知是假却无法退还的怪事。足见识别骗子，当从远离贪心开始。后一则的骗子也是一个高手，他单独行动主要利用医生与绸庄学徒之间产生误会来施骗，设计精巧，很难发现破绽，真是防不胜防。再如：

塔院僧性鄙吝，不念《法华经》，不理《梁皇忏》，腌臜可厌。有江西客来寓，间以酒肉啖僧，颇相中。后密谓曰："我习种银术，欲助汝，汝有意乎？"僧问何谓，曰："以银埋地，有符箓拜祷法，阅七日，一可得十。"僧未信，姑付银一，邀其种。客禹步庭前，喃喃作咒语，掘地埋之。扃户出，嘱弗窥探。至期启视，则粲然者十矣。僧大喜投地，曰："可多种乎？"曰："何不可？母多则子愈多，唯纸镪亦须多焚耳！"僧乃罄其己之所有，又将衣帽及钟磬、挠钹之属尽质于典，不足复借邻寺之钟磬、铙钹，亦质于典。侵晓，诣城买纸镪数十千，欣欣付客作法。客如前状，闬然扃户。至明午，客亡，两三日无迹。急掘所藏，则零砖碎瓦而已。僧抢呼欲绝。

后十余年，复有外科医徐甲者，传种洋钱事，遇赚略同僧，而所赚更多。故徐之盈门索债，亦倍于僧。

——《明斋小识》卷六《种银子》

浦东某镇乡间，有拐儿桥一条。相传该处人民某甲，家本小康，而人极刁诈，变计百出。一日游吴门，偶于街市间见一丐妪，龙钟伛偻，衣不遮体，殊有饥寒交迫之形。甲遂回舟，嘱随人唤妪上船，衣以文绣，食以膏粱。妪大喜拜谢，甲止之。

明日偕舟子等扶妪上岸游玩，因嘱妪曰："如我等有言问尔，尔但曰'好'，切勿多言。"妪喏之。甲于是亦衣服华丽，偕妪上岸，迤逦而行。至一最大之绸庄，昂然而进。店伙等知是富家宅眷，百般趋奉。甲惟大模大样，点头整坐而已。从人等俱呼妪为太太，拣选物件，频频问之于妪，妪遵甲嘱，但应曰“好”。迨物件配全，约计银一千余两，甲乃嘱从人取下船去，自己但言赴庄上取银，因令妪少待。妪不知其意，亦应曰“好”。店伙以为太太在此，并不起疑。甲回舟，即解缆开行，去如黄鹤。而该庄店伙久待不到，因问妪，妪亦曰“好”。伙知有变，固诘之，妪始吐其实。急甚，即令人四处找寻，绝无影响，遂将妪逐出。而该伙不仅赔银，且脱生意矣。

伙满腔气愤，无处可伸，竟狂疾，到处访问。一日，至浦东某镇，逢甲于市，伙执甲而诉诸众。众素知甲谲，俱斥甲。甲无可置辩，愿还银一千两。伙不可，欲控于官。甲惧甚，挽众调停；伙遂罢，并罚造一桥于自己宅前，题其名曰“拐儿桥”焉。

——《此中人语》卷五《拐儿桥》

这两则骗子故事，既有相同之处，又有不同之处。相同之处在于骗子使用的骗术都不甚高明，但由于受骗人自身的原因——前者因为贪财，妄想暴富，后者因为势利眼，畏惧富人，放松警惕——故而上当受骗。不同之处在于结局大相径庭。前者的骗子得手后，竟席卷财物而去，逍遥法外；后者的骗子终于被捉退赃，甚至被罚修建“拐儿桥”，给钉在耻辱柱上。而打拐的胜利，全凭受骗人坚持不懈的努力。这对读者、听众而言，不无借鉴的意义。

清代揭露出家人骗子行骗的故事，涉及混迹于佛门中的骗子和混迹于道观里的骗子，其数量少于世俗骗子行骗的故事，但不乏引人入胜的作品。僧道骗子行骗，其手段未必十分高明。他们大都利用某些民众的迷信心理与贪财的劣根性，因此每每能够得逞。此类故事，同样具有认识价值和警示作用。譬如：

徽州土厚而松。有一游僧至新岭凉亭，栖足三宵，忽扬言见岭上放光，当有异事。越日，果见金佛从土而出，先透顶，次露面，三日全身自现。僧以为活佛降世，日夜诵经，劝人施舍，落成殿宇，哄动愚民，聚众数万。众见佛像自土中渐渐而出，真佛欲栖此土也。僧又雕木如意簪数千枝，凡有善心施舍者，投之以银，即拔簪而与之，曰："带之可以延寿。"不二十日，而获舍金万余，僧卷之而走。

后查知是僧，在破寺中，偷取一尊木佛像，在新岭旁挖坑，先以黄豆数斗垫底，装木佛于上，用土埋之。早夜以水灌之，豆涨上松，佛而上，裂土而出，豆涨透而佛身全现。民见佛能从土中自出，并不假手于人，虽至灵之人，亦以为奇，初不知佛下有黄豆也。是僧之巧，可称绝世；若此，可作骗子子矣。

——《咫闻录》卷三《佛从土出》

山西贾人鬻绒货于南京三山街。一日，有客偕一道者至，开单购绒货，值百金，然体制特异。肆中适无此货，乃先留银一大锭为定，俟货足再付。自后，两人来催货，时至肆中，至则两人必耳语，指天画地，状甚秘密。贾人疑而问之，不言。再问，客乃屏人语曰："吾道兄善望气，夜来见宝气腾空，知是地有藏金千万当出世。详察其处，在尊店第三重屋下。诚发之，富可敌国。"贾人性贪，因信之。乃延客引道士入内，审视一周，曰："在是矣！计自此至彼，凡三丈余，皆金穴也。"殷殷为贾人贺。

乃订期集工人数十辈，先祭告天地。道者复为之披发仗剑，作法良久。夜深，耰锄并举，发至五尺，并无所见。天已大明，忽闻门外呵殿声，则制军某以通家红帖来谒。贾人方惊讶，而制军已登堂求见。贾人出，拜伏于地，某掖起之，曰："闻足下发窖金千万，富可敌国，某特奉贺。方今边饷告匮，诚以数万佐国家之急，万户侯不足道也，某当为足下奏闻。"贾人觳觫谢无有，某直入内室，见地下开垦纵横，而客与道士俯伏前谒，曰："金实有之，但不甚多。"贾人不能白，惧祸，不得已馈三千金求免，并还定银，而所业由此废矣。

——《骗术奇谈·掘藏受骗》

以上两则揭露僧道骗子行骗的故事，流传于长江下游一带。前一则的骗局，系一个披着袈裟的骗子所设，目的是骗财。他的骗术其实并不新鲜，但是他不失时机地利用了某些愚昧无知者的迷信心理，故而容易得手，一下卷走大量的钱财。后一则的骗局环环相扣，是由那个披着道袍的骗子与其同伙相互配合来完成的，也以诈骗钱财为目的，下手狠毒，让受害人蒙受惨重的损失，从此一蹶不振。受害人栽在骗子手里，也是由于被贪婪与迷信蒙住了眼睛，当引以为戒。

清代有关斗骗子的故事，大多描述在骗子行骗之后，受害者或者打抱不平者起来与其较量，采取行之有效的办法对付骗子，将其骗术暴光，甚至令其大吃苦头。此类故事数量比较多，有不少生动有趣的作品，往往有一定的欣赏价值和认识价值。譬如：

南京市中有卖丸药治病者，担头供一大士像，袒肩而垂手，肩有沟。置丸其上，滚至掌中，丸粘住不坠者，则药验，不然则否。然其药实未尝验也。市有黠者觉其诈，而未得其术。渐与昵，且招之饮，入一肆中，曰："但醉饱，不取值也。"食已，以扇障面，掉[①]臂竟去，肆中人若勿见也者。如是者屡，其人异曰："子之术可得闻乎?"黠者曰："易耳，且试言子之术。"其人曰："吾无他，大士掌中暗置磁石，所卖则铁沙丸也。"黠者曰："然则吾亦无他，实先付钱肆中而邀子饮耳。"其人相视大笑而去。

——《凉棚夜话·铁沙丸》

嘉兴某典肆中，一日有青衣辈数人，袍服整洁，侍从皆小艾，入肆问有朱提几何，答曰："若有物质，不拘多寡，具质之，奚必问资数也?"其人去。移时，舁一箧至。延之入，启视之，皆黄金所制重器，灿烂耀目，约值不啻万金。对肆人而言曰："此乃某府之物，缘主人有要需，欲质银三千。"肆人知若府之有是物也，允其质，而如数书券，平全交讫。既去，细视之，乃银胎而金衣也，然已无及矣。

肆中定议，凡质伪物而亏其本，摊偿于肆中执事人。此物亏金过多，而执事修工[②]无几，即终岁停支，非十余年不能清此赔项。而依肆度活者，家口赖何养赡？咸皆瞪目呆痴。肆主出，见众执事之形，

① 掉：摆动。
② 修工：薪酬。

问之，具以情告。肆主亦以赔金数多，不能令其枵腹从事。因念彼以伪物诳金，必不来赎，乃生一计，令各执事不许声张，命另书伪券，密弃诸途，俾行路者拾之，必将利其中之所赢而具资以赎焉，则嫁祸于人矣。

早起，有某生赴市，拾焉。视券中之质本甚大，意必贵介所遗，若赎而鬻之，获利必厚。无如家仅糊口，并无余资，遂欣欣然谋诸亲友。咸皆念某生平日之清正谦和，乐与凑银以赎，使之得利，以丰其家，均皆允诺。生邀亲友同至肆中，持券向问，请开箧以视。肆中人曰："当仅两日，即来看物，足下宁能买此券乎?"曰："然。"肆中人即发箧陈示，且炫称物之贵重，以歆动之。归即凑三千金与生。生加子金，依券赎回。载而鬻诸五都之市，历视数家，俱曰伪金，竟无售主。砍而验之，乃白金为胎，外裹黄金许厚，计所值不过数百金。某生计鬻以肥家，今倾家不足以偿贷，号哭而回。

次早，徘徊河干，赴水觅死。忽有过而问者曰："子非赎伪金者乎?"曰："子何以知之?"曰："吾见子之形而知之也。子即回家，携所赎伪金，随我而往，必获偿子之资，毋戚也。我在此候汝，然勿令人从而来。"生思鬻伪金，死也；不鬻，亦死也，不如即并其伪而弃之，因从其言，回家携伪金而从，听其所为。

携生同登小舟，行一昼夜，其人先登岸。入门有顷，数人出，向舟揖生登舟，引进其门。见堂高数仞，廊庑华丽，盖即向当质金之家也。舁进质物，验视无讹，谓生曰："子之累不少矣。"设宴款待，留数日，计偿质及子金外，又赠资斧，遣之归。生于是得无苦。

不数日，前青衣者，忽挟资持券，至某肆中，取所质物。肆中大惊，肆主无策可解，愿受罚赔，丧资数万，乃完其事，肆中资本一空。肆主曰："吾怜众执事之不能受此重赔，而设此计也，谁知自折其肆，此亦数也。"付之一叹而已。

后逾年，金陵某典肆，亦有质伪金器，一如禾（嘉兴）中故事。肆主曰："禾中肆欲脱己害而陷人，其心尚可问乎？不如隐忍焉，其失也犹小。"既而密搆金匠，仿其物而为之，轻重大小，一如所质，无少差异。越月始成。因号于众曰："某质伪金，丧本已多，是物恰可以伪乱真，然难逃识者之目。与其见是物而欷歔，不如毁此物而免害。”约某日携赴报恩寺，邀郡中各肆商，同往观之。众商阅毕，即炽火于鼎而冶熔之。众商不知其计也，郡中喧传其事。质金者闻物已毁，心起讹诈，具资持券来购。肆中人装若慌张，执券故为迟迟，质金者逼其平银而纳诸柜。须臾，举箧舁之，质者再四熟认，丧气而去。

——《咫闻录》卷九《嫁祸自害》

以上两则斗骗子的故事，均发生在江浙一带，有简有繁，各具面貌。前一则情节简单，写一黠者略施妙招，即让卖铁沙丸骗取金钱者吐露秘密；其人知道上当时，已无可奈何。后一则由两个故事组成，彼此呼应并且形成对比，有较高的艺术性，耐人回味。第一个故事写典肆主人得知该店收到伪金器，蒙受巨大损失时，竟使出损招坑人，却反而越发被动，令店中资本一空，成为反面教员。第二个故事写典肆主人在该店收到伪金器时，沉着应对，凭借自己过人的智慧和对于典当业务的精通，给骗子下套，让其将赝品赎回。此举既为典肆挽回损失，搭救了经手人，又打击了骗子的嚣张气焰，在商界树立了正气。

这个时期的骗子故事，尚有写某店主以侄子尸体冒充被殴者尸体诈人百金，事泄将其置诸法的《见闻录·吓诈》；写某客商之数百两银让一同船者偷偷换走后，又偶遇该人，不但得到原银，而且额外得到数十粒珍珠的《子不语·骗术巧报》；写一骗子冒充某翁在四川为官儿子来苏州采办之同事，请某翁垫付买走三斤人参的《凉棚夜话·骗术》；写某人骗走三十两赤金后，银楼方知留下守封银者为其人骗来之鞋店伙计，而其人留下之两封银圆全是铜钱的《咫闻录·巧骗》；写进城求售时二猪被骗走，某怒不可遏，失手将儿子打死，回家后其妻哀号投水毙命，某亦悬梁自尽的《咫闻录·骗二猪害三命》；写一奸徒探知吴生行踪与爱好，假冒狐仙骗走其裘衣马匹的《志异续编·吴生》；写一人假扮女鬼披发立荒冢中哭泣，借以惊吓行人，强夺财物，因被挑担者击倒而败露的《履园丛话·人而鬼》；写兄弟二人制造掘得窖银致富假象，不断向熟人借贷，数年后本利无偿的《明斋小识·假掘藏》；写某假扮五品衔贵客到绸缎庄选三千金货，做手脚将已验红票换成假票，随即满载而去的《道听途说·金陵骗》；写某肆主以一金罗汉与骗儿打赌，竟落入骗儿手中，还被骗儿讥笑一番的《道听途说·赌骗》；写晁某羡慕钱商人富有，一经纪人骗得其欲往上海入钱商股之资产，假死而去的《翼駉稗编·晁彭年》；写某客假扮日本国王，骗奸[illegible]尼庵新住持并骗走尼庵所藏二十多万金的《翼駉稗编·闻妙庵尼》；写朱某携数百金赴都谋事，落进入赘圈套，最后只得剔发来夜逃走的《翼駉稗编·巧骗》；写某冒充一到扬州暗查盐务亲王，从两淮盐政诈得十余万两银子，后阅邸报才知上当的《翼駉稗编·冒充亲藩》；写一骗子用送货店伙计冒充其仆人，以试骑方式骗走价值数百金之大骡的《客窗闲话》“试骑骗骡”；写假扮抚浙蒋中丞者至温郡查访，某太守惧而赂以重金，后来方知受骗的《客窗闲话》“某官受骗”；写一帮骗子扮为贵客及其仆婢往苏州某银饰肆购买金钿珠钗无数，故意让一同伙将店主引走，随后客人与钱货竟渺无踪迹的《浇愁集·巧骗》“银饰肆被骗”；写一骗子往肆中挑价值千金之皮货数件令店伙送至公寓，然后借机携货脱逃的《浇愁集·骗贵皮》；写一骗子利用托儿行骗，让人上当买走假水晶镜的《浇愁集·假晶镜》；写某以修葺西湖一废寺为名，带人将其中明塑十八罗汉三世佛上赤金全部刮走的《妙香室丛话·修寺奇骗》；写一典肆闭门帮助三客捉盗，待将捉盗者与被捉者一并送走后，才发现典肆被劫的《妙香室丛话·以伪盗为真盗》；写苏某入赘于一拥有厚资寡妇，耗费极大，后发现上当受骗，乃落荒而逃的《妙香室丛话·巧骗》；写某人假扮王爷骗走十八尊金罗汉，使两淮盐政大受损失的《妙香室丛话·假王骗金佛》；写某假扮和中堂子引起怀疑后，在验书法时因巧于应对而躲过一劫，地方官还赠银赔礼的《虫鸣漫录·假和中堂子》；写某形似一王爷寓金陵承恩寺，府县以上皆来厚赠财物，后来其人忽然不知去向的《虫鸣漫录·假王爷》；写某买妓假扮为夫妻，捉住到家中来偷情之某观察，使其听任摆布的《夜雨秋灯录·骗子》“某观察受骗”；写一班伪役以查鸦片为名四处搜船攫银，却被某客商诓骗，竟将其所诈骗之银运走的《夜雨秋灯录·骗子》“骗伪役”；写一骗子借老妪之铜炉烤化膏药，随即贴在老妪嘴上，然后劫铜炉而去的《姜露庵杂记·膏药骗炉》；写上元佛会时一妪裸卧僧房以讹诈钱财，僧人断指自明，其人乃踉跄而出的《右台仙馆笔记》“姑苏某寺僧”；写绍兴某生在京城闲逛时叩门买荷包，被骗入私娼家中将所有银两耗尽的《右台仙馆笔记》“荷包骗局”；写某人租房时被一少妇骗入室内，被搜走所携银券后踉跄而出的《右台仙馆笔记》“招租骗局”；写风雨夜一谎称被逼为娼女子来投铜匠，天明时一伙人以诱骗良家女罪缚铜匠送官，借此将其全部积蓄抢走的《右台仙馆笔记》“铜匠受骗”；写苏州某甲用一百洋钱买一女回家时，有数人登船寻衅，待该女逃脱后即一哄而散的《右台仙馆笔记》“放白鸽”；写金陵一以假尸募钱者，有老翁不慎将烟灰落在假尸脚上，因而令其露馅的《右台仙馆笔记》“假尸骗钱”；写顾生应试时不小心被一老妪骗至少妇楼上，因生疑而乘间逸去，差一点落入“仙人跳”圈套的《右台仙馆笔记》“顾生脱逃”；写一骗子谎称得古砖需金沙炼银砖，骗走生性吝啬之某翁五百两银，还留书指责其为守财奴的《仕隐斋涉笔》“买金沙”；写一少年与随行五六人于水路设赌局骗钱的《仕隐斋涉笔》“水路设局”；写某嗜古癖盐商将骗子留下之假古笄拍碎后，竟被其人讹走三千金的《骗术奇谈·购古笄》；写一骗子既将同乡陈某一船蚕丝骗走，又以醉倒之陈子冒充女人骗得六百金，再将来船户之船一并骗走的《骗术奇谈·丝客》；写一骗子勾结托儿，出售用松脂和红砞制成假钏骗人，谋取暴利的《清稗类钞·售假钏》；写一骗子假扮南洋富商人特派员在扬州经营盐业，先后骗得三四万金潜逃的《清稗类钞·巨骗得妻及珍物》；写一骗子使阿七买妇得银，再将其银骗走的《清稗类钞·骗押柜银》等。

二、清代的无赖故事

清代的无赖故事，作品大都以揭露社会上刁蛮无耻之徒即无赖子的劣迹为题材。其篇幅一般都较为短小，数量并不太多，远远少于同期的骗子故事。但是，其中一些作品亦颇为有趣，值得一读。譬如：

> 一人借银六两，每月五分起息。年终该利三两六钱，不能还，求找四钱，换十两欠帖，许之。次年十两加利，年终该六两，又不能还，求找四两，改二十两欠帖，亦许之。至第三年，本二十两、利十二两，共该三十二两，又不能还，求找八两，换四十两文契，主人迟疑不发。债户怒曰：“好没良心！我的本利哪一年不清楚你的，你还

不快活呢?”

——《笑得好》二集《转债》

一无赖子，路逢亲串，欲款之而无钱。邀至酒馆，饮已，先索面一碗，对客曰：“我送家母再来奉陪。”至家，易以己碗，捧至一小铺。有老媪脚踏一大铜炉，坐柜内，绐曰：“某家对面，央我送面与你老人。”媪起身致谢。又曰：“某家客多，烦易一碗与我。”妪起入内。即掇其铜炉去质钱，乃至家取碗来馆，与客大啖。妪以一大铜炉换一碗面吃，闻者笑倒。

——《志异续编》卷六《无赖子》

以上两则无赖的故事，都很短小，对于旧时的无赖一类社会渣子，有较强的揭露性。前一则通过在借贷过程中玩花招来暴露无赖刁蛮不讲理的丑恶嘴脸。后一则通过以诓骗手段夺走老媪铜炉来暴露无赖欺哄讹诈的丑恶嘴脸。

这个时期的无赖故事，尚有写屠家向一无赖讨要赊猪头银子，其人百般刁难，就是不给的《笑得好·要猪头》；写一无赖子在人大门前撒尿，却强词夺理，百般抵赖的《笑得好·当门撒尿》；写一无赖子两度盗窃堂嫂及其侄儿稻谷，逼得堂嫂自缢的《耳食录·无赖子》；写无赖吕四伙同诸恶少夜间在村外轮奸一少妇，哪知此妇竟是其归宁返家之妻子的《阅微草堂笔记》“吕四妻”；写一被邀到家中小坐者竟豪饮不去，并以自杀相威胁，讹走主人不少银两的《镜花水月·恶客》；写某翁将一衣食无着者迎至家中供养，半年后其人竟以死要挟，令某翁不得不给予厚资的《志异续编·恶客》；揭露无赖周烂面使其母缢于某家，得以讹诈某家重金的《埋忧集·周烂面》；写一无赖调戏少女，竟被少女剪断手指的《见闻随笔·轻薄贾祸》；写一小偷要弄无赖子，夺走其人所得之物的《见闻琐录·小底》；写戚某素无赖，何某向其讨债时，所持借券竟变为空无一字之白纸的《右台仙馆笔记》“空纸赖债”；写无赖子某甲娶妻时收淫僧重金，让其李代桃僵，为所欲为，甲妻因此自经，事败后均受到法办的《耳邮》“无赖与淫僧”；写无赖庄某幼习吞刀吐火诸幻术，去某家作客时吞下一颗宝珠，回家吐出即据为已有的《耳邮》“无赖吞珠”；写上海一个诨号“小塌饼”之混混数次玩弄官府捕役而捕役均对其无可奈何的《跻廛剩墨·小塌饼》等。

第十六节　清代的商贾故事

清代的商贾故事，通过当时各式各样的商业贸易活动，从不同的侧面反映社会生活，并且描绘出形形色色的各种商贾形象。其中，有不少作品真实生动，具有一定的认识价值和欣赏价值。

热情称颂商贾高尚品德与感人事迹的作品，譬如：

王翁以缎肆起家，人呼为缎子王。翁，京师旧家子，习书算，少孤露，遂流为丐。年弱冠，尚夜宿鸡毛房（京师为诸丐室，储鸡毛盈数尺，丐输三钱，辄栖毛中一宿以御寒）。时同寓有旗下某公，年相若。一日，翁谓之曰：“我侪皆昂然丈夫，此岂安身立命之地？盍改图，各谋生路乎？”某公曰：“甚善。寒阴冰雪，何逝而可？然请以改岁为期，誓不再作如此行径。”两人因约为昆弟，焚香盟于神曰：“苟富贵，毋相忘。”时醉司命日也，元旦，各分手去。

王翁去为典肆佣职，炊爨洒扫，以勤慎，颇为肆主者所倚。至除夕，主者核计簿，屡舛，甚焦灼，时翁侍侧，睨而笑。主者曰：“子胡笑？”曰：“此亦无难算。”曰：“试核之。”翁持筹一核，符合。主者大喜，曰：“吾不能早识子，屈子久。明年畀汝资本，为我职庙市。”庙市者，隆福、护国诸寺，各有市，百货云集。典肆缣帛之属，期满弗赎，别有人售于市。市列摊，职此者，月俾数金，酬其劳。翁司此，和气迎人，售速而利三倍。时太监某来购货，谈甚惬，曰：“以子才，宜为大贾，何小就为？”翁曰：“只此已过望，敢多求乎？”太监曰：“汝明日辞居停，我居南池子第几门。后日汝来，我将与汝合为贾。”翁曰：“诺。”

归请假于典肆主者，交代经理事，来去分明。越二日，至太监处，已张筵俟矣。太监畀以万金，俾设缎肆于东华门。翁骤得志，然不改其度。懋迁获利回，其门如市。时乾隆四十年间事也。海外各国，年年例贡。一日，纯皇帝问日本、高丽诸使臣曰："汝观我中国风俗何如？"稽首而对曰："中华沐大皇帝教化，不但士大夫读书明理，虽市贾亦知信义。即如某缎肆王某者，陪臣与交易，海外遐荒，坦然赊与，且约观剧，馈食物、荷囊、佩刀、针黹各物，厚意深情，有加无已。中华风俗，实大皇帝时雍之化所致，非海国所敢望其万一也。小臣心悦诚服。"奏毕，复稽首称贺。天颜大悦，以国体所系，默识姓名，翌日召见，翁以布衣奏对称旨。越日，由内务府拨银五十万两，命翁司之。翁辞旧主人，仍业缎肆。时内务府诸公咸与往来，公亦极意交欢，无弗各得其意以去。

越三载，有郎中某，向翁假贷，翁偶未应，衔之。会某郎中司缎匹库，以库底旧存老缎五十余箱，奏明发商变价，缎皆朽败，实欲以害翁也。箱发下，启视，果皆霉变，色如漆，质如灰，翁亦拼折阅数十万金。乃每匹中，各卷金叶若干，盖前明籍没魏挡（魏忠贤）物，当时大吏籍以媚挡者，阅两朝，竟无人知也，翁以此益富。业盐于豫东、长芦，引地四十八处，鹾务中推巨擘焉。

后翁以查引地至河南，问巡抚何人，则旗下某公以笔帖式历转员外郎，已由府、道荐升中州丞矣。具柬往拜，中丞启中门，迎于堂皇，握手曰："犹记在鸡毛旁所语乎？"丞曰："唯，不敢忘。"各大笑。中丞留之，欢宴数日而去。

——《蝶阶外史》卷二《缎子王》

金陵某甲，就上海赁楼一楹，辟酒肆，觅蝇头，借以自给而已。越数年，市面衰落，肆将不支，又值岁暮，竭蹶撑当，无复可望，拟明日闭门休业矣。

是夕，一叟荷囊至，入座沽饮，命治馔，辄曰无矣，历数品皆然。叟曰："夜未深，何以诸品皆罄？"曰："实告君，明即休业，是以多不备也。"曰："吾屡饮于此，生涯颇不恶，何便休业？"曰："主者资本既竭，虽生涯盛，又将奈何！"问主者谁？曰某甲。叟即请见，谓之曰："闻君明将休业，余以为深可惜也，苟非有万不得已者，勿宜弃之。"甲曰："房税积三月未偿，租界业主，有苛待居客之特权，积租三月而不偿，彼即逐去居客，而封其门，门内物，彼得据而有之，谓以抵租金也。明即其期矣。"叟曰："三月之租，为数几何?"曰："六十金。"曰："苟有以偿租金者，又将几何而后可以继此业?"曰："是无定资，厚固佳。即不尔，数金数十金，皆足以支目前也。"叟发囊出二百金畀之曰："持此仍营汝业，毋中辄也。"甲大诧喜，转疑是梦。叩叟姓氏，叟曰："吾某姓，居某乡，家人以纺织为业，织绩多则贩于上海而售之。岁凡再至，至则必饮于此，故闻子休业，而不能恝然也。"甲谨志其姓氏里居，买馔于别肆以烹之，叟醉饱去。

明即营主之如故，由是业骤盛，获利倍蓰。而经年叟不至，甲怀金至其里，将报之；遍访无此人，大异之！既返，与家人窃议，疑叟为狐仙，洁一室以奉之，朝夕礼拜为谨。业亦大盛。又十余年，甲女得侍贵人。贵人有房产于通衢，命甲迁其肆居之，免其租值，于是竟煌然大酒楼矣。

——《札记小说·某酒楼》

以上两则故事，分别以当时南北两个极具代表性的都市为背景，来描述商业活动和刻画商贾形象，都比较有分量。前一则为京城巨贾缎子王的发迹史，从一个侧面反映出清代前期商业经济的繁盛和对外贸易的发达，同时又揭示出当时官吏与商人之间相互利用和勾心斗角的状况。故事主人公缎子王，具有勤奋聪慧、精通业务、志向远大、有情有义等优点，受到肯定和褒奖，亦在情理之中。后一则通过上海租界一家酒店的兴衰史，既揭示出旧时租界华商的艰辛与困苦，又展现出我国商界互助友爱的新气象，使人有所感悟，并且受到鼓舞。

无情揭露商贾恶劣行径与丑恶嘴脸的作品，譬如：

有山西商居京师信成客寓，衣服仆马皆华丽，云且援例报捐。一日，有贫叟来访，仆辈不为通。自候于门，乃得见。神意索漠，一茶后别无寒温。叟徐露求助意，怫然曰："此时捐项且不足，岂复有余力及君?”叟不平，因对众具道西商昔穷困，待叟举火者十余年；复助百金使商贩，渐为富人。今罢官流落，闻其来，喜若更生。亦无奢望，或得曩所助之数，稍偿负累，归骨乡井足矣。语讫絮泣。西商亦似不闻。

忽同舍一江西人，自称姓杨，揖西商而问曰：“此叟所言信否?”西商面赪曰：“是固有之，因力不能厚为报耳。”杨曰：“君且富，不忧无借处。倘有人肯借君百金，一年内乃偿，不取分毫利，君肯举以报彼否?”西商强应曰：“甚愿。”杨曰：“君但书券，百金在我。”西商迫于公论，不得已书券。杨收券，开敝箧，出百金付西商，西商怏怏持付叟。杨更治具，留叟及西商饮。叟欢甚，西商草草终觞而已。叟谢去，杨数日亦移寓去，从此遂不相闻。

后西商检箧中少百金，鐍锁封识皆如故，无可致诘。又失一狐皮半臂，而箧中得质票一纸，题钱二千，约符杨置酒所用之数。乃知杨本术士，姑以戏之。同舍皆窃称快。西商惭沮，亦移去，莫知所往。

——《阅微草堂笔记》卷四“山西客商”

山西省城外有晋祠，地方人烟辐辏，商贾云集。其地有酒馆，所烹驴肉最香美，远近闻名，来饮者日以千计，群呼曰“鲈香馆”，盖借“鲈”为“驴”也。其法以草驴一头，养得极肥，先醉以酒，满身排打。欲割其肉，先钉四桩，将足捆住，而以木一根横于背，系其头尾，使不得动。初以百滚汤沃其身，将毛刮尽，再以快刀零割。要食前后腿，或肚当，或背脊，或头尾肉，各随客便。当客下箸时，其驴尚未死绝也。此馆相沿已十余年。至乾隆辛丑岁，长白巴公延三为山西方伯，闻其事，遂命地方官查拿。始知业是者十余人，送按司治其狱，引谋财害命例，将为首者论斩，其余俱边远充军，勒石永禁。张味石大令为余言。

——《履园丛话》卷十七“吃活驴”

以上两则故事，发生在京、晋两地，各有特点。前一则具有一定的喜剧色彩。作品在揭露一山西商人忘恩负义的卑劣行径之后，又描写一江西术士帮助老者得到百金和戏弄山西商人的趣事。江西术士的举动，使山西商人得到了应有惩罚，大快人心。后一则别具一格，它以细致的笔法描述了“吃活驴”的全过程，有力揭发出某些酒店老板为了赚取高额利润，十余年间丧心病狂地戕害生灵，令人发指的行径，而那些食客（大多数为富商）为了满足口福，对生灵竟然如此狠心，充分暴露出他们的残忍已达到了无以复加的程度，让人瞠目结舌。

这个时期的商贾故事，尚有写一古董店主挖苦乡下人所还之价，只配买羊脂白玉壶壶嘴，其人付三十金后果然敲下壶嘴的《志异续编·古董店》；写查翁在京城为盐商查某理事，官府找碴欲拿问店主时，乃竭力使其获免，后赠其盐业之半让查翁致富的《妙香室丛话·查翁暴富》；写韩生进京谋生，以忠厚勤奋受典铺主重用，日渐发达，自开典铺后仍不忘攻读，竟连捷春秋榜，选授广东县令的《妙香室丛话·韩生进京》；写一往江西贩印章石料者见舟子欲谋财害命，乃谎称觅物遍启关锁，出石置外，遂免杀身之祸的《见闻近录·商贩自救》；写二徽商在苏州将资产挥霍干净后，竟发愤图强，以一文钱起家，不数年遂财雄一方的《里乘·一文钱》；写京师粮店掌柜亢某外出运粮时，远戚平某拦路对其讹诈，被一峨冠义士所解救的《鹂砭轩质言·亢掌柜》；写川中某客到汉口贩卖大宗白蜡，因当地货多价低而买舟离去，随后得知汉口失火烧掉大量白蜡，立即返回汉口，获利倍增的《礼记小说·贩蜡客》等。

第十二章 清代的写实故事（六）

第十七节 清代的诗对故事

清代的诗对故事，和先前各个时期的同类故事一样，包含吟诗故事与对对子故事两个部分，大多出自下层知识分子和粗识文字的劳动者之手，兼有抒发感情、普及诗对常识、自我娱乐等多种作用。其内容较为丰富，一般都比较通俗诙谐，生活气息浓郁，读来饶有兴味。

一、清代的吟诗故事

清代的吟诗故事，数量比较多，其中不乏流传广泛的佳作。譬如：

一石匠初不识字。后入山，遇异人授以术，便能作诗，随口应答。一人令以自身试作一诗。即答曰："省事心常逸，无营机更忘。庸人多自扰，痴客为人忙。性癖交游少，疎狂兴趣长。日长无俗事，高枕乐羲皇。"适又有一人至，其人贫困不堪，令其即以为题。答曰："最怪攒眉客，胸襟不放开。人生贵潇洒，天运任轮回。好景休孤负，黄金买不来。百年浑是梦，回首即尘埃。"

——《坚瓠五集》卷三《石匠能诗》

有欲留客饮者，有酒无肴，搜囊止得八文钱，计窘甚。老奴知之，承言易办，以六文买两鸡蛋，一文买韭菜，一文买腐渣。第一肴韭面铺蛋黄，奴捧上曰："虽不成肴，却有取义，名为'两个黄鹂鸣翠柳'。"第二肴，韭面砌蛋白一圈，奴曰："是名'一行白鹭上青天’。”第三肴，炒腐渣，奴曰：“其名‘窗含西岭千秋雪’。”第四肴，清汤一碗，两蛋壳浮汤面，奴曰：“是名‘门泊东吴万里船’。奴爱此诗，勉强凑成，幸勿见哂。”客大奖赏。

——《志异续编》卷二《趣仆》

以上两则吟诗故事的作者，均是下层文人。作品中的善于吟咏、熟悉杜诗的劳动者无不出自下层文人的想象，与现实生活中的石匠或者仆人并不完全相像。而这种似是而非的艺术形象，人们在欣赏过程中反倒会产生某种趣味性。又如：

有人行一酒令，要三个字同形的两句，后以二句出意。随说云：“大丈夫，江湖海，走过江湖海，方为大丈夫。”一人云：“官宦家，绫罗纱，穿的绫罗纱，方为官宦家。”一人云：“屎尿屁，讲说话，胡乱讲说话，就是屎尿屁。”

——《笑得好》二集《三字同形》

一乡下训蒙先生在馆遇雨，东家使长工持伞送之回家。行至途中，先生问长工：“识字不识？”答曰：“岂止识字，还会作诗。”先生说：“何不以送我为题，作诗一首？”长工说：“先生不要怪我。诗曰：‘山前山后雨濛濛，长工打伞送长工。酒席筵前分上下，一年工价一般同。’”先生大怒，说：“你敢与我比拼！明日一定告诉东家。”次日来到书房，遇见奶妈送学生上学，将长工之事告之。奶妈说：“他也配比先生，我才与先生一样呢。”先生诧异，问：“如何一样？”答曰：“我也是哄孩子，你也是哄孩子，岂不是一样？”先生又与奶妈争吵。适东家接一妓在家，出而劝之曰：“先生不必生气，先生倒与我一样。”问：“何故？”妓曰：“我用下头嘴挣钱，你用上头嘴挣钱，岂不是一样？”

——《嘻谈初录》卷上《先生妙喻》

以上两则吟诗故事，很可能都出自没有多少文化的劳动者之手，在清代诗对故事中有相当的代表性。它们语言晓畅，来自生活，比喻贴切，直抒老百姓胸臆，粗俗而不庸俗，并且运用了民间故事经常采用的三段体结构，易于流传，后来都逐渐发展成为民间故事类型。

这个时期的吟诗故事，尚有写青州府县宴请一状元，值大雪题咏，道曰，“剪碎鹅毛空中舞”，府曰：“山南山北不见土”，县曰：“琉璃碧瓦变成银”，状元曰：“面糊糊了青州府”的《[illegible]》“[illegible]”，[illegible]遇一能诗僧命赋凉伞诗，僧乃云：“众骨攒来一柄收，黄罗银顶覆诸侯，当时撑向马前去，真个有天无日头”的《坚瓠集·凉伞诗》；写听说邻居士人新婚吟诗后，铁匠对妻子吟道：“你黑我如漆，两人黑黜黜，夜来云雨事，好似胡子衔假墨”的《笑倒·铁匠吟诗》；写三个陕西人为石榴、竹子、鹭鸶题诗，题鹭鸶者云：“惯在水边捉鱼虾，雪里飞来不（音‘布’）见它，它家老子咱认得，头上有个大红（音‘浑’）疤”的《笑得好·陕西诗》；写某士人在庙内题写歪诗，被僧人嘲弄：“出在山门路，撞着一瓶醋；诗又不成诗，只当放个破（屁）”的《新镌笑林广记·歪诗》；写杭州有一负贩者好度曲，母死其人呼号：“叫一声，哭一声，儿的声音娘惯听，如何娘不应”的《熙朝新语》“负贩者哭母”；写有人作谣嘲弄讨人厌之尹某曰：“伊无人，羊口是其群，斩头笋，灭口君；缩尾便成丑，直脚半开门；一根长轿杠，杠个死尸灵”的《笑笑录·尹字谣》；写秀才与光棍经纪会饮时各以所志行令，秀才最后道：“妄想心，妄想心，但愿低试官射瞎子驴眼睛，拿我个屁文章，圈满子考第一名”的《笑笑录·苏州笑话》；写某年县考，一老人入场作《未冠》题，或嘲曰：“县试归来日已西，老妻扶杖下楼梯，牵衣附耳高声问，‘未冠’今朝出甚题”的《笑笑录·未冠诗》；写一以“人主”自称被置之重典前寄信家中曰：“特论乡里众卿臣，孤家不日见阎君，三日以前见人主，三日以后看寡（剐）人”的《嘻谈录·妄自尊大》；写卖水酒夫妇与沽酒者作问答诗，夫问妻：“大一生来竟何如？”妻曰：“瓮中壬癸（水酒）已调和。”沽酒者曰：“有钱不买金生丽（‘五行相生’谓‘金生水’）”，夫曰：“前面青山绿（水）更多”的《嘻谈录·水酒诗》；写有人作诗嘲吝啬东家馆膳用肉太薄：“薄薄批来浅浅铺，厨头娘子费工夫，等闲不敢开窗看，恐被风吹入太湖”的《嘻谈录·嘲馆膳诗》；写一淋雨儒者做诗祝寿：“奈何奈何可奈何，奈何今日雨滂沱：滂沱雨祝陶公寿，寿比滂沱雨更多”的《此中人语·祝寿》；写某父以为垂钓乃下流之事不可为，其子口占一绝：“男曾遍览古春秋，垂钓何能为下流，昔日太公渔渭水，文王访去相西周”的《此中人语·垂钓》；写一名士吟诗嘲讽某富商待课子塾师刻薄：“青菜缝中藏肉屑，黄齑白上顶肝油”的《南亭四话·某富翁》等。

二、清代的属对故事

清代的属对故事，其数量较这一期的吟诗故事少一些，但其中也不乏生活味浓、幽默风趣的篇什。譬如：

> 某中堂，故明相也。曾降流寇，世论非之。老归林下，享堂落成，数人直宿其中。天明，见堂上一匾云：“三朝元老。”一联云：“一二三四五六七，孝弟忠信礼义廉。”不知何时所悬。怪之，不解其义。或测之云：“首句隐亡八，次句隐无耻也。”
>
> ——《聊斋志异》卷八《三朝元老》

> 陆浚明粲幼善属对。一日同陆象孙会客，两客对弈饮酒。客曰：“围棋赌酒，一着一酌。”客无以应。粲即曰：“坐漏观书，五更五经。”又一客曰：“弹琴赋诗，七弦七言。”
>
> ——《坚瓠三集》卷一《奇对》

以上两则对对子故事，均出自下层知识分子之手，内容各不相同。前一则产生于清代初年，它通过一副藏尾联来表现作者的政治态度，当时在民间容易引起共鸣，因而流传较广，后来竟演变成为一个民间故事类型。后一则以联语的形式来揭示某些知识分子的生活，带有一点书卷气，在对对子故事中别具一格。又如：

> 万历中，湖广张孝廉某，奸李屠儿之妻。方执手调笑，屠儿适归，锁闭其门，用杖击孝廉胫。哀求得脱，告屠儿于官，称往渠家买盐，被殴。县令已悉前情，乃置一联于状尾云：“张孝廉买盐，自牖

执其手；李屠儿吃醋，以杖叩其胫。”

——《坚瓠二集》卷一《买盐吃醋》

东家供先生饮馔甚薄，每饭只用萝卜一味，先生怨而不言。一日，东家请先生便酌，欲考学生功课，先生预属曰：“令尊席前若要出对对，你看我的筷子夹何物，即以何物对之。”学生唯唯。次日摆席，请先生上坐，学生侧坐。东家曰：“先生逐日费心，想令徒功课日有成效矣？”先生曰：“若对对，尚可。”东家说：“我出两字对与学生对，曰：‘核桃。’”学生望着先生，先生拿筷子夹萝卜。学生对曰：“萝卜。”东家说：“不佳。”又曰：“绸缎。”先生又用筷子夹萝卜。学生对曰：“萝卜。”东家曰：“绸缎如何对箩卜？”先生曰：“萝是丝罗之罗，卜乃布疋之布，有何不可？”东家抬头一看，见隔壁东岳庙，又曰：“鼓钟。”先生又用筷子夹萝卜。学生又对“萝卜。”东家说：“这更对不上了。”先生说：“萝乃锣鼓之锣，卜乃铙钹之钹，有何不可？”东家说：“勉强之至！”又出二字，曰：“岳飞。”先生又夹萝卜。学生仍对“萝卜。”东家说：“这更使不得。”先生说：“岳飞是忠臣，萝卜是孝子，有何不可？”东家怒曰：“先生因何总以萝卜令学生对？”先生亦怒曰：“你天天叫吃萝卜，好容易请客，又叫我吃萝卜。我眼睛看的也是萝卜，肚内装的也是萝卜，你因何倒叫我不教令郎对萝卜？”

——《嘻谈初录》卷上《萝卜对》

以上两则对对子故事，亦出自下层知识分子之手，无论写县令审案还是写东家考蒙童，都是如此，而且比一般的对对子故事更为贴近日常生活，更为活泼风趣。值得特别一提的是，后一则乃是中国对古代对联故事的一个名篇。它通过训蒙先生一再让蒙童用“萝卜”来作答，左右逢源，诙谐成趣，对刻薄的东家竭尽挖苦讽刺之能事，具有较高的艺术性和欣赏价值。

这个时期的属对故事，尚有写京师某牙行市侩因攀附权贵、巨富，一日宴请，有人指壁间孔窦曰：“手脚眼”，盖工匠攀附置手足处；一客应声道："吾有对句——头口牙，"合坐大笑的《池北偶谈·善谑》。写一客指知府冯驯曰："冯二马，驯三马，冯驯五马诸侯。"一童对曰："伊有人，尹无人，伊尹一人元宰"的《坚瓠集·冯驯伊尹》。写某少时因表弟告其握婢手被舅父责怪，舅父出"奴手为拏，从今休拏奴手"令对，某对"人言是信，以后莫信人言"乃得免的《志异续编·某先达》。写某童生年八旬，学使询其经传多不复记忆，或嘲曰："行年八秩尚称童，可云寿考；到老五经尤未熟，不愧书生"的《笑笑录·童生对》。写某令罢官归家筑一园，有人题一联于门云："造成东倒西歪屋，用尽贪赃枉法钱"的《笑笑录·园门对》。写一书吏子尊父命咏月："凭甚文书离海外，给何路引到天涯？更有一般违法处，夜深无故入人家。"父怒其不离本行的《嘻谈录·不离本行》。写一皂隶骤富欲改换门楣，其子读书仍不改父业，先生出对："大伯手中摇羽扇"，学生对："家君头上戴鹅毛"。先生出："读书作文临帖"，学生对："传呈放告排衙"的《嘻谈录·不改父业》。写某令到任时于书"爱民若子，执法如山"以标榜自己，其后大肆贪墨，被人添为长联："爱民若子，牛羊父母，仓廪父母，供其子职而已矣；执法如山，宝藏兴焉，货财殖焉，是岂山之性也哉"的《南亭四话·某令对》。写某医供奉药王、财神于一龛，某名士为其题联曰："纵使有钱能买命，须知无药可医贫"的《南亭四话·药王财神》等。

第十八节　清代的动物故事

清代的动物故事，作品甚多，广泛涉及捉凶、斗兽、求治、救主、报恩、养老等各个方面的题材。其中，大部分作品的动物主角与人同时出场，少部分作品的出场角色则完全是动物。此类故事的出场动物角色，计有虎、犬、牛、马、猪、猫、猴、驴、狼、熊、鹿、鸡、鼠、蛇、蜂、鸟等，其中以虎和犬最为常见。譬如：

太行毛大福，疡医也。一日，行术归，道遇一狼，吐裹物，蹲道左。毛拾视，则布裹金饰数事。方怪异间，狼前欢跃。略曳袍服，即去。毛行，又曳之。察其意不恶，因从之去。未几，至穴，见一狼病卧，视顶上有巨疮，溃腐生蛆。毛悟其意，拨剔净尽，敷药如法，乃行。日既晚，狼遥送之。行三四里，又遇数狼，咆哮相侵，惧甚。前狼急入其群，若相告语，众狼悉散去。毛乃归。

先是，邑有银商宁泰，被盗杀于途，莫可追捉。会毛货金饰，为宁所认，执赴公庭。毛诉所从来，官不信，械之。毛冤极不能自伸，唯求宽释，请问诸狼。官遣两役押入山，直抵狼穴。值狼未归，及暮不至，三人遂返。至半途，遇二狼，其一疮痕犹在。毛识之，向揖而祝曰："前蒙馈赠，今遂以此被屈。君不为我昭雪，回去榜掠死矣！"狼见毛被絷，怒奔隶。隶拔刀相向。狼以喙拄地大嗥；嗥两三声，山中百狼群集，围旋隶。隶大窘。狼竞前啮絷索，隶悟其意，解毛缚，狼乃俱去。归述其状，官异之，未遽释毛。

后数日，官出行，一狼衔敝履，委道上。官过之，狼又衔履奔前置于道。官命收履，狼乃去。官归，阴遣人访履主。或传某村有丛薪者，被二狼迫逐，衔其履而去。拘来认之，果其履也。遂疑杀宁者必薪，鞫之果然。盖薪杀宁，取其巨金，衣底藏饰，未遑搜括，被狼衔去也。

——《聊斋志异》卷十二《毛大福》

山东莱州伐二者，村野人也，依山而居。一日采薪荒冈，腥风乍起，转盼间遇一斑斓猛虎，惧而伏地。虎以唇含其颈，竟不啮噬，啣二衣领，踰岭两重，置于山沟。沟中落叶积四五尺，虎以足开叶，藏二于内，仍以叶覆，眈视良久而逝。二度虎去已远，从叶出，四望沟旁话有大树，亟援以上，隐身高枝。缚薪之绳犹在腰也，更解绳自缚于树，使不易堕。遥见前虎背负一兽，遍体斑文，状亦类虎，而马头独角，负之矩步缓行，若舆卒之舁贵人者。渐近叶沟下而坐之，将献二以供其饱。忽失二所在，惊惶战慄，屈足前跪。兽怒，以角触虎额去，虎脑溃而死。二乃下树脱归。

——《觚剩》续编卷四《谄虎》

以上两则故事，无论长短均很生动而带有悬念，比较吸引人。其中的动物，虽然都是野兽，但其对人的态度却各不相同。前一则中的狼对于医者知恩图报，当其被误为杀人凶手时，狼立即营救，并且帮助官府捉拿真凶，彻底还医者清白。后一则中的老虎，专门捉人来供奉给六驳（传说中的食虎兽）享用，当“猎物”逃逸后，六驳一下翻脸，竟将其触死。足见为主子卖命、干坏事者，定然没有好下场。又如：

高官农家畜一牛，其子幼时，日与牛嬉戏，攀角捋尾皆不动。牛或嗅儿顶，舐儿掌，儿亦不惧。稍长，使之牧。儿出即出，儿归即归，儿行即行，儿止即止，儿睡则卧于侧，有年矣。一日往牧，牛忽狂奔至家，头颈皆浴血，跳踉哮吼，以角触门。儿父出视，即掉头回旧路。知必有变，尽力追之。至野外，则儿已破颅死；又一人横卧道左，腹裂肠出，一枣棍弃于地。审视，乃三果庄盗牛者。始知儿为盗杀，牛又触盗死也。是牛也，有人心焉。

——《阅微草堂笔记》卷二十四“农家子与牛”

赵甲，年五十，娶妻而美。其妻以为老也，常不能安其室。有邻家子罗某者，年少而美。赵妻诱之，遂私焉。赵察觉之，而阴诫其妻曰：“汝以我为老耶？汝之有私，我盖知之。若罗某者倘复来，吾将杀之，且手刃及汝矣！”其妻不应，阴以告罗。罗惧其不利于己也，乃与其妻谋而毒之死焉，埋尸荒山中，邻人无知之者。

赵家有犬，自赵死后即不食其家食，亡之山中。守其冢，虽风雨不去也。每有人过其处，犬辄呼号，摇尾作乞怜状，而人不之觉。越数月，犬乃去，卧于道旁。一日，其县官下乡，道经于此。犬直扑马前，狂奔号，如呼冤状，役从麾之不去也。县官疑其有异，语之曰：“汝有何冤？吾当为汝伸之。但汝不能言，奈何！”犬乃西向号走，却而复前，若有所指示也者。官乃命役尾之行，至荒山中赵某葬处。犬以爪搔其墓，见尸焉。役以告，出其尸验之，盖鸩毒也，然不知死者为何人。传土人询之，亦无知之者。官复问犬曰：“死者为汝主人耶？汝主为何人？毒汝主者为何人？汝必知之，盍明以示我。”犬复向南号走，指示如前状。官乃命役随犬所之。先至，时赵妻方与罗某对坐饮。犬直扑罗，伤其足。赵妻起，执杖逐之，而巡缉队已至，遂将赵妻与罗某併拘到案。一讯而服，皆论抵。

谳既定，犬乃触柱死。县人咸嘉其义，具衣冠殓之，葬之赵甲冢旁，表其碑曰“赵家义犬之墓”，而记其事于碑阴焉。

[illegible]

以上两则故事的主人公都是家畜，它们与主人有着极为深厚的感情。前一则中的那头牛，与小主人一起长大，相依为命。当小主人被杀害后，它奋不顾身地将凶手触死，得以替小主人报仇雪恨。后一则中的义犬，在主人被其妻与奸夫毒死之后，一心一意地为主人守坟，并且四处奔走告状，让官府将奸夫淫妇绳之以法。最后，它竟触柱而亡，为主人献出了生命。

这个时期的动物故事，尚有写一虎饲养落入虎穴樵夫月余，并将其送至大道旁的《池北偶谈·义虎》；写一犬为主人保护遗金毙命，主人感其义乃买棺葬之的《聊斋志异·义犬》；写经公堂审判后，一食人之虎即常年奉养被食者老母，并为其送终守孝的《聊斋志异·赵城虎》；写一屠户暮行遇狼急奔进道旁空室，用小刀割破从壁中探入狼爪，以吹猪法令其胀大不能动弹，遂负之以归的《聊斋志异·狼》；写一雄鸿含半铤黄金与弋人，救下雌鸿后双双飞去的《聊斋志异·鸿》；写一鸡为主人报仇，连续两次啄破僧面，从而使杀人夺财凶手落网的《诺皋广志·义鸡》；写徽商某被害投江后为一犬救起，众恶徒最终受到了严惩的《诺皋广志·义犬》；写群蜂拥蜂王出时，鸷鸟攫杀之，群蜂环守不去，数日俱毙的《觚剩·蜂君臣》；写康熙年间某人堕深涧后被一母熊抱入山洞喂以水果肉食，久而成为夫妻，先后生下三子的《子不语·熊太太》；写大理一乡民夜间误骑虎背而不敢跳下，乃紧握虎耳任其腾山跃水，虎力尽而毙的《子不语·执虎耳》；写一猪引导衙役找到凶器，并且捉住宿州杀人投尸案凶手的《子不语·良猪》；写一小儿见虎至即跳河泅水，时出时没，虎跃起扑儿竟被溺死的《续子不语·虎投河》；写某人持千枚馒头至天目山斋猴，见众猴毕让一老猴先食，然后共食，食毕叉手拜谢而去的《续子不语·斋猴》；

写一虎衔走童子之藤斗，虎口竟无法张合，三日乃毙的《续子不语·虎困藤斗》；写董子得知其家老牛曾经救过已亡故老父，立即打消卖到屠肆念头，而为其养老送终的《阅微草堂笔记》“董家老牛”；写丈夫某外出后长妻将次妻婴儿弃于秽室，婴儿让母狗哺育旬日才被母亲找到的《咫闻录·狗哺婴儿》；写被虎捉住之某人苏醒后躲到树上见虎领豹来找不到所食人，竟被豹咬死的《咫闻录·虎口余生》；写田某养猴行窃致富，贼猴后被老鹰捉住掷地而殒的《咫闻录·猴子贼》；写一屠夫杀客夺金，被客人放生之狗为其守尸，并领衙役捕获凶手的《闻见偶录·义狗》；写吴郡某药材铺主人出诊时，一家犬必随行以助其疗病，人称“狗医”的《履园丛话·狗医》；写一屠户因为搭救被残害妇人而让恶徒害死于河中，其犬替主报仇终使凶手伏法的《埋忧集·义犬冢》；写一猴到公堂替主伸冤，使谋杀亲夫之淫妇与奸夫双双伏法的《闻见随笔·猴报仇》；写一日被某妇搭救之麂突然用角将其幼子从家中弄到田间，某妇追出后其家房屋竟全部坍塌的《北东园笔录·麂报》；写被小叔买通之收生妪谬言某妇所产遗腹子已死，将其埋于后园，竟被一牝犬救活的《北东园笔录·义犬》；写一虎垂尾江边钓鱼时让大鼋衔住不得脱，双双被擒的《里乘·虎钓》；写主人外出后二贼入室掠财去，马忽从厩中逸出将盗踢倒，主归解送司衙的《后聊斋志异·马报主》；写一犬驱走盗贼，并救起落水主人使其免难的《右台仙馆笔记》“救主狗”；写一牛护牧童而与虎斗，重伤殒命后主人买棺将其安葬的《右台仙馆笔记》“义牛”；写某贩所挑一担葵扇被群猴夺走后，遂设法给以教训，令其归还原物的《此中人语·猴》；写某乙穷愁潦倒时以鼠为友，多次得鼠帮助，鼠死为之下葬的《醉茶志怪·鼠友》；写一犬因噬虎茎救主而丧命，主人获救后殓犬并其为立碑的《趼廛笔记·说虎》等。

第十九节　清代的奇闻趣事

清代的奇闻趣事，内容较为分散，涉及士农工商，各行各业，出现形形色色的人物，不一而足。但它们的故事情节大都有其新奇、独特之处，往往能够引起听众、读者的欣赏兴趣。譬如：

绍兴张元公，在阊门开布行。聘伙计孙某者，陕人也，性诚谨而勤，所经算无不利市三倍。以故宾主相得，三五年中为张致家资十万。屡乞归家，张坚留不许。孙怒曰："假如我死，亦不放我归乎？"张笑曰："果死，必亲送[illegible]。[illegible]。"

又一年，孙果病笃。张至床前，问身后事。曰："我家在陕西长安县钟楼之旁，有二子在家。如念我前情，可将我灵柩寄归付之。"随即气绝。张大哭，深悔从前苦留之虐。又自念十万家资，皆出渠帮助之力，何可食言不送？乃具赙仪①千金，亲送棺至长安。

叩其门开，长子出见。告以尊翁病故原委，为之泣下。而其子夷然，但唤家人云："爷柩既归，可安置厅旁。"既无哀容，亦不易服。张骇绝无言。少顷，次子出见，向张致谢数语，亦扬扬如平常。张以为此二子殆非人类，岂以孙某如此好人，而生禽兽之二子乎？正惊叹间，闻其母在内呼曰："行主远来，得无饥乎？我酒馔已备，惜无人陪，奈何？"两子曰："行主张先生，父执也。卑幼不敢陪侍。"其母曰："然则非汝死父不可。"命二子肆筵设席，而已持大斧出，劈棺骂曰："业已到家，何必装痴作态？"

死者大笑，掀棺而起，向张拜谢曰："君真古人也。送我归，死不食言。"张问："何作此狡狯？"曰："我不死，君肯放我归乎？且车马劳顿，不如卧棺中安逸耳。"张曰："君病既愈，盍再同往苏州？"曰："君命中财止十万，我虽再来，不能有所增益。"留张宿三日而别。终不知孙为何许人也。

——《子不语》卷十四《借棺为车》

玛纳斯有遣犯之妇，入山樵采，突为玛哈沁所执。玛哈沁者，额鲁特之流民，无君长，无部族，或数十人为队，或数人为队。出没深山中，遇禽食禽，遇兽食兽，遇人即食人。妇为所得，已褫衣缚树

① 赙（fù付）仪：资助丧葬的礼金。

上，炽火于旁，甫割左股一脔。倏闻火器一震，人语喧阗，马蹄声殷动林谷。以为官军掩至，弃而遁。盖营卒牧马，偶以鸟枪击雉子，误中马尾。一马跳掷，群马皆惊，相随逸入万山中，共噪而追之也。使少迟须臾，则此妇血肉狼藉矣，岂非若或使之哉！

——《阅微草堂笔记》卷九“遣犯妇得救”

以上两则故事，分别以内地的苏、陕和边陲的新疆为背景，内容与风格各异。前一则以诙谐逗趣为特色，描写一家布行有位年长雇员装死脱身，以棺当车，从苏州返回长安故里，既表现了该雇员的精明能干，又反映出主人与雇员之间的深厚情谊，给人留下较深的印象。其中的人物刻画，落墨不多，却活灵活现，张某、孙某、孙妻、孙之二子，个个都颇有性格。后一则善于描绘新疆边陲之地特有的惊险氛围，写在危急关头出现一个突发变故，使即将成为玛哈沁刀下鬼、盘中餐的那个无助妇人获救，让人为之庆幸。又如：

莫维型，沿乡卖货为业者。日间与乙口角，怀恨而归。夜半忽起，妻问故，不答，径出门去。少顷归，意甚仓皇，涕泣与妻别，且告之曰：“适闻人唤，心疑是乙，出果与乙遇，乙负日间气殴我，我不能忍，举手殴杀之。明旦必报官，我乃无生理，惟急逃，冀或可免耳。”妻泣问何往，曰：“此去行止难定。行与子永诀矣。”匆匆检些许资，径去不复顾。

及旦，乙固无恙，而莫已不知所往。阅数年，其妻弟杨某，细细物色，探在四川涪州开京货店，然已易姓名。杨至，亦佯若不相识，杨备告乙并无恙，终不肯信，惟哀恳杨勿泄姓名。杨无可如何，归，邀乙同往四川迎莫。莫一见乙，爽然若失，顿悟前此实在梦中，遂携资归家，获利数千金，计逃去已十年矣。

——《志异续编》卷一《莫维型》

鄞有卜者，设肆于市。一日，有男子在肆中大骂，势将用武。众人环问其故，其人曰：“夏间因人口不安，就彼问卜。彼问灶何向，我对曰：‘南向。’彼曰：‘宜改西南。’我谨如其言，乃至秋而仍多疾病。又来问卜，彼仍问灶何向，我曰‘西南’。彼曰：‘宜改正西。’我亦如其言。今入冬后，病者未愈。加以贸易折耗，无聊之至，姑再卜之。彼问如前，及我告之，则曰：‘宜改南向。’是仍复其初矣。自夏徂冬，我奉彼为著龟[1]，乃颠倒如此乎！”众大笑，为解劝之而去。

[illegible]初。与此相类，然彼则三人三说，此则一人而前后异说，尤可笑也。江湖术士之说，固无足据矣。

——《右台仙馆笔记》卷四“改灶”

以上两则故事，内容差异很大，艺术风格迥异。前者是一则有关梦幻与心理治疗的奇闻，在古代民间故事中并不多见。它写故事主人公误将梦中殴人致死情景当成真事，竟仓惶出逃。而让其回归的最有效的办法，就是请梦中的受害人出场——采用打开心结的办法才能解决问题。作品既有较强的趣味性，又有一定的科学价值。后者是一则揭露卜者骗人的趣事，颇具喜剧色彩和讽刺意味，读来令人发噱。

这个时期的奇闻趣事，尚有写一异人经常终日不食，冬不衣布，竟以草绳系一虎归其住处的《觚剩·阿颠》；写某举人让一与其攀亲之乡翁受陷害入狱，任其摆布，以致家破人亡的《山斋客谭·联贵贾祸》；写一毛人捉掘参人为捕虎诱饵，月余送其回原处，并历指参地相报的《子不语·关东毛人有人为饵》；写陕西某乡妇夜出野溺被一大毛人攫去，其夫追二十里卒不能及，次日见其已死乃厚为殡殓的《子不语·大毛人攫女》；写二十余浙商贩洋飘至某海岛，被一人熊捉住缚于树上，诸人割藤逃回船上后，该人熊竟让所邀来分食浙商之众熊殴毙的《子不语·人熊》；写闽客陈某泛海飘至一山下，看见土窟中出一硕大怪兽一下吞食三四野兽，惊诧无比的《子不语·土窟异兽》；写二商人在西藏被众毛人挟至山坳，毛人烤兽肉时二人亦得分食，毛人后将二人送回官道送并赠大绿松石的《阅微草堂笔记》“西藏毛人”；写储某冬日避雪在野庙，与一气度非凡之老乞丐

① 著（shī 诗）龟：蓍草与龟甲。古人常用以卜吉凶。

同饮甚欢，数年后方知其为某高官之父，因病罚愿行乞的《志异续编·江南储某》；写赴秋闱时某少年以怪异行动进行自我调节，竟一鸣惊人，考中头名的《志异续编·某少年》；写一优人通过演戏，为惹怒知府之县令解围的《志异续编·优人》；写某地牛疫，一农家连死数牛而无力耕作，兄弟俩偷牛时竟全力搭救自经妇，因而受到善待的《志异续编·牛疫》；写某人从火场所劫箱内金银被其弟输光后一病不起，治病几乎破产的《履园丛话·火灾劫箱》；写岁暮陈妻怒将丈夫用当衣钱买回之画掷于地，画轴中竟滚出十数枚大珍珠，售得万金的《闻见异辞·卖画得珠》；写某生因善于烹调而被太守赏识，后提升为司总的《客窗闲话·一技养生》"善烹调者"；写某妇善哭，通邑无二，因被丧家争相延聘而得小康的《客窗闲话·一技养生》"善哭妇"；写一少仆因为不堪夜夜皆要入室与垂帐而卧之老少妇人交合，只得辞出的《虫鸣漫录·少仆自辞》；写众囚劫持察狱县令至一山头才将其释放，官兵几乎捉尽越狱犯，仅有三人逃脱的《庸庵笔记·狱囚囚官》；写佃农某交租时受辱轻生，一家七口服毒丧命，仅小弟为出嫁姐救活的《庸庵笔记·愚民舍忿轻生》；写陈某负债百千成为心疾，痛哭求死，一富戚赠元宝为其还债，心疾顿愈的《右台仙馆笔记》"元宝"；写县尉毛某横行一方，其爱犬被邻居击毙后，竟让该人具棺以葬，并为之披麻戴孝的《右台仙馆笔记》"狗葬礼"；写卖柴子误以为富家女悦己而成疾，女叱之使其病愈的《右台仙馆笔记》"卖柴子"；写某生讨吉兆未得，与抄其文者俱列榜尾的《右台仙馆笔记》"岁试失意"；写朝奉张某为人忠厚，一日归里时因被受其善待之群丐请酒而误船，竟躲过覆舟劫难的《此中人语·张先生》；写一贼入室闻辣椒面而嚏被追赶，所丢弃物品价值千余金的《仕隐斋涉笔》"闻嚏捉贼"；写捕蛇者被毒蛇咬后请人帮其自解蛇毒，再将蛇提出洞穴的《趼廛笔记·蛇人》；写某生被毒蛇咬后毒发几死，夜渴喝花瓶中水竟然得救的《趼廛剩墨·瓶水解毒》；写富家儿使友人白衫受污染而大为快意，友人挥衣让富家四壁字画点染殆尽，卒不可治的《札记小说·富家儿》；写某甲妻因思慕一声音清越之歌者成疾，某甲让妻子窥见歌者为一相貌丑陋之鱼贩，其病乃愈的《札记小说·鱼贩歌声》等。

第十三章　清代的民间笑话

清代是中国民间笑话史上的又一个重要发展阶段。清代笑话继续保持了明代笑话兴旺发达的态势，并且有所发展，有所创新，跟明代笑话一样十分引人注目。

清代民间笑话有着较为鲜明的时代特色，它比明代民间笑话更加平民化、生活化，非常贴近民众，生活气息更为浓郁，深受各个社会阶层民众的喜爱，不胫而走，广为人知。清代民间笑话是中国民间笑话史上的一个重要的、承上启下的过渡阶段。它的出现为现当代口传民间笑话的发展打下了坚实的基础，并且将古代民间笑话与现当代口传民间笑话自然而然地衔接起来。

清代民间笑话同样包括嘲讽笑话、劝诫笑话、谐趣笑话三个组成部分，每一部分的作品都相当丰富。

第一节　清代的嘲讽笑话

清代嘲讽笑话所嘲讽的锋芒所指，既有腐败的官场和贪官污吏，又有为富不仁者以及刻薄鬼、逢迎拍马者、地痞、色鬼、庸医，等等。这一部分的艺术风格不尽相同，有些作品诙谐而辛辣，对于被讥讽者不留情面，竭尽讽刺挖苦之能事，使读者、听众无不感到痛快淋漓；有些作品对于被讥讽者并不锋芒毕露，往往幽默风趣却不失深刻。其中，涌现了少笑话名篇，广为流布，脍炙人口。

嘲讽官吏贪赃枉法、胡作非为的笑话，譬如：

昔有一官，上任之初，向神发誓曰："左手要钱，就烂左手，右手要钱，就烂右手。"未久，有以多金行贿者，欲受之，恐犯前誓。官自解之曰："我老爷取一空盘盒来，待此人将银子摆在内，叫人捧入。在当日发誓是钱，今日却是银，我老爷又不曾动手，就便烂也只烂得盘盒，与老爷无干。"

——《笑得好》初集《烂盘盒》

有县令堂悬一联以誓曰："得一文，天诛地灭；听一情，男盗女娼。"然馈送金帛者颇多，无不收受，而势要说事，亦必徇情。有曰："公误矣，不见堂联所志乎？"令曰："吾志不失，所得非一文，所听非一情也。"

——《看山阁闲笔》卷十五《誓联》

以上两则笑话，写贪官污吏一方面赌咒发誓，标榜自己清廉以欺世盗名，一方面又大肆贪赃枉法，从不放弃任何机会，为所欲为。他们不得不找出各种办法和理由来进行辩解，实际上是自欺欺人，足见当时官场腐败、官吏无耻到了何等程度。又如：

吴中一监司常书"似我"二字，置匾第二泉[①]上，自誉清掺如惠泉。再过之，匾已不见。责令寺僧大索，乃为诸生移置厕上矣。

——《皇华纪闻·惠泉匾额》

一官好酒怠政，贪财酷民，百姓怨恨。临卸篆，公送德政碑，上书"五大天地"。官曰："此四字是何用意，令人不解。"众绅民齐声答曰："官一到任时，金天银地；官在内署时，花天酒地；坐堂听断时，昏天黑地；百姓含冤的，是恨天怨地；如今交卸了，谢天谢地。"

——《嘻谈续录》卷上《五大天地》

① 第二泉：江苏无锡西郊惠山的泉水清醇，被誉为"天下第二泉"。

以上两则笑话都借助匾额来讽刺贪官污吏，各有妙处，令人玩味。前一则写年轻的知识分子将其人用来自我标榜的匾额移动位置，一下改变了匾额的含义，用来讥讽其人像厕中粪便一样污秽，再恰切不过。后一则写各阶层的百姓赠送匾额，用以揭露和批判即将离任的贪财酷民官吏，并对其表示出强烈的愤懑，读来颇为解气。再如：

县官太太，与学官、营官太太共席闲谈，问及诰封是何称呼。县官太太说："我们老爷称文林郎。"学官太太说："我们老爷称修职郎。"问营官太太是何称呼，营官太太说："我们老爷是黄鼠狼。"问因何有此称谓，营官太太说："我常见我们老爷下乡查场回来，拿回鸡子不少，自然是个黄鼠狼子。"

——《嘻谈续录》卷上《黄鼠狼》

一客束装归里，路过山东，岁大饥，穷民死者无算，旅店萧条，不留宿客。投一寺院，见东厢停棺数十口，西厢只有一棺，岿然独存。三更后，棺中各出一手，皆焦瘦黄瘠者，惟西厢一手稍觉肥白。客素负胆力，左右顾盼，笑曰："汝等穷鬼，想手头窘甚，向我乞钱耶？"遂解囊，各选一大钱与之。东厢鬼手尽缩，西厢鬼手伸如故。客曰："一文钱不满君意，吾当益之。"添至百数，犹然不动。客怒曰："穷客太作乔，可谓贪得无厌。"竟提两贯钱置其掌，鬼手顿缩。客讶之，移灯四照，见东厢之棺，皆书饥民某字样，而西厢一棺，书"某县典史某公之柩"。

——《嘻谈续录》卷下《死要钱》

以上两则笑话，从两个比较特殊的角度来揭露并讥讽贪官污吏，亦颇为有趣。前一则用官太太之口吻，骂下乡强夺民众财物的官吏是黄鼠狼，让人感到无比痛快。后一则通过鬼伸手要钱的奇特情节，挖苦县尉这样的官员贪得无厌，可谓入木三分。

嘲讽官吏蛮横无理、官场互相倾轧的笑话，譬如：

新官上任，巡街看城。市民皆躲门内，不敢喧哗。行至桥头，忽闻蛙叫，怒曰："谁敢大胆嘈嚷。"衙役禀曰："这是蛙儿。"官误听作小呱儿，即吩咐快把这小蛙子拿来，衙役取蛙呈上，官曰："看你还没有鸡巴大，敢在我面前大喊大叫，说甚的乱话。"

——《笑得好》二集《拿蛙》

浙江义乌县出脚鱼，小而肥，甲于通省。每至夏季，要送上司，用大桶多装，连夜赴省。如此小心，犹有毙者。县官因公上省，谒见各宪，当面致谢曰："贵县好脚鱼！可惜毙者甚多，是何缘故？"县官忙立起答曰："想是你挤我，我挤你的缘故。"上司曰："大兄，有你没我。"

——《嘻谈续录》卷上《有你没我》

以上两则笑话，都利用动物形象来讥刺为官者，颇为尖锐。一则通过虚构的捉蛙情节，揭露官吏欺凌百姓、蛮不讲理的丑态，并予以辛辣的讽刺。另一则借赠送脚鱼之事来暴露和嘲讽官员相互排挤，相互倾轧，弄个死我活的残酷状况。

嘲讽官场腐败、官吏昏聩无能的笑话，譬如：

一官最贪。一日，拘两造对鞫，原告馈以五十金，被告闻知，加倍贿托。及审时，不问情由，抽签竟打告。原告将手作五数势曰："小的是有理的。"官亦以手覆曰："奴才，你讲有理。"又以手一仰曰："他比你更有理哩。"

——《新镌笑林广记》卷一《有理》

某地方有蝗蝻[①]为害，乡民入城禀报。知县官祷于城隍神，城隍神即传蝗蝻来问话，命知县侧坐观审。不一时蝗蝻尽到，罗跪阶下，

① 蝻（nǎn 腩）：蝗的幼虫。蝗蝻，泛指蝗虫。

几于恒河沙数，城隍亦为之骇然！问判官曰：“此等小幺魔，何来如此之众？”判官禀曰：“此是水涨时，鱼虾之类，遗子田中，水退后，遂化成此物。”城隍笑曰：“原来专为民害的，是这些杂种东西。”遂[illegible]讯问。蝗蝻中，多有言只啮树叶，不伤禾稼的。城隍曰：“我也不能分辨你等谁是害民的，谁是不害民的，待我咨行雷部，但是害民的，[illegible]城隍问何故？知县曰：“我要回去找一间密室来避雷部。”

——《俏皮话·蝗蝻为害》

以上两则笑话，以暴露和讥讽官场腐败为内容，而官场的腐败主要体现在主政官吏大都是贪污腐化、祸国殃民的败类。前一则通过贪官审案来抨击官场贪腐成风，竟到了不加掩饰的地步。后一则借助虚构的故事情节来勾画地方官祸害民众的丑恶嘴脸。又如：

有失牛而讼于官者，官问曰：“几时偷去的？”答曰：“老爷，明日没有的。”吏在旁不觉失笑，官怒曰：“想就是你偷了！”吏洒两袖曰：“任凭老爷搜。”

——《新镌笑林广记》卷一《偷牛》

一捐班不懂官话，到任后，谒见各宪上司，问曰：“贵治风土何如？”答曰：“并无大风，更少尘土。”又问：“春花何如？”答曰：“今春棉花每斤二百八。”又问：“绅粮何如？”答曰：“卑职身量，足穿三尺六。”又问：“百姓何如？”答曰：“白杏只有两棵，红杏不少。”上宪曰：“我问的是黎庶。”答曰：“梨树甚多，结果子甚小。”上宪曰：“我不是问你什么梨杏，我是问你的小民。”官忙站起答曰：“卑职小名叫‘狗儿’。”

——《嘻谈续录》卷上《堂属问答》

以上两则笑话，以嘲谑官员的昏聩无能为题旨，非常风趣。前一则嘲讽审案官员是个没头脑的蠢货，蠢到了无以复加的程度。后一则则对不通文墨的捐官竭尽挖苦讽刺之能事，酣畅淋漓，成为久传不衰的笑话名篇。

嘲讽为富不仁者的笑话，譬如：

有张三者向施氏揽田。施曰："此田不与张三种。"既而张三取鸡饨之，施转语曰："不与张三却与谁?"张三曰："施相公如何顷刻间两样说话?"施曰："方才这句话是无稽（鸡）之谈。此刻这句话倒是见机（鸡）而作。"

——《坚瓠十集》卷四《揽田》

东阳有贫士邻于富家者，每羡其邻之乐，旦日衣冠谒而请焉。富告之曰："致富不易也，子归斋三日而后告子。"士如言，后谒富，乃命侍于屏间，设高几，纳师资，揖而进曰："大凡致富之道，当先去其五贼，五贼不除，富不可致。"士请问其目，富曰："五贼非他，即今之所谓仁、义、礼、智、信是也。"士胡卢而去。

——《广谈助》"除'五贼'"

以上两则笑话，以暴露为富不仁者丑恶嘴脸为内容，各有特色。前一则通过田主在出租耕田时两次态度的变化，讥讽富人只认财物，不讲信义。后一则通过富家者传受"致富经"，抨击其人赤裸裸地宣扬摒除"仁、义、礼、智、信"的丑恶思想。又如：

果中核桃忽向人问曰："世人敲我吃，也不怨。只恨有一等人，把我敲将出来，用水浸我，剥去皮吃我，所以我恨他。"其人答曰："因你过于啬（涩），所以剥你的皮。"

——《笑得好》二集《剥核桃》

时疫流行，每每朝发夕死，仓促间多有不及备办后事者。人每指之为虎疫，言其猛于虎也。某甲染时疫死，其家人至市上买棺，苦无佳者，不得已归而熟商之。闻某富室之主人，备有长生木[①]在，便往求借用，许以事后照样奉还一具，富室不允。其家人踌躇再三，默念富室之人，素喜重利盘剥，何不以利动之。因而对之曰：“尊棺如肯惜，他日奉还时，除照样大小之原木奉还外，再加添小棺材二三具，以为利钱如何？”

《俏皮话·借用长生》

以上两则笑话，皆以旁敲侧击的手法嘲讽为富不仁者。前一则采用指桑骂槐法，借核桃说事，揭露和讥笑守财奴吝啬（“涩”与“啬”同音）。后一则以借棺木许诺加量偿还来揭露和嘲笑富室重利盘剥的恶劣行径，既夸张，又深刻。

嘲讽守财奴的笑话，譬如：

一翁见江滩遗钱一枚，遂往取之。俄顷潮至，避之不及，被淹致毙。次日浮尸巨木而出，手尚握钱。见者叹曰：“此翁深得财命相连之旨矣。”

——《看山阁闲笔》卷十五《财命相连》

狗衔一银锭而飞走，人以肉喂他不放，又以衣罩去，复甩脱。人谓狗曰：“畜生，你直恁不舍，既不爱吃，复不好穿，死命要这银子何用？”

——《新镌笑林广记》卷十一《狗衔锭》

守财虏生一子，既长成，犹不使出门一步，盖恐其浪用也。故其子虽已弱冠，犹不辨牝牡，而吝啬乃有父风。一日，所畜猫忽生小猫数头，子见之，诧为异事。问人曰：“猫何故而能生子？”人笑告之曰：“此雌猫也，配以雄猫，自能生小猫矣。”子默然久之。一日，持洋钱问父曰：“此洋钱不知是雌的，还是雄的？”父曰：“洋钱有何雌雄之别！”子叹曰：“真是可惜，倘洋钱亦有雌雄之别，一一代配合

① 长生木：做棺材的木料；亦指棺材。

之，所生小洋钱，正不知几许也。”

——《俏皮话·守财虏之子》

以上三则笑话都以嘲讽守财奴爱财如命为题旨，各具面貌。第一则运用虚构手法，写富人至死也不放弃手中的银钱，将其守财奴的性格特征表现得相当鲜活。第二则运用指桑骂槐法，借骂狗来耻笑守财奴不爱吃、不爱穿，死命攒钱，钱即是命。第三则通过写守财奴之子妄想洋钱配种生子，挖苦其人一家老小爱财如命，都钻进钱眼儿了。

嘲讽逢迎拍马者的笑话，譬如：

昔日巡按，深喜逢迎，属吏回话，必屈一足。一官极善趋承，下膝过重，伤其筋骨，遂至拘挛成疾，势若弓弯。接任巡按，深恶迎合，此吏进见，则腰不折而自折，乃深责之曰：“为官当以清慎为怀，不致逢迎为事，尔何卑污若此?”吏曰：“卑职病也。”

——《看山阁闲笔》卷十五《逢迎》

有钱富翁于客厅偶放一屁，适有二客在旁，一客曰：“屁虽响，不闻有一毫臭气。”一客曰：“不独不臭，还有一种异样香味。”富翁愁眉曰：“我闻得屁不臭则五脏内损，死期将近，吾其死乎?”一客用手空招，用鼻连嗅曰：“才臭将来了。”一客以鼻皱起，连连大吸，又以手掩鼻蹙额曰：“我这里臭得更狠。”

——《笑得好》初集《臭得更狠》

以上两则笑话，着力刻画官场上或者富翁家那些逢迎拍马者令人作呕的丑态。两则笑话中的逢迎拍马者一个比一个肮脏，一个比一个卑鄙，这在当时，亦不足为怪。

嘲讽好色之徒的笑话，譬如：

有一士人年老，纳二宠，托其友命名。友以忠娘、孝娘名之。其人曰：“忠孝诚美，然以名妾则非称。”友曰：“有出处：孝当竭力，忠则尽命。”

——《寄园寄所寄》卷十一“忠娘与孝娘”

一色鬼宿柳眠花，淫荡无度。家止一妻，云雨之事竟无虚夕。其妻疲于奔命，已形从从瘦损。阎王查知此事，命两小鬼拘之。小鬼领勾魂牌潜至色鬼家中，伏在窗外窃听，听妇人说：“你饶了我罢，我实在搁不住你再闹了！我瘦的已经成了鬼了！”色鬼说：“我全不管，就是鬼我也要玩。”两小鬼一闻此言，大惊，抱头鼠窜而逃。来至阴曹，见阎王以实告之。王勃然变色，曰：“这色鬼，好大胆！连你两个都不放过，不知他问我没有？”

——《嘻谈初录》卷上《鬼怕色》

以上两则讥讽好色之徒的笑话，各有特点。前一则以嘲讽老年色鬼为内容，比较含蓄，它劝告沉溺于色欲之徒，弄不好会力竭丧命。后一则带有黑色幽默的味道，挖苦好色之徒如此荒淫无耻，连阎王爷也怕他几分。这种人照样不会有好下场。

嘲讽庸医的笑话，譬如：

有儒生习医者，往往不屑用药箱，诊脉后，即索纸笔写一方，命病者往药铺取之。后儒生连写数方医人，而人即死。人往咎之，生曰：“汝辈尚未知也，我是死方儿。”

——《笑倒·死方儿》

一庸医与名医比邻，见名医悬牌挂匾，病者盈门，请者接踵，心窃慕之。私忖：“此人必有秘传方书，始能如此得心应手。我若谋得此书，何愁不并驾齐驱？”于是，逐日徘徊名医门外，欲谋此书。偏这日名医持书而出，庸医出其不意，夺之而逃。回至家中，出书捧读，即悬牌治病。有患痢者来治，庸医曰：“此病不必服药，用大蒜一头，插入谷道，其痢自止。”病人如法治之。谁知，大蒜毒发，胀满难出，连肚腹皆肿，病家以庸医害人讼之官。官拘庸医至，问之曰："用大蒜治痢，是何人所传？是何方所载？"庸医曰："是某名医所传，是他的秘书所载。"官传名医质讯。名医曰："此人素昧平生，只有某日，我拿账簿出门，与人算账，被他夺去，至今尚未寻获。"官问庸医："你抢账簿当医书，与人治病，是有心害人。"庸医曰："簿中实载治痢之方，上写'某人利已全消，惟有算本止利'。"

——《嘻谈初录》卷下《庸医治痢》

某甲，庸医也，凡有病往医者，辄应手而毙。然不知其手段之辣者，仍多往乞诊，坐是断送人命愈多。一日，忽有人鼓吹送一匾来以赠之，甲亦不知伊谁所送，惟念自悬壶[①]以来，未经如是荣幸，竟受而悬之而已。邻从亦互相疑讶，以为此专送人命者，何来此物？及细访之，始知为某棺材店所送，好事者遂至棺材店访问，曰："某甲愈若病耶？何以送之匾也?"店中人曰："否否，小店生意向来清淡，自某甲悬壶以来，生意骤为起色，故送此以志不忘耳。"

——《俏皮话·送匾奇谈》

以上三则嘲讽庸医的笑话，视角不同，意趣各异，在民众中均颇为流传。第一则从结果来审视，讽刺庸医医术差到极点，所开的全是让人丧命的死方儿。第二则写庸医学医过程，戳穿其不通文墨、水平低下的本来面目，对其加以无情的戏谑。第三则写棺材店老板给庸医送匾，挖苦其人行医后不断害死病人，足以让棺材店生意兴隆。

除上述作品外，这个时期的讽刺笑话尚有嘲讽东家待蒙师刻薄的《笑倒·滑字》；嘲讽贪财者为了五两银子甘愿被打得半死的《笑得好·打个半死》；嘲讽经庸医治疗病人即性命难保的《笑得好·切莫动手》；嘲讽吃庸医之药无病者自然得病的《笑得好·迁居奉药》；嘲讽爱钱贪官在铜钱眼里做工夫的《看山阁闲笔·画钱孔》；嘲讽富翁洋洋自得，不过是个酒囊饭袋的《看山阁闲笔·米珠》；嘲讽新官利欲熏心、贪婪成性的《新镌笑林广记·发利市》；嘲讽赃官贪腐发迹，最能伤人的《新镌笑林广记·

① 悬壶：行医。

牙虫》；嘲讽庸医任意医死小儿，却恬不知耻的《新镌笑林广记·包活》；嘲讽庸医被人唾弃，仍强词夺理的《新镌笑林广记·殭蚕》；嘲讽知县是扫帚，太守是畚斗，布政是叉袋口的《广谈助》“知县是扫帚”；嘲讽一昏官自找标榜的《笑笑录·二不要》；嘲讽某令到任不久即广通贿赂的《笑笑录·嘲邑令》；嘲讽儒学教官讹诈钱财的《嘻谈录·小恭五两》；嘲讽一向以来昏聩无比的《嘻谈录·糊涂虫》；嘲讽某官自诩福气，其面嘴脸实在难看的《嘻谈录·三不看》；嘲讽某奴仆发迹后以赀得官的《嘻谈录·鼻头官》；嘲讽巡抚、县令等人皆是一班惧内之辈的《嘻谈录·惧内令》；嘲讽出钱捐官成为县令者在郡守面前丢丑的《嘻谈录·干令》；嘲讽某富翁不通文墨，十分可笑的《嘻谈录·借马》；嘲讽那帮逢迎巴结者犹如狐群狗党的《俏皮话·狗懂官场》；指斥瘟官反倒命长的《俏皮话·猪讲天理》；嘲讽如今为官者皆是一班鼠辈的《俏皮话·猫辞职》；嘲讽那些吞噬民脂民膏者是一群尸蛆的《俏皮话·论蛆》；指斥顽固党冥玩不化，猪狗不如的《俏皮话·畜生别号》；嘲讽外交官畏惧洋人，令人耻笑的《俏皮话·活画乌龟形》；嘲讽官员自我炫耀，不得人心的《俏皮话·赏穿黄马褂》；嘲讽那些为富不仁之辈愈是有钱，愈要吃人的《俏皮话·狗》等。

第二节　清代的劝诫笑话

清代劝诫笑话，涉及面异常广泛，不但讥诮世人的鄙吝、自私、虚伪、贪婪、刻薄、庸俗、迂腐、猥琐、懒惰等不良性格，而且嘲讪不学无术、言不由衷、强词夺理、夸夸其谈、偷奸使滑、死爱面子等言行举止，表达世人对于此等劣根性和言行举止的不满、鄙夷，并且期望被嘲笑的对象有所警觉，有所反省，有所改正，从而起到改善社会环境，净化世风的作用。其中许多作品，寓庄于谐，立意不俗，有较高的思想性和艺术性。

讥讽吝啬抠门、斤斤计较者的笑话，譬如：

客访主人，主人不留饮食，起送至门，谓客曰：“古语云：‘远送当三杯’，待我送君几里。”恐客留滞，急拽其袖而行。客笑曰：“从容些，我吃不得这般急酒。”

——《笑倒·远送当三杯》

兄弟二人同拜客，弟甚愚昧，及坐定，彼家以番桃干点茶。弟问兄云：“此何物?”兄答云：“蠢才。”及换第二钟，以橄榄点茶。弟又问兄云：“此何物?”兄又答云：“蠢才。”及至出门，弟谓兄曰：“适间第一个‘蠢才’虽然酸，尚有甜味；那第二个‘蠢才’全是鄙啬的。”

——《笑得好》二集《蠢才》

以上两则笑话从不同的角度耻笑吝啬者，都颇为有趣。前一则通过送客时的表现与失态，将其人小气而又爱面子的性格刻画得相当生动。后一则采用指桑骂槐的表现手法，嘲讽吝啬之人乃是蠢才。

讥讽待人刻薄、绝情寡义者的笑话，譬如：

一家延师，供膳甚薄。一日，天雨，馆童携午膳至，肉甚少，师以其来迟呵之，童曰：“天雨路滑故也。”师曰：“汝既云路滑，可写滑字与我看，便饶你的打。”童曰：“一点儿，又是一点儿，又是斜坡头一点儿，其余都是骨头了。”

——《笑倒·滑字》

一人赴席，主人斟酒，每次只斟半杯。其人向主云：“尊府有锯子，借我一用。”主问：“何用?”客指杯云：“此杯上半节既然盛不得酒，理该锯去，留它空着何用?”

——《笑得好》二集《锯酒杯》

以上两则笑话，均以比较曲折的手法来讥讽东家待塾师刻薄，或者奚落主人对客人小气，无不含蓄而富有幽默感，令人回味。

讥讽虚伪自私、损人利己者的笑话，譬如：

除夜遇送年礼至者，以旧历劳之。仆曰：“恐无用了。”主曰：“我留在家也无用。”

——《笑倒·赏历》

有一家婆手拈数珠，口中高声念：“阿弥陀佛，阿弥陀佛。”随即叫云：“二汉，锅上的蚂蚁甚多，我嫌他得狠，把火来代我烧死些。”又高声念佛，随又叫云：“二汉，你代我把锅下的火灰巴去些，粪箕莫用我自己家里的，恐怕烧坏了，只用邻居张三家的。”

——《笑得好》初集《烧蚂蚁用邻箕》

以上两则笑话，都通过具体的事件来揭露某些人的恶劣品行，对其虚伪自私、损人利己的心态作了无情的嘲讽和批判。前一则落墨不多，却很准确地揭示出那个主人虚伪自私的丑恶嘴脸，让人感到厌恶。后一则仅仅通过伪善者在烧蚂蚁这件事上的两句话，就将其人虚伪自私、损人利己的肮脏内心暴露无遗，使之受到世人的讥笑和谴责。

讥讽掺杂使假、以次充好者的笑话，譬如：

酒店烦人写卖酒的招牌，其人写完，乃于牌头画刀一把。酒保惊问：“画此何用？”答曰：“我要这刀不定期杀杀水气。”

——《笑得好》二集《画刀》

有一酒店，来买酒的但说酒酸，就锁在柱上。适有道人背一大葫芦进店问之，店主曰：“他谎说我酒酸，故此锁他。”道人曰：“取杯我尝尝看。”道人咬着牙吃了一口，急急跑去。店主喜其不说酸，呼之曰：“你忘记葫芦了。”道人曰：“我不要！我不要！你照着踏扁了，做醋招牌。”

——《笑得好》二集《醋招牌》

以上两则讥讽酒店掺杂使假，坑害顾客的笑话，均出自《笑得好》一书，但视角各有不同。前一则用通过招牌来嘲讽其酒中掺水；后一则写道人害怕说真话被锁，不得不落荒而逃，借以嘲讽其酒酸，无不令人发噱。

讥讽不学无术、虚度光阴者的笑话，譬如：

一子喜游荡，不肯读书。其父怒闭一室，传送饮食，教令眼睛仔细看书，心思仔细想书，如此用功，自然明白。过了三日，父至房内，看其功课，子对曰："蒙父亲教训得极妙，读书果然大有利益，我才看到三日书，心中就明白了。"父喜问曰："明白了何事?"子亦喜曰："我一向只认这读的书是用笔写成的，仔细看了三日，才晓得一张一张的书，都是印板印成的。"

——《笑得好》初集《书是印成的》

有一乳母哺养小儿，因儿啼哭不肯安睡，乳母无奈，蓦然叫官人快拿本书来。官人问其何用？应曰："我每常间见官人一看书，便睡着了。"

——《笑得好》二集《磕睡法》

以上两则笑话，都通过平淡无奇的对话来揭露和挖苦不思进取、虚度光阴的读书人，相当尖刻，让听众与读者感到解气。前一则写一个只知游玩的浪荡子被关在家里读书，用了三天时间，竟弄明白书是印成的，真是让人哭笑不得。后一则写一个饱食终日、无所用心的读书人，一看书便睡着了。两则笑话对于故事主人公的鄙夷与嘲讽，都达到了无以复加的程度。

讥讽胡言乱语、夸夸其谈者的笑话，譬如：

两人好为大言。一人说："敝乡有一大人，头顶天，脚踏地。"一人曰："敝乡有一人更大，上嘴唇触天，下嘴唇触地。"其人问曰："他身子在哪里?"答曰："我只见他有一张大口。"

——《笑得好》初集《一张大口》

帮闲人除夜与妻同饭，忽然笑曰："我想一生止受用一个'熟'

字。你看大老官，那个不熟？私窠小娘，那个不熟？游船上，那个不熟？戏子歌童，那个不熟？箫管唱曲的朋友，那个不熟？”说未毕，妻忽大恸。其人问故，曰“天杀的，你既件件皆熟，如何我这件过年布衫，偏不替我赎（熟）！”

——《新镌笑林广记》卷七《件件熟》

以上两则笑话在讥讽夸夸其谈者方面，各有着眼点和艺术手法。前一则以竭力夸奖嘴大来嘲讽其人只会吹牛，含蓄而尖刻。后一则以嘲讽其人除夕胡乱吹嘘，再三摆阔，却连妻子的一件布衣衫都无力赎回，可悲之极。

讥讽小偷小摸、行为不端者的笑话，譬如：

一翁有三婿，长裁缝，次银匠，惟第三者不学手艺，终日闲游。翁责之曰：“做裁缝的，要落几尺就是几尺。做银匠的，要落几钱就是几钱。独汝游手好闲，有何结局？”三婿曰：“不妨。待我打一把铁撬，撬开人家库门，要取论千论百，也是易事，稀罕他几尺、几钱！”翁曰：“这等说，竟是贼了。”婿曰：“他们两个，整日落人家东西，难道不是贼？”

——《新镌笑林广记》卷三《有进益》

一厨子往一富家治酒，偷肉藏在帽内。适为主人窥见，有意使拜揖，好使帽内肉跌于地下。乃对厨子曰：“连日辛苦，我作揖奉谢。”厨子知主人已觉，恐肉跌出，对主人曰：“万不敢当主人拜揖，小人在这里跪下了。”

厨子偷油，炼好灌在肠内，趁肠未热，围在腰间，用衣遮盖，忙忙来至二门。恰遇新姑娘回门走进，肠已透热，只好挨着疼，躲在一旁。姑奶奶一见太太，眼中落泪。太太见了姑娘，起心里心疼，说：“我的心肝，你疼死我了！”厨子在旁应之曰：“我的大肠，你烫死我了！”

——《嘻谈续录》卷下《偷肉偷油》

以上两则讥讽小偷小摸行为的笑话，讽刺的对象均为手脚不干净的各种手艺人，都比较诙谐风趣，带有喜剧色彩。前一则写老翁夸奖两个女婿会偷有本事，游手好闲的小女婿不以为然，讥讽这家子都让人鄙视。后一则由两个小笑话组成，让偷肉偷油的厨师丢人现眼，狼狈不堪，在笑声中达到警世的目的。

讥讽懒惰无能、苟且偷生者的笑话，譬如：

有人极懒者，卧而懒起，家人唤之吃饭，复懒应。良久，度其必饥，乃哀恳之。徐曰："懒吃得。"家人曰："不吃便死，如何使得？"复摇首漫应曰："我亦懒活矣。"

——《新镌笑林广记》卷五《懒活》

一妇人极懒，日用、饮食皆丈夫操作，她只知衣来伸手，饭来张口而已。一日，夫将远行，五日方回，恐其懒作挨饿，乃烙一大饼，套在妇人项上，为五日之需，乃放心出门而去。及夫归，已饿死三日矣。夫大骇，进房一看，项上饼只将面前近口之处吃了一缺，余饼依然未动也。

——《嘻谈续录》卷下《懒妇》

以上两则讥讽懒人的笑话，其夸张手法都运用得非常成功。前一则嘲讽一懒人什么都懒得干，甚至懒得活，可谓不可救药。后一则嘲讽一懒妇懒得挪动丈夫为其做好的烙饼，以致饿死，真是懒到无以复加的程度。两个懒人一个赛一个，均成为民间文学中的典型形象。

讥讽技艺不佳、滥竽充数者的笑话，譬如：

有写真者，绝无生意。或劝他将自己夫妻画一幅行乐贴出，人见方知。画者乃依计而行。一日，丈人来望，因问："此女是谁？"答云："就是令爱。"又问："她为甚与这面人同坐？"

——《新镌笑林广记》卷三《写真》

一匠人装门闩，误装门外，主人骂为"瞎贼"。匠答曰："你便贼！”主怒曰：“我如何倒瞎？”匠曰：“你若有眼，便不来请我这样匠人。”

——《新镌笑林广记》卷三《木匠》

以上两则讥讽技艺糟糕者的笑话均出自《新镌笑林广记》，其中两人技艺之差可谓一言难尽，无不令人啼笑皆非。前一则以其丈人从小训练画的女儿、女婿来嘲笑画匠低劣，岳父与画匠的对话让人忍俊不禁。后一则以装门闩出大差错来嘲笑木匠蠢笨，木匠在顾主面前抢白，越发显现出其人的无可救药。

讥讽昏聩猥琐、愚昧糊涂者的笑话，譬如：

有卖母猪肉者，嘱其子讳之；已而买肉者至，子即谓曰：“我家并非母猪肉。”其人觉之，不买而去。父曰：“我已吩咐过，如何反先说起。”怒而挞之。少顷，又一买者至，问曰：“此肉皮厚，莫非母猪肉乎？”子曰：“何如？难道这句话也是我说起的？”

——《新镌笑林广记》卷五《母猪肉》

一人错穿靴子，一只底儿厚，一只底儿薄，走路一脚高，一脚低，甚不合式。其人诧异曰：“今日我的腿，因何一长一短？想是道路不平之故。”或告之曰：“足下想是错穿了靴子。”忙令人回家去取，家人去了良久，空手而回，谓主人曰：“不必换了，家里那两只，也是一厚一薄。”

——《嘻谈续录》卷下《恍惚》

以上两则讥讽愚昧糊涂者的笑话，语言平实而诙谐，十分逗乐。前一则写父子二人皆昏蒙而自以为是，喋喋不休。他俩拎不清，他家之所以没有生意，最根本的原因就在于卖的是母猪肉。后一则写主仆二人面对穿鞋这样极其平常的事情都无能为力，一个比一个糊涂，一个比一个没头脑，经人点拨也不开窍，愚顽到了让人吃惊的程度。

这个时期的劝诫笑话，尚有嘲讽某人善写别字的《遣愁集》“曰字是白字”；嘲笑某妇与和尚通奸被打的《笑倒·打得好》；嘲讽好赌者输光后觅死的《笑倒·上吊》；嘲讽士子才思枯竭，考试时如坐针毡的《笑倒·凑不起》；嘲讽好面子者当众撒谎，丢人现眼的《笑倒·吃糠》；嘲讽经常殴父之不孝子终会得到报应的《笑倒·望孙出气》；嘲讽官场中皆是会钻会刺之辈的《笑得好·让鼠蜂》；嘲讽一老秀才没有学问，却有笑话的《笑得好·笑话一担》；嘲讽一请客吝啬者招人怨尤的《笑得好·吃水》；嘲讽一瞒心昧己者至死不改的《笑得好·开天窗》；嘲讽某位富人不但不请客，还专门吃人的《笑得好·吃人》；嘲笑某人慕虚荣，好借贵人之名以矜夸的《笑得好·题呼》；嘲讽一假谦虚者言不由衷，留下笑柄的《笑得好·粗月》；嘲讽一外貌忠厚者行事狠毒者的《笑得好·门上贴道人》；嘲讽某个遇事爱夸大其词者不能自圆其说的《笑得好·方蛇》；挖苦某个做八股文者专在字句上落笔的《笑得好·三十而立》；嘲讽贫穷夫妻俩做发财梦，十分荒唐的《笑得好·骑马败家》；嘲讽一客贪食不顾主人的《笑得好·心疼》；嘲讽一东家慢待教书先生的《笑得好·忘记端午》；嘲讽某个不会说话者自以为是的《笑得好·比送殡》；嘲讽某个秀才纳监者一身酸腐气的《新镌笑林广记·酸臭》；嘲笑一考生庆幸没完卷而被打，认为做完必定打死无疑的《新镌笑林广记·不完卷》；嘲笑一以银入泮者非孔子弟子，而是孔方兄弟子的《新镌笑林广记·谒孔庙》；嘲笑某寺庙和尚既吃肉喝酒，又有妻子的《新镌笑林广记·追度牒》；嘲讽一画士写真技艺太差，只有胡须画得像的《新镌笑林广记·胡须像》；嘲笑一闲汉装腔作势的《新镌笑林广记·咽糠》；讥讽做了银匠哪个不偷银的《新镌笑林广记·银匠偷》；嘲笑某主人让仆人在外面说大话的《新镌笑林广记·说大话》；嘲笑一卖鹅者之鹅被换为鸭，竟以为是鹅饿瘦了的《新镌笑林广记·鹅变鸭》；嘲讽教书先生慵懒，误人子弟的《嘻谈录·先生昼寝》；嘲讽年轻人贪图享乐的《嘻谈录·送父上学》；嘲讽家贫装阔，不知羞耻者的《嘻谈录·魂作阔》；嘲讽撒谎吹牛者洋洋得意，恬不知耻的《嘻谈录·兄弟两谎》；嘲讽一妇人假哭，悲不由衷的《嘻谈录·我不去》；嘲讽一秀才怕岁考，被学台吓得惊惶失色的《嘻谈录·怕考生员》；嘲讽一醉鬼闹酒发疯，无可救药的《嘻谈录·醉鬼》；嘲讽一读书人痴而多疑的《嘻谈录·痴疑生》；嘲讽某主人待客无比吝啬的《一笑》“敬客”；嘲讽自命为满腹诗书之人皆食而不化者的《俏皮话·蠹鱼》等。

第三节　清代的谐趣笑话

清代谐趣笑话，数量不少。其作品以虚构为主体，常以各种表现手法营造逗乐的艺术效果。它们大都取材于日常生活，非常贴近民众，易于唤起人们的欣赏乐趣，颇受欢迎。其中，有一些佳作构思巧妙，善于抖包袱，在逗趣中表现一定的意蕴，比较值得玩味。

以误会法逗趣的谐趣笑话，譬如：

和尚携经一部，铙一副下乡，代人家做佛事。忽遇一老虎扑来，和尚惊慌无措，抛铙击之。虎张口接住，嚼碎吞下。和尚更怕，又用经抛去，虎见经来，急转头跑进洞。小虎问曰："父亲搜山，何来之速也？"虎曰："真晦气！我遇着一个和尚，只吃了他两片薄铜，他就抛下缘簿来化缘。亏我跑得快，不然叫我把什么布施他。"

——《笑得好》二集《虎诉苦》

有南人不食鸡卵，初至北道早尖，店伙请所食，曰："有好菜乎？"曰："有木樨肉。"及献于几，则所不食者也。虑为人笑，不明言，但问："别有佳者乎？"曰："摊黄菜如何？"客曰："大佳。"及取来，仍是不食者。谬言尚饱，其仆谓前途甚远，恐致饥，曰："如此，但食点心可耳。"问："有佳者否？"店伙以窝果子对。客曰："多持几枚来。"及至，则仍不食者，且惭且怒，忍饥而行，遂委顿不堪。

——《笑笑录》卷六《鸡卵》

以上两则笑话的笑料都是由误会引出的，擅长虚构与夸张，相当风趣。前一则中的老虎落荒而逃，皆因误以为和尚要化缘。后一则中饥肠辘辘的南方客一再挨饿，皆因他不了解北方对鸡蛋及其所做的菜肴尚有各种叫法，一再闹误会。这两则笑话均有相当的艺术品位，它们在逗乐的同时，也传达出一定的爱憎，譬如对某些僧人到处要布施的反感；或者给人一定的启迪，譬如让世人要不耻下问，切忌不懂装懂。

以对比法逗趣的谐趣笑话，譬如：

一人在朋友面前捉着一虱，欲装体面，故丢下地，啐曰："我只道是个虱子。"其友从容拾起来看，曰："我只道不是个虱子。"

——《笑倒·虱子》

父教子曰："凡人说话放活脱些，不可一句说煞。"子问："如何叫做活脱？"此时适邻家有借几件器物的，父指谓曰："假如这家来借物件，不可竟说多有，不可竟说多无，只说也有在家的，也有不在家的，这话就活脱了。凡事俱可类推。"子记之。他日有客到门，问："令尊翁在家么？"子答曰："也有在家的，也有不在家的。"

——《笑得好》初集《答令尊》

以上两则笑话都采用两段体的结构，其笑料都是由强烈对比造成的，也颇风趣。前一则中某人扔掉虱子并且予以否认，与友人拾起虱子并且予以确认形成鲜明对比，因而逗笑；后一则中脑子不灵光的儿子在回答父亲是否在家时，跟回答借物件一样使用了父亲传授的"活脱话"来回答，极为荒唐，因而逗笑。

以巧合法逗趣的谐趣笑话，譬如：

学生问先生曰："屎字如何写？"师一时忘却，不能回答，沉吟片晌曰："咦，方才在口头，如何再说不出。"

——《新镌笑林广记》卷二《屎在口头》

一粗心人过年，门前横批上写"春光明媚"四字。随后完婚，又写"五世其昌"四字，贴于其上。因纸裁小，尽前一贴，露出"媚"前"女"旁，凑成了"五世其娼"四字，贻笑大方。粗心人往往如此。

——《嘻谈初录》卷上《粗心》

以上两则笑话中巧合的情况虽然各不相同，但都构成笑料，令人喷饭。前一则的“在口头”原本有两层含义，与“屎”字巧合，便构成“将‘屎’字挂在口边上”与“将‘屎’含在口中”两种意思，让人把先生的话理解为后一种含义，因而无比滑稽。后一则中的粗心人贴联语横批重叠[illegible]，十分荒唐可笑。

以谐音法逗趣的谐趣笑话，譬如：

一裁缝上厕坑，以尺插墙上，便完忘记而去。随有一满洲人登厕，偶见尺，将腰刀挂在上面。少顷，裁缝转来取尺，见有满人，畏而不前，观望良久。满人曰：“蛮子，你要甚么？”答曰：“小的要尺。”满人曰：“咱囚攮的[1]，屙也没有屙完，你就要吃（尺）！”

——《新镌笑林广记》卷三《要尺》

一学使按监，有一生员入场时置一蝉于儒巾中，巾内蝉鸣，同坐者闻其声自儒巾出，无不大笑。宗师以犯规唤之至，究其致笑之由。皆曰：“某号生员儒巾内有声，故笑。”宗师唤其人至前，欲责之。生员大声呼曰：“今日生员入场，被父亲唤住，将蝉置于巾内，爬跳难受，生员以父命不敢掷去。”宗师怒，问其置蝉于巾之故。答曰：“取头鸣之意。”

——《嘻谈初录》卷上《头鸣》

以上两则笑话，皆以谐音造成逗乐的效果。前一则以“吃（chī）”与“尺（chǐ）”同音构成笑料，后一则以“鸣（míng）”与“名（míng）”同音构成笑料，无不让人捧腹。

以妙答法逗趣的谐趣笑话，譬如：

武官与文官同席看戏，演《七擒孟获》。武官曰：“这孟获如此蛮

① 囚攮的：骂人的粗话。

野，不服王化，七擒七纵，犹且不服，想不到孟子后代竟会有这样桀骜不驯之人。”众皆掩口而笑。一文官曰：“吾兄所说极是，到底还是孔子的后代孔明比孟获强多了。”

——《嘻谈续录》卷上《武弁看戏》

一县官谒见大宪，谈毕公事，大宪闲谈，问曰：“闻得贵县出猴子，不知都有多大？”答曰：“大的有大人那么大。”既而觉其失言，乃惶悚欠身而复言曰：“小的有卑职那么大。”

——《嘻谈续录》卷上《问猴》

以上两则笑话均以不符合常理的话语，或者出人意料的回答来构成笑料，产生逗乐的艺术效果。前一则写武官误以为西南少数民族首领孟获是孟子的后代，文官以为诸葛孔明是孔子的后代，让人乐不可支。后一则以县官在巡抚问及猴子时愚蠢可笑的回答来逗乐，妙不可言。

以读写别字法逗趣的谐趣笑话，譬如：

一监生爱读白字，而最喜看书。一日，看《水浒》，适有友人来访，见而问之曰：“兄看何书？”答曰：“《木许》。”友人诧异，说：“书亦甚多，《木许》一书，实所未见。请教书中所载，均是何人？”答曰：“有一季达（李逵）。”友人曰：“更奇了，古人名亦甚多，从未闻有名季达者。请问季达是何样人？”答曰：“手使两把大爹（斧），有万夫不当之男（勇）。”

——《嘻谈续录》卷下《读白字》

一人爱写别字。一日，因妻兄害眼，欲致书问候，恐写别字，问友人曰：“‘舅’字如何写？”答曰：“一直，一个日字。”此人将一直移在日之下，写一“旦”字。又问：“‘茄’字如何写？”答曰：“草字头，一加字。”此人误写家人之家，写一“蒙”字。又问：“眼字如何写？”答曰：“目旁，加一‘艮’字。”此人错写树木之木字，乃援笔大书曰：“信寄大旦子，千万莫吃秋后蒙，若要吃了秋后蒙，恐怕害了大旦子的根!”

《嘻谈续录》卷下《写别字》

以上两则笑话，均以别字构成笑料。念别字者或者写别字者的认字能力实在太差，往往一错再错，竟闹出一连串的笑话，差点让读者、听众笑掉大牙。

以自我解嘲法逗趣的谐趣笑话，譬如：

有留客吃茶，苦无茶叶，往邻家借之。久而不至，汤滚则加以冷水，加之既久，锅都添满，妻谓夫曰：“茶是吃不成了，留他洗了浴去罢。”

——《笑倒·留茶》

众瞎子打平夥吃鱼，钱少鱼小，鱼少人多，只好用大锅灒[①]汤，大家尝尝鲜味而已。瞎子没吃过鱼，活的就往锅里扔，小鱼蹦在锅外，而众瞎子不知也。大家围在锅前，齐声赞曰：“好鲜汤！好鲜汤!”谁知，那鱼在地上蹦，蹦在瞎子脚上，呼曰：“鱼没在锅里!”众瞎叹曰：“阿弥陀佛！亏得鱼在锅外，若在锅中，大家都要鲜死了。”

——《嘻谈初录》卷下《瞎子吃鱼》

以上两则笑话，都以故事主人公的自我解嘲来造成逗乐的效果。前一则在自我解嘲中，烧水的目的竟由留客吃茶变为留客洗澡，十分滑稽风趣。后一则诵讨自我解嘲，使一桩本来颇为尴尬的事情，变得潇洒有趣，也颇为引人发噱。

以自作聪明法逗趣的谐趣笑话，譬如：

一人做桌要省，木匠迎其意曰：“只做两脚，倚楹而用，可也。”

① 灒（zàn 赞）：方言。此处是熬、煮的意思。

一夕月明，欲移放庭中，难于安顿，召匠责问。匠曰："你在家里可以省得，若在外边却如何省得？"

——《笑得好》初集《两脚桌子》

一人谋做裤而吝布，连唤裁缝，俱以费布辞去。最后一缝匠云："只须三尺足矣。"其人大喜，买布与之。乃缝一脚管，令穿两足在内。其人曰："迫甚，如何行得？"缝匠曰："你脱煞要省，自然一步也行不开的。"

——《新镌笑林广记》卷九《独管裤》

以上两则笑话，皆以故事主人公自作聪明构成笑料。前一则为了省木料，只给桌子做两条腿；后一则为了省布料，只将裤子缝成一只脚管，这类自作聪明的行为无不荒唐可笑，令人捧腹。

除此之外，像嘲讽迷信者讨彩头出洋相的《笑倒·利市》；嘲讽自我欣赏，洋洋得意者的《笑倒·脚像观音》；嘲讽比拼说大话的《笑倒·争座位》；嘲讽买卖双方讨价还价均把自己绕进去的《笑倒·卖粪买粪》；嘲笑一仆人好面子，设法掩饰自己身份的《笑倒·插草标》；嘲笑有人掩饰其过失，却无济于事的《笑得好·响屁》；嘲笑某人赴喜酒寿筵说不吉利话的《笑得好·寿字令》；写一修脚匠误以为刻图书者是同行的《新镌笑林广记·同行》；写一客人没筷子而让主人赐水洗手，以便用指头拈菜的《新镌笑林广记·借水》；嘲笑一呆子连皮吃生柿子的《新镌笑林广记·呆子》；写一新人初夜解不开裤子发急，被误认为是害羞的《新镌笑林广记·死结》；嘲讽某个性吝者弄巧反拙的《新镌笑林广记·莫想出头》；嘲讽一主人吝啬，以小杯待客的《新镌笑林广记·吞杯》；嘲讽一欠账甚多者不以为耻的《新镌笑林广记·坐椅子》；嘲笑有个妻子防范老公与小妾同房的《新镌笑林广记·罚真咒》；嘲讽某人说话啰嗦可笑的《嘻谈录·万字信》；嘲笑有个贼子偷穷人非但一无所获，而且险遭不测的《嘻谈录·穷人遇贼》；嘲笑一性急者遇到性缓者都很抢眼的《嘻谈录·问靴价》；嘲笑好睡主人遇到好睡客人的《嘻谈录·好睡》；嘲笑某人遇事刻板，不知灵活对待的《嘻谈录·苏空头》；嘲笑有一位胡乱吹嘘者荒唐可笑的《嘻谈录·大蚊》；写村夫某人之见解虽然荒唐可笑，却也朴素有趣的《嘻谈录·谈天》；写一老生动辄说“淡而无味”，竟闹笑话的《一笑》“淡而无味”；写性迟缓者与性急躁者相遇趣闻的《一笑》“缓者与性急”等，也这个时期比较有代表性的谐趣笑话。

第四节　清代的荤笑话

中国古籍文献中保存的荤笑话，最初见于明代，但是数量非常有限，仅有《解愠编》卷四《僧对鸟》、《大杜小杜》，《广笑府》卷四《咏尼诗》卷五《醉后》、《种韭菜》、《双斧劈柴》，卷六《好色》、《倒乌龟》、《造化》，卷十《捶碎夜壶》，《笑府》卷上《烧香》、《咬牙》，《古今谭概》卷五《罗长官》等。到了清代，荤笑话大量出现在笑话集中，《笑倒》、《笑得好》、《新镌笑林广记》、《嘻谈录》、《笑林广记》等均收有数量不等的荤笑话。其中，以《笑得好》、《新镌笑林广记》、《嘻谈录》三书最为突出。清代的荤笑话，内容颇为丰富，涉及夫妻性爱、偷情、同性恋以及其他各种正常的和扭曲的性生活。它们从性事的独特视角来曲折地反映当时的家庭生活、社会生活。这一类笑话，良莠不齐，既有生动有趣的作品，也有庸俗无聊的作品。其中的不少作品，带有不同程度的记实性、揭露性、讽刺性，具有一定的认识价值和欣赏价值。

描述新婚生活的荤笑话，譬如：

有女嫁于异乡者，归宁，母问：“风土相同否？”答曰：“别事都一样，只用枕不同。吾乡把来垫头，彼处垫在腰下的。”

——《新镌笑林广记》卷六《用枕》

一穷人娶亲，一切喜事所用，无一不是赊借而来。对新人曰：“为你多方设措，费尽苦心。今日见面，要与你畅所欲为，方酬我艰难辛苦。”于是携手上床，宽衣。正要云雨，忽听有人叫门。披衣下床，出来一问，却是讨首饰钱的，答以“明日再来。”关门上床，正欲行事，门外又有人来叫，赶紧下床，到门前一问，说是讨酒席钱的，答以“改日送去。”又关门上床，刚要动手，又听叩门。穷人把妇人往旁边一推，大怒曰：“我不想接了一个妇人，倒像搂着一个账主。”

——《嘻谈初录》卷下《穷人娶亲》

以上两则有关新婚生活的荤笑话，都颇为有趣。前一则从一个生活细节来表现新婚夫妻的性生活，含蓄而逗趣。后一则描写穷汉在新婚之夜准备过夫妻生活时的特殊境遇，在取笑中把穷人的辛酸与愤懑表现得淋漓尽致，读来让人感慨良多。

描述再婚续娶的荤笑话，譬如：

老翁续娶一妪，其子夜往窃听，但闻连呼“快活”，频叫“爽利”。子大喜曰：“吾父高年，尚有如此精力，此寿征也。”再细察之，乃是命妪抓背。

——《新镌笑林广记》卷四《抓背》

有娶后婚者，初夜交合，夫将那话放入，而妇不觉也。问夫曰：“进去否？”夫曰：“早进去了。”妇遂假蹙眉曰：“怪不得，我此时有些疼。”

——《嘻谈初录》卷上《再醮》

以上两则荤笑话，表现了不同年龄阶段的再婚续娶者夫妻生活的不同状况。前一则从一个特殊的视角表现老年人的再婚生活，以性事来描写老人的日常生活，其乐融融，让人玩味。后一则从正面描写再婚者的夫妻生活，通过性事细节来表现再醮妇人的乖巧与体贴，平实诙谐，趣味盎然。

描述老年夫妻性生活的荤笑话，譬如：

翁与妪行房，妪耻其宽，以手向臀后捏紧。翁亦苦阳痿，以两指衬贴，导之使进。妪曰：“老儿，你缘何在那里使搭头？”翁曰：“老娘，强如你在背地打后手。”

——《新镌笑林广记》卷六《使搭头》

老翁好饮，老妪总不与之饮。一日天寒，老夫妇对面向火，妪兴欲动，拉翁行房，翁以天寒不举答之。妪曰：“有何术能使之举？”翁曰：“非炕热不可。”[illegible]上床以[illegible]：“[illegible]，先要通知我。”翁曰：“你那老家伙也宜烤一烤，如烤热了，也要通知我。”翁遂上床，一味痛饮。瓶已告罄，忽闻妪语曰：“热了。”翁曰：“热了，再给我斟一杯。”

——《嘻谈续录》卷上《翁妪向火》

以上两则有关老年夫妻性生活的笑话，读来都让人感到温馨。前一则着重表现岁数较大的老年人在性能力减退的情况下，勉强过性生活的状况，老两口彼此打趣，透露出相亲相爱的深情。后一则写冬夜老夫妻俩一个对饮酒感兴趣，一个对行房感兴趣，相互调侃，相互照顾，其乐融融。

揭露爬灰的荤笑话，譬如：

一翁欲偷媳，媳与姑说明，姑云：“今夜你躲过，我自有处。”乃往卧媳床，而灭火以待之。夜深翁果至，认为媳妇，云雨极欢。既毕，妪骂曰：“老杀才，今夜换得一张床，如何就这等高兴！”

——《新镌笑林广记》卷六《换床》

昔某甲卖古董为业，其媳少艾，欲偷之。媳诉于婆。一日婆代媳卧，翁往摸之。妪乃夹紧以自掩饰。翁认为媳，极口称赞，以为远出婆上。妪骂曰：“臭老贼！一件旧家伙也不认得，你还卖什么古董！”

——《嘻谈初录》卷上《卖古董》

旧时公公偷儿媳往往成为民间笑话的一个题材。以上两则嘲讽翁偷媳的笑话，都描写爬灰翁欲对儿媳非礼时，婆婆李代桃僵，捉弄并指责其丈夫，让爬灰翁陷入尴尬境地。前后两则对于婆婆形象的刻画，落墨不多，却都非常生动。

揭露出家人的荤笑话，譬如：

官命道士祈雨，久而不下，怪其身体不洁，亵渎神明，以致如此。乃尽拘小道，禁之狱中，令其无可掏摸。越数日，狱卒禀曰："老道士祈雨，小道士求晴，如何得有雨下？"官问何故，狱卒曰："他在狱念道：'但愿一世不下雨，省得我们夜夜去熬疼。'"

——《新镌笑林广记》卷八《祈雨》

一道士与妇人私，正行事，忽闻其夫叩门。老道慌甚，弃头上道冠在床而去。夫上床，摸着道冠一看，乃木雕空壳，中嵌泥塑小人，问曰："此物从何而来？"妻曰："是我下身常用的套子。"夫曰："泥塑小人嵌在木雕空壳之中，明明是一个道冠。何能抵赖！"妻曰："臭乌龟，你不要狐疑了，如今的冠（与'官'同音）哪个不是木雕空壳！哪个不是泥塑小人。"

——《嘻谈初录》卷下《木雕泥塑》

这两则荤笑话，都描写出家人的不轨行为，幽默诙谐，富有揭露性和批判性。前一则通过老道士祈雨、小道士求晴的反常举措，披露并嘲讽某些道观中的污秽行为。后一则在揭露出家人与一妇人通奸劣迹的同时，亦对老百姓憎恨的官吏进行嘲讽，颇为辛辣。

嘲讽贪官污吏的荤笑话，譬如：

有税司妻与闸官、狱官妻，三人会饮座中，偶谈起夫男做官赚钱之法。税司妻曰："我们须要人来睡（税）得多，银子才索得多。"闸官妻曰："我们全要水多，才有银子用。"狱官妻曰："我们全靠家伙紧，人才肯出些银子。"

——《笑得好》二集《官妻饮叙》

一尼僧到施主人家化缘，天气暑热，见老爷赤条条睡在醉翁床上，露出阳物，丰伟异常。尼进内，对太太点头赞曰："你老人家几世修来的？如此享受？"太太说："阿弥陀佛，你只见他外观有耀，你哪知他虚人其表。若有事用他之时，畏葸[1]不前，连一点主腔骨儿都没有，不过是一个最消的官罢了！"

——《嘻谈初录》卷下《虚有其表》

以上两则荤笑话，都通过性事的描述来揭露和嘲讽百姓痛恨的官吏，言辞尖刻，不留情面。在前一则中，官太太们的谈话仿佛一个个都涉及性事，实际上无不在念敛财经。作品将贪官污吏比作妓女来讥讽，借此显示出世人对他们的蔑视与愤恨。后一则借官太太谈夫妻性生活话语，来讥讽官老爷的奸滑狡诈，读来亦颇解气。

嘲讽庸医烂医的荤笑话，譬如：

一人有一妻二妾，死后，妻妾绕尸而哭。妻抚其首，曰："我的郎头呀！"次捏其足，曰："我的郎脚呀！"又次者无可哭得，只得握其阳物曰："我的郎中呀！"

——《新镌笑林广记》卷三《哭郎中》

一呆子之妇阴内生疮，痒甚，请外科治之。医生知其夫之呆也，乃曰："宜用'红玉膏'搽之，然必须我亲搽，方知疮之深浅。"夫曰："悉听尊便。"乃以"红玉膏"抹龟头上，与妇行事。夫在旁观之，点头曰："若不是这点红在龟头上，我就要疑心了。"

——《嘻谈续录》卷上《搽药》

以上两则荤笑话，采用幽默诙谐的表现手法，对医术极差、不讲职业道德的医生加以抨击和挖苦讽刺。前一则将世人憎恨的医生比作死人的阳物来嘲讽，突显出厌恶之情。后一则揭露并讽刺不道德的医生耍手段欺瞒弱智者，借机奸污其妻，缺乏做人、行医的起码道德，十分可憎可恨。

① 畏葸（xǐ 喜）：畏惧；害怕。

嘲讽举人秀才的荤笑话，譬如：

一秀士新娶，夜分就寝，问于新妇曰：“吾欲云雨，不知娘子尊意允否?”新人曰：“官人从心所欲。”士曰：“既蒙俯允，请娘子展股开肱，学生无礼又无礼矣。”及举事，新妇曰：“痛哉，痛哉!”秀才曰：“徐徐而进之，浑身通泰矣。”

——《新镌笑林广记》卷二《行房》

一举子年少而美，每入场，即梦人戏其后庭，而总格格不能入。从此屡得此梦，屡落孙山，殊觉不快。后又进场，仍梦如前，觉身后物挺然持入，与前梦大不相侔，甚觉欣幸。自谓：“今秋必中无疑!”既而思之，觉被人狎昵时．不像是梦；复又思之，简直的不是梦。

——《嘻谈初录》卷上《嘲举子》

以上两则荤笑话，对举人、秀才竭尽讽刺挖苦之能事。前一则通过新婚之夜行房的描写，奚落秀才郎的酸腐劲儿，让读者忍俊不禁。后一则讥讽某举子才疏学浅，一次次名落孙山，为了讨个好兆头，竟以被人玩弄为幸事，实在可悲。

嘲讽阴阳先生的荤笑话，譬如：

一风水父子同室。其子与媳欲合，乃从头摸起曰：“密密层层一座山。”至乳则曰：“两峰高耸实非凡。”至肚则曰：“中间好块平阳地。”至阴户则曰：“正穴原来在此间。”父听见，乃高叫曰：“我儿有如此好地，千万留来把我先埋葬在里面。”

——《新镌笑林广记》卷三《风水》

一人善卜，又喜诙谐。有以孕之男女来问者，卜讫，拱手恭喜曰：“是个夹卵的。”其人甚喜，谓为男孕无疑矣。及产，却是一女，因往咎之。卜者曰：“维男有卵，维女夹之。有夹卵之物者，非女子而何?”

——《新镌笑林广记》卷三《卜孕》

以上两则荤笑话，对阴阳先生的嘲讽，无论其思想性、艺术性都达到较高的水平。前一则通过儿子行房前的戏要与念唱，将风水先生父子“三句话不离本行”的情状描绘得活灵活现，令人发噱。后一则写占卜师预卜胎儿性别时随机应变，左右逢源，嘲讽并抨击其人的欺骗性。

以逗趣为题旨的荤笑话，譬如

吴人种地者，为其邻窃蔬果，大骂曰：“你们春天偷我的婶（笋），夏天偷我的妹（梅）子，到冬天还要偷我的老婆（萝卜）。”

——《笑倒·连偷》

乡下亲家新制佳酿，城里亲家慕而访之，冀其留饮。适亲家他往，亲母命子款待，权为荒榻留宿。其亲母卧房止隔一壁，亲家因未得好酒到口，方在懊闷。值亲母桶上撒尿，恐声响不雅，努力将臀夹紧，徐徐滴沥而下。亲家听见，私自喜曰：“原来才在里面滤酒哩，想明早得尝其味矣”亲母闻言，不觉失笑，下边松动，尿声急大。亲家拍掌叹息曰：“真是命穷，可惜滤酒榨袋又撑破了。”

——《新镌笑林广记》卷九《命穷》

以上两则荤笑话，都非常逗乐、风趣。前一则利用一词多义（“偷”既有窃取之意，又有发生不正当男女关系之意）和谐音法（吴地“婶”与“笋”、“妹”与“梅”、“老婆”与“萝卜”谐音）产生逗趣的效果，该人骂的是一种意思，听的又是另外一种意思——无不同苟且之事有关。后一则运用误会法将滤酒与便溺两件本来不相关的事情联系起来，接二连三地发生误会，于是产生了强烈的逗趣效果。

这个时期的荤笑话，尚有写夫妻交合时彼此以打比方来逗乐的《笑倒·破伞之喻》；写中年娶妻者以撒谎的方式来掩饰其晚婚的《笑倒·手氏》；写有人为打官司上门找书吏不遇，其妻答话露丑的《笑得好·不许看看》；写过夫妻生活时彼此用对方生殖器逗趣的《笑得好·又支又抽》；写船户与读书人行酒令时，船妇用行房来对答的《笑得好·船户酒令》；

写买莴苣时，一妇女说话被绕进去的《笑得好·说莴苣》；写接生婆嘲弄不正经家伙的《新镌笑林广记·骂先生》；写一人吃春药兴奋后赞不绝口的《新镌笑林广记·好郎中》；写船家夫妻行房时互相打趣的《新镌笑林广记·水手》；写相士强为人看相，盛赞其人阳具的《新镌笑林广记·观相》；写病家误会医生所问，引出笑话的《新镌笑林广记·问有猫》；写新婚之夜佳人以对联挑逗新郎的《新镌笑林广记·洞房佳偶》；写洞房花烛夜新娘教新郎行房的《新镌笑林广记·呼不好》；写夫妻将行房时，有碍两子在旁的《新镌笑林广记·嗔儿》；写妻子设法让好睡丈夫过性生活的《新镌笑林广记·捉虼蚤》；写老年夫妻元旦行房各自说吉利语的《新镌笑林广记·谢金口》；写僧人与尼姑交合时相互逗趣的《新镌笑林广记·挣命》；写一皂吏防范性多淫之妻子偷情的《新镌笑林广记·换班》；写一好男风者与老翁胡来的《新镌笑林广记·寿板》；写一老僧后园出恭时让笋尖刺入臀眼，小沙弥骂其为“天报”的《新镌笑林广记·天报》；写夫妻反目后行房，妻子称丈夫阳具为“和事老”的《新镌笑林广记·和事》；写某妇在丈夫面前掩盖与邻人私通丑态的《新镌笑林广记·听笑话》；写一卖茶客以问购买茶叶粗细来挑逗买茶妇人的《新镌笑林广记·茶屑》；写一丈夫久客归家过性生活时夫妻彼此打趣的《嘻谈录·我也挤他》；写老翁勉力行房，颇为尴尬的《嘻谈录·打上头来》；写某人与一少年在夜船上发生同性恋关系的《嘻谈录·念书》；嘲讽一爱洁嫖客嫖妓的《嘻谈录·闻洋烟》；嘲讽老和尚看见女色也动春心的《嘻谈录·和尚抱鼓》；嘲讽老爷好男风而丑态毕现的《嘻谈录·犬像老爷》；嘲讽别驾新婚之夜闹笑话的《嘻谈录·六品衔》；嘲笑捕役贴封条防范妻子偷汉的《嘻谈录·验封》；揭露一税局官员借罚漏税之机玩弄乡下人的《嘻谈录·怕雷》；写行房时丈夫因不满足而与妻子争吵的《嘻谈录·夫妻顶嘴》；嘲笑一呆子过性生活的《嘻谈录·呆子成家》；写一穷商人以其阳具挑逗新妇的《嘻谈录·有本有利》等。

第十四章　清代的民间寓言

清代民间寓言，广泛见于这个时期的各种笔记小说集、笑话故事集。就总体而言，清代民间寓言继续保持了明代民间寓言的良好发展态势，作品较多，涉及的社会生活面较广，艺术质量较高。不仅如此，清代民间寓言，不论是人事寓言还是拟人寓言，其世俗化、生活化的特色都相当明显，跟这个时期的幻想故事、写实故事、民间笑话的状况大体上是一致的。

第一节　清代的人事寓言

清代民间寓言中的人事寓言和拟人寓言，作品的数量大致相同。而在人事寓言所包含的两类作品中，具有幻想性特色的人事寓言略多于具有写实性特色的人事寓言。

一、清代幻想性人事寓言

清代具有幻想性特色的人事寓言，故事主人公大多是民众熟悉的各种市井人物，诸如商贾、店家、官吏、武弁、医生、屠夫、僧道、仆役、小贩、推车汉、接生婆等等。不少作品故事性较强，生动有趣，寓意较深，能够给人们以启迪和教益。譬如：

江宁有西域贾胡，见人家几上一石，欲买之。凡数至，主人故高其值，未售也。一日，重磨洗，冀增其价。明日胡贾来，惊叹曰：

“此至宝，惜无所用矣！”不顾而去。

——《香祖笔记·贾胡买石》

浙江衢州某村王老媪者，贫无所赖，临溪结草庐而居，日为人浣衣，藉以糊口。溪边有巨石一方，每捣衣于上，既历年岁，石遂光润可鉴。忽有江西大贾过其地，愿以千金购之。媪喜讶兼集，知必有异，因请益无厌。贾曰：“囊中资不敷，俟我至余杭更益千金，重来交易耳。”订期而别。媪思宝物而慢藏，未免诲盗，乃请人运石于床下，守护惟谨。

至期，贾匆匆至村，急询石所在。媪告以故，贾顿足不已，连呼可惜，曰：“我前日在数里外望见村有宝气，踪迹至此，识石中有活兔一，能吸日精月华，系希世珍，是以不靳重值。今来此地，正怪宝气已散，孰意为尔闭置幽室，三光莫睹，兔必饿死矣！”媪犹未深信，贾立召石工削之，果得小玉兔，大如鼠，洁白无比。媪始神丧色沮，自恨福薄。以兔赠贾，贾仍予百金，俾作终老之资焉。

——《里乘》卷九《玉兔》

以上两则寓言流传于江浙一带，无论是西域胡人觅宝，还是江西客觅宝，所欲购买之宝物均为奇石。前一则写宝物主人毁宝，皆因盲动，而其人的盲动乃源于贪心。它告诫世人：凡事切忌盲动，更不可贪心。后一则写老媪毁宝，则因过于小心谨慎。它提醒人们：遇事要多了解情况，不能凭主观想象办事，否则就可能造成难以弥补的损失。又如：

白家庄民某，盗邻鸭烹之。至夜，觉肤痒。天明视之，茸生鸭毛，触之则痛。大惧，无术可医。夜梦一人告之曰：“汝病乃天罚。须得失者骂，毛乃可落。”邻翁素雅量，每失物，未尝征于声色。民诡告翁曰：“鸭乃某甲所盗。彼甚畏骂，骂之亦可惜警将来。”翁笑曰：“谁有闲气骂恶人。”卒不骂。某益窘，因实告邻翁。翁乃骂，其病良已。

——《聊斋志异》卷五《骂鸭》

吾乡有甲乙相友善也，而皆贫。值寒食，甲墓祭归，见道旁有破棺遗骸暴露。甲恻然，归家取畚锸为之掩覆。是夕梦一茧袍人来感泣作谢，曰：“蒙君子泽及枯骨，泉下无以为报。仆生时习六壬数，君从今可垂帘卜市，仆当少效微劳，亦可为救贫之计。”甲疑为素所不习，鬼曰：“但听我言，自当有验。”甲谢之，醒而异之，窃念一贫至此，何妨姑试其术。于是悬牌招纸，凡问卜者，鬼辄教之剖断。有失物告者，鬼阴语甲曰：“此物在渠家房后西北厢复壁内，然非人所窃也。”甲以语某，果如其言获之。盖其妻临卧，以珠环置镜台上，为鼠所衔入也。里中某翁家一白犬，忽于空中起，行至墙头，翁遂病伤寒剧甚。往问之，占曰：“此有野鬼求食，祀之可愈。”家人归祀之，病良已。由是其门如市，年余积赀累千金。

乙偶诣甲，询其何遽神验乃尔。甲述其由，乙心羡之焉。归后亦荷畚锸至郊外，觅得败棺，如其法行之而返。是夜果有一鬼来谢，其状颦眉蹙额，褴褛如丐。乙遂告以所欲，鬼欣然愿为效力。乙大喜，以为指日可作富家翁矣，遂亦托其术。无何，问以所卜，鬼辄曰：“明日来。”易一人，鬼又曰：“明日来。”乙皆知其言应之。其人辄怀卦金而返，翌日更无有过而问焉者。乙还以责其鬼，鬼曰：“某生前凡遇索债者，则应之以是。其他固未娴也。”言已寂然，自是绝不复至。某懊恨不已，访诸邑中，其人盖以负欠累累，忧郁成疾而死者也。

——《埋忧集》卷九《负债鬼》

以上两则寓言各有寓意，均故事性较强，读来饶有兴味。前一则用一个很独特的故事，说明改过必须痛下决心，而痛下决心的前提则是承认过失。如果不正视过失，痛下决心，是难以改过自新的。民间寓言的寓意往往具有多重性。后一则通过甲乙二人作为的对比，不但说明凡事不可急功近利，做好事不应该贪图报答，而且说明学习他人的优点、长处，不可盲目模仿，否则很可能陷入尴尬境地。再如：

金华山中多虎，有人于道上遇一勇士，自言善搏虎。款至家，扣其技，颇精，村中咸以酒肉啖之，求其捕虎。勇士每夜出，不操尺寸刀杖，村中好事者欲偕行，辞勿许。明晨归，腥血满身，而又一无获，人咸疑之。昼卧于室，鼾声如雷，窥之，虎也。惊相告语，操器刺之，启门跃出，大吼而去。

——《松筠阁钞异·金华勇士》

河南孟县民某甲，笃信神仙修炼之术，事吕仙甚虔，常以不得一见为恨。一日，独游于西岭汤王庙，徘徊瞻眺，冀有所遇。忽有人负衣囊匆匆而至，视之，乃素识之某乙，梨园中角色也。问甲曰："君何所思，岂又思见吕仙乎？吕仙在天上，安可得见？无已，吾为君扮一吕仙可乎？"乃解衣囊出冠服服之，背负长剑，手执麈尾，曰："君视吾似吕仙否？"曰："甚似。"乙曰："然则吕仙亦不过如此，求见奚为？此去十许里有某村，方演剧，待吾登场，吾去矣。"乃解所服佩，仍置囊中，负之而去。甲惘然久之，因亦徐行至某村，将睹优，则寂无所见。问之村人，皆言无其事，甚怪之。他日又与某乙遇，问何诳我？乙言："是日我初未遇君，何诳之有？"乃悟所遇真吕仙，失之交臂矣。

——《右台仙馆笔记》卷十"失之交臂"

以上两则寓言，分别流传于南北两地，从不同的角度来探讨和阐述识别真伪的问题。前一则通过打虎事件说明，识别真伪不能只听一面之词，或者仅凭一时印象来进行判断，而必须仔细观察，认真分析，否则很容易上当受骗，甚至铸成大错。后一则说明为人处事要想取得成功，达到预期的目的，不但要忠诚、执着，而且还要有分析能力和辨别能力。否则，即使机会来了也把握不住，往往失之交臂，后悔莫及。

此外，尚有写一胆小者夜宿畏鬼，竟被捕鼠狸猫吓得丧魂落魄的《觚剩·鬼误》；写一梦想得道升仙者，终因凡尘未净而失掉机会的《述异记·遇仙得暗》；说明为恶者貌似可怖，其黔驴技穷也就不可怕的《子不语·鬼有三技过此鬼道乃穷》；写大言不惭者自以为了不起，一经考验便狼狈不堪的《夜谭随录·永护军》；说明没有能力解决问题者，不能贸然行事，否则会引来麻烦，甚至遭遇不测的《夜谭随录·朱外委》；说明盲目行动很可能把事情办坏，造成损失的《阅微草堂笔记》“额都统”；揭示邪不胜正，胆大无畏者必将立于不败之地的《松筠阁钞异·褐衣道士》；写畏鬼者越是怕鬼，越会被鬼戏弄的《耳食录·卖酥饼者》；说明心存恐怖者势必难辨真假，很容易[illegible]的《耳[illegible]》；说明[illegible]就可能[illegible]留下可乘之机，十分危险的《耳食录·床上鬼》；说明用人不当，势必事与愿违的《笑得好·吃人》；写被吓后胆小如鼠者，很可能从一个极端走到另一个极端的《明斋小识·旅店怪》；说明奸猾者处处损人利己，最终不会有好结果的《咫闻录·乡民赵子寿》；劝告人们遇事不可贪得无厌，否则会竹篮打水一场空的《咫闻录·陈安张福》；劝告世人妄想学道成仙者犹如痴人说梦，不会有好结果的《志异续编·学仙》；说明攻克难关者贵在坚持，否则很可能功亏一篑的《闻见异辞·炼丹》；告诫世人得意外之财产，祸事很可能接踵而至的《蔗尾丛谈·金蚕》；说明安贫乐道者无灾无害，见利忘身者自寻烦恼的《蝶阶外史·捉鸡得银》；说明贫者吃苦耐劳，才不会被鬼神揶揄，以至小康的《里乘·樵夫某甲》；写无畏者有恃无恐，往往会在不经意处失误的《庸庵笔记·鬼笑可畏》；说明耍花招者可能事与愿违，甚至弄得很是狼狈的《嘻谈录·土地还愿》；写某鬼一旦当上土地神后即忘恩负义，被人唾弃的《右台仙馆笔记》“批神颊”；写因不识宝物竟将其遗弃，后悔莫及的《醉茶志怪·白塔寺》；说明不听劝告并悬崖勒马，终于自取灭亡的《醉茶志怪·杜生》；说明从小事得到启发，在最倒霉之时把握住机会，必将时来运转的《趼廛笔记·一文钱》；说明某些不妥当之措施非但达不到目的，有时甚至适得其反的《俏皮话·开门揖盗》；说明心存善念者定逢凶化吉，怙恶不悛者必遭报应的《南皋笔记·猎者记》等。

二、清代写实性人事寓言

清代具有写实性特色的人事寓言，也比较丰富。它们大多从日常生活中发掘创作题材，以小见大，阐发比较深刻的寓意。此类寓言较之前一类人事寓言更加富有生活气息，更加贴近民众。譬如：

乡人某者，偶坐树下，扪得一虱，片纸裹之，塞树孔中而去。后二三年复经其处，忽忆之，视孔中纸裹宛然。发而验之，虱薄如麸，置掌中审顾之。少顷，掌中奇痒，而虱腹渐盈矣。置之而归，痒处核起，肿数日，死焉。

——《聊斋志异》卷八《藏虱》

邑有农夫，见田间乌与蛇斗，掘其下，得元宝二枚，怀归。自以为暴富，杜门，不出为佣。家人促之，辄云："有此壮胆物，何屑为人役？此后须人求我，我更何求于人？"呼银为"小老虎"，闲时把玩或抛向空中以为戏。一日，误落头上，患风身毙，医药棺殓，洽敷其用。

——《醉茶志怪》卷二《小老虎》

以上两则寓言，均由日常事件提炼而成，具有比较浓郁的生活气息。前一则说明切莫忽视小事情、小问题，因为不在意，有时候小事甚至可能酿成大祸，甚至到了不可收拾的程度。后一则说明祸福可以相互转换。好事如果处理不当，就可能变为坏事，甚至带来风险。又如：

俗以喜人面谀者曰"戴高帽"。有京朝官出仕于外者，往别其师。师曰："外官不易为，宜慎之。"其人曰："某备有高帽一百，逢人则送其一，当不至有所龃龉也。"师怒曰："吾辈直道事人，何须如此？"其人曰："天下不喜戴高帽如吾师者，能有几人欤？"师颔其首曰："汝言亦不为无见。"其人出，语人曰："吾高帽一百，今止存九十九矣。"

——《一笑》"高帽子"

仙洲言：甲乙比屋而居，甲妇善词令，遂好甚敦，乙妇语无伦次，时遭唾骂，颇患苦之，因刻意慕拟甲妇，将取悦于其夫也。一晚甲归，妇适浴，淋漓水湿，不便著衣，遂赤身启户。甲让之，低声曰："我知道是你。"甲乃一笑置之。乙妇窃窥之，窃幸已得秘要。

他日乙夜归，剥喙声急，其妇故缓裳衣，掬水遍浇其体，乃始从容启扉。乙久待不至，已有怒意，及见如此光景，遽破口大骂，妇窘甚，遂嗷然曰：“我知道是你！”乙愈怒曰：“然则你说是谁也？”大肆捶楚，体无完肤。夫同比五字，轻重不同，而语意各异。可觅取法于人，贵有斟酌，失重失轻，不为乙妇之续者鲜矣。

——《燕南琐忆·甲乙二妇》

以上两则寓言，较之前两则作品更富有哲理性。前一则说明为人处世，时时刻刻都须当严格要求自己，保持头脑清醒。否则，一旦放松警惕，就可能在不知不觉中做出自己否定自己的事情。后一则说明学习他人的优点、长处，一定要抓住要领，掌握精髓。否则，不可能达到目的，甚至误入歧途，事与愿违，给人留下笑柄。

此外，尚有说明凡事应适可而止，不能贪得无厌的《聊斋志异·药僧》；说明凡事当循循善诱，用谎言骗哄难以持久的《续子不语·沙弥思虎》；说明提出要求易，真正做到难的《笑得好·灭火性》；说明以同样方法应对不同对象，不会有好结果的《谐铎·壮夫缚虎》；既说明养尊处优必然消磨斗志，又说明看问题以偏概全不足取的《耳食录·天下无良猫》；说明遇事须当冷静分析，不可轻易怀疑他人的《耳食录·张小姐》；说明某些看起来非比平常之庞然大物，也可能虚有其表的《新镌笑林广记·焦面鬼》；说明安贫乐贱，自在如常，一旦为钱财所累则不得安宁的《小豆棚·卖菜李老》；劝告世人不能凭主观臆断办事，必须深入了解和分析，切忌夸夸其谈的《阅微草堂笔记》“河中石兽”；说明豢养小狼终存噬主之心，切不可存任何幻想的《阅微草堂笔记》“狼子野心”；告诫世人凡事不可贪得无厌，错过机会将后悔莫及的《咫闻录·蚌中珠佛》；告诫世人，倘若说法者言行不一，势必陷入尴尬境地的《志异续编·心头火》；说明与人方便，自己方便，宽厚待人者必得善报的《埋忧集·无锡老人》；说明与人为善者，自己终将受益的《北墅奇书》“推车汉与衣茧袍者”；说明无人不可为善，无时不可为善的《北东园笔录·马翁》；说明恃勇轻敌者，很可能遭遇不测的《虫鸣漫录》“武举女”；说明遇事不认真调查，匆忙下结论，很可能出差错，甚至造成严重后果的《虫鸣漫录》“鼠窃卵”；说明请神容易送神难的《嘻谈录·遣茄》；说明同样一句话，因对方理解不同，其效果可能截然不同的《右台仙馆笔记》"何必涂面来"；说明只有临危不惧才可能随机应变，化险为夷的《此中人语·童子获虎》；说明得到意外之财不一定是好事，或许因此倒霉，甚至遭遇不测的《醉茶志怪·小老虎》等。

第二节　清代的拟人寓言

一、清代动物寓言

清代的拟人寓言，以动物寓言居多。清代动物寓言的故事主角，大多数是人们常见的动物，诸如猫、鼠、鸡、狗、鸽、猴、虎、狮、狸、鹳、獭、龟、蛇、鱼、蜂、蟹、蚊、蝇、蝎子、麻雀、孔雀、鹧鸪、杜鹃、蝴蝶、蜘蛛、壁虎、蜈蚣、蚯蚓、扬子鳄等。它们往往通过生动的故事情节来阐发各种富有哲理性的见解，让世人从中获益。不少动物寓言内涵丰富，其寓意可以从不同的视角去理解、领悟，见仁见智。

这个时期的动物寓言佳作，趣味盎然，令人回味。譬如：

天津某寺，鹳鸟巢于鸱尾[①]。殿承尘上，藏大蛇如盆，每至鹳雏团翼[②]时，辄出吞食净尽。鹳悲鸣数日乃去。如是三年，人料其必不复至，而次岁巢如故。约雏长成，即径去，三日始还。入巢哑哑，哺子如初。蛇又蜿蜒而上。甫近巢，两鹳惊，飞鸣哀急，直上青冥[③]。俄闻风声蓬蓬，一瞬间，天地似晦。众骇异，共视一大鸟，翼蔽天日，从空疾下，骤如风雨，以爪击蛇，蛇首立堕，连催殿角数尺许，振翼而去。鹳从其后，若将送之。巢既倾，两雏俱堕，一生一死。僧取生者置钟楼上。少顷，鹳返，仍就哺之，翼成而去。

——《聊斋志异》卷八《禽侠》

① 鸱（chī 痴）尾：中国古建筑屋脊两端的装饰物，形状略似鸱（鹞鹰）的尾巴。
② 团翼：伏在雌鸟羽翼下吸乳。
③ 青冥：青色的天空。

一蜈蚣盘旋蚓穴之上。蚓匿穴中，忽探首拔去蜈蚣一足。蜈蚣怒欲入穴，而穴小不能容。正傍徨旋绕，蚓复乘间拔其一足。蜈蚣益怒，而无如之何，守穴口不肯去。蚓都涉及遂渐拔其足。阅一时许，则蜈蚣已无足，身虽未死而不能转动，横卧于地，如僵蚕焉。蚓乃公然出穴，噬其腹而吸食之。

——《庸庵笔记》卷四《物性相制》"蚓食蜈蚣"

以上两则动物寓言，均涉及弱者对抗强者的主题，都具有一定的震撼力。前一则说明倚强凌弱者往往有恃无恐，不可一世。但强中更有强中手，为恶者最终要遭到惩罚，绝不会有好下场。后一则说明在不可一世的强者面前，弱者只要敢于反抗，善于斗争，终归会制伏强者，取得最后胜利。又如：

江边有老鸦与乌龟结拜兄弟，各争为兄。龟设计哄鸦云："我与你赌过江，先过者为兄。"鸦暗想，此江一飞即过，龟爬的几日，也不得过，乃依从。鸦即一翅飞过江左，叫曰："乌龟何在？"龟即应曰："在此！"鸦奇龟何法过江得快，因说："如今再飞过江右，先到者为兄。"龟又许之。鸦又挺翅一飞而过在江右，叫曰："乌龟何在？"龟即应曰："在此！"鸦因疑惑，乃约曰："如今再赌到江左去，先到者一定为兄，更无他说。"龟又允，鸦因飞至江心，忽叫："乌龟何在？"江左江右齐应曰："在此！"原来是江左一龟，江右又一龟也。鸦凝睛定翅，骂曰："你两个乌龟，哄得我一个好呢？"

——《笑得好》二集《鸦龟争兄》

百鸟飞鸣林木间，或栖止于屋上．鸡见而妒羡之，以为同是羽类，我何独不能高翔。乃竭力振翮，居然飞至屋上，喔喔长啼，自鸣得意。主人见之，以为不祥，捉而杀之。将杀未杀之际，他鸡嘲之曰："何苦强欲高飞，致罹杀身之祸。"此鸡笑曰："若真一孔之见哉，我今虽被杀，然已得见屋上之风景；若汝等伏处枥下，眼界不开，而将来仍不免一杀，何若我之得开眼界而死者哉。"

——《俏皮话·鸡》

以上两则寓言，都从为人处世的修养来阐发主题思想。前一则说明合作共事者应当相互尊重，精诚团结，而不该争强好胜，相互算计。否则，无法与人合作共事，貌合神离是找不到真朋友、好伙伴的。后一则有两层意思，一方面说明为人处世须当从实际出发，不可好高骛远，作不切实际的事情。否则，很可能自寻烦恼，甚至深陷困境。另一方面说明，犯了错误，有了过失，应当及时总结经验教训，认真反思，而不可进行辩解，死不认账。

另外，像说明以智取胜，就会收到很好效果的《聊斋志异·大鼠》；告诫世人不可因一时胜利而放松戒备，否则可能大祸临头的《七经纪闻·狸与鸽》；说明入侵者可以得逞于一时，但终将受到惩处的《诸皋广志·鹳复仇》；说明众志成城必定牢不可破，一旦有隙可乘便会溃败的《里乘·鱼城》；说明只要方法得当，就可能以弱胜强的《庸庵笔记·物性相制》"蜘蛛与蛇"；说明遇事性急蛮干，势必被动，甚至付出沉重代价的《庸庵笔记·物性相制》"壁虎与蝎"；提醒世人应当有自知之明，万万不可自吹自擂的《俏皮话·记壁虎》；告诫世人切莫因偶然得手而忘乎所以的《俏皮话·记鼠》；说明如果存心对他人进行打击报复，总是会找到各种借口的《俏皮话·凤凰孔雀》；说明为恶之人只有洗心革面方可自保其身的《南皋笔记·鸡鼠语》等。也通过动物世界的各种趣事来揭示有关社会与人生的哲理。

在这个时期的动物寓言中，有相当一部分作品颇为诙谐逗趣，带有不少笑话色彩。譬如：

> 猫儿眼睛半闭，口中呼呀呼呀的坐着。有二鼠远远望见，私谓曰："猫子今日改善念经，我们可以出去得了。"鼠才出洞，猫子赶上，咬住一个，连骨俱吃完。一鼠跑脱向众曰："我只说他闭着眼念经，一定是个良善好心，那知道行出来的事，竟是个吃人不吐骨头的。"
>
> ——《笑得好》初集《吃人不吐骨头》

老虎欲吃猢狲，狲诳曰：“我身小，不足以供大嚼。前山有一巨兽，堪可饱餐，当引导前去。”同至山前，一角鹿见之，疑欲啖己，乃大喝云：“你这小猢狲，许我拿十二张虎皮送我，今只拿一张来，还有十一张呢？”虎惊遁，骂曰：“不信这小猢狲如此可恶，倒要拐我抵销旧账！”

[illegible]

以上两则寓言，都从有关弱者与强者的题材来展开故事，阐发寓意。前一则一方面说明，识人观变应该作深入了解，不能被表面现象迷惑。否则，很可能上当吃亏，甚至付出沉重代价。另一方面说明伪善者伪装得再好，迟早也会被人识破。后一则说明，只有临危不惧，处于劣势的弱者才可能急中生智，想出对付强敌的办法，化险为夷。又如：

喜鹊与乌龟结盟，喜鹊为弟，乌龟为兄。把兄谓把弟曰：“我二人如此莫逆，我想带你到水晶宫看看龙门贝阙，异宝奇珍。”喜鹊说：“我也想带你到云霄殿看看广寒兜率，月姊嫦娥。”乌龟说：“你何不先带我上天，然后我再带你下海。”喜鹊应允，乌龟爬在喜鹊背上。喜鹊双翅飞起，偏遇打弹弓的，开弓一弹，正中把兄尊盖，翻身掉将下来。喜鹊不见了把兄，飞到各处找寻。找了半天，忽见把兄掉在烟囱上，四脚悬空，仰头观望。上前问曰：“把兄受惊！你天也没有上成，在此空了半日，想必腹中饥饿？”乌龟说：“我却不饿，在此虽没得吃，还有几口烟过瘾。”

——《嘻谈初录》卷下《龟鹊结盟》

蝶翩翩飞舞花间，顾影自怜，日以寻香摘蕊为事。忽蚕蛾飞至，欲近与蝶语，蝶讥之曰：“吾与汝虽似同类，然吾文采斓斑，翩翩多致，醉香饱艳，傅粉涂金，文人引入诗章，画家摹为粉本。其视汝之笨拙肥重，无所见长者，为何如也。”蚕蛾默然遂退。他日蛾与蝶皆死，同见冥王，冥王察得蛾能布散蚕种，吐丝成帛，衣被苍生，命转生为富家子，以酬其功。蝶徒以文采媚人，一无所长，且专以醉香迷色为事，罚令转世为娼，俾仍以媚人业，且不失其迷醉本色。

——《俏皮话·蛾蝶结果》

以上两则寓言在探讨为人处世的话题时，颇有见地。前一则一方面说明处理重要事情，必须深思熟虑，计划周详，切忌轻举妄动，以免造成损失。另一方面说明，一旦出了问题，造成损失，就应当认真总结经验教训，而不可等闲视之。后一则说明华而不实者自鸣得意，藐视他人，结局可悲；朴实无华者默默无闻，卓有贡献，前程光明。

此外，像劝告怨天尤人者须得往宽处想，切莫钻牛角尖的《笑倒·驴马相争》；说明好友之间应当互谅互让，而不能勾心斗角，彼此算计的《笑得好·鸦龟争兄》；说明势利者心肠小、眼光浅，只重衣冠不重人的《笑得好·麻雀宴请》；提醒人们要警惕笑面虎要花招，以免上当受骗的《新镌笑林广记·祝寿》；告诫世人不要被表面现象迷惑，以免丧失警惕的《新镌笑林广记·心狠》；劝告人们，朋友之间千万不可互相猜忌和伤害的《新镌笑林广记·嘲恶毒》；说明朋友之间应当以诚相待，而不能捉弄对方的《嘻谈录·蚊虫结拜》；既提醒善良之人要防范借拉关系坑害朋友，又说明恶人横行霸道，迟早会遭到报应的《嘻谈录·蜂雀结拜》；告诫追逐个人名利者，莫要因争强好胜而成为牺牲品的《俏皮话·狼施威》；说明过分贪图享乐者很可能遇到意外打击的《俏皮话·蛇》；说明清高之士可能与逐臭之夫为伍的《俏皮话·苍蝇被逐》；说明倘若自己没有主见，就会被人左右而无所适从的《俏皮话·鹧鸪杜鹃》；告诫世人不要以为自己有所仗恃便可以为所欲为的《俏皮话·论象》等动物寓言，也都立意不俗，而且幽默诙谐，颇为有趣。

二、清代其他拟人寓言

清代的其他拟人寓言，数量较少。其故事主角为人体器官、日常用品、劳动工具、衣物服饰、矿产金属等，它们虽然大多没有生命，经过拟人化的描写，往往生动活泼，给人较为鲜明的印象。譬如：

鼻与眉争座位，鼻曰："一切香臭，皆我先知，我之功大矣，汝属无用之物，何功之有，辄敢位居我上?”眉曰：“是则然矣，假如鼻头坐上位，世上有此理否?”

——《新镌笑林广记》卷七《争座》

松木谓樟木曰：“我所出之松香，其气香。汝所出之樟脑，其味 [illegible] 人践踏。我却雕作神像，受人叩拜，汝如何及得我。”松木曰：“我虽受人践踏，却也有做栋梁的时候，汝虽受人叩拜，不过被通人呼作木偶。何况还有做成高底，为女子填脚的时候呢。”

——《俏皮话·木嘲》

火石与火镰，相撞相击而生火。火石曰：“此我蕴蓄之火也，于镰无与焉。”火镰亦曰：“此我击撞而出之火也，于石何与焉?”于是镰与石，各自以为是，背道而驰。一日，石欲得火，撞于他物之上，百撞不得火也。镰欲得火，击于他物之上，其不得火也亦如石。于是知相依之可贵，相与言和，复归一处，寸步不离。以为如是，则随时可得火矣。火绒闻之，趋而远避。镰与石相撞相击，火星四射，而旋起旋灭，有如电光，卒不得燃。君子于此，叹刚柔相济之功也。

——《俏皮话·火石》

以上三则寓言，分别以人体器官、植物、生活用具为故事主角，无不以处理好人际关系为关注点。第一则说明争名争利者总以为自己高人一等，目空一切，不可能和合作伙伴搞好关系，定然受到白眼。第二则说明待人接物，当以宽厚为本。如若自负不凡，不互相尊重，而是互相蔑视，很可能成为孤家寡人。第三则说明社会成员各有分工，彼此之间往往有着相互依存的关系，和则相得益彰，分则两败俱伤。

此外，像劝告世人不可随便拉帮结派的《笑倒·连宗》；提醒世人不应当互相推诿的《新镌笑林广记·鞋袜讦讼》；告诫世人不可争强好胜的《新镌笑林广记·软硬》；提倡交友须切合实际，不可任意高攀的《嘻谈录·通谱》；力促和解，反对争名夺利的《嘻谈录·鼻硬》；说明互相拆台，势必害人害己的《俏皮话·手足》；感叹世间褒贬不当，待遇不公的《俏皮话·铜讼》；劝人处世当有自知之明，不可存非分之想，只有谦虚处世，方可立于不败之地的《俏皮话·空心大老官》；感叹世道变坏，非具有歹毒之性者难以生存的《俏皮话·无毒不丈夫》等篇什，也是这个时期具有一定代表性的其他拟人寓言。

第十五章　清代的民间故事类型

清代历时近三百年，是中国古代民间故事全面发展的鼎盛时期。中国古代民间故事类型在这个时期，除继续推动先前各个时期形成的众多故事类型进一步演变、发展外，又出现了一百四十多个新的故事类型。这一批新出现的故事类型，门类相当齐全，大多数颇为活跃。这是一个兼有总结与过渡特点的承上启下时期。在这个时期近三百年间，中国古代民间故事类型的产生、发展最终画上了一个句号，并且以文献记载的形态定格。但是，中国民间故事类型并没有因这个时期的终结而不复发展、演变。就总体而言，中国民间故事类型在现当代时期进入了一个大发展的新阶段，其发展的势头远远胜过古代任何一个时期。而现当代的大发展却是以古代民间故事类型为基础的。没有古代民间故事类型这个牢固的基础，就不可能出现现当代民间故事类型的蓬勃发展。清代则是中国民间故事类型由古代阶段跨入现当代阶段的过渡时期。

清代与民间故事类型关系密切的书籍颇多，主要有褚人穫纂辑《坚瓠集》（忘八无耻型故事、官多法乱型故事、寿诞题诗型故事、见鸡行事型故事首见于此书），蒲松龄撰《聊斋志异》（水灾救母型故事、舍命护金型故事、斫蟒救亲型故事、马电喊亡型故事首见于此书），陈皋谟纂辑《笑倒》（误哭遭打型故事、满盘都是型故事、望孙出气型故事、插草标型故事、脚像观音型故事、连偷骂型故事初见于此书），石成金撰《笑得好》（贪官誓联型故事、烂盘盒型故事、再出恭型故事、吃人不吐骨型故事、今年好晦气型故事、活脱话型故事、笑话一担型故事、驱鬼符型故事、长生药型故事、瞌睡法型故事、不利语型故事、出门一时好型故事、赵钱孙李型故事、三字同形型故事首见于此书），袁枚撰《子不语》（误杀奇案型故事、骗人参型故事、售墙行骗型故事、九九翁娶亲型故事、沙弥思虎型故事、雷击皮鼓型故事首见于此书)，游戏主人辑《新镌笑林广记》(他更有理型故事、打喷嚏型故事、母猪肉型故事、跳蚤药型故事首见于此书)，慵讷居士撰《咫闻录》(巧辨子型故事、审笆斗型故事、审案济困型故事、犀牛毛型故事、娶木偶型故事、神言发迹型故事首见于此书)，青城子撰《志异续编》(八钱宴客型故事、激怒痘发型故事、换画骗局型故事、倍与之钱型故事首见于此书)，吴芗厈撰《客窗闲话》(谋夫疑案型故事、父似董卓型故事、移尸免祸型故事、妙计换人型故事、再打三斤型故事、乌须药型故事首见于此书)，采蘅子撰《虫鸣漫录》(盛暑披裘型故事、戏僧罚资型故事、零买缸型故事、戏父遗矢型故事、鼠窃卵型故事、举手裤落型故事、甲乙争妻型故事首见于此书)，独逸窝退士辑《笑笑录》(报荒减粮型故事、戴高帽型故事、圣贤愁型故事、嘲太监型故事首见于此书)，小石道人辑《嘻谈录》(萝卜对型故事、恭喜也罢型故事、官读别字型故事、读白字型故事、白字先生型故事、先生妙喻型故事、求你别写型故事、老前辈型故事、五大天地型故事、堂属问答型故事、问猴妙答型故事、半“鲁”席型故事、糊涂虫型故事、匾嘲二匠型故事、嘲医诗型故事、不改父业型故事、诓骗老虎型故事、城乡蚊子型故事、一厚一薄型故事、懒人吃饼型故事、瞎子吃鱼型故事首见于此书)，徐珂编《清稗类钞》(是狼是狗型故事、过去未来妙品型故事、门中一龟型故事、请上坐型故事、改字免死型故事、咬舌案型故事、巧审“善人”型故事首见于此书)，李铎撰《破涕录》(清和桥型故事、父子骑驴型故事、先生我儿型故事、狗爹妈型故事首见于此书)。

这个时期与民间故事关系密切的书籍尚有赵吉士辑《寄园寄所寄》(“旦白堂”型故事、巧制官衣型故事、嘲死秃型故事首见于此书)，钮琇撰《觚剩》(佛寺人猬型故事、虎口余生型故事首见于此书)，王士禛撰《池北偶谈》(神佛留像型故事、妾击贼型故事首见于此书)，许仲元撰《三异笔谈》(吃粪解“毒”型故事、出游现丑型故事首见于此书)，钱泳撰《履园丛话》(什么东西型故事、平上去入型故事首见于此书)，程趾祥撰《此中人语》(不知修(羞)型故事、死鱼复活型故事首见于此书)，丁治棠撰《仕隐斋涉笔》(改石碳型故事、订货骗局型故事首见于此书)，刘铁冷撰《铁冷丛谈》（被子官司型故事、落臼关型故事首见于此书），憨斋士纂辑《笑林博记》（粗心妇型故事、父满门型故事首见于此书）以及屈大均撰《广东新语》、陈梦雷等原辑《古今图书集成》、东轩主人撰《述异记》、张潮辑录《虞初新志》、无名氏撰《施公案》、李元度撰《先正事略》、沈起凤撰《谐铎》、清凉道人撰《听雨轩笔记》、乐钧撰《耳食录》、俞蛟撰《梦厂杂著》、余金辑《熙朝新语》、诸联撰《明斋小识》、朱梅叔撰《埋忧集》、许秋垞撰《闻见异辞》、胡式钰撰《窦存》、许奉恩撰《里乘》、陆长春撰《香饮楼宾谈》、黄协埙撰《锄经书舍零墨》、胡文炳编撰《折狱龟鉴补》、昭梿撰《啸亭杂录》、高继衍撰《蝶阶外史》、黄钧宰撰《金壶七墨》、老人南山撰《香草谈荟》、俞樾撰《茶香室续钞》与《一笑》、李元伯撰《南亭笔记》与《南亭四话》、李庆辰撰《醉茶志怪》、李霖撰《燕南琐记》、小横香室主人编《清朝野史大观》、梁溪坐观老人编述《清代野记》、拾遗室主人编《闲中话》、吴个厂撰《笑话大观》、杨汝泉编《滑稽故事类编》等。

在这个时期新出现的民间故事类型中，写实故事方面的故事类型最为丰富，达八十多个，占总数的二分之一强。这些新出现的故事类型，门类相当齐全，涉及社会生活和家庭生活的许多方面。其中颇为引人注目的是讽刺故事、案狱故事、诗对故事和机智故事四种故事类型，前三种故事类型的数量与明代大致相同，继续保持了蓬勃发展的态势，后一种故事类型在写实故事方面的故事类型中第一次形成强势，更值得关注。

这个时期新出现的讽刺故事方面的故事类型，触及面更广，亦颇为辛辣、有趣。它们既有嘲讽贪官污吏腐败与昏庸的贪官誓联型故事、再出恭型故事、五大天地型故事、堂属问答型故事、糊涂虫型故事、死要钱型故事、乌须药型故事，又有讥刺为富不仁者劣迹与丑态的见鸡行事型故事、吃人不吐骨型故事、娶木偶型故事、“旦白堂”型故事，还有嗤笑世人各种缺点毛病的戴高帽型故事、望孙出气型故事、母猪肉型故事、懒人吃饼型故事、粗心妇型故事、父子骑驴型故事。这一类故事类型，大多颇受民众喜爱，不胫而走。其中，有的在这个时期已多有记载，至现当代流传亦广。譬如，见鸡行事型故事，这个时期分别见于《坚瓠集》、《新镌笑林广记》、《滑稽故事类编》、《笑林博记》等，现当代仍在四川、陕西、河南、山西、宁夏、上海等地流传。又如，五大天地型故事，这个时期分别见于《嘻谈录》、《笑林广记》、《清稗类钞》等，现当代仍在北京、上海、江苏、浙江、福建、湖南、四川、贵州、陕西、湖北、河南、河北、山西、山东等地的汉族和个别少数民族聚居区流传。有的故事类型，这个时期记载不多，但到了现当代却流传广泛。譬如，粗心妇型故事，这个时期仅于《笑林博记》，现当代在江苏、上海、安徽、河北、四川、陕西、宁夏、黑龙江等地流传。

这个时期新出现的案狱故事方面的故事类型，有浮辨盗脂型故事、晒银字型故事、误杀奇案型故事、审笆斗型故事、审案济困型故事、谋夫疑案型故事、义犬告状型故事、谋杀奇案型故事、一女三配型故事、还叩头型故事、乡人拭粪型故事、斗米斤鸡型故事、咬舌案型故事、巧审"善人"型故事、被子官司型故事等十五个，从不同侧面揭露了封建社会末期的各种社会矛盾和社会问题，表现了广大民众渴求惩恶扬善、扶危济困、伸张正义的愿望，以及对于富有智慧和同情心的清官廉吏的期盼，使中国古代案狱题材的故事类型更加充实、完善。这一批故事类型大都广为人知，二三百年来一直流传不衰。试看，误杀奇案型故事自《子不语》首次录写后，在《耳食录》、《北东园笔录》、《蝶阶外史》、《涂说》、《醉茶志怪》、《香草谈荟》、《札记小说》等书中均有记载，多有变异，现当代仍在江苏、浙江、四川、河北、山西、辽宁、吉林等地流传。审笆斗型故事分别见于《偲闻录》、《中国侦探案》等书，现当代仍在安徽、浙江、福建、广东、吉林、河南、河北、山西、宁夏等地的汉族和个别少数民族聚居区流传。一女三配型故事自《南亭笔记》首次录写后，在《中国侦探案》、《不用刑审判书》、《清稗类钞》、《杂谈掇拾》（病尧撰）、《新世说》、《大清见闻录》等书中均有记载，异文迭出，现当代仍在上海、江苏、福建、湖北、河南、河北、山西、四川、广东、广西、海南、内蒙古等地的汉族和某些少数民族聚居区流传。

这个时期新出现的诗对故事方面的故事类型，数量不少，亦不乏精彩的内容。吟诗故事类型有寿诞题诗型故事、八钱宴客型故事、圣贤愁型故事、柳絮飞来型故事、不知修（羞）型故事、嘲医诗型故事、清和桥型故事、拆字酒令型故事、三字同形型故事；对联故事类型有忘八无耻型故事、什么东西型故事、贪官誓联型故事、萝卜对型故事、是狼是狗型故事、请上坐型故事、不改父业型故事、父满门型故事、端午妙对型故事。它们无论是比较文雅的，还是比较粗俗的，往往都明白晓畅，饶有兴味，在不同程度上展现出民众的艺术才华，并且闪烁着针砭时弊、嘲弄权贵、笑对人生的智慧火花，因而广为传播，风靡全国。其中，出现较早的故事类型，[illegible]。譬如，[illegible]型故事先后见于《坚瓠集》、《增订解人颐广集》、《清朝野史大观》、《笑话大观》、《笑林博记》等，现当代流布于河北、河南、湖北、四川、上海、江苏、浙江、江西等地。又如，圣贤愁型故事先后见于《笑笑录》、《嘻谈录》、《笑林广记》、《笑话大观》等，现当代流布于四川、重庆、云南、湖南、湖北、江西、福建、广西、浙江、上海、江苏、安徽、山东、山西、河北、北京、黑龙江、吉林、内蒙古、宁夏、青海、甘肃、陕西等地的汉族和某些少数民族聚居区。再如，什么东西型故事先后见于《履园丛话》、《笑笑录》、《清朝野史大观》、《清稗类钞》、《大清见闻录》、《南亭四话》、《畏庐琐记》等，现当代流布于山西、河北、河南、湖北、湖南等地。有的故事类型虽然出现较晚，见诸文字记载者较少，但在现当代却广为流传，知名度颇高。譬如，清和桥型故事这个时期仅见于《破涕录》，现当代流布于湖南、湖北、江西、上海、安徽、广西、云南、河南、河北、陕西、青海、甘肃、宁夏、内蒙古等地的汉族和个别少数民族聚居区。

这个时期新出现的机智故事方面的故事类型，数量甚多，远远超过此前的任何一个时期，计有报荒减粮型故事、马叟贼亡型故事、妾击贼型故事、倍与之钱型故事、半“鲁”席型故事、吃粪解“毒”型故事、出门一时好型故事、戏僧罚赏型故事、媒氏巧言型故事、出游现丑型故事、订货骗局型故事、戏父遗矢型故事、零买缸型故事、改石磙型故事、门中一龟型故事、狗爹妈型故事、系裤带型故事等近二十个。这些故事类型，从各种不同的角度展现出故事主人公的智慧与谋略。它们多数涉及反抗掠夺、惩治奸徒、嘲讽不良世风等内容，具有一定的积极社会意义；也有一部分涉及捉弄妇女、欺负弱者的内容，格调不高，无积极意义可言。这个时期新出现的机智故事类型，有不少在当时已多有记载，到现当代流传更为广泛。譬如，吃粪解“毒”型故事，这个时期先后见于《三异笔谈》、《庸闲斋笔记》、《仕隐斋涉笔》、《清朝野史大观》、《大清见闻录》、《滑稽故事类编》等书，现当代仍在河南、山西、陕西、四川、贵州、宁夏、湖北、湖南、江苏、浙江、上海、江西、福建、广东、台湾、广西、云南等地的汉族和某些少数民族聚居区流布。有一些故事类型，在这个时期记载不多，但在现当代却广为流传。譬如，半“鲁”席型故事，这个时期仅见于《嘻谈录》、《笑林广记》，现当代则在湖北、湖南、浙江、北京、河北、河南、陕西、广西的汉族和个别少数民族聚居区地流传。此类机智故事类型，现当代大多附着在各种机智人物身上，因而流布日广，其思想倾向随之发生不同程度的变化，往往增加了一定的积极意义。

除了上述四类之外，这个时期新出现的写实故事方面的故事类型，尚有两类比较引人注目，即与讼师有关的故事类型和与骗子有关的故事类型。前者有盛暑披裘型故事、父似董卓型故事、移尸免祸型故事、妙计换人型故事、改字免死型故事、咎由自取型故事等；后者有骗人参型故事、售墙行骗型故事、换画骗局型故事、名医遇骗型故事、订货骗局型故事、落臼关型故事等。其中，有不少故事类型自清代以来一直流传较广。譬如，移尸免祸型故事，这个时期先后见诸《客窗闲话》、《折狱龟鉴补》、《清朝野史大观》、《清稗类钞》、《中国恶讼师》等，现当代流传于浙江、上海、江苏、福建、广东、江西、安徽、湖北、四川、陕西等地。又如，落臼关型故事，这个时期仅见于《铁冷丛谈》，现当代流传于湖北、四川、云南、广西、福建、浙江、江苏等地的汉族和某些少数民族聚居区。

在这个时期新出现的写实故事方面的故事类型里面，尚有关于家庭、亲友、工匠、僧侣、盗贼等内容的故事类型，数量虽然不大，却有一些比较有名的故事类型。譬如，父子同拜堂型故事、日久见人心型故事、水灾救母型故事、巧制官衣型故事、沙弥思虎型故事、获盗银型故事。其中，有不少故事类型至今仍广为流传。试看，父子同拜堂型故事，这个时期分别见于《埋忧集》、《里乘》、《清稗类钞》、《稀奇古怪不可说》等书，现当代流传于北京、河北、河南、山西、甘肃、四川、湖北、江西、浙江、上海等地。巧制官衣型故事，这个时期分别见于《寄园寄所寄》、《归田录》、《履园丛话》、《清稗类钞》等书，现当代流传于江苏、浙江、广西、河北、青海等地的汉族和个别少数民族聚居区。

这个时期新出现的民间笑话方面的故事类型，数量虽然不及明代多，但亦有三十多个，占总数将近五分之一，而且有不少艺术质量较高，脍炙人口。像嘲讽笑话方面的烂盘盒型故事、他更有理型故事、再打三斤型故事、官读别字型故事、白字先生型故事、赵钱孙李型故事；劝戒笑话方面的满盘都是型故事、[illegible]型故事、[illegible]、不利语型故事、求你别写型故事、恭喜也罢型故事、懒人吃饼型故事；谐趣笑话方面的脚像观音型故事、活脱话型故事、笑话一担型故事、一厚一薄型故事、懒人吃饼型故事、瞎子吃鱼型故事，都有一定的代表性。其中，有不少故事类型长时间流布，至今仍然为人们津津乐道。譬如，官读别字型故事，这个时期先后见于《嘻谈录》，《笑林广记》、《笑话大观》等书，现当代流传于河南、河北、天津、四川、陕西、贵州、福建、内蒙古等地。又如，不利语型故事，这个时期先后见于《笑得好》、《嘻谈录》，《笑林广记》、《笑林博记》等书，现当代流传于四川、陕西、山西、河北、河南、湖北、江苏、浙江、上海、福建、内蒙古等地汉族和个别少数民族聚居区。

这个时期新出现的幻想故事、民间寓言、民间传说方面的故事类型，共计二十多个，比明代稍多一点，但数量仍然有限。不过，在每一类中都有一些知名度比较高的故事类型，它们至今仍然在许多地区流传。试看，幻想故事方面的神言发迹型故事，这个时期仅见于《咫闻录》，现当代广泛流传于新疆、西藏、青海、甘肃、宁夏、陕西、山西、河南、上海、浙江、福建、江西等地的汉族和一些少数民族聚居区。桃花女斗法型故事，这个时期仅见于《闻见异辞》，现当代流传于黑龙江、河北、山西、河南、湖北、海南等地；人事寓言方面的戴高帽型故事，这个时期见于《笑笑录》、《见闻琐录》、《一笑》、《笑林博记》等书，现当代流传于上海、浙江、江西、湖南、湖北、四川、河北、天津、黑龙江、内蒙古、山东、陕西、宁夏等地汉族和个别少数民族聚居区；动物寓言方面的城乡蚊子型故事，这个时期先后见于《嘻谈录》，《笑林广记》、《笑话大观》等书，现当代流传于河北、山东、上海、浙江、福建、湖北等地；名臣传说方面的老头子型故事，这个时期先后见于《啸亭杂录》、《椒生随笔》、《清朝野史大观》、《清稗类钞》、《清代名人轶事》、《破涕录》、《滑稽故事类编》等书，现当代流传于现当代流传于陕西、河北、河南、山东、上海、湖北等地。个个草包型故事，这个时期先后见于《锄经书舍零墨》、《嘻谈录》，《笑林广记》、《清朝野史大观》、《清稗类钞》、《新世说》、《清代轶闻》、《清代名人轶事》、《破涕录》、《滑稽故事类编》、《笑林博记》等书，现当代流传于江苏、上海、浙江、江西、山东、河北、安徽等地；地方传说方面的望娘滩型故事，这个时期先后见于《广东新语》、《井蛙杂记》、《古今图书集成》等书，现当代流传于四川、云南、贵州、湖南、广西、上海、浙江、河南、陕西等地的汉族和某些少数民族聚居区。

第十六章　清代的民间故事采录与编选

第一节　清代的民间故事采录

清代是我国古代采录民间故事的顶峰时期，成就非常突出。这个时期涌现的热心采录民间故事的文化人和收有民间故事的著作，远超过历史上的任何一个时期。清代热心采录民间故事的文化人，涉及许多领域。他们既有有一定社会地位的官吏兼学者、文学家，譬如《觚剩》的作者钮琇、《池北偶谈》的作者王士禛、《子不语》的作者袁枚、《夜谭随录》的作者和邦额、《阅微草堂笔记》的作者纪昀、《志异续编》的作者青城子（宋永岳）、《三异笔谈》的作者许仲元、《蔗尾丛谈》的作者李调元、《墨余录》的作者毛祥麟、《庸庵笔记》的作者薛福成、《右台仙馆笔记》的作者俞樾、《仕隐斋涉笔》的作者丁治棠；又有小说作家，譬如《坚瓠集》的纂辑者褚人穫、《聊斋志异》的作者蒲松龄、《笑得好》的作者石成金、《小豆棚》的作者曾衍东、《瀛壖杂志》的作者王韬、《夜雨秋灯录》的作者宣鼎、《三借庐笔谈》的作者邹弢、《南亭笔记》的作者李伯元、《趼廛笔记》的作者吴趼人；还有终身未仕的文人，譬如《述异记》的作者东轩主人、《萤窗异草》的作者长白浩歌子、《听雨轩笔记》的作者清凉道人、《明斋卜识》的作者诸联、《埋忧集》的作者朱翊清、《醉茶志怪》的作者李庆辰，以及未入流的小官、闲官、幕客，譬如《谐铎》的作者沈起凤、《耳食录》的作者乐钧、《梦厂杂著》俞蛟、《咫闻录》的作者慵讷居士、《履园丛话》的作者钱泳、《客窗闲话》的作者吴芗厈、《里乘》的作者许奉恩。这些热心采录民间故事的文化人，继承了我国自先秦以来的优良传统，从不同的渠道发现并将各种口耳相传的民间故事录写下来，收进他们的著作中，使大量的清代民间故事得以保存和流传，为后世留下了一笔丰厚的民间文学遗产。

清代热心采录民间故事的文化人在录写民间故事时，虽然有详有略，不尽相同，但是他们大多能够以平实的语言来录写民间故事，比较忠实地保持其原貌，一般都不妄加改动。从忠实记录民间故事的视角来考察，像《述异记》、《子不语》、《听雨轩笔记》、《耳食录》、《咫闻录》、《志异续编》、《闻见异辞》、《蝶阶外史》、《庸庵笔记》、《虫鸣漫录》、《右台仙馆笔记》、《此中人语》等书，都值得称道。《阅微草堂笔记》在记录民间故事方面有许多优点和长处，总的讲来还是比较忠实的，但采录者有在录写民间故事时发议论的癖好，甚至借作品中的人物之口发议论，不能不带来一定的负面影响。

清代采录民间故事诸家著作，各有特点，大致分为三类：

第一类以采录民间故事为主要目的，即《子不语·序》所说"广采游心骇耳之事，妄言妄听，记而存之"。此类著作有《述异记》、《子不语》、《听雨轩笔记》、《耳食录》、《阅微草堂笔记》、《咫闻录》、《志异续编》、《衹可自怡》、《北东园笔录》、《闻见异辞》、《蝶阶外史》、《虫鸣漫录》、《庸庵笔记》、《右台仙馆笔记》、《此中人语》、《醉茶志怪》等。

第二类既收所采录的民间故事，又收短篇小说（它们大多以民间故事为创作题材）。譬如《聊斋志异》、《萤窗异草》、《夜谭随录》、《谐铎》、《里乘》、《夜雨秋灯录》。其中，《聊斋志异》最具有代表性。该书的作者蒲松龄是清代最为杰出的短篇小说家，又是一位在采录传说、故事方面卓有建树的民间文学家。在《聊斋志异》中，他录写的《王六郎》、《斫蟒》、《新郎》、《妾杖击贼》、《泥书生》、《赵城虎》、《馎饦媪》、《骂鸭》、《缢鬼》、《狼》、《狐惩淫》、《鬼令》、《三朝元老》、《禽侠》、《藏虱》、《布商》、《冯木匠》、《张氏妇》、《狐女》、《鬼隶》、《毛大福》、《青城妇》、《杜小雷》、《太原狱》、《新郑讼》等，都是颇有特色的民间故事篇什。而《娇娜》、《画皮》、《婴宁》、《聂小倩》、《庚娘》、《宫梦弼》、《公孙九娘》、《促织》、《续黄粱》、《莲花公主》、《翠云仙》、《邵九娘》、《梅女》、《小翠》、《嫦娥》、《神女》、《席方平》、《胭脂》等，则是他创作的短篇小说，但差不多都与民间故事有一定关系。

第三类所采录的民间故事与其他内容并存。譬如《池北偶谈》、《觚剩》、《履园丛话》、《竹叶亭杂记》、《明斋小识》、《埋忧集》、《瀛壖杂志》、《金壶七墨》、《三借庐笔谈》、《庸闲斋笔记》、《庸庵笔记》、《仕隐斋涉笔》。此类著作，有的所采录的民间故事不算太多。以《池北偶谈》为例，全书共二十六卷，第一至四卷"谈故"，第五至十卷"谈献"，清代典章、制度等；第五至十卷"谈献"，记述明代中叶至清初的名人轶事等；第十一至十九卷"谈艺"，评论诗文、书画等；第二十至二十六卷"谈异"，记述民间故事、轶闻，大约占全书四分之一的篇幅。有的所采录的民间故事则比较多。譬如，《庸庵笔记》共六卷，第一、二卷为史料，占全书三分之一篇幅；第三至六卷为民间故事、轶闻，占全书三分之二的篇幅。又如，《仕隐斋涉笔》共八卷，第一、二、三、四、六、七卷均记述民间故事、轶闻，第五、八卷分别记述奇异物种（其中还包含一些轶闻）、灯谜、诗综、联语等。民间故事、轶闻占该书将近四分之三的篇幅。

清代的民间故事采录，大多具有较强的地方性。许多收有民间故事的著作，所采录的民间故事都以一地或者二、三地的作品为主，兼及其他地方的作品。试看：

《述异记》的作者东轩主人，明末清初人。姓名与生平不详。撰有《述异记》中的故事主要采录自浙江（很可能是采录者东轩主人的家乡）各地，包括杭州、山阴、临安、余杭、萧山、绍兴、钱塘、嘉兴、嘉善、秀水、德清、淳安、富阳、湖州、平湖、东阳、宁波、鄞县、桐乡、海盐、崇德、永宁、台州、严州、海宁、兰溪等地。此外，尚有采自江苏、上海、江西、福建、广东、广西、贵州、山东、山西、陕西、湖北、北京、河北等地的故事。

《子不语》的作者袁枚（1716—1798），字子才，号简斋，晚年自号仓山居士、随园老人，世称随园先生，钱塘（今浙江杭州）人。清代文学家、诗人。撰有《小仓山房集》、《随园诗话》、《随园随笔》、《子不语》等。《子不语》中的故事主要采录自其家乡浙江及其为官、生活数十年的江苏各地。江苏的作品来自苏州、江宁（今南京）、江都、扬州、镇江、无锡、常州、常熟、句容、溧水、溧阳、沭阳、六合、江阴、丹阳、丹徒、南通、华亭、如皋、武进、吴江、高邮、盐城、淮安、宿迁、海州、徐州、丰县等地；浙江的作品来自杭州、钱塘、绍兴、会稽、山阴、萧山、湖州、嘉兴、慈溪、台州、上虞、平湖、余姚、天台、丽水、石门、乌程等地。此外，尚有采自北京、四川、湖北、湖南、陕西、甘肃等地的故事。

《阅微草堂笔记》的作者纪昀（1724—1805），字晓岚、春帆，晚号石云、观弈道人，直隶献县（今属河北）人。清代学者、文学家。撰有《纪文达文集》、《史通削繁》、《阅微草堂笔记》等。《阅微草堂笔记》中的故事主要采录自纪昀的家乡河北献县，河北中部的河间、青县、南皮、沧州、故城、肃宁、南宫、景州、涿州、蠡县、宝坻、霸州、文安、交河等地以及纪昀为官的北京和新疆乌鲁木齐、昌吉、巴里坤、伊犁、喀什、玛纳斯等地。此外，尚有采自天津、山东、河南、甘肃、云南、西藏、福建、江苏、浙江、陕西、山西等地的故事。

《咫闻录》的作者慵讷居士者，清代乾隆、嘉庆间的浙江人。姓名、生平未见记载。《咫闻录》中的故事主要采录自其家乡浙江（杭州、临安、山阴、嘉兴、温州、镇海、海宁、慈溪、潜县、奉化、鄞县、定海、义乌、秀水等）及其旅居地广东（羊城、潮州、韶州、澄海、惠来、兴宁、化县、南海、琼州、雷州、合浦、海丰、电白等）。此外，尚有采自江苏、上海、甘肃、陕西、河南、广西、云南、四川、贵州、福建、山东、安徽、江西、北京、山西、河北、湖南、湖北等地的故事。

《右台仙馆笔记》的作者俞樾（1821—1906），字荫甫，号曲园，浙江德清人。清代学者。撰有《群经平议》、《诸子平议》、《右台仙馆笔记》、《春在堂随笔》、《小浮梅闲话》、《茶香室丛抄》等，所撰各书，总称《春在堂全书》。《右台仙馆笔记》中的故事主要采录自其家乡浙江（杭州、绍兴、山阴、会稽、宁波、嘉兴、湖州、金华、临安、余姚、鄞县、桐乡、慈溪、定海、萧山、德清、海盐、淳安、黄岩、嵊县、义乌、衢州、乐清等）及其罢职后长期生活的江苏（南京、苏州、扬州、江宁、镇江、常州、无锡、太仓、泰兴、高邮、吴县、吴江、丹徒、淮安、徐州、南通等）和上海。此外尚有采自湖北、北京、天津、河北、河南、山东、安徽、湖南、福建、广东、江西、山西、贵州、四川、云南、广西等地的故事。

《仕隐斋涉笔》的作者丁治棠（1837—1902），名树诚，四川合州（今重庆合川）人。清代学者、教育家。撰有《说文部首释许》、《治棠经说》、《仪陇集》、《往留录》、《仕隐斋涉笔》等。《仕隐斋涉笔》中的故事，采录自他的家乡和他从事教育工作的四川各地，包括合州、重庆、巴县、仪陇、成都、夔府、长寿、大足、宁远、遂宁、内江、涪州、酉阳、新繁、丘池、蜀州、三台、顺庆、叙永等。

《南皋笔记》的作者杨凤辉，名树棠，号南皋居士，清末民初四川岷江人。生平未见记载。《南皋笔记》中的故事以四川为主，涵盖成都、灌县、汶川、崇庆、邛崃、雅安、浦江、建昌、古蔺、江油、茂州、松州、蓬州、涪陵、秀山等地。此外，尚有少量作品采自福建、广东、江西、湖南、湖北、河南、北京、河北等地。

这个时期在采录少数民族故事方面有一定的收获，很值得关注和肯定。其中，既有采录自西北地区的少数民族故事，包括蒙古族故事，譬如《阅微草堂笔记》卷十“乌对户啼”（萨音绰克图讲述）与“僵尸求瘗”（额尔赫图讲述），《阅微草堂笔记》卷十二“萨音绰克图与狐友”、《阅微草堂笔记》卷二十三“仆与鬼斗”（丹巴多尔济讲述）与“二狐复仇”（丹巴多尔济讲述）；维吾尔族故事，譬如《阅微草堂笔记》卷十三“喀什汉画”；藏族故事，譬如《阅微草堂笔记》卷十五“西藏毛人”。也有来自西南地区的少数民族故事，包括羌族故事，譬如《南皋笔记》卷一《石精》、《南皋笔记》卷三《桃关水灾记》；藏族故事，譬如《南皋笔记》卷二《克梗克梗》、《喇嘛僧》与《狗人》，《南皋笔记》卷三《活佛》。

第二节　清代的民间故事结构模式

清代采录的大多数民间故事，不但保存了质朴生动的艺术特色，而且保存了结构模式的多样性。在清代民间故事中所展示出来的民间故事结构模式，包含二段体、三段体、四段体、五段体、六段体等几种，其中以二段体和三段体两结构模式最为常见。

一、二段体

二段体是这个时期的民间故事惯常采用的一种结构模式，数量较大。譬如：

有某公者，尝自外入，见其妻共男子款语，大怒，更不审视，遽上堂叱曰："何物狂子，白昼公然调人妇！"妻诟曰："瞽耶？何妄言之甚！"某因谛之，妻弟也，惶恐笑谢。后其妻私一少年，值某于寝门，奔去。某愕然，徐忆前事，以为妻弟也，诘妻曰："舅一何匆遽？"妻因绐曰："恐复见叱耳。"某信之，亦便不忆面目之不似。

——《耳食录》二编卷八《忘误》"妻弟"

甲向乙借贷若干金，言定二分息，限日清偿。讵借去之后，即避而不面，乙屡往索取无着，不得已乃致函诘责。甲乃先还十余元，过数月，又还若干元，自是以为例。积一年余，始还清借本，利息一毛不拔。告乙曰："吾本钱分文未欠，所叨光者利息耳。"乙甚衔之，乃向甲借一件宁绸袍，借后亦避而不面。过数月，始以宁绸一尺许还之，致书谓之曰："所借尊衣，请先还一袖。"过数月，再以三尺许还之，曰："今兹再还一襟。"亦积二年余，始以一袍之表里料作还清。告甲曰："所借尊衣，不少分寸，所叨光者成衣匠之价耳。"

——《俏皮话·不少分寸》

以上两则故事，都包含一个二段体的结构模式。前一则的二段体为：1. 某入门见其妻与一男款语后大怒，知为妻弟遂笑谢；2. 某入门遇其妻所私少年出，竟误以为妻弟而不深究。后一则的二段体为：1. 甲向乙借贷竟分多次还款，拖延年余始还清本钱；2. 乙向甲借袍遂分多次还绸，积二载余才凑成做袍绸料。

这个时期还出现一些复合二段体结构模式，譬如：

张李二人同行，见一抬轿富翁，许多奴仆，张遂拉李向人家门后躲避曰：“轿中坐的是我至亲，我若不避，他就要下轿行礼，彼此劳动费事。”李曰：“这是该的。”避过复同前行。少顷，见一骑马显者，衣冠齐整，从役多人，张又拉李向人家门后回避曰：“这马上骑的是我自幼极厚的好友，我若不避，他见我就要下马行礼，彼此劳动费事。”李曰：“这也是应该的。”避过复同前行。偶然见乞丐花子，破衣褴褛的叫花走来，李亦拉张向人家门后躲避曰：“此穷花子是我至亲，又是我好友，我要回避他，不然他看见我要面愧。”张骇然问曰：“你怎么有这样亲友？”李曰：“但是富贵好些的，都是你拾了去，只好剩个穷花子与我混混。”

——《笑得好》初集《剩下穷叫花与我》

人家有一妻一妾，前后半夜分认。上半夜至妻房，妻腾身跨上夫肚行事，夫问：“何为？”曰：“此倒浇蜡烛也。”其妾早在门外窃闻之矣。下半夜乃同妾睡，恣意欢娱，妾快甚，不觉失声曰：“我死也！”妻亦在外潜听之矣。次早量米造饭，妻曰：“今日当减一人饭米？”妾曰：“为何？”妻曰：“昨晚死了一个人。”妾亦微笑曰：“依我看来，今日还该添一人才是。”妻问何故，答曰：“闻得有个浇蜡烛的师父在此。”

——《新镌笑林广记》卷六《浇蜡师》

以上两则故事都包含两个二段体的结构模式。前一则的前半部分包含一个二段体：1. 张某假意躲避乘轿富翁，谎称为其至亲；2. 张某假意躲避骑马显者，谎称其为好友。前一则后半部分的李某假意躲避穷叫花子，谎称为其至亲好友，又与前半部分构成一个二段体。后一则前半部分与后半部分各由一个二段体组成。前半部分：1. 妾在门外窃听；2. 妻在门外窃听。后半部分：1. 妻嘲讽妾；2. 妾嘲讽妻。

这个时期采用二段体结构模式的故事，尚有《笑倒·铁匠吟诗》（1. 士人吟诗；2. 铁匠吟诗）、《笑倒·礼帖》（1. 甲送礼书帖云“微礼四色”下注“见二色，赊二色”；2. 乙还礼书帖云“微礼四色”下注“二色准前欠，今赊二色”）、《笑倒·误哭遭打》（1. 无赖往哭老翁而被丧家留饮；

2. 无赖往哭少妇而被丧家痛打）、《笑得好·梦鼓上掷骰》（1. 徒弟为人详梦；2. 师傅为人详梦）、《笑得好·黑齿妓白齿妓》（1. 黑齿妓答问，尽量闭口加以掩饰；2. 白齿妓答问，故意张口尽露其齿）、《新镌笑林广记·母猪肉》（1. 一人闻听卖主称其家并非母猪肉而不买；2. 一人怀疑其家所售为母猪肉而不买）、《新镌笑林广记·两企慕》（1. 一山东人往看苏州大桥，听苏州人吹嘘大桥如何高；2. 一苏州人往看山东大萝卜，听山东人吹嘘萝卜如何大）、《客窗笔记·梁家潭》（1. 斗水怪僧在潭中伸手索第一道符，立刻与之，随即雷奔电激；2. 斗水怪僧在潭中伸手索第二道符，不敢与之，随即波平浪静）、《镜花水月·盂兰会》（1. 杨大胆背鬼；2. 鬼背杨大胆）、《志异续编·乡人》（1. 一小康乡人入城食赈灾粥，回家时头上竟插有“饥民”黑旗；2. 该乡人向赈局捐数石大米，回家时头上已无“饥民”黑旗）、《埋忧集·负债鬼》（1. 甲掩覆一棺遗骇，后以占卜致富；2. 乙掩覆一棺遗骇，往学占卜而无人问津）、《明斋小识·种银子》（1. 僧以一锭银与骗子下种，至期启视，得银十锭；2. 僧倾其所有换银下种，骗子随即逃走，僧一无所获）、《里乘·夙愿》（1. 犬啮衾枕衷衣[1]报冤，随即跳跃而毙；2. 蛇绕瓮数匝不得报冤，愤然自裂而亡）、《嘻谈录·捏虱》（1. 甲掷身上之虱曰：“我当是虱，原来不是”；2. 乙拾地上之虱曰：“我当不是，原来是虱”）、《嘻谈录·和尚嫖妓》（1. 嫖妓时师爷闯入，和尚藏身床下；2. 老爷闯入，师爷藏身门后）、《嘻谈录·化子叫城》（1. 化子见一刑名师爷在城外叫门，守者急忙开门；2. 化子冒充刑名师爷在城外叫门，受到守者责怪）、《鹂砭轩质言·鬼拜人》（1. 扬州某人寓一宅后，有驼背妪鬼来拜夫人，令其昏厥；2. 扬州某人迁入他宅后，该驼背妪鬼又来拜夫人，令其气绝）等。

二、三段体

三段体亦是这个时期的民间故事惯常采用的一种结构模式，数量较大，包含纵向三段体与横向三段体两种形态。譬如：

---

① 衷衣：贴肉的内衣。

一人家贫而不善饮，每出啖糟饼二枚，便有酣意。适遇友人问曰："尔晨饮耶？"答曰："非也，吃糟饼耳。"归以语妻，妻曰："呆子，便说吃酒，也妆些体面。"夫颔之。及出，仍遇此友，问如前，以吃酒对。友诘之："酒热吃乎？冷吃乎？"答曰："是熯的。"友笑曰："仍是糟饼。"既归，而妻知之，咎曰："汝如何说熯，须云热饮。"夫曰："我知道了。"再遇此友，不待问即夸云："我今番的酒，是热吃的。"友问曰："你吃几何？"其人伸手曰："两个。"

——《新镌笑林广记》卷十《吃糟饼》

训蒙先生爱读白字。东家议明，每年租谷三石，火食四千，如教一个白字，罚谷一石；如教一句白字，罚钱二千。到馆后，与东家街上闲走，见石刻"泰山石敢當"，先生误认"秦川右取堂"。东家说："全是白字，罚谷一石。"回到书馆，教学生读《论语》，"曾子曰"读作"曹子曰"，"卿大夫"读作"鄉大夫"。东家说："又是两个白字，三石租谷全罚，只剩火食钱四串。"一日，又将"季康子"读作"李麻子"，"王日叟"读作"王四嫂"。东家说："此是白字两句，全年火食四千，一并扣除。"先生作诗以叹，曰："三石租谷苦教徒，先被'秦川右'取乎。一石输在'曹子曰'，一石送与'鄉大夫'。"又曰："四千火食不为少，可惜四季全扣了。二千赠与'李麻子'，二千给与'王四嫂'。"

——《嘻谈初录》卷上《白字先生》

以上两则故事都包含一个三段体的结构模式。第一则的三段体的结构模式为：1. 第一次答友人问；2. 第二次答友人问；3. 第三次答友人问。第二则的三段体的结构模式为：1. 先生将"泰山石敢當"误认为"秦川右取堂"，罚谷一石；2. 先生将"曾子曰"读作"曹子曰"，"卿大大"读作"鄉大夫"，又罚三石谷；3. 先生将"季康子"读作"李麻子"，"王日叟"读作"王四嫂"，扣除全年火食四千。

这个时期还出现一些复合三段体结构模式，譬如：

吴姓兄弟，逸其名，俱业儒。兄勤学，已入泮矣。其弟每见小说中神仙怪异事，辄欲一遇，求授飞升之术。一夜，灯下与兄论及神仙事，兄戒之曰："天下岂有神仙？凡书中所言仙怪，非附会即托言，慎毋为小说所惑。"弟终不以为然。

归室后，独自瞑想黄山夙多灵异，遂决意裹粮往，冀遇仙也。心专意坚，有进无退，不觉行至黄山，见一道人，盘膝坐石上，无数猿猴，捧献山果。私忖曰："此必仙也。"因跪求收为弟子。道人许之，唤一猿至，曰："汝可引此人至洞。"言毕，道人冉冉腾空去。于是随猿攀藤附葛，几堕岩下。许久至洞，道人已先在，无数山鸟，衔奇花异草，献列于前。道人曰："汝以后可呼猿为兄，呼鸟为友。汝来学道，若辈皆汝之助。"某谨受教，徐唤猿、鸟曰："若初来不知坐功，可拾仙草来，为若夜卧之具。"其猿、鸟闻言竞去。须臾，堆地下数尺厚，柔细而软，光滑而香，不知何名。又命猿、鸟曰："若不能服气，可啖以仙果。"猿、鸟唯唯听命。于是道人无事，或凌空而去，或瞑目而坐，已则倦卧仙草，饥食仙果，日以为常。常见道人，以左手击右手背，三呼曰"来"，则猿齐至；以右手击左手背，三呼曰"来"，则鸟齐至。试窃效为之，果应声而至，凡有役使，亦应念而往。喜甚，默念道人招呼猿、鸟之法，已得之矣，唯凌空飞举，不得其法。遂跪求之，道人曰："此易耳。"命伊口念起者三，以手批颊者三，道人又以手批其颊者三，果倏然冲举，但丈余高即下耳。道人曰："习久自能高飞。"此远自迩高自卑之说也，复跪叩曰："此时有师批颊，离师将若何？"道人曰："可求人代批，久则不须人批，亦不须自批矣。"遂欣然辞师下山。

及抵家，其兄正在室中，挟册长吟，对兄高声曰："吾已得仙道矣。"兄讶其语不伦，曰："兄不信。"试为之，盘足于地，以左手击右手背，三呼曰"来"，良久寂然。兄问曰："此何为者？"曰："吾招猿兄也。今不见来，想为吾师招去。"且招鸟友，又以右手击左手背，三呼曰"来"，又寂然。兄惊曰："弟发狂耶！"其妻闻言，亦倚门而观，顾妻与兄曰："鸟友又不至，亦必为吾师招去矣，我高飞与尔等看如何？"乃呼起者三，自以手批颊者三，命妻三批己颊，妻不允，复求兄批，兄亦不允，不觉大怒曰：“我不过暂求尔等批，久则不须人批，自能飞也。”兄曰：“汝真发狂矣。”曰：“并非发狂，我因专心求仙，故裹粮至黄山，幸遇仙人授以诸法。不意今日归家，试之皆不灵，我将复往求之。”兄曰：“昨夜因弟酷信神仙事，已历历戒之，今何更作此荒唐语？试问一夜之隔，所谓往黄山者，从何来耶？”其妻倚门笑曰：“梦未醒耶？昨夜汝进室，口中喃喃不已，不知作何语，俄而酣睡，直至今晨始醒，遂蹶然起，袜不暇著，即趋往厅来。吾以为有何急务，不意乃在此说梦。袜在床侧，胡不去著耶！”自顾果未著袜，沉吟久之，兄曰：“读书人宜明理，何致作此妄语，贻人非笑。”曰：“非妄也。”遂将往黄山遇道人，招呼猿、鸟及飞举诸事，一一述之。兄曰：“此皆妄想所致，倘不听余言，恐从此入魔，终身不复有为矣。”其弟如醉如痴，追思前事，竟不知是梦是真。此莲塘许公为余言，云闻其兄亲述如此。

——《志异续编》卷一《学仙》

此则故事中包含彼此有关联的两个三段体。前一个三段体的结构模式为：1. 故事主人公在黄山呼猿，尚灵验；2. 故事主人公在黄山呼鸟，尚灵验；3. 故事主人公在黄山冲举，尚灵验。后一个三段体的结构模式为：1. 故事主人公回家后呼猿，不灵验；2. 故事主人公回家后呼鸟，不灵验；3. 故事主人公回家后欲冲举，无结果。

这个时期采用三段体结构模式的作品，尚有《笑得好·愿变父亲》（1. 一欠债人表示来生变马与债主骑坐，以还宿债；2. 一欠债人表示来生变牛代债主耕田，以还宿债；3. 一欠债人表示来生变债主父亲劳苦一世，以还宿债）、《新镌笑林广记·医女接客》（1. 冥王审问医生；2. 冥王审问妓女；3. 冥王审问儿偷）、《新镌笑林广记·捶碎夜壶》（1. 甲称其妻对婢女吃醋；2. 乙称其妻对美仆吃醋；3. 丙称其妻对夜壶吃醋）、《新镌笑林广记·呆郎》（1. 呆婿称这树大起来车轮也做得；2. 呆婿称这盆大起来石臼也做得；3. 呆婿称这屁大起来霹雳也做得）、《新镌笑林广记·赞马》（1. 长婿赞马；2. 次婿赞马；3. 三婿赞马）、《新镌笑林广记·鬼脸》（1. 阎王审问裁缝；2. 阎王审问扎花人；3. 阎王审问糊鬼脸者)、《新镌笑林广记·不利语》(1. 大女婿评新房;2. 二女婿评新房;3. 三女婿评新房)、《新镌笑林广记·说大话》(1. 仆言三清殿与我家租房一般;2. 仆言龙船与我家帐船一般;3. 仆言牯腹牛与我家主人肚皮一般)、《嘻谈录·穷人娶亲》(1. 有人叫门讨首饰钱,新郎答以明日再来;2. 又有人叫门讨酒席钱,新郎答以改日送去;再有人叩门,新郎发怒将新娘推到一旁)、《嘻谈录·背送》(1. 塾师开馆日久,未见送学生者;2. 塾师悬《三字经》于门外,仍未见送学生者;3. 塾师出招帖情愿背接背送,学生接踵而至)、《嘻谈录·京官悭吝》(1. 京官骑马时跟班在前,挨骂;2. 京官骑马时跟班与其并行,挨骂;3. 京官骑马时跟班在后,仍然挨骂)、《嘻谈录·圣贤愁》(1. 吕洞宾指“圣”字吟诗;2. 铁拐李指“贤”字吟诗;3. 白吃者指“愁”字吟诗)、《嘻谈录·先生妙喻》(1. 长工与先生比并,称工价一样;2. 奶妈与先生比并,称都是哄孩子的;3. 妓女与先生比并,称都用嘴挣钱)、《南皋笔记·普贤洞记》(1. 道士授黄金白璧,遯生不受;2. 道士授为帝王者之书,遯生不受;3. 道士授剑助其成大道,遯生乃拜受)等。

三、多段体

清代民间故事里面的二段体、三段体之外的多段体,包含四段体以及五段体、六段体等结构模式,以四段体居多,其余则很少。譬如:

> 一老二少,三人同行,共宿逆店。饭后闲谈,此少谓彼少曰:“我把你好有一比。”彼少曰:“比作何来?”此少曰:“你好比我的女人。”彼少大骇,问:“此话从何说起?”此少曰:“我与你同店共宿,灯下谈心,颇不寂寞,与在家无异,岂不是与我女人一般。”彼少曰:“我把你也有一比,好比一个驴。”此少曰:“此比太觉不伦。”彼少曰:“我与你结伴同行,一路携手言欢,到店中竟不觉疲倦,岂不是与驴一样。”二少谓老翁曰:“我二人把你也有一比,把你比作乌龟。”老翁笑曰:“你二位因何有此妙喻?”二少曰:“龟为卜,我等少不更事,时时请教于你,犹如问卜决疑一般,你与乌龟何异?”老翁说:“我把你二人也有一比。”二少曰:“如何比?”老翁曰:“好比我两个

儿子。”二少曰：“比的太岂有此理！”老翁说：“若论我的年纪，比起来已经甚像了。要论你二位这谈吐，竟把老人家比作乌龟，我若是乌龟，你二人不是两个龟儿子。”

——《嘻谈续录》卷下《罕譬奇喻》

六弟兄同宿旅店，老大登厕，见粪坑内有一柿子，讶之曰：“是谁的心落在这里？”适店东看见，亦误认是心，来问老大。老大说：“不是我的心，我的心是黑的，不能那样赤。”又问老二，老二说：“也不是我的心，我的心不在胸中，现在肋下。”又问老三，老三说：“更不是我的心，我的心是两个联在一处，人人常说我有二心，我何曾是一个心！”又问老四，老四说：“我的心早已丢了，至今尚未去寻。所谓‘有放心而不知求者’，即是我。”问老五，老五说：“我的心早坏了，若不是胆包着，早掉了。”又问老六，老六说：“我生下来说没有心，故人常骂我‘天生来没良心’，我何曾有过心！”

——《嘻谈初录》卷下《问心》

以上两则故事分别包含两种结构模式。前一则包含一个四段体：1. 此少将彼少比作妻子；2. 彼少将此少比作驴子；3. 二少将老翁比作乌龟；4. 老翁将二少比作儿子。后一则包含一个六段体：1. 老大答问；2. 老二答问；3. 老三答问；4. 老四答问；5. 老五答问；6. 老六答问。

这个时期采用多段体结构模式的作品，尚有《子不语·猎户除狐》（四段体：1. 道士施法除狐，无济于事；2. 法官施法除狐，无济于事；3. 谢某施法除狐，无济于事；4. 猎户出鸟枪除狐，立即见效）、《新镌笑林广记·误听》（四段体：1. 乙将甲说的“不要踏空”误听成“不要偷葱”；2. 丙将乙说的“不要偷葱”误听成“不要盗钟”；3. 官老爷将三人说的话语误听成“衙门朝东”；4. 官奶奶将众人说的话误听成“要我嫁老公”）、《志异续编·趣仆》（四段体：1. 以“两个黄鹂鸣翠柳”为名做一菜肴；2. 以“一行白鹭上青天”为名做一菜肴；3. 以“窗含西岭千秋雪”为名做一菜肴；4. 以“门泊东吴万里船”为名做一菜肴）、《嘻谈录·萝卜对》（四段体：1. 以“萝卜”对“核桃”；2. 以“萝卜”对“绸缎”；3. 以“萝卜”对“鼓钟”；4. 以“萝卜”对“岳飞”)、《嘻谈录·儒医》(四段体：1. 某医春天下乡与教书先生对对子；2. 某医夏日下乡与教书先生对对子；3. 某医秋天下乡与教书先生对对子；4. 冬日某医下乡与教书先生对对子)、《嘻谈录·傻子赴席》(四段体：1. 傻子将茶碗说成“古碗”；2. 傻子将菜盘说成“古盘”；3. 傻子将丈母娘的大肚子说成“古肚”；4. 傻子将老丈人的那话说成“古槌”)、《嘻谈录·馋妇看雪》(五段体：1. 馋妇第一次看是否下雪，称“落下一罗白面”；2. 馋妇第二次看雪有多厚，称“有薄脆那么厚”；3. 馋妇第三次看雪有多厚，称“有双麻儿那么厚”；4. 馋妇第四次看雪有多厚，称“有烧饼那么厚”；5. 馋妇第五次看雪有多厚，称“有蒸饼那么厚”)、《俏皮话·畜生别号》(四段体：1. 狗以庙前匾额“化及冥顽”为别号；2. 马以某碑下“根深蒂固”为别号；3. 猴以某人处匾额“无偏无党”为别号；4. 猪遍觅无所见，乃以三者别号末一字“顽固党”为别号)等。

第三节　清代的民间故事异文

清代民间故事的采录者众多，有关的著作层出不穷，各种民间故事的异文被采集和刊行也就不足为奇了。清代各种民间故事的异文数量很大，异文的构成情况不尽相同，归纳起来主要有以下几种：一、收录于同一著作的异文；二、见诸同一采集者不同著作的异文；三、同一时期的不同采集者收录的异文；四、不同一时期的采集者收录的异文；五、由于改写而产生异文。

一、收录于同一著作的异文，数量不太多。譬如，关于“画中美人”的故事有：

门人伊比部秉授言：有书生赴京应试，寓西河沿旅宿中。壁悬仕女一轴，风姿艳逸，意态如生。每独坐，辄注视凝思，客至或不觉。一夕，忽翩然自画下，宛一好女子也。书生虽知为魅，而结念既久，意不自持，遂相与笑语燕婉。比下第南归，竟买此画去。至家悬之书斋，寂无灵响，然真真之唤弗辍也。三四月后，忽又翩然下。与话旧事，不甚答。亦不暇致诘，但相悲喜。自此狎媟无间，遂患羸疾。其父召茅山道士劾治。道士熟视壁上，曰："画无妖气，为祟者非此也。"结坛作法。次日，有一狐殪坛下。知先有邪心，以邪召邪，狐故得而假借。其京师所遇，当亦别一狐也。

《阅微草堂笔记》卷十九"书生与仕女轴"

田白岩言：有士人僦居僧宿，壁悬美人一轴，眉目如生，衣褶飘扬如动。士人曰："上人不畏扰禅心耶？"僧曰："此天女散花图，堵芬木画也。在寺百余年矣，亦未暇细观。"一夕，灯下注目，见画中人似凸起一二寸。士人曰："此西洋界画，故视之若低昂，何堵芬木也。"画中忽有声曰："此妾欲下，君勿讶也。"士人素刚直，厉声叱曰："何物妖鬼敢媚我！"遽掣其轴，欲就灯烧之。轴中絮泣曰："我炼形将成，一付烛融，则形消神散，前功付流水矣。乞赐哀悯，感且不朽。"僧闻俶扰，亟来视。士人告以故。僧憬然曰："我弟子居此室，患瘵而死，非汝之故耶？"画不应，既而曰："佛门广大，何所不容。和尚慈悲，宜见救度。"士怒曰："汝杀一人矣，今再纵汝，不知当更杀几人。是惜一妖之命，而戕无算人命也。小慈是大慈之贼，上人勿吝。"遂投之炉中。烟焰一炽，血腥之气满室，疑所杀不止一僧矣。后入夜，或嘤嘤有泣声。士人曰："妖之余气未尽，恐久且复聚成形。破阴邪者惟阳刚。"乃市爆竹之成串者十余，总结其信线为一，闻声时骤然爇之，如雷霆砰磕，窗扉皆震，自是遂寂。除恶务本，此士人有焉。

——《阅微草堂笔记》卷二十三"美人轴"

这两则异文，相同之处主要在于：故事主人公均为书生，画上美人均为精怪，而且均曾变活；前一则中的第二次出现的精怪与后一则中的精怪均被诛灭。不同之处主要在于：1．前一则中的画上美人与书生有一段情缘，画中人给人留下了美好的印象；后一则却没有这样的情缘，画中人一直是以邪恶的形象出现的。2．前一则有前后两个时段之分，出现了两种状况，两个结果；后一则并无时间段之分，除妖者为书生本人，而不是请来结坛作法的道士。

此外，尚有关于“地师风水”的故事——《新镌笑林广记》卷三的《地师》和《风水》等。

二、见诸同一采集者不同著作的异文，数量稍多。譬如，关于“蛇人自救”的故事有：

蛇人之捕蛇也，视其穴，即知蛇之大小，毒之浅深，涂药于手，探穴以求之，犹提鳝耳。新会某蛇人，误探一毒蛇穴，大窘，手不得出，痛欲死，顿失音，虽欲号救，不可得矣。适一童子过，见其状，讶曰：“若为蛇所苦耶?”颔之。“欲求救耶?”亦颔之。曰：“余苦无药，奈何?”蛇人以目顾田畔，童子视之，一笠在焉，曰：“此中有药耶?”又颔之。视其笠，无他物；反复视之，于破处得一纸包，发之，则蜰虫数枚，死且瘪矣。蜰虫，俗称臭虱者也。问此即药耶？颔之，张其口。问可食耶？颔之，乃纳其口中，蛇人嚼之，若有余味焉。咽下，良久，猛提其蛇出，曰：“孽畜几败我!”

——《趼廛笔记·蛇人》

粤中某蛇人，提笼戴笠，徘徊野外，将以捕蛇也。睹路旁一蛇穴，大喜，蹲而察之，遽伸右手探穴，触蛇舌，大痛骤肿，不一瞬肿及肩，舌强不能言，泪簌簌下，左手亦骤麻木，不能屈伸，默念吾殆死矣。忽一牧童骑牛过其前见之，审视曰：“捕蛇耶?”微颔之。“中蛇毒耶?”亦微颔之。“药乌在?”则微举左手指其笠。童取笠下，遍察之，则笠檐破处，纸裹在焉，发之，则蜰虫盈裹，死且僵矣。笑曰：“是即药耶?”亦微颔之。“服耶？敷耶?”则微张其口，童撮而喂之且罄，蛇人色渐变，自肩以下肿亦骤消，良久突起立，提蛇出穴曰：“孽畜几误我!”视之盈咫之赤练蛇也。

——《札记小说·捕蛇者》“粤中蛇人”

吴趼人撰《趼廛笔记》和《札记小说》所采录的“蛇人得救”两则异

文，其相似度远高于纪昀撰《阅微草堂笔记》所采录的“画上美人”两则异文。这里的两则异文，出场人物（捕蛇者、施救的童子）与故事情节（捕蛇中毒，童子施救过程，最后提出毒蛇），乃至特效药和藏药之处均极其相似，不同点只是某些细节（手肿痛的情况等）。

此外，尚有关于“一文钱”的故事——《跰廛笔记·一文钱》和《札记小说·贩蜡各》；关于“李乙复仇”的故事——《跰廛笔记·记李某复仇事》和《札记小说·李乙》；关于“义犬噬虎”的故事——《跰廛笔记·说虎》和《札记小说·说虎》等。

三、同一时期的不同采集者采录的异文，数量颇多。譬如，关于“小猎犬”的故事有：

山右卫中堂为诸生时，假斋僧院。苦室中蜚虫蚊蚤甚多，夜不成寐。食后，偃息在床。忽见一小武士，首插雉尾，身高二寸许，骑马大如蜡，臂上青鞲，有鹰如蝇，自外而入，盘旋室中，行且驶。公方疑注，忽又一人入。装亦如之，腰束小弓矢，牵猎犬如巨蚁。又俄顷，步者、骑者，纷纷来以数百辈，鹰犬皆数百。见有蚊蝇飞起，纵鹰腾击，尽扑杀之。猎犬登床缘壁，搜噬虱蚤，凡罅有所伏藏，嗅之无不出者。顷刻之间，决杀殆尽。

公伪睡睨之，鹰集犬窜于其身。既有一黄衣人，着平天冠，如王者，登别榻，系驷苇篾间。从骑皆下，献飞献走，纷集盈侧，亦不知作何语。无何，王者登小辇，卫士仓皇，各命鞍马；万蹄攒奔，纷如撒菽，烟飞雾腾，斯须散尽。

公历历在目，骇诧不知所由。蹑履外窥，渺无迹响。返身周视，都无所见；惟壁砖遗一细犬。公急捉之，且驯。置砚匣中，反复瞻玩，毛极细茸，项上有一小口，饲以饭颗，一嗅辄去。跃登床榻，寻衣缝，啮杀虮虱，旋复来伏卧。逾宿，公疑其已往；视之，则盘伏如故。公卧，则登床箦，遇虫则啖毙，蚊蝇无敢落者。公爱之，甚于拱璧。一日，昼卧，犬潜伏身畔。公醒转侧，压于腰底。公觉有物，固疑是犬，急起视之，已匾而死，如纸剪成者。然自是壁虫无噍类[1]矣。

——《聊斋志异》卷四《小猎犬》

八座某公不第时，夏日常昼卧，忽见一小人骑而入，人马皆可寸余，腰弓矢，臂鹰，鹰大如蝇。继至一人，亦如之，牵猎犬，大如巨蚁。二人绕屋盘旋，久之，甲士数千沓至，星旌云罕，缤纷络绎，分左右盂合围，大猎室中，蚊蝇无噍类。其伏匿者，辄缘壁隙抉出之。一朱衣人下辇，坐别榻，众次第献俘获已，遂上辇肃队而出，甲士皆从，如烟雾而散。起视一无所睹，惟一小猎犬彷徨壁间，取之箧中，驯甚，饲之不食，卧则伏枕畔，见蝇蚋，辄啮去之。事见蒲秀才松龄《聊斋志异》。

——《池北偶谈》卷二十六《小猎犬》

这两则异文，出场人物与故事情节极其相似，只是繁简有别，某些细节有一定出入。两者显然源于同样一个故事——后者或许以简洁的笔法记录了这个故事，或许是据前者缩写。《池北偶谈》的作者王士禛与《聊斋志异》的作者蒲松龄生活的地方很靠近（一个在山东新城，一个在山东淄川，相距不足百里），而且是颇有交情的好友。上述两种可能性都存在。

此外，尚有关于“林四娘”的故事，有《池北偶谈》卷二十一《林四娘》、《聊斋志异》卷二《林四娘》和《虞初新志》卷五《林四娘记》；关于“蒋太史”的故事，有《池北偶谈》卷八《蒋虎臣》和《聊斋志异》卷八《蒋太史》；关于“妾击贼”的故事，有《池北偶谈》卷二十六《贤妾》和《聊斋志异》卷四《妾杖击贼》；关于“亡八无耻”的故事，有《坚瓠广集》卷四《黄六王八》和《聊斋志异》卷八《三朝元老》；关于“张不量”的故事，有《旷园杂志》“张不量田”和《聊斋志异》卷九《张不量》；关于“义犬噬盗”的故事，有《聊斋志异》卷九《义犬》和《诸皋广志》“义犬”；关于“贪官誓联”的笑话，有《笑得好》初集《誓联》和《看山阁闲笔》卷十五《誓联》；关于“尕雄”的故事，有《子不语》卷六《喀雄》和《夜谭随录》卷二《噶雄》；关于“孝女”的故事，有《子不

① 噍（jiào 较）类：活物；活着的人。

语》卷六《孝女》和《夜谭随录》卷八《孝女》；关于“佟犄角”的故事，有《子不语》卷十五《佟犄角》和《夜谭随录》卷七《佟犄角》；关于“铁公鸡”的故事，有《子不语》卷二十三《铁公鸡》和《夜谭随录》卷十一《铁公鸡》；关于“疡医”的故事，有《子不语》卷二十上《疡医》和《夜谭随录》卷九《霍筠》；关于“假鬼喊冤”的故事，有《续子不语》卷五《唐公判案》和《阅微草堂笔记》卷三“假鬼喊冤”等。

四、不同一时期的采集者收录的异文，数量也很多。譬如，关于“阎王聘师”的故事有：

李通判者，山西汾州人。其前世为乡学究，年逾五旬，闲居昼卧，梦二卒持帖到门云：“吾府延君教授，请速往。”挟之上马，不移时，至一府第，如达官家。青衣者引之入，重闼焕丽，曲槛纡回，最后书室三楹。坐顷，两公子出拜，锦衣玉貌，皆执弟子礼，日夕讲课不辍。书室外院地逼厅事，时闻传呼鞭笞之声，特不见主人为怪，且不晓是何官秩，请于二子。二子曰：“家君即出见先生矣。”

未几，主人果出，冠带殊伟，晤语间礼意款洽。学究因言：“晚辈承乏幕下，久且阅岁，不无故园之思。”主人微哂曰：“君至此，已不可归。然自后当有佳处，幸勿复多言。”学究凄然不乐，竟忘其身在冥府也。一日主人开宴，邀学究共席。辞以寒素，不宜与先辈抗礼。强之乃行。厅事设有四筵，扫径良久，一僧肩舆而至，极驺从之盛，曰“大和尚”。又一僧至如前，曰“二和尚”。直据南面两筵。学究、主人依次列坐。主人与二僧语，学究皆不解。肴果亦并非人间物。酒半，忽见一梯悬于堂檐，二僧出蹑之，冉冉而去。主人促学究从而上，攀援甚苦，倏然堕地，则已托生本州李氏矣。

襁褓中能语如成人，但冥府有不言之约，不敢道前世事。生四岁握笔为制义，评骘其父文，可否悉当。后登崇祯一榜，顺治初通判扬州。天兵南下，出迎裕王，王手掖之，如旧相识，曰：“当时事犹能记忆耶？”一笑驰去。潜窥裕王状貌，即所见二和尚也。而大和尚未知出世为何如人。

——《觚剩》卷五《李通判》

仁和临平镇某生，贫而无馆。除夕，至小港闲步，忽见一舟来，系树下。有一役持柬疾走，访某名。某云："何事?"役云："我主人欲延某为师。"某云："即我也。"接其大字柬，姓吴名奎文，兼出聘金二十两。诣其家，某约于明春赴馆。役云："主人迫欲请，不能待。"随登舟。

至其家，恍惚间门第巍焕，堂皇宏敞，但不设坐。俄而主人冕服出迎。至书馆，即入内，命其徒出拜。间翻架上书，皆非人世所有。问徒所从学，乃诗、古文也。一日，其徒他出赴宴，嘱其师云："堂侧廊房有门，封固不宜窥伺。"某心疑惧，至更余，步至其所，启门一缝，窥见主人端坐中堂，两廊皆胥役，门外有悲戚声，俱缧绁[①]待审者，已而次第拷讯。某惊怖欲绝。次日，其徒至馆，云："昨嘱师勿往观，不意夜间潜窥，今缘尽不能复留矣。"某问故，卒不言，即赠半载脩金十两，送之归。师弟亦流涕不忍别。

至河干，乘舟仍在，其送者亦即前役也。比登岸，舟与役俱不在。

——《旷园杂志·冥府延师》

广东周生家贫，以授徒糊口，箪瓢陋巷宴如也。一日暮眺江流，见一船状类官宦。方驻足间，船中人招之曰："先生快登舟，主人候久矣。"周不觉入其舱。忽闻狂风怒号，与波浪声相应，启窗窥之，白练滔天，银涛万丈，不知身在何方矣。周大骇，询诸舟子，答曰："我主人闻君博学，请往课其子耳。"周复欲问，时船已触岸。

导周至一宅甲第大辟，与王侯无异。周入其室，即有一生执贽见礼，盖已为西席矣。周居其中怏怏不得志，且主人并未谋面，姓氏亦不得知，屡询于生而终未得见。

阅半载余，忽思归，因谓生曰："余每欲旋里，尝以未睹尊公芝范为憾，盍于明日导余一拜乎。"生踌躇久之，曰："明日五更共往可耳。"及时，生与周历数重门，至一处画栋雕梁，巍峨显赫，若宫殿

① 缧绁（léi xiè 累泄）：捆绑犯人的绳索。此处指捆绑。

然。自窗隙视之，中坐一人，冕旒蟒玉，面如黑漆，须及于胸，两眼碧光，与灯光相映射，阴风飒飒，冷气袭人，不禁毛骨悚然。谛视两旁差役，则牛马其首而人其身也。铁索琅当，满堂响震，而拷掠之声，与呼痛之声，亦复不绝于耳。周惧极，战栗不能言。生乃扶周回书室，而谓之曰："家父本系阎君，故未与先生相接礼。今已示知，亦见有明冥之异，况先生本有归志，请整归鞭以遂桑梓之愿可乎？"即出白金三百两，为周送行。周甚喜，遽谢别。

方周之出外也，妻子并未知之。许久不归，疑周已死，特未得实情，故未举哀。今见周回，喜出望外，无殊隔世重生。周为述阎君一事，皆为之惊异不已焉。

——《此中人语》卷一《阎王》

以上三则异文，出场的主要人物与主要的故事情节（派役卒迎师；至阎君府上执教）基本上相似。但在具体情节乃至不少细节方面，却有许多差异，诸如故事主人公被请去授徒是否为梦境；前往的方式不同；阎君是否出面接待；是否偷看阎君审案；有无宴请；归家的因由与方式，等等。

此外，尚有关于"相国孙"的故事——《池北偶谈》卷二十二《相国孙》和《埋忧集》卷一《扛米》；关于"新山神"的故事——《述异记》卷下《肉身土地》和《谈虎·邓公庙》；关于"替鬼做媒"的故事——《子不语》卷四《替鬼做媒》和《履园丛话》卷十五《鬼婚》；关于"熊太太"的故事——《子不语》卷十九《熊太太》和《埋忧集》卷一《熊太太》；关于"绍兴奇案"的故事——《听雨轩笔记》卷一《绍兴奇案》和《右台仙馆笔记》卷十"张世昌妇案"；关于"姘妇奇智"的故事——《咫闻录》卷九《巧脱》和《妙香室丛话》卷十二《淫妇奇智》；关于"富儿怪病"的故事——《志异续编》卷一《富室儿》和《里乘》卷一《富翁子》；关于"除夕赠金"的故事——《履园丛话》卷十七"除夜赠金"和《见闻异辞》卷二《吉穴》；关于"神仙遗矢"的故事——《熙朝新语》卷十五"三遗其矢"和《香饮楼宾谈》卷一《金陵道士》；关于"救人善报"的故事——《妙香室丛话》卷十三《救人获报》和《里乘》卷一《姑苏某翁》；关于"仙丐"的故事——《香饮楼宾谈》卷一《仙丐》和《此中人语》卷四《卖茶妪》等。

五、由于改写而出现的异文，数量也很多。譬如，关于“妾名忠孝”的故事有：

有一士人年老，纳二宠，托其友命名。友以忠娘、孝娘名之。其人曰：“忠孝诚美，然以名妾则非称。”友曰：“有出处：‘孝当竭力，忠则尽命’。”

——《寄园寄所寄·插菊寄·笑谭》“忠娘、孝娘”

有一人贪色致病。家有馆宾乃明达高人，劝以保养精神，为却病延年之要法，奈屡戒不从。一日自曰：“我不幸患病，必须娶一妾冲喜，才得病好。”乃娶一妾入门，请名于馆宾，馆宾曰：“当名曰孝姐。”其病亦添。病者曰：“须再娶一妾冲喜，定然病愈。”因又娶一妾，复请命于馆宾。馆宾曰：“当名忠姐。”不数日，而病者死矣。家人问其命名之意，曰：“你不知道《千字文》上说得好，‘孝当竭力，忠则尽命’。”

——《笑得好》二集《忠则尽命》

一老翁，年逾耳顺，犹御女不辍。新买二妾，求先生起一美名。先生说：“一个名忠，一个名孝。”老翁说：“忠、孝二字太道学，不甚风雅。请问，二字出于何典?”先生曰：“《千字文》有之，‘孝当竭力，忠则尽命’。”

——《嘻谈续录》卷下《妾名忠孝》

以上三则异文，第一则系清代最初的形态[1]，十分简约。第二、三则是根据第一则改写而成，其出场人物与最基本的故事情节是一致的。但与第一则相比较，第二、三则又各有变化。第二则增加了老者生病和亡故的

① 这个故事类型最早见于明代，分别为《古今谭概》微调部“第三十《忠孝奴》与《广笑府》卷六《忠则尽命》。

情节，更为有趣。第三则有所改动，增加了感情色彩，更为逗笑。

此外，尚有关于“梦银得银”的故事——《池北偶谈》卷二十五《尤生》和《熙朝新语》卷七“尤生乡试”；关于“丢虱子”的故事——《笑倒·虱子》、《笑得好》二集《丢虱》和《嘻谈初录》卷下《捏虱》；关于“赏旧历”的故事——《笑倒·赏历》和《笑得好》初集《反有用》；关于“独脚裤”的故事——《笑得好》初集《独脚裤子》和《新镌笑林广记》卷九《独管裤》；关于“打半死”的故事——《笑得好》初集《打个半死》和《新镌笑林广记》卷九《打半死》；关于“胡须与眉毛”的故事——《新镌笑林广记》卷四《联宗》和《嘻谈续录》卷下《通谱》和《笑林广记·通谱》；关于“搽药”的故事——《新镌笑林广记》卷五《搽药》和《嘻谈续录》卷上《搽药》和《笑林广记·搽药》；关于“仙画”的故事——《北东园笔录》续编卷二《仙画》和《妙香室丛话》卷十四《仙画》等。

第四节　清代的民间故事讲述人

清代民间故事的采录者在录写故事时，继承了唐宋以来的优良传统，大多比较重视交代讲述人以及讲述故事的相关情况。这方面的资料，对于后人研究清代民间故事，了解民间故事的流传范围、传承方式、思想倾向、艺术特色等，颇有裨益，值得珍视。

清代记载民间故事讲述人及相关情况的著作较多，计有《池北偶谈》、《虞初新志》、《坚瓠集》、《觚剩》、《述异记》、《聊斋志异》、《子不语》、《夜谭随录》、《听雨轩笔记》、《耳食录》、《阅微草堂笔记》、《咫闻录》、《志异续编》、《竹叶亭杂记》、《明斋小识》、《埋忧集》、《北东园笔录》、《客窗闲话》、《闻见异辞》、《金壶七墨》、《庸闲斋笔记》、《里乘》、《香饮楼宾谈》、《虫鸣漫录》、《夜雨秋灯录》、《三借庐笔谈》、《庸庵笔记》、《右台仙馆笔记》、《此中人语》、《醉茶志怪》、《鹂砭轩质言》、《拍案惊异》、《仕隐斋涉笔》、《中国侦探案》、《跰廛笔记》、《札记小说》、《南皋笔记》等。其中，有的著作偶有民间故事讲述人的记载，譬如《坚瓠集》、《述异记》、《虞初新志》、《咫闻录》、《志异续编》、《竹叶亭杂记》、《明斋小识》、《埋忧集》、《客窗闲话》、《闻见异辞》、《金壶七墨》、《庸闲斋笔记》、《香饮楼宾谈》、《虫鸣漫录》、《三借庐笔谈》、《此中人语》、《醉茶志怪》、《鹂砭轩质言》、《仕隐斋涉笔》、《中国侦探案》、《趼廛笔记》、《札记小说》、《南皋笔记》。有的著作对于民间故事讲述人的记载较多，譬如《池北偶谈》、《聊斋志异》、《子不语》、《阅微草堂笔记》、《里乘》、《右台仙馆笔记》，其中以《池北偶谈》、《子不语》、《阅微草堂笔记》、《右台仙馆笔记》最为突出。

《子不语》全书共二十四卷，每一卷的不少故事都记有讲述人。书中所记的故事讲述人，大多为采录者袁枚的官场同僚，或者文化界好友。讲述人为官场同僚者，譬如，卷一《西山王二》的讲述人熊翰林涤斋，卷三《年子》的讲述人盐城令阎公，卷四《奉新奇事》的讲述人彭芸楣少司马，卷五《某侍郎异梦》的讲述人裘文达公，卷八《黑煞神》的讲述人江宁太守章公攀桂，卷十一《彭杨记异》的讲述人贵池令林梦醒，卷十二《梦中破案》的讲述人曹州守吴忠诰，卷十四《蛊》的讲述人云南总兵华封，卷十六《万佛崖》的讲述人章淮树观察，卷十七《虎衔文昌头》的讲述人严侍读冬友，卷十八《狐丹》的讲述人钱竹初明府，卷十九《熊太太》的讲述人学士春台，卷二十一《黎人进舍》的讲述人厓州刺史陈桂轩，卷二十四《牛乞命》的讲述人天台县令钟公醴泉。讲述人为文界好友者，譬如，卷二《罗刹女》的讲述人张广基，卷五《某侍郎异梦》的讲述人裘文达，卷六《祭雷文》的讲述人黄湘舟，卷八《高相国种须》的讲述人高文端，卷十三《江秀才寄话》的讲述人戴震，卷十八《吴二姑娘》的讲述人金棕亭，卷二十二《鬼抢馒头》的讲述人文林，卷二十三《木犬能吠》的讲述人叶文麟，卷二十四《僵尸夜肥昼瘦》的讲述人俞苍石，卷二十四《皮蜡烛》的讲述人张秀墀。此外，也有讲述人系采录者的家人、亲戚，譬如，卷二十一《菩萨答拜》的讲述人祖母柴太夫人，卷八《秃尾龙》的讲述人陶悔轩方伯。

《阅微草堂笔记》全书共二十四卷，每一卷的许多故事都记有讲述人。全书所记讲述人数量之多，远远超过《子不语》，并且能够比较充分地显示出民间故事的传承关系。《阅微草堂笔记》的讲述人主要包括以下几部分人：一、纪昀的家族成员与亲戚，计有父亲、祖父、母亲、叔父、兄弟、曾伯祖、族祖、从叔、从伯、从兄、从侄、从孙、族叔、族兄、外祖母、舅父、姨母、姨丈、表兄、表叔、外叔祖、从舅等；二、纪昀相识的各级官吏，计有大学士、御史、提督、太守、太常、太仆、王爷、贝勒、按察使、少司寇、观察、司农、翰林院供事、阁学、军台、参将、副都统、藩司、运使、守备、同知、通判、主事、千总、把总、县令、县丞、编修、教谕、教授、助教、骁骑校、巡检、佐领、军校、军吏等；三、纪昀的师友、门生；四、少数民族；五、其他各色人等，计有医生、儒生、员外、琴工、卜者、旅店主、道士、僧人、尼姑、佃户、乳媪、保姆、仆人、奴子、轿夫、卖花妇、司炊、侍姬母、遣犯、流人等。

讲述人为家族成员者，譬如，卷三“为母求药”的讲述人为先太夫人，卷八“汲水女子”的讲述人为族兄次辰，卷十一“伪鬼真与鬼”的讲述人为族叔行止，卷十四“神佑孝妇”的讲述人为族侄竹汀，卷十四“狐卖甲乙”的讲述人为从侄汝夔，卷二十二“二少年”的讲述人为从叔梅庵。

讲述人为亲戚者，譬如，卷八“王州牧爱女”的讲述人为舅父张健亭，卷九“嗜鸡报”的讲述人为姨母王氏，卷十“某孝廉”的讲述人为表兄刘香畹，卷十三“宦家一妇”的讲述人为外祖母曹太恭人，卷十五“某甲买妾”的讲述人为表叔王月阡，卷十八“狐报冤”的讲述人为表兄安伊在，卷二十三“再娶元配”的讲述人为姨丈卫可亭。

讲述人为各级官吏者，譬如，卷一“鬼技穷乃灭”的讲述人为司农曹竹虚，卷四“毒母得报”的讲述人为太仆戈仙舟，卷五“洞中六女”的讲述人为乌鲁木齐把总蔡良栋，卷十“乌对户啼”的讲述人为骁骑校萨音绰克图，卷十“布商韩某”的讲述人为御史汪香泉，卷十二“狐女救狐”的讲述人为观察卢扮吉，卷十五“妖兽幻形”的讲述人为乌鲁木齐军校王福，卷十八“侠妓玉西狐”的讲述人为太守张墨谷，卷十八“停柩遇火”的讲述人为太常吕含晖，卷二十一“士人与狐女”的讲述人为编修程鱼门，卷二十一“杜翁”的讲述人为军吏巴哈布，卷二十一“屠人改业”的讲述人为阁学汪晓园，卷二十三“仆与鬼斗”与“二狐复仇”的讲述人均为蒙古王爷喀喇沁公丹公。

讲述人为师友、门生者，譬如，卷三“缢鬼待替”的讲述人为何励庵，卷七“二鬼觅替”的讲述人为先师裘文达，卷十二“恶少得报”的讲述人为法南野，卷十三“狐救民妇”的讲述人为王符九，卷十三“东昌一书生”的讲述人为董秋原，卷十四“韩生”的讲述人为同年邹道峰，卷十六“假狐女”的讲述人为前辈董曲江，卷十八“狐友”的讲述人为贾公霖，卷十九“书生与仕女轴”的讲述人为门人伊秉绶，卷十九“杀蛇之报”的讲述人为杨雨亭，卷二十“狐戏某生”的讲述人为李南涧，卷二十一“求狐被戏”的讲述人为高冠瀛，卷二十三“不言‘畏’字”的讲述人为戴东原，卷二十三“侑酒小妓”的讲述人为先师李又聃。

讲述人为少数民族的，譬如卷十“乌对户啼”的讲述人为蒙古族萨音绰克图，卷十二“萨音绰克图与狐友”和卷二十三“仆与鬼斗”的讲述人均为蒙古族丹巴多尔济。

讲述人为其他各色人等者，譬如，卷二“假冒狐女”的讲述人为卖花老妇，卷三“马落坡卖面妇”的讲述人为乳媪廖氏，卷四“蛇啮恶媳”的讲述人为侍姬母沈媪，卷七“选人与馆母”的讲述人为琴工钱生，卷四“虎神”的讲述人为司炊张媪，卷十五“西藏毛人”的讲述人为乌鲁木齐遣犯刚朝荣，卷十七“李氏妇”的讲述人为束州佃户邵仁我，卷十八“长姐”的讲述人为轿夫刘福，卷十九“小庵幽魂”的讲述人为慧灯和尚，卷二十三“翁仲凶淫”的讲述人为老仆刘廷宣。

在《阅微草堂笔记》的讲述人中，比较突出的为采录者纪昀的父亲姚安公、前辈董曲江、先师李又聃、朱青雷、戴遂堂、戴东原、舅父张健亭、先师裘文达、表兄刘香畹、杨槐亭等，其中以姚安公最为引人注目。纪昀的父亲纪容舒，因官姚安知府，尊称姚安公。在此书中，由他讲述的故事有十则，即卷二的“鬼误”，卷五的“以财为命”，卷七的“董某家老牛”，卷八的“扶乩治病”、“客作遇夜神”、“鼓妖”和“姜三莽”，卷十二的“老儒镇狐祟”，卷十四的“惜砚致祸”，卷二十一的“争论罹难”，卷二十二的“房主移家”。

《右台仙馆笔记》全书共十六卷，除少数几卷外，各卷的许多故事均记有讲述人。其讲述人主要包括以下几类人：一、官员；二、友人；三、门人；四、家眷；五、仆佣。

讲述人为官员者，譬如，卷五“佣媪与蓝衫妇”的讲述人为吉安典史周君，卷九“神獒”的讲述人为观察杜筱舫，卷九“请狐仙”的讲述人为县令李麟生，卷十三“蜥蜴与蜈蚣”的讲述人为观察汪耕余，卷十四“观音负石”的讲述人为马观察，卷十四“狐为祟”的讲述人为司马汤伯述，卷十六“人不如犬”的讲述人为石门吴又乐大令。

讲述人为友人者，譬如，卷一“贵州某县令”的讲述人为贝文甫，卷七“临危镇定”的讲述人为丁濂甫，卷八“豕言”的讲述人为闵小圃，卷八“小吴王女”的讲述人为朱孔彰，卷九“神树堂”的讲述人为倪倬云，卷十“石狮为祟”的讲述人为宋伯言，卷十二“乍浦海市”的讲述人为暴式昭，卷十二“石臼”的讲述人为毛永年，卷十三“虎口救母”的讲述人为张子厚。

讲述人为门人者，譬如，卷六“批神颊”的讲述人为王梦薇，卷六“夜半斗鬼”的讲述人为司马晴江，卷七“驻云坛”的讲述人为邬梅仙，卷十四“某甲妾”的讲述人为童米生。

讲述人为家眷者，譬如，卷二“鳖宝”的讲述人为大儿媳樊氏，卷十三“马氏妇”的讲述人为孙妇彭氏。

讲述人为仆佣者，譬如，卷六“分外之财”的讲述人为佣媪何氏，卷八“女化男”的讲述人为佣媪宋氏，卷十六“迁坟”的讲述人为邵氏旧仆。

在《右台仙馆笔记》的讲述人中，比较突出的为门下士宋伯言、大儿媳樊氏、友人刘斗山、秀才沈祖炜、侍郎彭雪琴、门下士高海坨、观察杜筱舫、广文陈子愚、观察汪耕余，门下士童米生等。其中以宋伯言、樊氏、徐诚庵、沈祖炜较为突出。宋伯言讲述的故事，计有卷十“失之交臂”、“三槐坟”、“女鬼救人”、“易尸发奸”、“死而为牛”、“捎金”、“秦桧夫妇跪像”、“石狮为祟”等。樊氏讲述的故事，计有卷八“某氏女”、“鳖宝”、“还魂”，卷十“术者捉妖”，卷十四“大蛱蝶”等。刘斗山讲述的故事，计有卷九“刘氏女”、“淘金奇遇”、“奶奶庙”、“董叟”、“毒药鬼”等。沈祖炜讲述的故事，计有卷八“食蛟”，卷十四“花版蛇”，卷十五“玉如意”、“吞舟之鱼”、“群龙夺珠”等。

其他诸书，有关讲述人与流传情况尚有不少值得注意之处，试看：

《池北偶谈》卷二十《义虎》末尾记有："宋荔裳琬作《义虎行》、王于一猷定作《义虎传》纪其事。"卷二十《荆州镜冤》末尾记有："郑礼部次公日奎在成都说。"卷二十二《靖州鸡鹅》末尾记有："有吴君者，从军湖南，至寺亲见之。蠢动俱含佛性，信然。"卷二十四《邵进士三世姻》末尾记有："邵（同年济宁邵士梅，字峄，顺辛卯举人，登已亥进士）记其言，康熙己未在京师时，屡为予及同年傅侍御彤臣扆、潘吏部陈伏飏言之。"

《聊斋志异》卷一《新郎》开头记有："江南梅孝廉耦长，言其乡孙公，为德州宰，鞫一奇案。"

《虞初新志》卷四《义虎记》开头记有："辛丑春，余客会稽，集宋公荔裳之署斋，有客谈虎，公因言："卷十七《名捕记》开头记有："金坛王伯弢孝廉自言："末尾又记有："姚伯祥曰，此昔伯弢授于予，予为之记，所谓舌端写生手也。"

《觚剩》卷五《判官荐才》开头记有："项城王尔固允贞，好学能诗，以副车贡入太学，与余友善。自言："

《听雨轩笔记》卷一"绍兴奇案"末尾记有："甲申六月，予客绍兴永寿堂，沈康勤为予言此，至系何时之事，及其村名，已不复记矣。雨窗枯坐，书此以资谈柄。"卷一"泗州渔人"开头记有："乾隆庚子六月，冯在田先生自江南归，闲中偶及所闻异事云："卷一"蚌精"末尾记有："其家言此缸埋自前明，贮以浊水，经宿则清而且甘，阖家用以烹茶，不忆怪藏其下也。景山公闻之骇然。昔公与先大父退圃公山庄话及，予侍侧默识之，倏三十八年矣。兹集旧闻，忆而纪之。"卷二"慈相奇鬼"开头记有："乾隆辛巳秋，予同冯在田先生至慈相寺上房面壁窝看桂花。僧鹤龄话及："卷三"显魂寄归"末尾记有："予表侄嵇雯川与陈（凤鸣）有葭莩亲，素悉其事。辛亥冬日于树德堂闲叙，偶谈及此，归而纪之。"

《耳食录》卷二《子无赖》末尾记有："此庚戌春间事。东乡王肖山来都，于途次闻之，为余言。"卷十《髑髅》开头记有："余偕数君子看花丰台，饮于卖花翁，座中相与说鬼。罗两峰述一髑髅事，亦可发一噱也。"

《咫闻录》卷四《延安府署楼》开头记有："壬戌夏月，予时病疟，杜门悬车。大雨时行，终夜不止；天晓晴霁，日上三竿，起而坐食。适姚农山来访，予曰：‘良友远来，有异闻乎？盍为我言之，以供他日西窗剪烛之谈剧也。’姚以事有奇异，喟然曰：”卷六《徐兄李弟》末尾记有：“此事予童时闻诸人言，虽近于诞，然诚伪之分，善恶之报，昭昭不爽，亦可为嗜友骗者戒焉。”

《志异续编》卷一《某医》末尾记有：“此乾隆五十六年，在吴门闻杭州沈公国桢言如此。今不能举其姓名矣。”

《闻见异辞》卷二《救缢投军》末尾记有：“罗尝在蒋制军席间自述生平如此。朱明府半塘，时在蒋幕中。渠侄稼轩上舍为余言之。”

《里乘》卷二《程贪封公》末尾记有：“憩棠先生巡抚吾皖时，予馆于署中，亲其予言之。”卷八《某令》末尾记有：“此吾邑张德昭在甘肃所目见，为予言之，并云‘现某人幕友已渐颓敝矣。’”

《札记小说·说虎》末尾记有：“光绪丁酉，襄沪报笔政，客挟笔来求售，为余言此事。察其颜色，谈虎有余栗，而谈犬犹有余哀也。惜余忘其姓字也。”

第五节　清代的民间故事编选

清代编选的笔记小说集、笑话集，有不少以民间故事、民间笑话为重要内容，或者包含一定数量的民间故事、民间笑话，计有《遣愁集》、《坚瓠集》、《寄园寄所寄》、《虞初新志》、《笑倒》、《笑得好》、《新镌笑林广记》、《熙朝新语》、《北东园笔录》、《雨窗消意录》、《妙香室丛话》、《记闻类编》、《笑笑录》、《嘻谈录》、《笑林广记》、《后聊斋志异》等。其中，在保存和传播民间故事、民间笑话方面影响较大、作用显著的为《坚瓠集》、《虞初新志》、《笑得好》、《新镌笑林广记》、《笑笑录》、《嘻谈录》等。

一、《坚瓠集》、《虞初新志》

1.《坚瓠集》

褚人穫辑《坚瓠集》，是清代初年最有影响的笔记小说集之一。

褚人穫，字稼轩，一字学稼，号石农，康熙间长洲（今江苏苏州）人。清代小说家。撰有《坚瓠集》、《隋唐演义》、《读史随笔》、《退佳琐录》、《圣贤群辅录》等。《坚瓠集》的规模宏大，卷帖浩繁，“搜录秦汉，以迄故明，历代轶事，并访诸故老之旧文，摘其佳事佳话之尤者，次为一编。”① “于古今轶见异闻事，所载略备。”② 该书成书于康熙三十四年（1695）至四十二年（1703）间，由正集（一至十集，各四卷）、续集（四卷）、广集（六卷）、补集（六卷）、秘集（六卷）、余集（四卷）组成，共六十六卷。全书数量极大，除少量作者自己录写的外，绝大部分选自历代以笔记、野史为主的各种著作近千种，其中已佚著作达二百余种。计有先秦两汉的《荀子》、《墨子》、《山海经》、《淮南子》、《说苑》、《史记》、《越绝书》、《论衡》、《汉书》、《水经》等，魏晋南北朝的《笑林》、《博物志》、《西京杂记》、《搜神记》、《拾遗记》、《三国志》、《后汉书》、《魏书》、《水经注》、《五行记》、《述异记》、《世说新语》、《续齐谐记》、《岁时记》等，隋唐五代的《启颜录》、《冥报记》、《朝野佥载》、《隋书》、《南史》、《广异记》、《国史补》、《集异记》、《酉阳杂俎》、《本事诗》、《独异志》、《开城录》、《乐府杂录》、《封氏闻见记》、《尚书故实》、《原化记》、《录异记》、《天宝遗事》、《玉堂闲话》、《稽神录》、《北梦琐言》、《贾氏谈录》等，宋元的《清异录》、《太平广记》、《太平御览》、《南唐近事》、《茅亭客话》、《西斋话记》、《江邻几杂志》《儒林公议》、《湘山野录》、《青琐高议》、《渑水燕谈录》、《东坡志林》、《仇池笔记》、《后山丛谈》、《画墁录》、《明道杂志》、《青箱杂记》、《墨客挥犀》、《邵氏闻见录》、《泊宅编》、《唐语林》、《侯鲭录》、《麈史》、《群居解颐》、《墨庄漫录》、《春渚纪闻》、《鸡肋编》、《松漠纪闻》、《西溪丛语》、《能改斋漫录》、《渔隐丛话》、《睽车志》、《夷坚志》、《容斋随笔》、《老学庵笔记》、《陆放翁集》、《姑苏笔记》、《乾淳岁时记》、《挥麈录》、《谐史》、《贵耳集》、《吹剑录》、《全唐诗话》、《鹤林玉露》、《湘素杂记》、《游宦纪闻》、《武林旧事》、《善谑集》、《苇航纪谈》、《齐东野语》、《癸辛杂识》、《豹隐纪谈》、《楮室记》、《行营杂录》、《续夷

① 孙致弥：《〈坚瓠集〉总序》。

② 孙致弥：《〈坚瓠续集〉序》。

坚志》、《玉堂嘉话》、《平江纪事》、《山房随笔》、《诚斋杂志》、《砚北杂志》、《宋史》、《稗史》、《辍耕录》等，明代的《占穠杂录》、《水东日记》、《双槐岁抄》、《客坐新闻》、《石田杂记》、《菽园杂记》、《枝山前闻》、《志怪录》、《猥谈》、《东谷赘言》、《七修类稿》、《碧里杂存》、《马氏日抄》、《代醉编》、《近峰闻略》、《挥麈新谈》、《豫章漫抄》、《春风堂随笔》、《都公谈纂》、《听雨纪谈》、《真珠船》、《绿雪亭杂言》、《西樵野记》、《丹铅总录》、《戒庵老人漫笔》、《幽怪录》、《熙朝乐事》、《委巷丛谈》、《庚巳编》、《说听》、《山中一夕话》、《艾子后语》、《高坡异纂》、《祐山杂说》、《何氏语林》、《留青日札》、《焦氏笔乘》、《莘野纂闻》、《从信录》、《广闻录》、《帝京景物略》、《驹阴冗记》、《水南翰记》、《耳谈》、《厚德录》、《说圃识余》、《三余赘笔》、《百可漫志》、《农田余话》、《漱石闲谈》、《挑灯集异》、《涌幢小品》、《见闻录》、《虎荟》、《紫桃轩杂辍》、《麈余》、《五杂俎》、《明世说新语》、《小窗清纪》、《露书》、《捧腹编》、《耳新》、《孤树裒谈》、《无用闲书》、《异识资谐》、《昨非庵日纂》、《虞山诗人传》、《桐下听然》、《葵轩琐记》、《询刍录》、《吴中杂识》、《拙庵杂俎》、《湖海搜奇》、《古今谭概》等，清代的《孑庵杂录》、《湖壖杂记》、《大有奇书》、《北墅手述》、《说铃》、《筠廊偶笔》、《闻见卮言》、《樵书》、《客窗涉笔》、《圣师录》、《近世存疑》、《宋稗类钞》、《今世说》、《明世说》、《明朝小史》、《解人颐》等，以及《广莫野语》、《万花金谷》、《山天楼随笔》、《女史》、《云谷卧馀》、《太平清话》、《长洲野志》、《艺林学山》、《艺苑卮言》、《月下闲谈》、《见闻录》、《见闻实录》、《见闻搜玉》、《见识编》、《白醉琐言》、《白鹤外史》、《尧山堂外纪》、《西园杂记》、《西神脞说》、《西楼野记》、《夷门广牍》、《江南野史》、《伍蓉庵漫录》、《艮斋杂说》、《自警编》、《关西故事》、《纪昌杂录》、《吴中旧事》、《刘氏鸿书》、《异识资谐》、《买愁集》、《闲居笔记》、《余氏辨林》、《秋水涉笔》、《林居漫录》、《怡庵杂录》、《乘异录》、《益智录》、《野获编》、《雨窗杂录》、《金陵琐事》、《金载遗事》、《庐山杂记》、《茗斋随笔》、《萤雪丛说》、《珂雪斋随笔》、《复斋漫录》、《闽耕余录》、《贾子说林》、《悬笥琐探》、《谐语》、《群谈采余》、《毗陵闲笔》、《碣石剩谈》、《葭鸥杂识》、《唐拾遗》、《海录碎事》、《鸿书》、《解颐日抄》、《暇弋篇》、《蓬轩吴纪》、《憩鹤杂录》、《醒睡编》、《鹖冠子》、《戴斗夜谈》、《一统志》、《八闽志》、《眉山志》、《青田志》、《赵州志》、《镇江府志》、《池州府志》、《淅川县志》等。

由于《坚瓠集》的编纂与刊行，使得一大批有特色的民间故事得以保存和流传。譬如，在正集十集卷四中，收有《愧作梁山》（出《国史补》）、《优人谐戏》（出《群居解颐》）、《犬吠张三嫂》（出《青箱杂记》）、《罔两鸭》（出《稗史》）、《方士大言》（出《艾子后语》）、《黠鬼赚牛头》（出《捧腹编》）、《妓家祝献文》（出《山中一夕话》）、《一联构识》（出《庐山杂记》）、《冯妇解》（出《尧山堂外纪》）、《不妄谀》（出《虞山诗人传》）、《无边风月》与《寿诞题诗》（出《葵轩琐记》）等，以及编者褚人穫采录的《新春雨雪》、《食蛊螟》、《揽田》等故事。又如，在广集卷六中，收有《感孕》（出《搜神记》）、《生啖鲦鳙》（出《录异记》）、《玉龙膏》（出《西溪丛语》）、《买地券》和《白玉笙箫》（出《癸辛杂识》）、《蝗》（出《续夷坚志》）、《宋三秀才》（出《双槐岁抄》）、《物搏虎》（出《马氏日抄》）、《骡女配人》（出《挥麈新谈》）、《积物发火》（出《绿雪亭杂言》）、《竹间头地中手》和《鹦鹉山茶》（出《庚巳编》）、《杨妃入月痕》和《进士除知州》（出《高坡异纂》）、《借目光》（出《帝京景物略》）、《地羊驿幻术》、《鱼僧》、《锅精》《再生》《续断指》、《奇丝夫人》、《海上探珠人》、《鲁公断案》和《张居士》（出《耳谈》）、《马封翁盛德》（出《厚德录》）、《灯中犬嚎》和《闻子中还魂》（出《挑灯集异》）、《张小鬼》和《郑氏白犬》（出《白醉琐言》），以及编者褚人穫采录的《物异》、《义猫》等故事。

更为可喜的是，在《坚瓠集》中，保存了一批由褚人穫自己录写的清代初年的民间故事，包括顺治年间和康熙年间的故事。流传于顺治年间的故事，譬如正集首集卷三的《搭题》、正集六集卷三的《广寒迁客》、续集卷三的《冰雷绘梅》、续集卷四的《鸟谕》和《插不腊》、广集卷二的《王文安前因》、广集卷四的《恶人受报》、补集卷一的《曲巷高门行》、补集卷二的《天丝飞飏》、补集卷五的《花案》、秘集卷二的《李朱神判》、秘集卷五的《七字勾向左》和《缝婢阴》等；流传于康熙年间的故事，譬如正集首集卷二的《乌啄蝗歌》、正集四集卷三的《长洲酷吏》、正集五集卷二的《假娶谑词》、正集十集卷一的《戏台对联》、正集十集卷二的《试题作诗》和《一东韵秀才》、正集十集卷四的《新春雨雪》、广集卷一的《启棺出女》、广集卷四的《水能辟邪》、广集卷六的《物异》、补集卷六的《陆云士词》、秘集卷三的《斗姆救焚》、秘集卷四的《县令土婚》、秘集卷六的《查勘司》和《兑卷》、余集卷二的《雪天掘蛟》和《金石》、余集卷四的《金姑娘娘》等。

2　《虞初新志》

张潮辑录《虞初新志》，是清代初年又一部影响较大的笔记小说集。

张潮（1650—1707以后），字山来，号心斋，安徽徽州府歙县人，客居江苏扬州。清代文人、小说家。撰有《聊复集》、《心斋诗抄》、《心斋杂俎》、《贻清堂集》，编纂有大型丛书《檀几丛书》、《昭代丛书》，辑录有《虞初新志》、《古世说》、《古文尤雅》等。《虞初新志》编纂时间长达十几年，大约为康熙二十二年（1683）至四十一年（1702）。全书二十卷，共收入明末清初80多家的二三百篇作品，有的选自各种笔记集、小说集、诗文集，有的选自各种手授抄本。该书收有不少为民间故事，包括卷一的《义猴传》（出宋曹《会秋堂文集》），卷四的《义虎记》（出王犹定《文津选本》）、《神钺记》（出徐芳《诺皋广志》），卷五的《林四娘记》（出林云铭《损斋焚馀》）、《雷州盗记》（出徐芳《诺皋广志》），卷六的《鬼孝子传》（出宋曹《会秋堂文集》），卷七的《化虎记》（出徐芳《诺皋广志》）、《义犬记》（出徐芳《诺皋广志》），卷九的《剑侠传》（由“剑侠”、“女侠”两则组成，出王士禛《渔洋文略》）、《毛女传》（陈鼎《留溪外传》），卷十的《鬼母传》（出李清《古今文绘》），卷十一的《义牛传》（出陈鼎《留溪外传》），卷十二的《刘医记》（出陈玉《学文堂集》）、《孝犬传》（出陈鼎《留溪外传》），卷十三的《记缢鬼》（出王明清《读律佩觿》），卷十五的《述怪记》（缪彤）、《哑孝子传》（王洁）、《孝丐传》（王晫），卷十六的《记古铁条》（詹钟玉），卷十七的《名捕传》（姚伯祥）等。《虞初新志》是明清两朝各种“虞初系列”选本中最有名、影响最大的一种。这些故事，因为收进此书而得以扩大其流传范围和影响。

二、《笑得好》、《新镌笑林广记》、《嘻谈录》

1.《笑得好》

收入石成金撰《传家宝》中的《笑得好》，是清代初年最有影响的一部笑话集。

石成金（1659或1660—1739以后），字天基，号学海，又号觉道人，别署惺斋、惺斋愚人，江苏扬州人。清代小说家。撰有《传家宝》、《雨花香》、《通天乐》等。《笑得好》里面的作品以采录为主，也有一部分作品出自明代及清初的笑话集。出自明代及清初笑话集的作品，譬如初集《我不见了》由明代的《应谐录》、《雪涛小说》等几种笑话故事集的相关作品改写而成，《割股》由《精选雅笑·割股》改写而成，《切莫动手》由明代的《时兴笑话》、《笑府》等笑话集的相关作品改写而成，《装做米》由《艾子后语·米言》改写而成，《死错了人》由《时兴笑话》卷上《错死》改写而成，《打个半死》由《笑府》卷上"打半死"改写而成，《出气》由《笑倒·望孙出气》改写而成，《割股》由《精选雅笑·割股》改写而成；二集《不识自妻》由《艾子后语·病忘》改写而成，《瞎子堕桥》由《应谐录·盲苦》改写而成，《医驼背》由《雪涛小说·催科》"治驼背"改写而成，《剪箭管》由《雪涛小说·任事》"剪矢管"改写而成，《市中弹琴》由《雪涛谐史》"等桌子"改写而成，《剔灯棒》由《笑禅录》"世世用不尽的物件"改写而成，《搬老君佛像》由《解愠编》卷九《被人搬坏》改写而成，《锯酒杯》由《时兴笑话》卷上《小杯》演化而成，《丢虱》由《时兴笑话》卷上《虱子》改写而成。

在《笑得好》中石成金录写的笑话，有不少非常精彩，譬如初集的《誓联》、《烂盘盒》、《再出恭》、《吃人不吐骨》、《题呼》、《不打官事》、《答令尊》、《笑话一担》、《驱鬼符》、《长生药》，二集的《瞌睡法》、《讲赵钱孙李》、《三字同形》。

2.《新镌笑林广记》

游戏主人辑《新镌笑林广记》，是清代中叶最有影响的一部笑话集。

《新镌笑林广记》为乾隆四十六年（1781）刻本，全书十二卷，共800多则。其作品过半数来自明代及清初的笑话集，另外一部分则由编者采录，其中多数为荤笑话，比较系统地展示出清代荤笑话的面貌和特色。

《新镌笑林广记》是以明·冯梦龙辑《笑府》为蓝本编辑而成的。《笑府》有不同的版本，其分卷各不相同。二卷本《笑府》分为八类，卷上有腐流、殊禀、形体、刺俗、方术五类，卷下有谬误、闺风、杂语三类，《新镌笑林广记》分为十二卷，分类、名称有一定调整，分为古艳、腐流、术业、形体、殊禀、闺风、世讳、僧道、贪吝、贫窭、讥刺、谬误等十二部。《新镌笑林广记》所收明清笑话集的作品，绝大多数出自《笑府》，譬如，卷一古艳部的《属牛》、《太监观风》、《武弁夜巡》、《训子》，卷二腐流部的《颂屁》、《腹内全无》、《读破句》、《梦周公》，卷三术业部的《冥王访名医》、《愿脚踢》、《殭蚕》、《游水》、《木匠》、《待诏》，卷四形体部的《瞽笑》、《兄弟认匾》、《金漆盒》，卷五殊禀部的《善忘》、《恍惚》、《品茶》、《烧令尊》、《咸蛋》、《买海蛳》，卷六闺风部的《抢婚》、《谢周公》、《后公种韭》、《咬牙》，卷七世讳部的《咽糠》、《倒做龟》，卷九贪吝部的《打半死》、《兄弟种田》、《合伙做酒》、《许日子》、《不留客》、《喜属犬》，卷十贫窭部的《留茶》、《被屑挂须》、《吃糟饼》、《遇偷》、《被贼》，卷十一讥刺部的《讥人弄乖》，卷十二谬误部的《僭称呼》、《看镜》、《高才》、《说大话》、《谎鼓》等，皆出自《笑府》。

《新镌笑林广记》中的作品，亦有出自明代其他笑话集和清初笑话集的。出自明代其他笑话集的作品，譬如，卷一古艳部的《避暑》由《解愠编》卷二《有天无日》改写、《书低》由《续金陵琐事》卷下《书低》改写、《借牛》由明·浮白主人辑《笑林·借牛》改写、《江心赋》由《解愠编》卷七《江心贼》改写，卷二腐流部的《抄祭文》由《雪涛谐史》"他家死错了人"改写，卷三术业部的《锯箭竿》由《时兴笑话》卷上《外科》改写，卷五殊禀部的《葡萄架倒》由《解愠编》卷六《葡萄架》改写、《盗牛》由《精选雅笑·盗牛》改写、《籴米》由《笑林·叉袋》改写、《浼匠迁居》由《精选雅笑·迁居》改写，卷六闺风部的《两坦》由《古今谈概》贪秽部第十五《如意》改写，卷七世讳部的《争坐》由《解愠编》卷八《眉争高下》改写，卷八僧道部的《驱蚊》由《解愠编》卷四

《书符驱蚊》与《精选雅笑·蚊符》改写，卷九贪吝部的《一毛不拔》由《时兴笑话》卷上《一毛不拔》改写、《七德》由《解愠编》卷五《七德鸡》改写、《下饭》由《精选雅笑·腌鱼》改写、《好酒》由《时兴笑话》卷下《好酒》改写、《截酒杯》由《时兴笑话》卷上《小杯》改写，卷十一讥刺部的《搬是非》由《笑赞》“搬坏三圣”改写，卷十二谬误部的《粪卖》由《精选雅笑·换粪》改写、《利市》由《时兴笑话》卷上《利市》改写、《苏空头》由《时兴笑话》卷下《苏空头》改写。出自清初笑话集的作品，譬如卷一古艳部的《田主见鸡》由《坚瓠十集》卷四《揽田》改写、《讲解》由《笑得好》二集《讲赵钱孙李》改写，卷五殊禀部的《望孙出气》由《笑倒》改写、《怯盗》即《笑倒·怯盗》，卷八僧道部的《掠缘簿》由《笑得好》二集《虎诉苦》改写、《问秃》由《笑得好》初集《秃字》改写、《谢符》由《笑得好》初集《驱鬼符》改写，卷九贪吝部的《莫想出头》由《笑得好》初集《独脚裤子》改写、《滑字》由《笑倒·滑字》改写，卷十一贪吝部的《联宗》由《笑倒·连宗》改写，卷十二谬误部的《连偷骂》由《笑倒·连偷》改写、《手氏》由《笑倒·手氏》改写、《两夫》由《笑倒·两夫》改写。

3.《嘻谈录》

少石道人辑《嘻谈录》，是清代后期最有影响的一部笑话集。

《嘻谈录》初刻于光绪八年（1882），分为初录与续录，各二卷，总共356则。《初录》分为诗文、流腐、闺风、贫窭、术业等五类，共194则；《续录》分为谬误、形体、诙谐、殊禀等四类，共162则。在《嘻谈录》中，有一部分作品是小石道人采录或者撰写的，另一部分则是由明以前的笑话集、明清两代的笑话集改写或演化而来。由明以前的笑话集、明代和清初的笑话集改写或演化而来的作品，譬如，《初录》中的《偷酒》由《启颜录》“泻蜜食馊”演化而来，《一字笑话》由《都公谈纂·一字笑话》演化而来，《三笑诗》由《七修类稿》卷五十《三笑事》演化而来，《题真》由《驹阴冗记·郑唐诙谐》“精老乌龟”、《古今谈概》儇弄部第二十二《皇老乌龟》等演化而来，《厨子能诗》由《志异续编》卷二《趣仆》改写，《捏虱》由《时兴笑话》卷上《虱子》、《笑得好》二集《丢虱》等演化而来，《小恭五两》由《笑得好》初集《再出恭》演化而来，《竹苞堂》由《锄经书舍零墨》卷一“竹苞堂”演化而来。《续录》中的《我何在》由《应谐录·僧在》改写，《插草标》由《笑倒·插草标》改写，《破伞》由《笑倒·破伞之喻》改写，《妾名忠孝》由《笑得好》二集《忠则尽命》改写，《搽药》由《新镌笑林广记》卷五《搽药》改写，《圣贤愁》由《皆大欢喜·一毛不拔》演化而来。

书中由小石道人采录或者撰写的笑话故事，有一些颇为精彩，譬如，《初录》卷上的《先生妙喻》、《萝卜对》、《白字先生》、《恭喜也罢》、《喜写字》，《初录》卷下的《半鲁》，《续录》卷上的《五大天地》、《堂属问答》、《问猴》、《蚊虫结拜》、《不改父业》、《官读别字》、《黄鼠狼》、《糊涂虫》、《大嗙小嗙》、《读白字》，《续录》卷下的《瞎子吃鱼》、《懒妇》等都相当精彩，有的堪称清代笑话名篇。

三、《笑笑录》、《笑林广记》

1.《笑笑录》

独逸窝退士辑，是光绪年间的一部颇有影响的笑话故事集。

《笑笑录》的编辑工作历时三十载，选取上自唐宋，下迄清末200余种著作与报章。全书共六卷，第一卷选自唐宋的《朝野佥载》、《隋唐嘉话》、《小名录》、《松窗杂记》、《尚书故实》、《谐噱录》、《闻奇录》、《唐摭言》、《唐语林》等10多种著作；第二卷选自宋元的《南部新书》、《幕府燕闲录》、《湘山野录》、《梦溪笔谈》、《冷斋夜话》、《渑水燕谈录》、《春渚纪闻》、《铁围山丛谈》、《钱氏私志》、《默记》、《西溪丛语》、《清波杂志》、《扪虱新话》、《独醒杂志》、《芥隐笔记》、《白獭髓》、《老学庵笔记》、《挥麈余话》、《挥麈后录》、《挥麈三录》、《鹤林玉露》、《游宦纪闻》、《齐东野语》、《癸辛杂识》、《归潜志》、《湛渊静语》、《宣和遗事》等近40种；第三卷选自宋元明的《太平广记》、《清异录》、《艾子杂说》、《东坡题跋》、《山谷题跋》、《道山清话》、《春渚纪闻》、《闲燕常谈》、《懒真子》、《鸡肋编》、《曲洧旧闻》、《中吴纪闻》、《吹剑录》、《稗史》、《玉堂佳话》、《山居新话》、《拊掌录》、《辍耕录》、《客坐新闻》、《枝山前闻》、《畜德录》、《玉堂丛语》、《都公谈纂》、《北窗琐语》、《通鉴纪事》、《谈薮》、《伯虎纪事》、《续亘史》、《敝帚斋余谈》、《调谑编》、《清言》、《蓬轩别纪》、《耳新》、《开卷一笑》、《梦忆》、《解颐赘语》、《胡卢编》、《世说补编》、《笑史》、《寄园寄所寄》、《蚓庵琐语》、《啸红笔记》、《东皋杂录》等70多种著作；第四卷选自明清的《玉芝堂谈荟》、《皇华纪闻》、《分甘余话》、《夫子亭杂录》、《居易录》、《筠廊随笔》、《坚瓠集》、《随园随笔》、《闽小记》、《丹午杂记》、《茶余客话》、《墨余书异》、《古今诗话》、《滇行纪程》、《梅花草堂笔谈》、《天香楼偶得》等20多种著作；第五卷选自清代的《醒世姻缘传》、《谐铎》、《随园诗话》、《镜花缘》、《两般秋雨庵随笔》、《凉棚夜话》、《浪迹丛谈》、《巧对录》、《归田琐记》、《夜航船》、《履话丛园》、《明斋小识》、《吴下谚联》、《蝶阶外史》、《吹影编》、《补红楼梦》、《皆大欢喜》、《春宵呓语》等20多种著作；第六卷选自清代及近代的《耳食录》、《梦厂杂著》、《聊斋续编》、《劝戒三录》、《涂说》、《冷庐杂识》、《寄蜗残赘》、《青楼梦》、《池上草堂笔记》、《客窗闲话》、《墨余录》、《金壶七墨》、《恩补斋随笔》、《潜庵漫笔》、《见闻偶笔》、《见闻偶笔》、《庸闲斋笔记》、《云笙杂抄》、《桐阴清话》、《印雪轩随笔》、《上海县志》、《广新闻》、《汇报》、《申报》20多种书报等。此书的问世，进一步扩大了民间笑话、故事的影响，更为可喜的是，它保存了一些濒临失传的民间笑话、故事，譬如，卷四的《告荒》（出《丹午杂记》）、卷四的《向酿》（出《梅花草堂笔谈》）、卷五的《骗帽》（出《吹影编》）、卷五的《一毛不拔》（出《皆大欢喜》）、卷五的《医生对》（出《巧对录》）、卷六的《鸡卵》（出《劝戒三录》）、卷六的《倍与之钱》（编者采录）、卷六的《高帽子》（出《潜庵漫笔》）。

2. 《笑林广记》

程世爵编纂《笑林广记》，是光绪年间的一部有一定影响的笑话集。

《笑林广记》刊刻于光绪二十五年（1899），不分卷，共345则。此书实际上系《嘻谈录》的翻版，其作品几乎都是从《嘻谈录》中搬来的，所不同的是：一、此书将《嘻谈录》的编排顺序打乱，按作品标题的字数排列，《老斗》至《脱裤》共76则为二字标题者，《债精传》至《首县对》共119则为三字标题者，《酒楼题壁》至《惧内啁骨》共150则为四字标题者。二、有《官读别字》、《富家傻子》、《有本有利》、《仙方治病》、《妾名忠孝》、《二老新婚诗》、《举子慰足词》、《张三是这个》、《能吃不能干》、《像人不像人》、《同音不同字》等11则《嘻谈录》中的作品未收入此书。三、收入此书的两则作品，个别文字有改动：《嘻谈初录》卷上《攥刀把》中的“刀把”，在此书中一律改为“刀欛”；《嘻谈续录》卷上《大嗙小嗙》，在此书中一律改为“大骗”、“小骗”。由于程世爵本《笑林广记》的刊行，《嘻谈录》中的作品流传更广，影响更大。

主要引用书目

二画

二酉委谭	明・王世懋	说郛续本
七修类稿	明・郎瑛	中华书局本
九朝野记	明・祝允明	丛书集成初编本

三画

三异笔谈	清・许仲元	中华书局本
三借庐笔谈	清・邹弢	笔记小说大观本
大唐新语	唐・刘肃	笔记小说大观本
山居新话	元・杨瑀	四库笔记小说丛书本
广异记	唐・戴孚	中华书局本
广笑府	明・冯梦龙	襟霞阁主人重刊本
小豆棚	清・曾衍东	上海大达图书供应社本
子不语	清・袁枚	笔记小说大观本

四画

五杂俎	明・谢肇淛	中华书局本
太平广记	宋・李昉等	中华书局本
见闻纪训	明・陈良谟	说郛续本
风俗通义	汉・应劭	四库笔记小说丛书本
分门古今类事	宋・委心子	四库笔记小说丛书本

五画

艾子后语	明・陆灼	古今说部丛书本
艾子杂说	宋・苏轼	顾氏文房小说本
玉堂丛语	明・焦竑	中华书局校点本
玉堂闲话	五代・王仁裕	说郛本
玉照新志	宋・王明清	四库笔记小说丛书本
北东园笔录	清・梁恭辰	笔记小说大观本
古小说钩沉	鲁迅	人民文学出版社本
古今说海	明・陆楫	四库笔记小说丛书本
古今谭概	明・冯梦龙	文学古籍刊行社本
世说新语	南朝宋・刘义庆	四库笔记小说丛书本
东轩笔录	宋・魏泰	中华书局校点本
东坡志林	宋・苏轼	中华书局校点本
右台仙馆笔记	清・俞樾	上海古籍出版社本
左传		十三经注疏本
可书	宋・张知甫	四库笔记小说丛书本
归田录	宋・欧阳修	中华书局校点本
北东园笔录	清・梁恭辰	笔记小说大观本
北窗炙輠录	宋・施德操	四库笔记小说丛书本
史记	汉・司马迁	中华书局校点本
仕隐斋涉笔	清・丁治棠	四川人民出版社本
汉书	汉・班固	中华书局校点本
玄中记	晋・郭璞	古小说钩沉本
发蒙记	晋・束皙	说郛本

六画

迂仙别记	明・张夷令	古今谭概本
过庭录	宋・范公偁	四库笔记小说丛书本
西樵野记	明・侯甸	说郛续本
权子	明・耿定向	说郛续本
老学庵笔记	宋・陆游	中华书局校点本
耳食录	清・乐钧	笔记小说大观本

耳谈	明・王同轨	金陵世德堂本
耳新	明・郑仲夔	说库本
列子		诸子集成本
列异传	三国魏・曹丕	古小说钩沉本
夷坚志	宋・洪迈	中华书局校点本
此中人语	清・程趾祥	笔记小说大观本
吕氏春秋		诸子集成本
曲洧旧闻	宋・朱弁	四库笔记小说丛书本
虫鸣漫录	清・采蘅子	笔记小说大观本
行营杂录	宋・赵葵	说郛本
后山谈丛	宋・陈思道	宝颜堂秘笈本
全唐小说	王汝涛	山东文艺出版社本
齐谐记	南朝宋・东阳无疑	古小说钩沉本
庄子		诸子集成本
江南余载	宋・郑文宝	说库本
江淮异人录	宋・吴淑	四库笔记小说丛书本
池北偶谈	清・王士禛	四库笔记小说丛书本
异苑	南朝宋・刘敬叔	四库笔记小说丛书本
异闻总录	宋・佚名	笔记小说大观本

七画

戒庵老人漫笔	明・李翊	中华书局校点本
志异续编	清・青城子	笔记小说大观本
志怪	晋・祖台之	古小说钩沉本
酉阳杂俎	唐・段成式	中华书局校点本
还魂志	隋・颜之推	四库笔记小说丛书本
折狱龟鉴	宋・郑克	丛书集成本
投辖录	宋・王明清	宋人小说本
医闾漫记	明・贺钦	说郛续本
坚瓠集	清・褚人穫	笔记小说大观本
听雨轩笔记	清・清凉道人	笔记小说大观本
时兴笑话	明・陈眉公	明末辽西青藜阁本

时尚笑谈	明・佚名	明刊秋夜月本
里乘	清・许奉恩	笔记小说大观本
我佛山人短篇小说集	清・吴趼人	花城出版社本
何氏语林	明・何良俊	四库笔记小说丛书本
应谐录	明・刘元卿	说郛续本
快雪堂漫录	明・冯梦祯	说郛续本
启颜录	隋・侯白	上海古籍出版社本
灵鬼志	晋・荀氏	古小说钩沉本
妙从香室语	清・张培仁	笔记小说大观本
邵氏闻见录	宋・邵伯温	中华书局校点本
邵氏闻见后录	宋・邵博	中华书局校点本

八画

青斧高议	宋・刘斧	上海古籍出版社本
青溪暇笔	明・姚福	说郛续本
枝山前闻	明・祝允明	丛书集成初编本
茅亭客话	宋・黄休复	四库笔记小说丛书本
述异记	南朝齐・祖冲之	古小说钩沉本
述异记	清・东轩主人	说库本
事林广记	元・陈元靓	郑氏积诚堂刊本
拊掌录	元・辗然子	说郛本
虎苑	明・王稚登	说郛续本
贤奕篇	明・刘元卿	宝颜堂秘笈本
贤博编	明・叶权	中华书局校点本
国老谈苑	宋・张耒	四库笔记小说丛书本
国语		国学基本丛书本
金壶七墨	清・黄钧宰	笔记小说大观本
夜雨秋灯录	清・宣鼎	笔记小说大观本
夜谭随录	清・和邦额	笔记小说大观本
庚巳编	明・陆粲	中华书局校点本
法苑珠林	唐・释道世	四部丛刊初编本
河东记	唐・薛渔思	说郛本

该闻录	宋·李畋	说郛本
驹阴冗记	明·阑庄	说郛续本

九画

春渚纪闻	宋·何薳	中华书局校点本
南墅闲居录	宋·佚名	说郛本
南皋笔记	清·杨凤辉	笔记小说大观本
南部新书	宋·钱易	说库本
南唐近事	宋·郑文宝	四库笔记小说丛书本
战国策		国学基本丛书本
昨非庵日纂	明·郑暄	笔记小说大观本
昨梦录	宋·康誉之	说郛本
幽明录	南朝宋·刘义庆	古小说钩沉本
幽怪录	明·田汝成	说郛续本
香饮楼宾谈	清·陆长春	笔记小说大观本
香乘	明·周嘉胄	笔记小说大观本
独异志	唐·李冗	中华书局校点本
独醒杂志	宋·曾敏行	四库笔记小说丛书本
洛中纪异录	宋·秦再思	分门古今类事本
宦游纪闻	明·张谊	说郛续本
客坐新闻	明·沈周	说郛续本
客座赘语	明·顾起元	中华书局校点本
客窗闲话	清·吴芗厈	笔记小说大观本
类说	宋·曾慥	四库笔记小说丛书本
宣室志	唐·张读	四库笔记小说丛书本
语怪编	明·祝允明	说郛续本
说听	明·陆粲	说库本
说库	近人王文濡	浙江古籍出版社本
说苑	汉·刘向	龙溪精舍丛书本
说郛三种		上海古籍出版社本
祐山杂说	明·冯汝弼	说郛续本
咫闻录	清·慵纳居士	笔记小说大观本

癸辛杂识	宋·周密	中华书局校点本
猃园	明·钱希言	明万历刻本

十画

埋忧集	清·朱梅叔	笔记小说大观本
原化记	唐·皇甫氏	说郛本
原李耳载	明·李中复	中华书局校点本
晏子春秋		诸子集成本
铁围山丛谈	宋·蔡絛	中华书局校点本
笑林	三国魏·邯郸淳	古小说钩沉本
笑林	明·浮白主人	破愁一夕话本
笑府	明·冯梦龙	明清笑话四种本
笑笑录	清·独逸窝退士	笔记小说大观本
笑得好	清·石成金	传家宝本
笑禅录	明·潘游龙	说郛续本
笑赞	明·赵南星	明刊赵南星全集本
殷芸小说	南朝梁·殷芸	上海古籍出版社本
高坡异纂	明·杨仪	说郛续本
唐国史补	唐·李肇	四库笔记小说丛书本
唐语林	宋·王谠	四库笔记小说丛书本
唐阙史	唐·高彦休	四库笔记小说丛书本
阅微草堂笔记	清·纪昀	笔记小说大观本
涑水纪闻	宋·司马光	四库笔记小说丛书本
涌幢小品	明·朱国祯	笔记小说大观本
谈丛	明·江盈科	雪涛小说本
谈薮	宋·庞元英	说郛本
陶朱新录	宋·马纯	四库笔记小说丛书本
能改斋漫录	宋·吴曾	四库笔记小说丛书本

十一画

桯史	宋·岳珂	说郛本

聊斋志异	清·蒲松龄	上海古籍出版社本
菽园杂记	明·陆容	中华书局校点本
梦厂杂著	清·俞蛟	上海古籍出版社本
梦溪笔谈	宋·沈括	四库笔记小说丛书本
雪涛小说	明·江盈科	上海古籍出版社本
雪涛谐史	明·江盈科	雪涛小说本
庸闲斋笔记	清·陈元其	中华书局校点本
庸庵笔记	清·薛福成	笔记小说大观本
情史	明·冯梦龙	会文堂书局本
清朝野史大观	近人小横香室主人	上海书店本
清尊录	宋·佚名	古今说海本
清稗类钞	近人徐珂	中华书局本
渑水燕谈录	宋·王闢之	中华书局校点本
淮南子		诸子集成本
渔樵闲话	宋·苏轼	说郛本
谐史	宋·沈俶	古今说海本
谐铎	清·沈起凤	笔记小说大观本
随隐漫录	元·陈世崇	笔记小说大观本
续玄怪录	唐·李复言	中华书局校点本
续齐谐记	南朝梁·吴均	四库笔记小说丛书本
续夷坚志	金·元好问	中华书局校点本
续明道杂志	宋·张耒	说郛本
续博物志	宋·李石	稗海本

十二画

朝野佥载	唐·张鷟	四库笔记小说丛书本
博异志	唐·郑还古	丛书集成本
博物志	晋·张华	四库笔记小说丛书本
韩非子		诸子集成本
韩诗外传		中华书局校点本
搜神记	晋·干宝	中华书局本
搜神记（句道兴本）		敦煌变文集本

搜神记（稗海本）		搜神后记本
搜神后记	晋·陶潜	中华书局校点本
辍耕录	元·陶宗仪	四库笔记小说丛书本
雅谑	明·浮白斋主人	明末杭州刊雪涛谐史本
智囊补	明·冯梦龙	商务印书馆本
集异记	唐·薛用弱	四库笔记小说丛书本
粤剑编	明·王临亨	中华书局校点本
遁斋闲览	宋·陈正敏	说郛本
猥谈	明·祝允明	说郛续本
觚剩	清·钮锈	上海古籍出版社本
湖海新闻夷坚续	志元·佚名	中华书局校点本
湘山野录	宋·释文莹	中华书局校点本
寓圃杂记	明·王锜	中华书局校点本
道山清话	宋·王暐	四库笔记小说丛书本

十三画

幕府燕闲录	宋·毕仲询	说郛本
虞初新志	清·张潮	笔记小说大观本
稗史	元·仇远	说郛本
稗史汇编	明·王圻	北京出版社本
解愠编	明·乐天大笑生	明嘉靖刻本
新序	汉·刘向	四部丛刊本
新镌笑林广记	清·游戏主人	光明日报出版社本
群居解颐	宋·高怿	说郛本

十四画

摭青杂说	宋·佚名	说郛本
熙朝新语	清·余金	上海古籍书店本
睽车志	宋·郭象	四库笔记小说丛书本
潇湘录	唐·柳祥	说郛本
精选雅笑	明·醉月子	明末雅俗同观本

疑狱集	五代·和凝	复旦大学出版社本

十五画

醉茶志怪	清·李庆辰	齐鲁书社本
醉翁谈录	宋·罗烨	上海古典文学出版社本
嘻谈录	清·小石道人	光绪甲申刊本
蝶阶外史	清·高继衍	笔记小说大观本
墨子		诸子集成本
墨余录	清·毛祥麟	笔记小说大观本
稽神录	五代·徐铉	四库笔记小说丛书本
憨子杂俎	明·屠本畯	世界文库本
履园丛话	清·钱泳	笔记小说大观本

十六画以上

霏雪录	明·镏绩	四库笔记小说丛书本
籍川笑林	宋·佚名	类说本
博物志	晋·张华	四库笔记小说丛书本

后　记

即将付梓的这部三卷本《中国民间故事史》，是笔者继《中国古代民间故事类型研究》之后在民间故事研究方面的又一部潜心之作。

撰写《中国民间故事史》，需要查阅的古籍文献非常之多，涉及面很广，工作量相当大。笔者奉献给读者的这部三卷本《中国民间故事史》，从资料准备开始到最后脱稿，前后共花费十年光景，付出了很多心力。它不但征引许多过去不大受关注的古籍文献，在很大的程度上增加了作品的信息量，而且涉及一些过去不曾论述过的方面，论述了中国民间故事类型的发展史和中国民间故事的采录史（包括结构模式、异文、讲述人等）、编选史（包括综合性的、专题性的等），在叙述民间故事的发展历史上做了不少新的尝试。凡此种种，笔者都希望它能够对中国民间故事史研究有所拓展，有所推进。然而，由于水平、时间、精力的限制，这部书稿必定存在一些不足之处，尚祈学界同仁和读者不吝赐教。

笔者在完成这部书稿的过程中，不断得到中国社会科学院文学研究所民间文学室的各位室友的热情支持和帮助，在此特向他们表示谢忱。同时，衷心感谢为出版这部《中国民间故事史》付出大量辛劳的河北教育出版社和给予我各种帮助的海峡两岸学界同仁。

这部三卷本《中国民间故事史》在付梓之前，笔者又对书稿作了一定的补充、修改，并且添加了一批注释，特此说明。

笔者

2013 年 9 月 15 日